U0734054

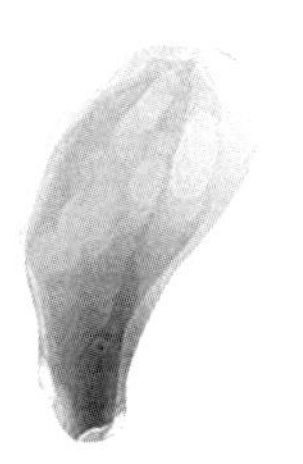

桃花飘零后

王立兵 著

黑龍江大學出版社
HEILONGJIANG UNIVERSITY PRESS

图书在版编目（CIP）数据

桃花飘零后 / 王立兵著. -- 哈尔滨 : 黑龙江大学出版社，2016.10
ISBN 978-7-5686-0058-3

Ⅰ. ①桃… Ⅱ. ①王… Ⅲ. ①诗词—作品集—中国—当代 Ⅳ. ① I227

中国版本图书馆 CIP 数据核字 (2016) 第 237196 号

桃花飘零后
TAOHUA PIAOLING HOU
王立兵　著

责任编辑　魏　玲
出版发行　黑龙江大学出版社
地　　址　哈尔滨市南岗区学府三道街 36 号
印　　刷　哈尔滨市石桥印务有限公司
开　　本　880×1230　1/32
印　　张　22.375
字　　数　561 千
版　　次　2016 年 10 月第 1 版
印　　次　2016 年 10 月第 1 次印刷
书　　号　ISBN 978-7-5686-0058-3
定　　价　43.00 元

序

自由了，超脱兮

可能是为了证明他自己宣称的“三分功业七分诗”，李长风要出总集了，并且不再是内部交流式的。于是就有他的助手把《桃花飘零后》的诗作寄给我，请我作序之事。我一如既往地不是名家，却一如既往地不加推辞，又一如既往地拖延至今。

想想也真怪，原来搞文学的大多不搞文学了，原来不搞工程的去搞工程了，而原来搞工程的却搞起了文学。写诗，并且是古体，十年以来，几无间断，那样热衷，那样坚守，像是受了屈原的影响，“余幼好此奇服兮，年既老而不衰。带长铗之陆离兮，冠切云之崔嵬”，要“与重华游兮瑶之圃”，要“高驰而不顾”，要“上下而求索”。

看他这部分诗词的内容，其作品主要分为两大类：一类是真写诗，抒发自己独特感受的，或忧患，或激愤，或落寞，或达观，等等；一类是半真半假地游戏的，应酬却不敷衍，祝贺是真诚的，期许是热切的，还有仿写，什么《长恨歌》《春江花月夜》，我用你的旧瓶装我的新酒，味道有些接近，若干年后，或可乱真。

记得2005年，有人荐我读“校友录”上李长风的诗词，我说这个人写律诗不懂平仄，谁知三五天之后，这个人便能写出格律精严的律诗了，进境神速。后来他现身为王立兵请我喝酒，告诉我，写诗填词很好玩，在精严的格律下写诗词，有一种“又有纪律又有自由，又有集中又有民主”的舒畅心情。

当年我曾给他指出文白夹杂问题，比如他在词作里频繁使用“谁懂”这样的词语，而在《红楼梦》里却不用“懂”，只用“解”，如“谁解其中味”，如“良宵花解语”。后来想到苏轼的“竹杖芒鞋轻胜马，谁怕”。“怕”，显然是口语、白话，九百年前的大家可以这样，若干年以后的今天，大家何以要受到责备呢？

没人责备，这几年写的诗可就更加自由、更加超脱了，有时故意加上一些“了”“之”甚至“兮”之类的助词。白话入诗更是常见，尤其是诗序，文言一少半，白话一多半，怎样痛快怎样好玩就怎样写。有时题以七律，诗中却没有对仗，甚至有的还不是八句，说是排律又不是，用律句写古风，大概都发生在各行各业开始提倡创新之后。

何以如此，我想该有以下原因：第一是创新意识的产生。这里不做论证。

第二是对生活方式的反映。最近几年，他不去做工程，也不打理生意，每天在公寓里读书、练书法、写诗词、写小说，或者天南海北地访友、看风景，十分自由，十分超脱，生活方式投射到作品形式上，潜移默化。

第三是受名人的影响。故意用“兮”肯定是有意模仿屈原。我常常想，现代人感情强烈时，会在句子末尾加上“啊”，开口呼，很舒畅，可是当时楚国人却用齐齿呼的“兮”，多压抑啊！可能楚人有些狠，愿意咬牙切齿，这从后来的项羽身上也能看到一些。用“了”肯定是受苏轼的影响了，白话入词，在所多有，“小乔初嫁了”便是明证。他更羡慕李白，说李白像天上的白云，风流飘逸。恰恰就是李白，很少写七律，偶尔写了也不都严格，看崔颢在黄鹤楼写的七律，前四句显然违律，他却很欣赏。李白与苏轼，要做到格律精严，非不能也，乃不为也，料李长风也如是。

第四是受众的推动。这大致分为两种情况，一种是即席命题，比如“林蛙大腿”“同学嵌名”之类，即使是曹植，也只能写出“煮豆烧豆秸，豆在锅里哭”（煮豆燃豆萁，豆在釜中泣）这样平实的语句。一种是很多读者说他的诗词难懂，他一方面强调诗词不是要所有人都懂的，至少有一个人能懂就行，一方面却又不喜欢李商隐的隐晦。其实，李商隐的诗，即便是《锦瑟》，也是至少有一个人能懂的。按理说，中国诗词是最讲暗示的，作者有引导读者的责任；但是，读者影响作者，也是符合某种文学理论的。因此，他的诗词在向雅俗共赏的方向发展。

他的这本总集，首先是艺术的，有时是娱乐的，有时是艺术加娱乐的，但艺术还是占主导地位的，这是他十年来的主要工作，总结一下，会有利于将来的发展，既以李白苏轼为目标，未来的成就不可限量。

最后，学着李长风，也写一首藏头诗，题目就用《谢李长风》，末尾是不是加个“了”，或者“兮”，我没拿定主意。

长剑陆离冠切云，
风息骚作颂于今。
诗藏孤愤江湖险，
词隐雄豪瀚海沉。

雅事三驱参妙理，
俗缘四应谢知音。
共沾十载桃花雨，
赏月赏春赏酒神。

唐耀舜

二〇一六年元宵节

目　　录

2005 桃花不伍，风解铃

序

受长风、金铃之托为本书命篇名、题序并撰编号，受约以后，不巧甚忙，匆匆观其书稿，觉一俗一雅相映成趣，可谓雅俗共赏，有言曰：大雅若俗，大俗若雅，不知可否用于此处。究长风、金铃其人亦可谓似是而非，似非而是，众说不一。

日斋夜沐，为其起名，辞曰：

桃花镜内桃花村
桃花村外桃花林
桃花林下桃花人

桃花人举桃花扇
桃花扇动桃花尘
桃花尘乱桃花魂

看来此乃桃花劫，再得辞：

风雨不归
解甲心醉
铃响意回
动静联袂

故得此篇名：风解铃，并得六年编号及名称如下表。

年度	编号	名称
2005	桃花不伍	风解铃
2006	桃花依旧	铃解风
2007	桃花依稀	风铃解
2008	桃花又发	铃风解
2009	桃花入酒	解风铃
2010	桃花飘零	解铃风

劫数轮回，必存隐晦，吾断明年必有隐晦之词来解桃花劫，让我们期待 2006，并共同验证。

韩志军

二〇〇六年五月二十一日

报国寺跋

苗迎春风展翠微，
国寺依然报家回。
林涛尽显凌云志，
好梦一场脉脉追。

自　题

李代桃僵尘世忙，
长忆少时奴心慌。
风定惹怒烛光影，
羞于江东见爹娘。

世外高人

范蠡解印上钓舟，
旭日冉冉塞外秋。
丽江怀古心神荡，
蒙在鼓里响声悠。

孙子兵法按解

孙膑书抵百万兵，

红尘争霸慰何情？
梅香伴雪飘入梦，
同窗三载意难平。
学为有志行天下，
客居异乡惹魂轻。
气定神闲身外事，
了然于胸后世名。

故园之恋

欢歌昨日已随风，
迎客松下抚瑶筝。
尤记少时故园梦，
小桥西侧钓鱼翁。
绢巾细细友人记，
故园杳杳可胧朦？
知交呓语无人解，
来时一笑慰相逢。

采桑子·读史有感

赵之长平秦之渑，国运昌昌，武运昌昌，书描六国战事忙。
记得当年和氏璧，廉颇似刚，相如似刚，传记回回惹情伤。

韩　信　传

韩信智勇世无双，
荣至刘项争封王。

新君未解功臣意，
为人社稷奔波忙。
何若一举蒯通计，
不落当年秦始皇。
留下千载悬疑问，
言尽着眼青冢荒。

风 之 旅

丽日好去沐春风，
华灯初上听雨声。
可怜昔日梅花雪，
好景如梦已三更。

神雕侠侣

若彤岂是王雨嫣，古墓学剑惹魂牵。
痴心龙女伴杨过，我断一臂有谁怜？

听风读雨

烟雨欲来风满楼，小屋倚窗独自愁。
青灯照壁无好梦，痴心枕畔鸳鸯羞。

致 烟 雨

烟雨朦胧似旧识，曾与段誉两相知。
碧螺山庄魂不认，香飘万里意迟迟。

相见欢·李煜词改一字

林花谢了春红。太匆匆，无奈朝来烟雨晚来风。
胭脂泪，相留醉，几时重？自是人生长恨水长东。

如梦令·网变

近日回乡小住，家园依旧如故。夜阑网上游，愕然原来此处。
迷雾，迷雾，是否前缘定数？

乌夜啼·网见

伊人那日穿红，意浓浓。快乐时光烟雨会长风。
寂寞醉，奈何味，恨无穷。最忆相识一笑话谈中。

致烟雨

飘然烟雨去何方？痴痴凝望惹情伤。
凭栏呓语心神荡，风再起时可凄凉？
黄叶瑟瑟合秋意，鸿雁啧啧分别忙。
佳人青衣懒叠起，为有离愁已断肠。
昨夜倦倚黄粱梦，今朝细描红尘妆。
不尽相思腮如雪，有恨倾心鬓似霜。
孤日冉冉含山尽，冷月婵婵露西窗。
伫立无依携青泪，妙语飞扬掩彷徨。

西夏王李元昊

党项一迁西夏成，宋金至尊好梦惊。
可怜豪杰李元昊，家园终被铁骑平。
黄土无草帝王冢，英雄有梦后人评。
贺兰缺上画依旧，沙湖池中苇婷婷。

渔家傲·大话西游之寂寞英雄

踏月急行千嶂退，乘风揽尽群星会。只为江山如意醉。
空莫对，传说有我独尊位。
寂寞萦愁愁未悔，无眠只待苍山翠。试问情花开也未？
孤枕寐，无情却落痴心泪。

渔家傲·雪梅情思

未惹相思情自起，闺房晚坐心旖旎。展卷无眠侬为你。
风逆逆，敲窗盼有君来意。
落寞天涯春心闭，素手纤纤肩细细。辗转无依幽梦里。
水碧碧，他乡有我翘足立。

至　尊　宝

星际划彗必留痕，丹火难灭金刚身。
前缘一念风沙起，如意棒试东海深。
持剑迎风仙子泪，举鼎回眸紫衣尊。
落寞我自仰头笑，问天可有浩然魂。

相思风雨中

雨若无言风自责，
最忆相知渡恋河。
爱极始信初未错，
你春有我秋之波。
的确相思曾入梦，
人生几度情折磨。
是否前缘知音鸟，
我心痴等落风坡。

十六字令

（一）

鹰，翎卷西风送客行。长河外，大漠满天星。

（二）

星，伴月山前篝火明。魂出塞，往事梦中停。

（三）

停，夜半清风侧耳听。人不寐，心意起复平。

偈子·执着

欲进不能心执着，欲罢不忍执着心。
执着或因一念起，一念反被执着擒。
秦之和氏璧无相，相如般若痴至今。
今有我佛一切法，或许如来度观音。

渔家傲·嫩江渡口

倦鸟归林秋日暮，残红褪尽枯杨舞。一碧含烟天寝雾。
拦且住，尘衣风展江边渡。
阙月萦霜难为处，禳星举火可曾误？莫叹此行真苦旅。
眠未顾，天涯问遍寻归路。

柳梢青·悟

远水平沙，客舟帆满，一片烟霞。
梦后香残，酒浓意乱，又至谁家？
奔波尘世为啥？
逍遥处，木棉袈裟。
两袖清风，一帘慧雨，半盏香茶。

木兰花·醉忆

饮罢问君归去路，醉舞青衣香处处。
魂寂寞，步婀娜，恨软泪浅人回顾。
自在落花飞扑地，无奈流水翻波碧。
欢歌入梦意婷婷，酒醒始知春寻觅。

临　江　仙

藏却一番情意，愿得几点相知。珍藏细节一般时。
畅言犹未语，只是遇君迟。
记得曾经寻觅，才晓原为今夕。相逢何必曾相识。
三生荣此幸，一世愿追兮。

香山红叶

——藏头诗“莫明其妙”

莫道春尽红颜老，
明镜高悬惜身早。
其实口无遮拦处，
妙龄红叶映山好。

锦帐春·秋思

去梦无痕，归思有迹，月圆时候霜满地。
秋浓日短雁声残，误那相思高飞远。
残荷待露，霜过思暑，忆否春时雾？
捧烛夜寻春归处，滴滴泪忍住。

七律·我的肝胆相照之友

冯氏妙语醒复眠，
宇乃时限宙空间。
泽集天下忘情水，
同归九霄续前缘。
学富五车无人见，
真心一片有谁怜？
幽怨池底忘忧草，
默默相依可魂牵？

项　　羽

盖世豪杰楚霸王，乌江自刎把名伤。
鸿门宴上饮不醉，咸阳城里试衣忙。
十面埋伏遂人愿，四下楚歌真凄凉。
当年若用亚父计，哪有红颜恨断肠？

沁园春·项羽

旧梦如烟，评谈绝唱，西楚霸王。
忆鸿门宴上，项庄舞剑，范增碎玉，恨断肝肠。
村妇之仁，匹夫之勇，衣锦抚平入咸阳。
分天下，一曲歌未尽，兵度陈仓。
沛公无赖刘邦。
追韩信，萧何月下忙。
汉家堪忍辱：鸿门献酒，市井钻胯，桥下张良。
四面楚歌，无谋竖子，饮尽红颜泪两行。
骓不逝，守乌江魂望，残阙阿房。

章台柳·白素贞

青蛇病，白蛇病，白日青青三生幸？
敢问相思可醉人？雷峰塔下红颜命。
君来否？君来否？浅唱低吟湖边柳。
纵使千条挽絮留，未必抵侬一双手。

怡红公子

宝玉别钗落发时，
宏图一卷幻如诗。
是非未明日月渺，
否则哪有雁归迟？
风信不至天无雨，
采尽梅花报春知。
依稀残梦梦几许？
旧事重提回味值。

桃花仙子

李桃不言自成蹊，
秀外慧中苦夏时。
云霞窥见高飞远，
是代非僵有心知。
谁挽清风寻歧路？
的确吴女照户织。
女儿衣裳桃花面，
神韵点点入梦迟。

记邬思道赴年羹尧军前效力

阳春待雪去日今，
荣升誉长故人寻。
校场点兵风猎猎，

友人煮酒意醺醺。
莫明易解军前笑，
测试难明帐后吟。
高墙未若恩威并，
深谋才见远虑心。

伍子胥赞

英姿一展枭雄前，
伟岸无边未逊仙。
同朝与尔并肩列，
学贯古今我自贤。
沉沉慧卷漫天雪，
默默智依蔽日莲。
是非功过谁人晓，
金银落眼欲如烟。

火烧连营

祝融举火陆逊闲，
刘备逆水归梦寒。
佳丽遥望巫山远，
文武侍前婉留言。
生平总是落脚稳，
意气一朝举国悬。
兴尽难酬伤心事，
隆中易对有余篇。

韩非后记

韩非其志可补天，
艳极时候瞒煞仙。
何时命至衔霜去，
必有纸蝶舞翩翩。
如来座前观音鸟，
此行一别已经年。
认知乃是尘缘面，
真身早渡银河间。

致　玲

莫道十八女儿娇，风摆杨柳尽妖娆。
落絮曾随游丝转，仍羡燕子尾似刀。
霜刀阵阵扑人面，雨箭连连入心滔。
追学梅兰四君子，岁月不改境界高。

悲　秋

灯花扑灭雨扑帘，辗转午夜醒复眠。
秋凉时候霜似雪，卷帘女儿玉如颜。
闺中长忆荷恋露，心思满怀寻谁诉。
手卷尺书堪着笔，漫吟诗句窗前顾。
红残绿谢黄花微，小径无人走复回。
明年春梦再来时，可否有人赏芳菲？
九月霜菊艳华庭，梁间燕子呢喃轻。
明年衔泥归乡转，主人相问可有凭？

天高气爽有尽时，凄风苦雨漫窗织。
苔痕四季侵阶碧，书案一年未读诗。
苦酒一杯懒沾唇，醉扶香案回望门。
摇曳原是风扑几，愕然仿佛惊煞魂。
秋树无叶云作荫，镜前蒙尘梳不勤。
塌下孤履久未选，枕边青丝缠绕心。
问奴何事费心神，答时细语可相闻。
问倦难明闺底事，桌上红烛浅留痕。

红色伟人

——藏头诗“中秋佳节愿君梦圆”

中原逐鹿卷狂澜，
秋收起义角声残。
佳音频传窑洞内，
节外生枝宛平南。
愿起塞上通宵醒，
君临城下嗜睡酣。
梦寐神女重阳九，
圆蟾炫士舞衣单。

圣经之最后的晚餐

——藏头诗“共同维护心灵家园”

共进晚餐彼岸谁？
同酬异志此人非。
维系要凭八方愿，
护佑也堪十字威。
心照不宣追求异，

灵光普度圣城悲。
家国一体从来是，
园内黄花傲胜梅。

九一八游览旅顺军港

津门一瞥神未改，
涛声依旧荡青苔。
谬论几缕风吹去，
赞歌一片日边来。
愧言水上巡逻舰，
不语岸边放炮台。
敢叫三江翻四海，
当为我辈葬身骸。

中标通知书

无边丝雨净秋空，觅春消息影无踪。
妆罢朱唇晚醉醒，描眉执笔泪从容。

渔家傲·读秋

晓霜渐渡千山内，
红稠绿褪相思费。
女媚有如秋意醉。
中间最，
英气宛若神之会。
佳韵易成千古对，
文章难得真中味。

士子倾心情纯粹。
上天愧，
杰出英雄藏我辈。

戍　边　曲

丹心铁血映黄沙，
彤云密布暗天涯。
风至边关携短信，
韵回此恨又归家。
应声可否寒蛩病?
是问虽然何必答。
如月如仙如意醉，
故交故里故云霞。

越女镜心

国道流连，车窗寻觅，梦寐秋山高远。
聚首轻歌，散心狂舞，无人在意深浅。
旧日梦，倾心见，宵宵睡时晚。
醉时愿：夜阑珊，月缺人念。
今过客，珍重此情无限。
唤起早行人，问寒暄，桃花人面。
墨笔抒情，意凭禅，煮酒唱遍。
怕平生留恨，化作清辉满眼。

渔　家　傲

秋携故交寻小径，寒蛩声敛黄花病。近水远山相衬映。

身不定，归根落叶三生幸。
有意同攀七色岭，无心独赏异时景。回味少年春梦醒。
品小令，无茶无酒词添兴。

无　题

木子由美出绣户，秋雨缠绵夜入吴。
长弓一引回三鼓，锐气正壬人孤独。

画屏秋色·醉后记忆

红酒隔帘取，绿袖迎、承诺醉时欢语。
声满唇边，韵平喉底，歌律舞曲。
劲罗挽轻裘，寸心低诉寂寞侣。
整齐翠，零乱玉，任柳叶纷飞，落香回味，
料定此别归后：有愁无绪。
萍聚，
绵绵续续，送路人、夜半归去。
杜鹃丝雨，潇湘琴瑟，梦魂苦旅。
问遍了江山美人，何物情未许？
塞外客，谁会予？
更万水千山，春秋冬夏此举，望断烟波浩宇。

入塞·秋思

费思量，叹秋深，此夜长。
奈何愁几点，落叶正西窗，
天已凉。梦已凉。
月华婵婵渡晓霜。

映得人，真个断肠。
庭前谁捡落菊黄？
闻也香，品也香。

迎春乐·江山美人

为伊解后相思坏，芳草心，斜阳外。
唱今朝，暮日情何奈。
煮酒问，人何在？
残照里，余晖脉脉，携手后，暗香犹带。
换得三春天永昼，笑里江山卖。

菊花新·顾影自怜

小聚曾邀秋夜露，举杯晕回提软步。
有笑透帘出，凝神顾，谁家媳妇？
深庭静院佳人住。
伴孤独，窗前花树。
早晚闷摧心，秋蝉鸣宿。

逍遥乐·侍卫吟

杀气渐如衰草。
户外伏人，难料诱敌多少。
冷雨寒烟，巷末街前，刺客迂回缥缈。
月光斜照，夜行人，举手飞足，渐行渐小。
虑念此红尘，旧怨难了。
争似月圆花好，却图鬓白眉老。
魂归故园里，花味重，叶香巧。

青梅挽竹马，游遍故园小道。
回神剑锋指处，江湖笑傲。

钗头凤二首

山依旧，溪仍瘦，故园秋色今朝又。
行车慢，乡间饭，三人随影，艳阳扑面。
暖！暖！暖！
微醺酒，山庄柳，牡丹江畔推心友。
专心散，行程乱，这餐才醒，那餐催晚。
侃！侃！侃！

评无谬，谦出咎，校花犹比黄花秀。
当年幻，今宵算，先前羞涩，后来施展。
敢！敢！敢！
虚中有，君知否？那时情谊珍藏久。
学时伴，高声唤，酒逢知己，换杯拿碗。
满！满！满！

调笑令·相思

（一）

窗左，窗左，梦醒悠然坐我。庭前月影婵娟，池中酣眠睡莲。
莲睡，莲睡，荷露轻滴藕泪。

（二）

凝望，凝望，不觉轻声吟唱。无边夜色阑珊，斗转星移月残。
残月，残月，照我香魂凄切。

（三）

迟起，迟起，不爱倦容梳洗。使君去后篱东，相思叶前豆红。
红豆，红豆，丝尽可知藕瘦。

（四）

依旧，依旧，幻想风光锦绣。恨秋鸿雁离别，怪冬百花色绝。
绝色，绝色，无计红颜愁恻。

忆秦娥

儿子学跆拳道。

跆拳道，追学为练功夫俏。
功夫俏，左格右打，后跃前跳。
强筋健骨戒浮躁，修身养性参禅妙。
参禅妙：双馨德艺，英雄年少。

菩萨蛮

2004 年出差到湖北宜昌，从宜昌乘车去五峰土家族自治县。

五峰岭下云环绕，五峰岭上盘旋道。
细流跃石巅，碧波一泻天。
青山穿云剑，绿水缝天线。
在此视功名，有如一梦轻。

唐多令·秋游太阳岛

塞外正深秋，重来岛上游。缀繁华，南岸高楼。
堤内人怜江水瘦，登阶处，系闲舟。

林苑小桥头，清波细细流。衬我心，无限温柔。
垂柳不牵黄叶手，思芳草，鹿凝眸。

行香子·历史年表

昨日好友送我中国历史年表，彻夜翻读。

（一）

五帝三皇，自古无双。夏春秋，鼎盛周商。
秦一六国，离舜别汤。要书同文、车同轨、政同纲。
两汉新亡，三国分赃。晋之家，魏武全帮。
当年求将，礼下云长。忘玄德留、功德隐、懿德张。

（二）

暴隋盛唐，似虎如狼。宋陈桥，释酒杯光。
十国五代，转瞬羔羊。笑元明清，未明隐，仅明狂。
力分弱强，智区圆方。象阴阳，有凤求凰。
君临天下，无欲则刚。辨暗中明，颂中诽，逆中良。

南歌子·倾心

一念天涯远，同心若比邻。
无瑕此玉自沉吟：或许擎茶时候最知音。
复意唏嘘禁，清眸浅笑频。
惹来残梦醒时勤，会否三生石上注原因？

浣溪沙·心烦

雪落时节絮无边，临窗伫立北风寒。怅然谁解玉如颜。

亚泰楼中春意暖，避风塘外月光婵。一江秋色去流连。

眼儿媚·松花江畔

窗外秋风报秋寒，向晚试衣单。
半江瘦水，一弯斜月，两处栏杆。
防洪塔下箫声醉，灯火透阑珊。
无为似我：黄昏散步，夜半拂弦。

双头莲令·戒烟

月圆时候戒香烟，转眼两回圆。
平时最怕得清闲，意念要从前。
一身康健重于天，切莫只追钱。
莲花座上两神仙，康健对欣然。

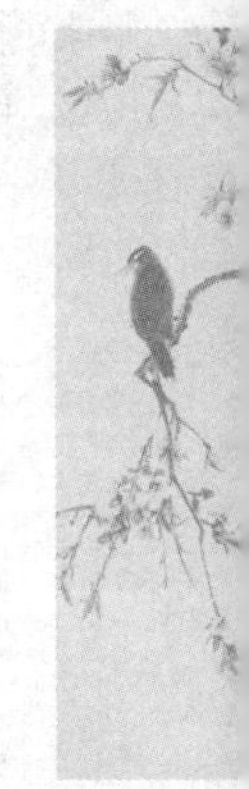

朝中措·驱车张家界途中

别时含笑对清风，行色有无中。
满眼江南锦绣，流连却忘从容。
桃花源外，武陵溪上，雨后斜虹。
陶令今朝谁是？溪边晚钓之翁。

促拍采桑子·遭遇寒流

寒气透心凉，入园来，夺绿沉香。
寒来暑往，蜂回燕去，春尽秋藏。
又遇风霜凋碧景，像人生，应是平常。
征尘抖落，慵颜润色，再试行装。

一七令·咏菊

菊。
冷艳，凌虚。
喜清净，乐忧虞。
柔弱不够，坚韧有余。
百花结伴去，唯我自独居。
霜过雁声急切，秋来我最安徐。
从来不怕身清瘦，一生只求志丰腴。

南乡子·晚风幽

年少爱明眸，只向繁华不向幽。要把青峰当作剑，
何求？不破苍穹誓不休。
遂事未曾谋，过尽春光已剩秋。评错人生多少梦，
谁究？笑看千江入海流。

巴黎骚乱

英雄总是不悲秋，
杰士何曾要剩粥？
还愿人间三尺剑，
在乎天下四时休。
法随时转篇篇艳，
国为家愁事事忧。
巴水流长蜀气退，
黎明逼近晚星羞？

长 相 思

看动物世界，豹猎羚。

声轻轻，步轻轻，缩耳伏身一纵惊。再扑咬颈行。
来呜呜，去呜呜，生死轮回几性灵？三思九虑明。

醉花阴·记豹猎羚后

来如命，去如命，来去生前定。来日绿无痕，今去青青映。
忆否绿无痕，蹄痕出小径。痕迹忆时无，绿草相思病。

诉衷情·豹

迎风丘上望天涯，入眼即为家。穿衣我选黄裳，斑点映云霞。
伏碧野，卧黄沙，欲无瑕。乱风吹后，细雨来前，读遍兰花。

天仙子·书中插图，一幅山水

泼墨犹嫌出笔重，画里谁家垂柳种？
远山近水画楼前，舟如动，人如送，卷外桌前心与共。

相见欢·下班

下班路上车流，几时休？可谓车如流水警如舟。
红灯站，绿灯慢，又从头，真怕人生如此度春秋。

醉翁操·红颜

眉弯。
唇丹。
如莲，
又如兰。
红颜。
嫣然好似瑶池仙。
那日一笑甜甜，
声若泉，
以此为开端，
念念不忘魂自牵。
见时总是，风韵无边。
旧缘算遍，相信绝非一般。
知否心能婵娟，
信否意能缠绵，
一夕惜百年。
人前虽无言，
有意在心间，
试弹恋曲弦外弦。

意　对

指尖欲动语却无，眉纤虽静意更殊。
启齿一笑慌四顾，闭眼再猜两心熟。

孤鸾·试解你的故事

此情难了，想我梦中人，天涯芳草。
寂寞心情，总怕被人知晓。
回回醉时忍住，这相思，一言难表。
笑洒几滴清泪，试问君安好。
忆当年，携手校园道。
忘不了知音，吉他弦妙。
半载相知梦，恰同学年少。
痴来阶前树下，望悄悄，影单形俏。
辗转街灯晚照，浩叹缘难料。

塞翁吟·湖南历史地理

驻守长沙郡，三国名将黄忠。
桃源记，晋之农，现可叫芙蓉。
三山五岳衡山是，鸿雁自此回程。
楚胜地，韶山冲，一代伟人功。
茶浓。湘音重。
三餐细品，一回味，两腮必红。
岳麓畔，名亭爱晚，宋书院，暗隐竹林，郁郁葱葱。
顺流望去，两岸江山，一片东风。

十六字令·煤

（一）

煤，入地千年今又回。行情贵，因有热相随。

（二）

黑，只鉴妆颜容易非。从不怨，燃尽化成灰。

（三）

谁？能有此心永不违。轮回见，尺木梦中追。

醉 妆 词

邻居大娘爱犬丢失。

这边看，那边看，左右轻声唤。
那边看，这边看，散步心思乱。

闲中好·飞机晚点

问询处，只问不关心。坐看三窗景，轻哼超女音。

柘枝引·总承包

周一订票欲南行，中转沪深宁。商榷先锋路，合同未定事先明。

华清引·电影《十面埋伏》

平川十里菜花黄，雀舞蝶忙，暗香携手拂过，清风顺指凉。
诱人捕快俊儿郎，北方佳丽相当。两心倾碧野，一曲恨悠扬。

一剪梅·观光农田

城外观光示范田。番茄圆圆，豆角弯弯。

忙蝶闲客逗流连。这个颠颠，那个翩翩。
试解汗滴禾下艰。儿子说甜，妻子说玄。
夕阳西下晚归前。一处人间，几样炊烟。

一剪梅·短暂

一现昙花开谢逢。开也无声，谢也无声。
笑谈风雨总兼程。笑也从容，谈也从容。
宿醉红颜来去中。来也匆匆，去也匆匆。
离合聚散几人同。聚也无穷，散也无穷。

满江红·出差

谈判间歇，休闲处，飘香水榭。
今番事，中原逐鹿，岭南会猎。
绞尽脑汁三日怯，浮出心智一招灭。
此行程，莫忘品清风、读明月。
疑时问，犹未解。答时语，寻贴切。
趁行前读遍，群城攻略。
对岸谁听花颂雪，隔江我唱东风借。
要从头，圈点此江山，重批阅。

忆秦娥·弈之感

求不灭，楚河汉界卒穿越。
卒穿越，死士不归，易水寒切。
报国之志坚如铁，我王换得戎装解。
戎装解，一朝溅血，三秋功业。

虞美人

今来古往知音少，风雨逍遥渺。
青丝拂面愿拂心，相信天涯海角自比邻。
一朝好似长三载，入梦花如海。
探花怎晓梦痕轻，起坐无眠独自到天明。

惜寒梅

古戏台，左书“出将”，右书“入相”。

尺木分枝，记年华，欲把春光着落。
寸玉留瑕，只怕顽石寂寞。
世人妆罢故人陌，台前唱，东风看破。
留侯出相，隐罪于湘，又谁承诺?
先贤自古对错：利前名后忙，总归诱惑。
行遍江湖，幕后悠闲小坐，逾期颐养任盈缩。
意念动，有风朔朔。
夜来如梦，梅香带雪，阵阵飘过。

极相思·迷离

观景上高台，次第江山入眼来。
会意山间萦绕雾，来也徘徊，去也徘徊。
谈判已安排，扑朔迷离让人猜。
两眼望穿珠江水，闲也难挨，忙也难挨。

万年欢·衡山游

好雾如烟。绕群峰内外，殿后阶前。
仙乐飘飘，疑是天上人间。
自古南山寿岳，香火盛，年复一年。
林间道，九曲十弯，细读典故流连。
高台劲风拂面，乱青丝粉袖，好似神仙。
伴侣弃车移步，携手比肩。
满眼山川锦绣，衬我心，煦意无边。
多年后，有梦再回，一定魂牵。

回忆张家界天子山

项王御笔入云端，批阅江山此等闲。
养性君留张家界，耕田人去桃花源。
莫消来世剩余苦，得意今生须尽欢。
信步高台俗事忘，逍遥我自比神仙。

洞仙歌·咏梅

清香浸骨，冷艳神飞舞，笑罢严寒笑残暑。
色专一，玉面映血魂朱，形分立，五岳相知心苦。
形色藏不住，神色悬殊，浪漫一枝睡江渚。
远看是情蛊，近看虚无，花为雪，痴然如故。
谢纷飞，花魂唱孤独，落无数，闻香雪迷归路。

踏　歌

谋划“火烧赤壁”，记酒醉读《三国》，不知所云。

此夜，晓风吹，借箭心情切。
江南岸，隐隐关山月，令军营状写强敌灭。
笑却，鼓声浓，煮酒谈时谢。
雾升起，北岸军魂怯。
信草船能渡将军略。
擎羽扇，赞铜雀。
周郎恨：赤壁谁功业？
横舟苇花丛，忘赏异时雪。
几世英烈卷中页。

醉思仙·轻叹一声

夜迷茫。误入天街巷，舞醉歌狂。
唱行间字里，错又何妨？
春光老、秋光尽，月色隐身藏。
和音中、叹息外，为何忙煞儿郎？
记得前时样，红男绿女无双。
问否人知晓？心碎神伤。汉源久、韩流长。
两相忆，凤凰江。
上虹桥，过子夜，粉巾玉面飞扬。

满庭芳·败走麦城

穷寇魂残，追兵势近，滚镫试叩雄关。
麦城吃紧，两侧路朝天。

大路有伏无咎，奔小路，错上难圆。
卑言进，英雄气短，吴子钓鱼船。
明年。
招旧部，迎风劈斩，吴楚江山。
梦见长江水，遗恨绵绵。
不改桃园心愿，再温酒，偃月刀悬。
云长在，关山万里，落日赤如丹。

水调歌头

读“蛮夷之有君”的想法。

自古儒狭隘，非汉即称藩。羌笛不入弦管，边塞玉门关。
不敢天山放马，更怕燕山会猎，苟且为偏安。
柳下丝裙舞，书上笔寻欢。
包天地，容四海，度非凡。成吉思汗，长江难测版图宽。
铁骑携风过处，日落东升之土，皆是我河山。
鞭指苍山月，可笑似眉弯。

虞　美　人

惊异于苗家聚居之地的美景，更加惊异于当地汉文化的久远。

湖南景色湘西美，最美湘西水。
凤凰城内凤求凰，地理人文苗寨汉源长。
传说祖上杨家将，弃武文出相。
沱江边上建祠堂，祀告儿孙万代要忠良。

浣 溪 沙

想起儿时冬天窗上的霜花。

虑念北风不仅凉，江南景色上西窗。红残绿废变清霜。
天冷为何书暖意？严寒或许梦花香。我猜此意不寻常。

调 笑 令

御赐螳螂为花前四品带刀侍卫，真正的护花使者（传说花仙修指甲，帝遣派螳螂送刀）。

芳草，芳草，羡慕天荒地老。嫣红姹紫神娇，护卫花前带刀。
刀带，刀带，玉指修时人在。

风流子·流纱瀑布

兰蕙因生幽谷，水美原来飞舞。
兰遁世，水脱俗，幽谷兰边飞瀑。
轻雨，薄雾。好似连珠穿粟。
一片青天目睹，两侧山川回顾。
云似雾，雾非烟，情到自然深处。
归去？留住？欲把心思分付。

浣溪沙·思春

不信花开蝶不来，邻家女儿秀妆台。矜持欲把花期猜。
无力东风吹又改，羞开怕似被人摘。徘徊独自遣心怀。

太常引·相思

朝来风雨晚来晴。人立半山亭。尘事不须听。
雨若去，风来解铃。
无边思绪，无边柳絮，何者更心倾？
柳絮漫天盈，比思绪，还需两成。

减字木兰花·纪念日

问谁无过，俱是轻狂年少客。恰似当年，人与黄花竞开颜。
来鸿去雁，十载风霜经无限。笑莫思量，帘碎西风不胜凉。

无　　题

窗外连理一两枝，从来九月绽开迟。
那年客病菊花酒，不赋离愁赋相思。

浣溪沙·人生写意

玉露一滴玫瑰妖，金风几缕玉颜娇。月华淡淡映虹桥。
心乱原因情特特，境幽总对意悄悄。七夕鹊信是良宵。

谒　金　门

重相聚，迷惑小园新绿。读遍知音长短句，盼藏情几许。
院是满庭秋雨，心是满怀愁绪。昨夜梦君君不语，断肠人自旅。

踏雪寻梅

红酒一杯润红唇，明眸皓齿艳惊魂。
忍看飞雪残花圃，割花却是种花人。
醉入红尘醒无根，红妆碎谢返身春。
春含绿意思白雪，夏遣芳心恨又嗔。
霜菊摇曳病蛩吟，露冷寒衾雁聚群。
抱月独怜寻好梦，冬来我自晕红云。
瑞雪飘飘掩径勤，知音杳杳醉抚琴。
一只红袖擎酥手，半臂香肩系方巾。
花丛回首笑声频，倩影翩翩觅又寻。
春夏秋花蝶乱舞，冬茧应是最思君。

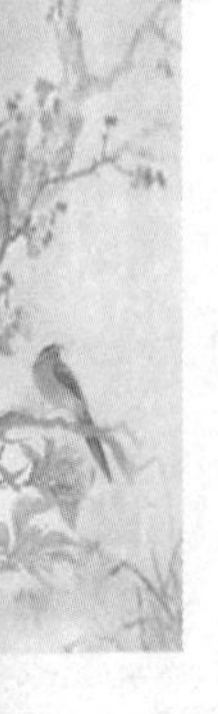

调笑令·明夜平安

三九，三九，为暖相思入酒。昨宵瑞雪如绒，今朝娇阳粉红。红粉，红粉，玉面罗巾睡稳？

忆王孙·狂欢夜

（一）

小楼玉砌旧诗篇，雪叶霜花俱等闲。
翻遍书橱译外言，又一年，只见铃儿不见仙。

（二）

书言圣诞夜狂欢，我抱相思独自眠。
麋鹿陪君踏雪还，见红颜，幽梦枕前信息甜。

浣 溪 沙

无视西风特地凉，闲言去短只留长。明朝风雨必寻常。
忘却心间名利事，只存大雅缀厅堂。胸襟底下染菊黄。

清 波 引

苏武牧羊，胡马望雁，各有所思，各祈所愿。

单于猎鹿，问胡马，汉江几渡？
月迷光谱，凄凉照无主。
雪色映衰草，玉上清溪花树。
自追北雁南飞，今已是，韶华误。
汉疆故土，雁来去，谁寄尺素？
牧羊苏武。
鬓毛染霜露，仍守当年愿，怕负长安叮嘱。
持节气入胡杨，与狼共舞。

谒金门·怨桃花

记幽梦。

春睡浅，梦断珠帘不卷，旧日相思今兑晚，可人芳草远。
好个桃花人面，玉碎香消魂散。愧对堂前双紫燕，翩翩藏又现。

阳 关 引

读李清照词有感。

柳暗花明夜，月照花如雪。
蛩鸣草定，闻流水，似幽咽。

剪烛烛摇影，笼罩光明灭。
自断曰：江南无此梦时节。
展袖歌一曲，惊宿鹊。
月残人闷，伤余恨，动离别。
退居观雨洞，暂避听风榭。
问故人：何时能有恨消也？

浣溪沙·卖花女孩之所见

携侣芳丛无限游，丝丝山雨即称幽。无声窃喜比花羞。
近水楼前拥更紧，风禾举火野成秋。秋心上下惹花愁。

柘枝引·曹公

初见长江，谋划江南。

蛟龙舞罢调头东，追射臂开弓，不巧舟船动，抛锚下令锁江风。

凤箫吟·将军日志

济恩威。
三千铁甲，悉听帐下分麾。
挥鞭人策马，马嘶旗舞，仗剑扬眉。
赞男儿有志，报家国，视死如归。
交战夜，敌军溃遁，魄散魂飞。
神回，清辉满眼，心停处，露重霜微。
问枝头明月，照千山万水，意欲何为？
越关山万里，会佳人，浅苑深闺。
睡梦里，深闺落雪，浅苑飘梅。

月华清·沉思清高理国

逝岁逐波，风流随浪，布衣难掩魂魄。
羽扇青襟，高士鹤然独坐。
吟梁父，竹影婀娜。
比管仲，梅心寂寞。
龙卧。
赏茅屋小巧，大江辽阔。
易对隆中诸葛。
智退百万兵，空城琴瑟。
尽瘁鞠躬，故土南疆开拓。
祁山路，夙夜关心，扶后主，千金一诺。
功过！致吴强蜀弱，又谁看破？

捣练子·冬韵

冬已俊，绽冬梅。鸿雁冬迁韵却回。
蛩信冬眠幽梦美，艳阳冬至赏春闺。

水调歌头·回忆大学毕业

花谢暮春尽，叶落季成秋。今朝凭此一页，年少又何求？
送与赤诚片片，换得深情满满，盼有来日酬。
潇洒步归去，含笑几回眸。
旧日情，异时景，聚心头。话别时刻，桩桩件件瞬间愁。
回想同窗四载，趣事如江若海，怪味气息投。
祝愿学时友，业满共登楼。

渔家傲·孔明知音司马懿

一曲墙头神掷笔，回身策马知音避。转瞬仿佛经四季。
琴如泣，衣衫汗透君何必？
笑我三军千帐闭，我之未逊空城计。不战屈兵无善比。
霞光里，祁山垄上谁家米？

捣 练 子

青海韵，韵青山。人换青衣衣换丹。
自信青春长做伴，遍翻青史背相关。

渔歌子·蝙蝠

警句檐头倒挂听，红尘斜眼视分明。
希音重，落声轻，封喉溅血世俗惊。

庶人自度曲

鱼翻尺浪，舟倾苇激荡。
令君回想，波平如镜映人样。
利是双桨，欲是单杠。
渔歌一曲倾心唱，心静两相忘。
月几望，征夫搏酒边墙上。
道此酿，高歌和泪苦相让。
断有曰：世事如弈之对仗。
君不见：卒身舍命渡大江，匹夫忘死士惊相。

蝶恋花·今早有雪，周五

细雪凄迷天大冻，远近高低，学子家家送。
校外门前心与共，轻声叮嘱宜珍重。
眼下人人均有梦，望子成龙，望女须成凤。
将相王侯宁有种？风推铃动禅音诵。

捣练子·赋闲情

兰愈近，嗅兰芳，空谷兰幽幽且伤。
吐气兰如芳草韵，破魂兰似蕙披霜。

浣溪沙·秋思

一抹南山浅带浓，青春永驻梦成空。小园新绿去匆匆。
叶底黄花辞旧色，枝头翠鸟忆残红。心思别样雨惊风。

捣练子·梦中猎

霜剑并，冷弓藏，霁月时分心设防。
潜步移形听侧耳，涧边好似虎驱狼。

捣　练　子

黄叶落，落黄山，魂到黄粱声睡酣。
恨至黄泉心梦远，魄随黄鹤幻如丹。

红军歌谣

忧国忧民亦忧身，高举红旗把党跟。
小径一引花香放，大江九曲天下分。

渔歌子·他乡遇故知

游子他乡座上逢，席间谈笑退东风。
烟淡淡，月胧朦，扶肩轻声问归程。

新年梦境

昨夜梦游境界巅，神高形胜月中仙。
只身寄宿临溪店，仅备三朝换酒钱。

参　悟

慧眼识慧根，煮酒恨春分。风遣花香夜，雨定雾又昏。

浣溪沙·原版浣溪沙

眠鹭滩头吻颈交，平湖渡口暮云飘。依风眷侣入神瞧。
驿路笛横音渺渺，竹桥琴竖境悄悄。浣纱溪畔女儿娇。

壮志未酬

国忧未解志难酬，
强弩尽处晚风悠。

真命携星谁与共，
乃传日月换清秋。
正邪终有高明鉴，
人鬼始无浅见究。
君意澄清一江水，
子言荡遍几滩舟。

调笑令·易容

收放，收放，红尘有缘谁忘。寒窗且共东风，数载别后易容。容易，容易，人面桃花难记。

方圆并举

易容容易易心难，
收起简单放下艰。
一念独行魂切切，
语意双关恨连连。
千载有缘缘似壑，
万方无角角如川。
声明未若眼光锐，
起伏哪如平常巅。

千里走单骑

王者风度谁人及？
立志可曾问心疑？
兵来将去布何阵？
千里寻梦走单骑。

万壑非凡云得意，
细流暴涨雨凄迷。
分水岭上风光好，
别来无恙赏花奇。

奔四感怀

少年击水任流急，
年轮数罢叹声低。
旧装试遍窗前镜，
梦寐何时再解伊？
今后霜浓听雪颂，
日前雨骤问风檄。
依依不舍竹林马，
稀是青青草弄蹄。

梅弄影·傍晚雨初停

雨停风定，寂寞窗前杏。池畔群芳弄景。
翠叶轻摇，晚来初睡醒。暗台明镜，月冷蟾光病。
碧水云天相映。此夜难眠，浑然心不静。

万水千山

珍惜昨夜雨纷飞，
惜梦时节梦又回。
现去故园寻小径，
在意竹马与青梅。
把酒倾心君非汝，

握盏扬眉我为谁？
明月楼高春不是，
天涯柳翠燕微微。

无　　题

（一）

诗意浅且霉，过眼恨又回。无言对无颜，名利惹人为。

（二）

燕子衔泥归，去日怎堪回？无檐翻飞去，声声渐转微。

七　　律

有志寒蝉欲转天，
人前唱彻过江仙。
冒昧石上高声语，
充耳谁闻梦话篇？
立马横刀诛赤笔，
兵来将挡赦蓝笺。
留名意为九州醒，
言尽犹嫌四海眠。

乡　　愁

年华几度羡朝霞，
近日幽梦又归家。
不言不语屋后柳，
惑迷惑解镜前花。

乡音入耳唇先问，
情曲出神魂未答。
更尽月残愁梦远，
浓风骤雨叹霜华。

消息·秋起

残月如弦，长河似练，清风拂面。
小径寒暄，长桥留愿，梦后姗姗见。
泪涟涟，谁曾梦觉？寂寞一声长叹。
天涯孤雁，霜催翅断，离散由人哀怨。
雁去无凭，梦归有信，空守千年倦。
他宵月满，客舟换盏，琴让歌声飘远。
倾心问：彼时此景，洛神可管？

江城梅花引·蝶不恋花

忆昔台上舞双蝶。
翼相携，影相携，如是年年，冉冉绕花穴。
比翼却招花叶恼，直引得，恨重重，任意嗟。
意嗟，意嗟，忆惜别。
千千结，此唱绝，唱也唱也唱未已，此唱三叠。
饮露寻芳，展翼未曾歇。入夜盼能来日雪。
花已谢，梦时节，赴旧约。

南乡子·漂流

快乐似封侯，结伴出行自驾游。假日伊春多少次？
漂流，不尽青山脉脉悠。

无故觅闲愁，短暂青春转瞬秋。劳逸结合君请记。
双休，过眼云烟何必求？

水调歌头·《史记·秦始皇本纪》

评价始皇帝，史记得真踪。治平征乱韬略，今古几争锋？
置郡三十有六，立法推新弃旧，王土不分封。
纵览我华夏，应是第一功。
治驰道，通渭水，筑长城。废文灭武，天下一统度量衡。
泗水曾寻周鼎，不老仙丹憧憬，渡海意吹风。
梦退碣石浪，心醉泰山松。

月下笛·梦中梦

月下横笛，阶前留序，小园新绿。
梨花带雨，未嗅芳香叶先举。
移形换影停君侧，心默默，轻弹恋曲。
暗香伏秀笔，花笺草字，诺言相与。
几许？
相知语。
对答旧时题，东园吟句，西厢自诩。
胸襟沾满愁绪，青巾懒懒斜肩系。
携纸鹤，随风飞去。
再回首，望东园，颜色葱葱郁郁。

2006 桃花依旧开，

铃解风

序（一）

李长风3月13日邀我为他诗作题序的“小纸条”，我4月13日才读到，而这时我还没有确切地知道李长风是谁，虽然曾经在校友录上宣称过“李长风之谜已有答案”。

我参加“1986级校友二十年聚会”，是于同学“引诱”的。他去年寄我《风解铃》，说这些都是校友录上摘下的诗词。打电话问及这些人的真名实姓，他佯推不知，好像他是幼儿园老师，而我是学龄前的儿童，一哄就信。本当言辞诘责，无奈人在远处，时非昔日，且由他姑妄言之吧！

一读诗词，不免惊叹：雅者含蓄端庄，韵致无穷；俗者嬉笑谩骂，骇人听闻。又且序跋奇特无比，虽故弄玄虚，然才华横溢。

一种自叹弗如之感，驱使我以“调查李长风”为由进入这个大班级。尽收眼底的是文采风流、嫣红姹紫、荒诞虚妄、妙趣横生。除了李长风、逸风的诗词，很多人的诗文杂说也很具功力，虽然有些是借讽世、骂人以谐趣。

可惜校友录中，校友皆真，用名多假，热闹固然是热闹了一阵，但缺少一种知心的感觉，这恐怕也是有时不热闹的原因之一吧。我为自明正身，曾以拙作《七律·五十初度》见证，结果还是有人怀疑。希望大家在反思之后能以真面目示人吧。

李长风时而夸耀“朱唇”，时而自诩“青丝”，时而“对镜取钗”，时而“醉舞芳巾”，让人怀疑他是李清照或朱淑真，正如李清照要写“生当作人杰，死亦为鬼雄。至今思项羽，不肯过江东”一样。但这种反串，在清照是偶显英豪，在长风则是故布疑阵或别寄隐情。他到底是谁？有一次我引“猪圈”之嘲语激恼了朱君安，他做了大半天的考证，结论是此人乃于同学。

我已不熟悉大家离开四中后的发展情况，没有理由不相信，加之于同学有传信赠书行为，至少是“筹备组”中的核心人物之一，就按照朱君安的判断去宣称了，结果此结论仅仅是靠近答案。“当年筑路身长往，而今只有心来去”，于同学搞法律，不是修路的呀，当时竟没十分在意。

李长风这次的500余首诗词，皆为2006年个人作品，而上次寄我的集子是2005年的众人合集。

李长风诗词的多产，是让人叹服的，照这样下去，《剑南诗稿》的9000多首诗是不敢望其项背的。这至少证明了他诗情如潮，并且才思敏捷。这还不算，高中学理科，大学学道桥，工作后专业技术和社会工作没有影响他对诗词的爱好与追求，“醉笔书欢，尽释平生……论财富，总把文思，算在其中”，其重视中国文化的精神难能可贵。

表面看，好像其作品中消极的东西多些，诸如“笑少年年少。误江湖，枉斗久……晨梦清凉，又何须，闻鸡问晓”，“三界红尘最苦……且凝神，试听暮鼓”，“荣誉，来与去，视如衣履”等，似乎是在抒写某种失意后的消沉。

实际上，词这种体裁最易寄托的是愁苦和愤懑，非此词作不兴。更重要的是这和他另一些愤世嫉俗的表达是一回事。如“感民风，叹世风，日下江河千里风”，“燕至衔泥往返忙，莺来信口竟雌黄。登枝何必砌新房”。燕子通过勤劳创造财富，黄莺只唱高调不干活却登上高枝。现实社会中的不公正随处可见。不理它只管去干是高尚的，反击是积极的，表面消极也未必不是一种曲折的反击。可怕的是真的消极，好在他有周郎般的“文武一身兼备，英雄气，酝酿柴桑”以及对佛学和哲学妙语的“此峰顶上峰无数，绝岭宜从坎坷图”的真正追求和清醒认识。

他的诗词，合于格律，朗朗上口，清丽脱俗，婉约动人，“心中一介无花草，芳在西天韵在瓶”，“小舟载满今生梦，一秋红叶一场霜”等不胜枚举。

看来他读了不少书，“闲来读遍三春赋”大约不是夸张。看他的纪游诗词，典故史实化为章句，信手拈来，随处可见。其人文知识，可称渊博。不唯如此，藏头诗、回文诗虽属文字游戏，但其作读来不觉牵强；他次韵唱和前人之作，如陆游的《诉衷情》、王安石的《桂枝香》等，也较少模仿痕迹。理工科出身的搞起文化来，真是不得了。

虽然他的诗词还不够厚重，有待于在思想和艺术方面多加锤炼；虽然他的古汉语运用得还不够娴熟（主要是从诗词上学的，很少是从散文中学的），常有文白夹杂现象，但这些可在阅读和写作实践中去提高。

我不了解他的生活经历，加之网上作品适于浏览而难于仔细揣摩，因此评价既难全面，更难深刻。可以想象，如果他把诗稿交给我读一个月，再请我喝三饮酒，谈两夜话，下一局棋，应当不会这样。

写也写了，用就用，不用就不用。放在前面，就叫“序”或“题”，放在后边，就叫“跋”，随他们的便！还要告诉读者，李长风就是王立兵，他亲口在电话里说的，还说上次在合集中写序的韩大师是他本人。

我当年给四中 1986 级学生讲课，高一两个班一年，文科两个班两年，并且负责高三学年的全面管理工作，那是我教学工作的巅峰期，管理工作的起步期，因此印象特别深，现在把大家集合到一起，我至少能叫出一半人的名字。我一直为他们的努力而喜悦，为他们的高考遭遇而不平（当年名校压缩招生指标)，为他们各方面的成功而自豪。

“青，取之于蓝，而青于蓝；冰，水为之，而寒于水。”荀子到底是高明的。

唐耀舜

二〇〇七年四月十八日

序（二）
难解风

大隐隐于市，当如李长风也。

谁是李长风？李长风是谁？这真是一个类似于哈姆雷特式的问题。虽为调查记者多年，这个调查我却至今只能说找到了选题，尚难以突破。

李长风仙踪难觅，诗词造诣却显然比去年更上层楼。古龙笔下的小李飞刀，刀随心动，刀至处，毫厘不爽，同学录上的李长风，吟诗作赋，落笔如江水纵横，汪洋恣肆，词无不至处，人却无觅处。

桃花依旧开。

桃花依旧落。

2007 年 4 月的一天，我和战英杰在云南丽江的束河古镇逛街，发呆，做梦，闲聊，品茶，远处玉龙雪山的神姿若隐若现，有风微微掠过，有鸟姹紫嫣红。

忽转入一条小巷，竟见一树灿烂到炫目的桃花，桃树其下，落英缤纷。

惊艳到发梢。

从北京到丽江，一路阴霾，我们在酒店甚至打开了暖风。两个怕冷的东北女人，不远千里到了传说中的艳遇之城，竟懒到只买张碟听了听那西古乐。当天籁之音，刹那穿透古旧的窗棂，几声叮当的铃动撞门而来，四方街酒吧对歌的喧闹，似乎瞬间归于沉寂。

如果，有妙音绕梁；

如果，有美景推窗即是；

如果，有这一树绚丽的桃花；

如果，竟还有，词婉约，词为酒，友如是，那么，李长风何许人也，又有何追寻之必要呢！我们只需知道他（她）是林口四中1986级的才子（女）就够了。

虽和吴晓东、王立兵、李云峰数次探究过，此实出于记者之职业本性。

感谢李长风每日在同学录上赋丽词，吟风月，叙闲情，这让我们感受到人生的美好，同学情谊的美丽。

回京途经昆明，和汪辉、韩雪松夫妇及李宝辉夫妇小聚，席间我们打通了李政驰、曹阳、姚先东的电话。彼时彼刻，塞北江南，彩云之滇，有同学真好。

韩志军曾为《风解铃》作序，今受长风之托为《铃解风》作序。

不得不说的还有，战英杰说，丽江的绣片和李长风的词作，让她想起了高中时和好友赵影一起在宿舍逃课绣花，填词作诗。虽有如此前科，我仍相信，他非李长风也。

回到北京忽然又接到友人的电话，告知李长风给他发了小纸条，让他催我快些写序，由此蛛丝马迹仍然难以把张律师和填词这事儿联系起来。

500余首词作真洋洋大观也。

岂敢为序。是为记。

于津涛

二○○七年四月十八日于北京

扬州慢·梦作姜夔

十里烟花，半宵雪月，平生最恋扬州。
寄清词篱下，爱情趣相投。
润素笔，凭魂写下，倾心绘上，无限温柔。
看行囊，琴棋书画，除韵何求？
姜郎才俊，逝风流，已在荒丘。
剩疏影重重，暗香淡淡，吟惑桥头。
陌路难逢知己，箫声荡，一叶轻舟。
忆小红摇翠，回眸曲病人愁。

庆春宫·青海日月山

云锁山巅，波穿阔野，近川路绕孤城。
禁苑鸣蝉，晴空过雁，诉已一片心声。
倦途歇驾，日与月，重光驿亭。
文成公主，回望长安，魄恋魂倾。
梦中故里欢迎。
眸底盈泪，倒淌西行。
政治联姻，策关天下，是为海晏河清。
密宗僧侣，念从善，拂幡诵经。
意浮西海，愿起东山，宇内升平。

致唐老师

——藏头诗“何期煮酒，共论浅深”

何时同赏一溪风？
期待携香入画中。
煮绿尝红真雅士，
酒酬谊重俊豪雄。
共言旧事师生喜，
论谈新诗君我融。
浅显应非山涧水，
深藏才是卧渊龙。

满　庭　芳

（一）

煮酒驱寒，高歌消困，屈指弹破清秋。
书生意气，忘在钓鱼舟。
回首苇花深处，芦鸭起，羽劲风柔。
凄凉意，漂泊顿念，故事唤神游。
难酬。
情太久，当年形势，今更堪忧。
最苦相知地，领唱红楼。
啼血窗前赤字，又谁认，杜宇闲愁？
连环计，周郎醉酒，逝水任东流。

（二）

情聚神巅，缘来梦后，曾言煮酒驱寒。
清秋一色，翠绿润愁烟。

许是由来太久，帘洞外，已住神仙。
相知后，平湖波忘，一苇过江船。
天天。
人病酒，香残色掩，枉续前缘。
辗转黄花谢，人入长安。
怕变异乡倦客，才施展，赋笔清闲。
对明月，心中埋怨，总在醉时圆。

（三）

朗月疏星，绚山着素，霜天清韵无边。
层林踱步，外静内心喧。
廿载江湖回顾，劳神处，总在乡关。
徘徊久，影嫌身瘦，风缓叹声纤。
谁怜？
漂泊叶，三秋风转，一日飞天。
露白三生愿，霜降魂安。
从此伏冰卧雪，凄凉睡，只梦从前。
溪桥外，晓寒馨惬，似忆旧欢颜。

如　梦　令

（一）

漫夜灯光如豆，论短说长依旧。咫尺变天涯，总在伤情时候。能否？能否？风雨同舟此后。

（二）

病甚形容消瘦，临镜腮红如酒。入梦暗香来，情动落花时候。依旧，依旧，风雨黄昏左右。

渔　家　傲

意渡迷津禅作慧，红尘枉付相思泪。欲怪三生如意会。
心已碎，繁花落尽春憔悴。
万里江山无限美，痴然只对家溪水。劫后余生巡故垒。
人已醉，缘来醒悟幡然悔。

浣　溪　沙

（一）

独对小园来去风，心思左右意西东。春回芳径又复红。
窃喜佳期花自在，担忧逆境叶从容。忘言失败与成功。

（二）

故侣曾游皓月空，携香洒在大江东。鹏程我为射雕功。
策马迎风谁壮志？抽刀北望是英雄。冲天傲气汇心胸。

（三）

隐匿真身花径东，旁观谨慎觅从容。秋来可否绿轻松？
不语清风春淡淡，甚喧丽日夏浓浓。时光荏苒又复冬。

（四）

慧感眉前来去风，侧耳倾听往复声。毁人宫阙固人城。
蔽日三番全宇暗，秉烛一照满堂红。傲然四海我英雄。

（五）

不改芳颜一片红，霜来本色更从容。蹉跎岁月几峥嵘。

闷雨敲窗心懒懒，劲风拂面意融融。翩然携侣入花丛。

（六）

春尽盘活叶底红，秋来气死可怜虫。回眸望去雁非鸿。

过海八仙争举圣，穿山一怪逊称雄。麒麟入水自成龙。

（七）

吟破小园一丈风，心思自在话英雄。落花流水任西东。

运笔溪间春有限，弹筝月下意无穷。关情已忘忆平生。

菩 萨 蛮

（一）回文

兴时当品愁时病，病时愁品当时兴。冬日百花红？红花百日冬！

客穷途巷陌，陌巷途穷客。昌运致心伤，伤心致运昌。

（二）回文

夕朝人为名行急，急行名为人朝夕。松看水流东，东流水看松。

岭前溪照影，影照溪前岭。鸣鹿爱青青，青青爱鹿鸣。

忆 秦 娥

（一）

重阳节，匆匆行色归心切。

归心切。故园烟雨，风中离别。

叹息路上芳菲绝，出神尤记花中蝶。

花中蝶。双飞魂与，比翼心约。

（二）

琼楼约，焚琴煮罢相思绝。
相思绝。秦淮河畔，看月圆缺。
莫愁湖上君离别，梦回故里谁曾觉？
谁曾觉？佳人易见，关山难越。

霜天晓角

意临其境，徒步峨眉径。
崖下舍身问道，禅释儒，三家并。
金顶，绝万岭，普照佛光影。
雾海云涛相应。君能忘，此生幸。

浣溪沙

（一）

自驾出游身入疆，梦寻千里不迷茫。天山南麓会胡杨。
展绿涂黄风热闹，屏沙遮壁意凄凉。羊肠古道绕湖光。

（二）

顾往扶今询未来，三千年后事当猜。伴君我已住蓬莱。
答谢风霜出瀚海，应酬雨露过沙台。等闲一笑付尘埃。

钗头凤

清清露，飘飘雾，聚来散去心回顾。
人垂泪，叶滴翠，四时风景，几番滋味。
记！记！记！

风倾诉，云曾妒，雨中雷电谁应付？
花堆积，红憔悴，拈香醅酒，病魂安慰。
醉！醉！醉！

浣　溪　沙

漫步苏堤魂释疑，闲吟诗句赋别离。钱塘折柳意凄迷。
新墨浓浓愁润笔，旧欢落落泪沾衣。回首往事恨依依。

水调歌头

明月恋清色，快马炫西风。卷岗过野平嶂，惬意至心中。
出剑风驰电掣，制略移山平壑，高手忌雷同。
听慧约白首，感悟近黄童。
携清影，舒广袖，至天宫。诏知玉帝，平衡南北与西东。
日采金光万缕，夜剪银辉一簇，换彩乱霓虹。
诱惑太阳雨，为我净长空。

满　江　红

化叶为丝，后为蛹，春蚕始作。
行桑梓，故园愁甚，家溪忧阔。
取道为听风会雨，续约犹记香着墨。
这次第，又几许光阴，能评说？
身堕落，心超脱，情剥夺，魂漂泊。
算今生理想，应难收获。
益壮卧谈春寂寞，少年追梦出帷幄。
到头来，回望旧行囊，真迷惑！

蝶 恋 花

（一）

年年节气一时新，桃李无言相笑频。
欲引东风停翠馆，吹开秀色自迎春。

欲引东风停翠馆，秀色吹开，独自迎风暖。
巧笑无言神贵软，年年节气随风转。
桃李不争霞色艳，李下伊人，总比桃花面。
以为三秋无限远，铅华妆罢芳华散。

（二）

雪夜无人登玉台，奇寒诱得暗香来。
清新格调谁应是，腊月梅花独自开。

腊月寒梅开独自，格调清新，除我谁应是？
嗅取暗香心咫尺，无人雪夜情一致。
漫步玉台台作纸，浅浅深深，足乱相思字。
细品奇寒魂胜似，原来此事非关智。

南 乡 子

口大欲吞舟，虚喝一声水倒流。驾雾腾云龙子俊。
貔貅，希望齐家万户求。
富贵总无由，稳踏祥云意比丘。不羡为兄麒麟色。
赳赳，护佑人间劲举头。

南 乡 子

思绪揽还流，娇嫩芳颜不胜羞。不改当年眸似水。
温柔，覆雨翻云心下咻。
夕照暮云收，放任三生四海忧。眼下湖光难算景。
登楼，为挡虚寒着劲裘。

南 乡 子

客土捧一抔，勾起乡愁怎让休？回望家山无限远。
心忧，据此平添几段愁。
风定雨温柔，羡慕行云性自由。十二长亭全倚遍。
回眸，不肯从头忆旧游。

浣 溪 沙

（一）

林外系铃声似悲，梦中解语话当归。随风而逝艳阳晕。
细雨沾衫心会湿，远山入眼意明迟。平明我自赋新诗。

（二）

诗稿风干付雨知，夜阑怕有伤心时。情钟独奏报相思。
乍看昙花初似彼，细瞧老树亦如斯。无缘谁会绽新枝。

（三）

叶叶不知春意思，花花也有豁然时。虹桥艳影告相知。
宏愿随同星陨落，紫衣伴我唤霞飞。桃园数酒共三杯。

浣　溪　沙

（一）

一现昙花昨夜归，舒香展艳似新醅。胜于绿瘦与红肥。
慢赏奇芳神会醉，瞬吟凡品意叠微。兰房锁寞宿深闺。

（二）

解佩系兰君为谁？藏香总是躲深闺。传闻此卉恸余晖。
秀外红肥除旧影，慧中绿瘦铸新胚。吟芳我自是花魁。

（三）

开后未言谢后飞，追风我自出深闺。琴童曲涩忘相陪。
踏雪寻梅非贺铸，竹林尝酒是姜夔。词中怎忍逗芳菲？

南　乡　子

技艺有高低，只论输赢不用踢。飞脚临门还未射。
球迷，场外高呼已进兮。
起舞要闻鸡，挥汗如一土变泥。孔子当年演周易。
无题，点破玄机君莫急。

蝶　恋　花

（一）

莫嫌芳草误年华，入梦轩开故里花。
好在镜前君写意，未曾留意种山茶。

芳草故园青片片，入梦花开，雾里依稀见。
写意镜前君睡浅，未曾留意山茶简。
迟误年华嫌梦远，心路无穷，尚有香魂缅。
可恨风霜拂遍脸，唇红齿皓谁装点？

（二）

东风几度故园新，小径神回露迹陈。
片刻光阴吟过了，花坛四季盼长春。

几度故园春梦好。小径神回，露迹尘封了。
片刻光阴吟又少，花坛四季盼春早。
曲意直迎欢愈渺。谢绝芳菲，留恋青青草。
梦破东风无限恼，出言欲共新枝老。

浣 溪 沙

（一）

曲意逢迎道短长，倾心渲染鬓如霜。魂残魄碎落痕香。
解语无眠君去早，沉吟入梦恨回忙。尘封往事更思量。

（二）

苦短良宵别梦长，春阑紫气已成霜。窗帘红粉绣花香。
同路无言心醉早，兰桥有信雁飞忙。芳笺读罢忍思量。

（三）

雨释风缘风自长，烟禅雾意雾成霜。虚无静处法门香。
窗外人嫌秋到早，心间我怨恨回忙。红尘旧事费思量。

渔 家 傲

绿意藏枝春不远，去年芳草青回转。珍重晓寒人睡浅。
风渐暖，驱车又看夕阳晚。
不怪冬残长夜短，夜来如梦山花染。欲采山花着鬓满。
心事展，花容月貌愁遮掩。

行 香 子

曲散匆匆，听罢愁浓。看平生，功过无穷。
故缘难改，往事尘封。忆少从军，壮从政，暮从容。
风情万种，雨意西东。话遐思，只在其中。
梦惊平壤，睡稳沙龙。赞朝霞紫，流霞艳，晚霞红。

风 入 松

风携竹影上东墙，臂枕残阳。
桃花人面今朝远，寂寞事，暖袖熏香。
回首长空雁过，凝眸泪落成行。
婉言前事动芬芳，有恨回肠。
风言风语花间事，到秋来，转话风凉。
满树离愁摇落，一帘幽梦垂堂。

千 秋 岁

万商都会，月比灯花贵。人影乱，歌声媚。
功名谁千古？尘世图一醉。红巷内，桃明柳暗春相对。
燕舞莺联袂，一曲珠含翠。迷乱处，情安慰。

拂平胸下闷，吹皱池边水。留人问，春愁几点秋滋味？

浣 溪 沙

自诩庸人自诉怀，歉然君子费神猜。腐生朽木莫称柴。
羞褪擎烛临晚镜，梦回出手固银钗。整妆我待故人来。

浣 溪 沙

（一）

病雨催晴花径来，浅愁只带暗香埋。停风一日化尘埃。
月里情踪留玉宇，云中漫步至蓬莱。紫衣仙子妙装裁。

（二）

月下花容次第开，心思去岁友人栽。清明一过暗香来。
只信明朝花更好，不知昨晚叶堪哀。愁来对景忘徘徊。

（三）

缘分未知情不该，相思仅供两心猜。曾经携汝逛秦淮。
故事随风结伴去，新愁带雨自归来。红尘月下醒徘徊。

飞瀑观雨

——2003 感怀

雷声滚滚欲惊魂，雨箭连连愁煞人。
弱柳三伏摇翠影，劲风再度乱红尘。
岸边碧草随波远，涧下浪花一时新。
万马奔腾肩比俊，满腔热血报国勤。

浣溪沙·记录大师判词

（一）

徐庶曹营沉默金，
宏图未展日垂林。
文韬武略梦回勤。

王道酬情功过眼，
雅尘扑面错追心。
云帆济海月亲临。

（二）

王莽新朝仅试金，
雪压翠叶禁宫林。
梅开五色谢芳勤。

张榜求贤云过眼，
金屋纳妾利催心。
铃摘掩耳盗如今。

（三）

刘备茅庐三顾金，
易行易语立竹林。
收缰下马探殷勤。

白羽迎风形入眼，
竖飞会雨气除心。
针连妙策自亲临。

浣溪沙·和唐老师韵

跋序无才枉赚金，玄虚解罢意天真。汗颜在此乱红尘。
网上重逢情未浅，席间论酒义加深。相别数载记如今。

蝶　恋　花

日坠辕门红欲尽。白马西风，巡视刀光俊。
帐内停杯寻旧恨。堂前舞剑消余困。
草长莺飞谁问讯。身老边城，心致霜花鬓。
不改初衷持将印。征戎只与边关近。

转踏调笑令

（一）

风切，铃声悦，频唤江涛推荡月。
清音不解愁肠结，仰看落花如雪。
关情残照佳期绝，放眼潮平江阔。

（二）

江阔，舟曾过。慧酒独斟人独卧。
擎帆逆转吟风破，自解心结无我。
浪花飞溅舟前索，默认今生魂魄。

（三）

魂魄，任漂泊。自信闲愁能解惑。
顽石放刃心雕琢，窜改当年承诺。
佛摘檐下无花果，点化情之经络。

浣溪沙

霜羡眉来眉羡霜，棋亭不语瘦菊黄。拈来胜算挽回忙？
背手不裁江秀色，举头只嗅月魂香。不才谋略岂寻常？

洞仙歌

旧山竹老，看清风吟晓，回味书轩墨香好。
断弦复，试遍芳草斜阳，归程阻，情叹故园晚照。
直捣黄龙梦，马踏群英，换得君前谗言妙。
月夜尘缘了，此恨难消，梦散在，贺兰小道。
志未酬，空有泪花娇。难再问，知音换弦多少。

金人捧露盘

恋芳姿，怜芳瘦，解芳迟。叹芳远，捡韵成诗。
暗香浮动，曾经泪透葬花词。
天山太远，盼能梦，沐浴仙池。
水痕皱，雪痕瘦，香痕渺，泪痕湿。
伤心后，病体难支。从来总是，朝花垂落暮来拾。
芳心紊乱，怕人问，此恨谁知？

浣溪沙

（一）

俊脸蒙纱晕染霞，朝云暮雨问当答。为何情许浣溪沙？
绝壁梦成千簇笔，隔帘幻作一枝花。小桥流水故人家。

（二）

迷雾出轩雨泡茶，寻词拜妙访闲暇。晦诗付染日期佳。
会侣郇山徐作序，长风催雨速修跋。无言改后笑当答。

（三）

轩绽幽兰一束花，心收意底奉奇葩。近前仔细话桑麻。
半掩朱颜调彗色，轻悬素手试琵琶。原来声色俱交加。

（四）

霞染云山云染霞，宜昌会侣又出发。千帆并举过三峡。
心系江山谋似水，恨伏藤椅鬓如花。沉吟自古浪淘沙。

撼 庭 秋

雁归音信谁寄？叹恨平愁起。
枕边风雨，城南旧事，任由梳理。
梅园踏雪，竹林尝酒，莫关桃李。
对芬飞芳谢，香残色殒，泪垂难已。

浣 溪 沙

（一）

斗室灯垂一束光，伏床卧榻写清香。夜来幽梦不声张。
睡稳楼台情自已，病余处所逗芬芳。个中风味怎寻常？

（二）

昨夜西风不胜凉，雨歇沙卧吠声长。柴门一侧酒花香。
醉倒东窗随梦去，心伏北斗意飞扬。平时举动费思量。

（三）

玉宇楼头可见琼，谁栽桂树广寒宫。心飞天外越发茕。
叶底能藏无限意，花边难展一层衷。人间天上梦曾同。

（四）

绿柳庄前胡寨威，桃荣李谢汉家悲。长城从未界芳菲。
九曲黄河浊逝水，一行鸿雁恸余晖。图腾读罢唤狼归。

（五）

惠顾晓园无限香，漫思闲趣话平常。去年今日骤然凉。
露重霜微寒透骨，情迷意乱魄追肠。少吟诗句是良方。

（六）

玉枕山梁画枕廊，野留芳草垄留秧。千溪婉转汇长江。
写就湖光重润墨，绘完山色又熏香。为君休憩为君忙。

意 难 忘

五月清香：是瓶中玫瑰，枕上红装。
初时天细雨，次日地风光。
穿小镇、过村庄，同赞路无双。
故径东，评房论舍，折柳扶杨。
别时留恋芬芳。忆楚歌婉转，湘韵绵长。
有情花润色，着意叶声张。相对诵，旧诗行。
寻路过桥忙。爱人生，红颜知己，粉黛迷郎。

暗　香

叹花零落。看芳华逝去，叶难依托。
捡韵闻香，换得神单意漂泊。
几度故园偶遇，赴霜约，眉心曾锁，却露请，鬓角消磨。
惆怅入帷幄。沉默。病如昨。起坐不由人，原因情迫。
旧欢寂寞。云破月来雁声阔。
再敛残香闻过，穿经络，摄人魂魄。
梦破也，吹散了，一江承诺。

朝中措·滕王阁忆，1992

（一）

滕王阁下赏清秋。望远共登楼。
阔野三分姿色，平川一地风流。
晚霞写意，轻烟撩趣，极尽温柔。
自信与君别后，赣江脉脉盈愁。

（二）

失眠落日与孤鸿。此聚太匆匆。
江上一弯明月，岸边几处衰蓬。
客愁斟满，乡音收敛，试问行程。
落座寄言秋水，来年再叙春风。

（三）

那年行色记如今。回首旧游亲。
鬓与霜花共老，情投意渡迷津。
孤鸿梦远，斜阳愁甚，几度春深。

信里秋香仍寄，吟来片刻销魂。

浣 溪 沙

（一）

欲赴琴台除旧埃，解弦触动旧情怀。东厢篱下意徘徊。
入户未嫌霜迹瘦，出帘埋怨月痕白。淡泊名利塑形骸。

（二）

霁月时分水泻银，轻纱一束拢浮云。宿晴关已自沉吟。
小院寻诗花寂寂，故园入赋叶阴阴。未曾提笔意醺醺。

（三）

夜雨凄清滴到明，星星点点续复停。阶前坎坷竟填平。
持重无言环步走，翩然轻笑跳足行。一如静苇伴浮萍。

（四）

细雨如愁始未停，轻烟若绪竟先行。疏光点点聚流萤。
婉转歌声隔院起，率直琴瑟透墙应。恼人天气自心晴。

（五）

若隐若明着意听，若言相聚却无凭。连绵细雨瘦红英。
起步园中寻旧景，驻足帘外逗流莺。偶然相遇又清明。

（六）

数遍重读回味深，留言晦涩意难寻。随缘险负故人心。
纵使前年疏旧过，莫教日后固原浑。重游诗社稻香村。

南　乡　子

功过已曾经，评点从前赞史青。为保家国留硕果。
出兵，鸭绿江边旗帜旌。
将士凯旋迎，宴罢长亭宴短亭。未忘他年同战友。
清明，化纸蝴蝶蹁旧茔。

鹧鸪天·见苏小小墓

（一）

隔断情丝别院墙，临窗嗅取透魂香。
轻风拂乱额前发，细雨沾湿鬓下庞。
听仔细，问周详，剪烛原为试红装。
奴身好似迎春礼，送与前村员外郎。

（二）

剪断西风留下凉，镜前试罢晓红装。
君为雅士应酬稳，卿本佳人作秀狂。
行向善，意从良，清歌一曲动余杭。
他年客栈琵琶酒，梦远青春愁转长。

（三）

万顷西湖无限光，凌空一览似池塘。
云僧偶念重重咒，伴侣频插细细香。
今古恨，旧新伤，长歌错引又何妨？
丈夫有志擎天下，吴女无心坠汉唐。

菩　萨　蛮

风高魂断诀别夜，月黑魄散追寻切。闻讯指如冰，苍白无限惊。
恩仇一并起，此恨关乎己。故里唤人归，心残万念灰。

减字木兰花·南宁青秀山

湖边春早，烂漫青山花正好。香醉游人，嗅蕊尝芬总费神。
江南风物，细径藏芳红处处。工作之余，曲巷通幽赏跳鱼。

浪淘沙·重游韶山与湘江

日落满江红，一笔从戎。千川并水润泽东。
圣地重游悬赤帜，四海雷同。
岁月忆峥嵘，镰钺工农。征程未惧炮声隆。
吟道闲庭花正好，绿野仙踪。

浪淘沙·白桦树

（一）

斜径踏残红，目送飞鸿。伤春总在故园东。
别后亲植白桦树，今已繁荣。
其色浅还浓，不与群同。携心隐匿绿林中。
自拟江湖真秀士，洁近长风。

（二）

遒韧胜于松，躯干成弓。颜白如玉叶玲珑。
秋罢寒来冬始信，雪魄能融。

求地不争峰，草侧芳丛。背阴泽处赏渊泓。
大隐能同君本色，气贯长虹。

（三）

躯干箭苍穹，枝叶从容。风前笑彻可怜虫。
林内涛声鸣若海，屏蔽蛟龙。
纵使意茕茕，也戒平庸。穷途恨满恨途穷。
远志存胸从未改，本色英雄。

渔 家 傲

欲求诗稿君不与，雾里长风曾窃取。绿遍春山神触笔。
花香里，追痕写下魂自己。
入梦昨夜身渐许，身随风散能几缕？取瑟为弹豪放曲。
听无语，三生有幸情又举。

渔 家 傲

婵婵夜色全为你，为赋新词不辍笔。山花先放幽梦里。
求亲取，晕染香腮情不已。
梦里曾经寻比翼，寒暄试问君情意。桃红只羡柳青碧。
娇杨起，绵绵诉尽相思底。

渔 家 傲

（一）

一送东君魂解冻，梁园不与桃花种。合适笛声鸾引凤。
成远梦，命该有此十八送。
二送同窗三载共，愁云不减浓云重。拜月楼前心忍痛。

相思弄，前缘未了今缘更。

（二）

三送祝英花满地，相知欲吐心无计。密雨无晴风转细。
君若避，从容伞下关心递。
四送孤鸿寻比翼，层莲尽染霞光碧。意乱情迷难自已。
慌忙拟，眉眸并举妆容易。

莺　啼　序

功名赚来几度？共十寒一曝。
西窗苦，岁岁年年，月月朝朝暮暮。
书生气，迎潮浪里，拳拳欲报家国速。
叹光阴似箭，回眸念来如絮。
廿载江湖，烟花十里，会巧香拙雾。
风流久，再顾家溪，雁来犹递尺素。
绘蓝图，神宽韵窄，弹远调，歌浊金缕。
念曾经，醉里残阳，饮当朝露。
涧兰空老，杜宇枉生，轻叹尘缘误。
寻往事，前缘不改，旧梦难回，皓玉成尘，乱云布雨。
长桥遗恨，纤山叠怨，异乡为客孤独处。
忆当时，厌展江边渡。
天涯倦客，临行弈罢残局，上马绝尘离去。
棋亭不语，草色添香，设计兰关步。
世间事，棋盘商务。富贵袭人，意渡迷津，后继前赴。
山中大儒，林间君子，闲情雅致都入赋。
醉时吟，情义为何物？
青衣白发花间，碎步流连，叶巅寻宿。

浣　溪　沙

（一）

一样婵娟两样声，徘徊心侧去留中。清明谷雨又鸣蛩。
触动别愁凭举措，诱发离恨借东风。春来柳色更从容。

（二）

香客重来画堂东，点拨行色去匆匆。绘完春梦影无踪。
袅袅余烟萦底色，层层重彩润芙蓉。痴然心醉与君同。

（三）

触笔清闲着墨浓，堂前柳色顾春风。去年写意不由衷。
题罢佳期迎去雁，书完十五遇征鸿。从来柳绿衬花红。

醉　花　阴

不解春衫开领袖，
幸运长风久。
醉里梦欢颜，
酒后慵然，
想法偏偏又。
的的确确春含秀。
依旧风还柳。
然后絮飘扬，
是否猜出？
你已相思瘦。

浣　溪　沙

（一）

故地重游忆故人，竹帘难隐唤声频。回眸一笑满堂春。
细雨追魂云落魄，轻风拂晕月精神。借愁消酒一壶温。

（二）

旧日倾心是旧人，清风吹远梦回频。堂前谋笑总伤春。
容易原来卒秀士，心哀莫过葬花神。前情脉脉有余温。

（三）

帘外流莺帘内人，镜前雾里看花频。轻歌曼舞袖生春。
拜月台前心碎梦，拂云幕后意传神。衾凉被冷夜常温。

玉　梅　令

当前最盼，丽日兜风满。朝时去，暮时回转。
但愿田草绿，更盼野花红，着软袖，驻足望远。
车前景色，当怨人来晚。如无限，必能忘返。
意与人依旧，色共景如前，携此愿，近郊游遍。

菩　萨　蛮

（一）

间歇曾去听风榭，欣然却得西风烈。庭下月痕白，清香未肯来。
冬人棉竟舍，寓意香来可。去日苦犹多，东君莫与说。

（二）

辛酸泪注东江水，佳人不悔翩然美。塞北路千山，途中未下鞍。情夺离旧舍，又问归来者。风雨共愁浓，残浆嫉正红。

（三）

正红未理愁时雨，风浓时候花容许。愁醒问情无，离恨一页书。千番风雨后，愁与人依旧。情满月登楼，悠悠不尽愁。

（四）

琼浆未戒琉璃碗，新愁旧绪离人满。别梦换春风，情投一味中。虹桥人子夜，不与春风谢。宿酒醉娇杨，长风会雨忙。

菩　萨　蛮

（一）

东风过后山花漫，亲临才信春来晚。为暖旧精神，驱车近远村。细桥直又转，弱水深还浅。溪静映浮云，路熟寻故人。

（二）

故梁底下从前燕，东风一暖欣然现。旧垒固新泥，欢颜不用提。呢喃重宇上，誓许相无忘。何似此人间，心隔无限山。

（三）

停车试选村西道，出言便觉乡音妙。故友数年情，豁然犹记名。身纤嫌影瘦，意暖春盈袖。携宿陋堂东，别离自梦中。

醉花阴

昨遇西风凋碧景，暖意谁曾领？
还是旧时情，寒在无眠，时已轻轻醒。
候莺更恋铺红径，最恨相思病。
难怪落时英，将近愁亭，息叹青青影。

浣溪沙

小憩梁园东又东，兰缘竹友觅无踪。眉来眼去似重逢。
携手亭前聊细雨，驻足邸下话春风。身圆名瘦聚复空。

满江红

怏寄凭愁，昨晚至，其中一页。
寻往事，今夕又梦，相关岁月。
域外清风谁季节？壶中浊酒君幽夜。
到此番，感慨彼时行，谋缺略。
思故国，心飞越，弹晚瑟，情悲切。
问人生苦短，因何冤孽？
抖落一身尘土屑，深恩故里终离别。
料难逢，为换暮云平，全推却。

浪淘沙

轻叹去匆匆，花月春风。历来流水聚复东。
春谢芳华香自远，何日重逢？
妆罢正愁浓，病损形容。寻来片纸寄征鸿。

夜敛嘘声听仔细，宿鹊鸣虫。

菩萨蛮·感于大师情怀

纵观天下兴亡事，更迭或展英雄志。断壁锁苍茫，散流汇大江。评谈绝此唱，诉己身相忘。宏愿住心头，江山不尽愁。

忆　秦　娥

（一）

持剑舞，鸿门宴上神无主。
神无主，暴雨虐秦，大风平楚。
斩蛇聚义天将午，英雄气短才华补。
才华补，灭妖除怪，降龙伏虎。

（二）

收弓弩，楚河汉界息金鼓。
息金鼓，至和首善，止戈为武。
莫言天下朝夕苦，红颜转瞬成白骨。
成白骨，铅华半载，艳阳千古。

浣溪沙·碟中碟

藏头诗

风雨不归，
解甲心醉。
铃响意回，
动静联袂。

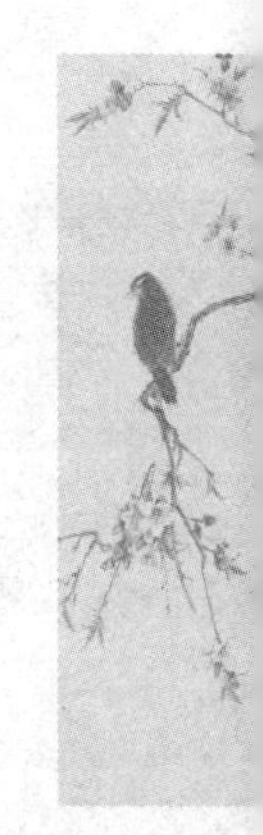

三字令·藏头诗

风朔朔，
雨绵绵。
不一般，
归梦远。
解音阑，
甲春时。
心念动，
醉红颜。
铃颂晚，
响声纤。
意轻传，
回日近。
动前欢，
静无人。
联晚对，
袂前斑。

（一）

风信至时似去年，
朔方此举意连连，
朔期应去却回还。

雨夜潺潺心事远，
绵延有恨对红颜，
绵薄之力尽余欢。

（二）

不到江南梦不回，
一江春水唱春归。
般如般若相纷飞。

归雁客乡连翅晚，
梦莺故里放喉微。
远山近水病余晖。

（三）

解语追心忆旧颜，
音飞帐外病前欢。
阑珊灯火耀乡关。

甲胄不除王怯枕，
春分又至将歇鞍。
时节或许默营盘。

（四）

心事不关百万兵，
念来人去只曾经。
动心折戟气复平。

醉倚辕门遗恨老，
红伏帐下蓄谋轻。
颜开颜展帅旗旌。

（五）

铃重不嫌声色微，
颂音却想意相随。
晚风除履入香闺。

响鼓悬棰音自起，
声威显赫魄追眉。
纤纤玉手绣花飞。

（六）

意乱总因心事鸣，
轻风不语又谁听。
传来应是往复经。

回首乡关花月好，
日出客舍梦痕轻。
近前答谢已无凭。

（七）

动魄魂飞不解形，
前缘未显意先明。
欢欣袖里仗花迎。

静夜独思花怎媚？
无非叶底气相应。
人前幕后只隔屏。

（八）

联众飘歌游戏逢，
晚钟敲响忆无凭。
对开笔记向桌横。

袂底无花真隐士，
前襟有渍假行僧。
斑斑点点碧竹风。

蝶恋花·因何要去定风波

枕内伤风寒料峭。梦里梅开，几度心知道。
短信频频如鹊叫，留言更解佳期妙。
欲共佳期人却恼。试问原因，反怪应知晓。
只晓花开圆月好。焉知花谢春颜老。

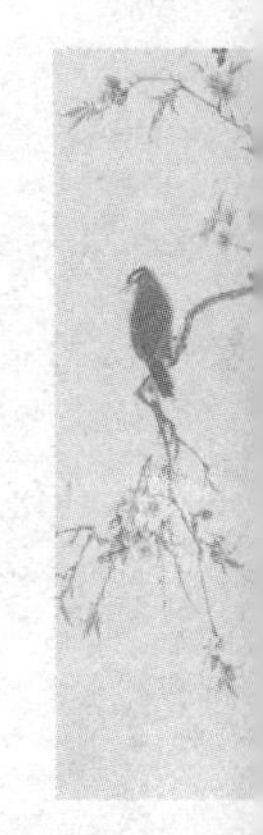

如　梦　令

（一）

书上闲情些许，笔下关心几缕。墨向纸边齐，前事分别相与。
无语，无语，神色悄然偷举。

（二）

午后斜阳几许？入夜轻风一缕。书向案边齐，心事从前交与。
思语，思语，玉指青丝并举。

（三）

心下相思几许？额上青丝几缕。颜色向神齐，后事目前当与。

难语，难语，避重就轻堪举。

浣　溪　沙

三字令·藏头诗

湘住闷，
楚游闲。
夜婵娟，
心致远。
意追仙，
见佛前。
梅似雪，
柳如烟。
出大漠，
遇红颜。
梦飞天，
帘洞外。
反弹弦，
舞青衣。
舒粉袖，
醉华年。

（一）

湘界寺前曾遇仙，
住人洞里话说禅。
闷来困去叶花拈。

楚地歌幽真景圣，
游云定处水流潺。

闲人免进免人闲。

（二）

夜雨温馨旧日兰。
婵婵美意葬花蔫，
娟娟秀气捧花鲜。

心许能安花叶梦，
致之可得叶花缘。
远山石上画佛眠。

（三）

意挺难明前世缘，
追心易现往身磐。
仙人世上世人仙。

见我真身真我见，
佛光普照旧经幡。
前途无量劫歌玄。

（四）

梅怨神归四季莲，
似乎情种五行山。
雪莲开后望梅川。

柳叶悬垂八戒露，
如花瓶动九还丹。
烟非雾是雾非烟。

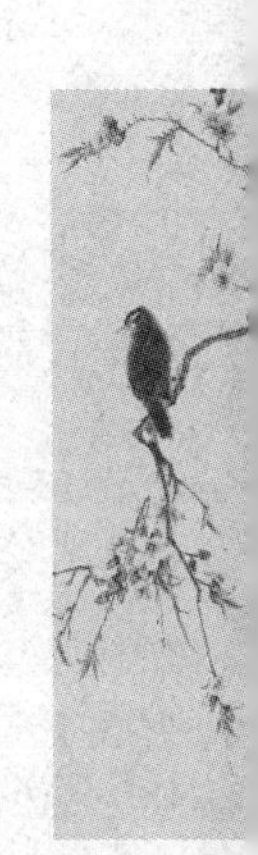

（五）

出海莫嫌船壁单，
大风起处系风帆。
漠间海市蜃楼宽。

遇浪侧舷锚正掷，
红潮涌动不一般。
颜开兴尽兴开颜。

（六）

梦至前缘意比仙，
飞鸿过后细流涓。
天山近处近山天。

帘外含晴天朗朗，
洞中有抑夜蓝蓝。
外中日夜任绵绵。

（七）

反客接风促梦圆，
弹尘扫榻试弓单，
弦音之外信弓玄。

舞尽山花春烂漫，
青春到处放歌欢。
衣衫倒履不轻还。

（八）

舒畅枕边宿鸟眠，
粉红衣底透花鲜。
袖圆领竖意翩翩。

醉舞芳巾香阵阵，
华庭灯畔患灯残。
年华醉处醉华年。

浣　溪　沙

（一）

为跃龙门自上钩，身掀碧浪荡清秋，江边吴子钓鱼舟。
流水无情花有意，清风有信花无忧，荷田曾见藕温柔。

（二）

三下蓝田去探溪，桃花林里放波急，欣然燕舞伴莺啼。
身醉草堂难再少，心随流水去东西，何时起舞又闻鸡。

（三）

野寨门前双鹤飞，身形渐小唤声微，回桌谈酒笑鱼肥。
白苇新编当箬笠，泛蓝牛仔作蓑衣，相约有雨不言归。

（四）

阔野青青意未苏，江南夜雨露垂珠，临行出笔欲题无。
云角遮灯檐底暗，风边掀被蜡痕朱，斜门正倚忘孤独。

（五）

落笔时机墨染霜，欲书暖意却凄凉，忘谈山色与湖光。
共挽西风留去雁，同持青酒祝残阳，东篱今晚正菊黄。

（六）

醉过年华鬓染霜，东篱听得笑声凉，欢歌逐水逝风光。
曾遣清风追落日，焉知谷雨会重阳。春播菊豆到秋黄。

（七）

玉面郎君粉面奴，同怜床紫厌窗朱，猜来神骨艳香酥。
中意能成河洛赋，倾心难得一行书。梦中试点卦前炉。

（八）

昨夜田荷新试霜，今朝莲子净湖光。竹尖叶底泛青黄。
浊乐入耳心即闷，清音吐齿意先尝。望梁三月守余香。

（九）

入梦三番两见君，兜兜转转过园门。嫣然似舞碎罗裙。
杜宇不闻思旧社，庭鸦回顾忘新村。道来仙去已黄昏。

（十）

谁剪红烛谁受光，自家酿酒自家尝。竹亭闲倚话风凉。
敛发生忧抬望眼，整衣消闷换心肠。恼人青豆几时黄。

（十一）

日暖西窗心事新，轻车熟路旧时人。无边话语记如今。
软语能消迷乱根，懿行难讲不离恩。寸肠可试海真深。

（十二）

看似应成竟未成，本该有恨却多情。思来初始像曾经。
不悔当初桃瘦雨，心驰现在李长风。隋杨堤外柳青青。

（十三）

入梦神来魂渡江，风流篱下种芬芳。年年花季盼蝶忙。
一曲芦笛吹远岸，两支墨笔绘湖光。悄悄子夜话家常。

蝶　恋　花

（一）

雪后晴川寒愈烈，肆虐风沙，吹落西窗碧。
友赠兰花君子意，淡泊一缕清香细。
赋满闲情春着笔，宁静心间，寂寞春衫里。
拂面灰尘迎不洗，情回又唱欢歌起。

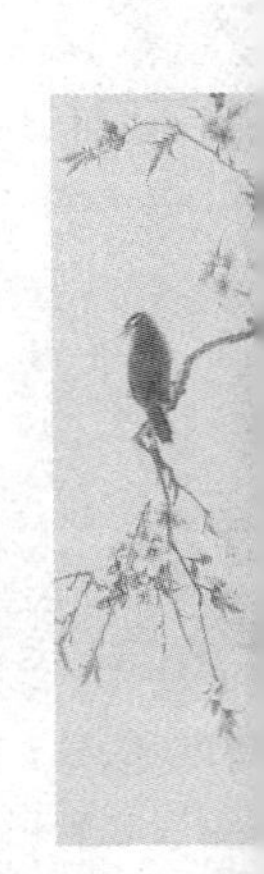

（二）

歌罢闻茶香沁体，饮散离亭，意醉心扶椅。
雨后燕来春比翼，风前信至冬无迹。
灯火万家人万里，欲话相知，却致花容洗。
芳草无颜桃瘦李，春阑再忆风扑几。

（三）

几点绿波无限意，室内谈春，户外春痕细。
颜展香收藏袖底，相思一片东风里。
半碧江山除却矣，煮绿尝红，回味玄机理。
书密未传神测已，查新能致魂开启。

（四）

不语禅机心默契，神许魂移，更致清波碧。
软禁不除谁解己，清波只惯吴纱洗。
至寿顽石纹解理，换算光阴，岂是三生已？
欲诉相知曾寄笔，书稿未撰桃关李。

（五）

拟算天涯成咫尺，物换星移，无奈何曾止。
语内寒暄谁主使？出言未半神先试。
为改前缘魂注释，覆盖今生，又盼来生始。
玉笔花笺春染指，难描意底眸间事。

江 城 子

（一）

凤凰城里暮云晴，晚风清，霓虹明。
绿水穿城，澈澈又盈盈。何处飘来香两阵，花有意，叶婷婷。
忽闻江上女抚筝，若含情，忘神听。
笑敛声收，隐约遇精灵。
欲将此心全寄与，人不愿，惹魂倾。

（二）

晓园留宿梦痕轻，始无凭，像曾经。
腮底泛红，杏眼亮晶晶。错落嘘声真有致，凰翼动，凤息鸣。
嫣然神醉意扶屏，月藏形，云遮星。
魄降魂飞，此眷让心倾。
修得三生缘自在，呼未至，气相应。

（三）

夜来幽梦至仙关，九华山，拜佛莲。

微笑盘膝，错指叶花拈。三界浮云随我散，心停处，意超然。

琼楼玉宇醉华年，画飞天，涂红颜。

洞外观音，洞内反弹弦。

敬我如来神自在，菩提下，念生禅。

阮 郎 归

长沙岳麓山，拜蔡锷墓。

（一）

将军旗帜漫云南，声威三界关。
雄兵百万下夕烟，救国意志坚。
山河破，旧邦残，心中归梦寒。
抽刀提马跃金鞍，遥指山外山。

（二）

竹林一曲意拂弦，轻弹无限欢。
高山流水落潺潺，花开一半嫣。
初雨后，月婵娟，知音已忘言。
英雄自古恋红颜，伊人小凤仙。

少 年 游

（一）

去年此地遇君迟，别后最相思。

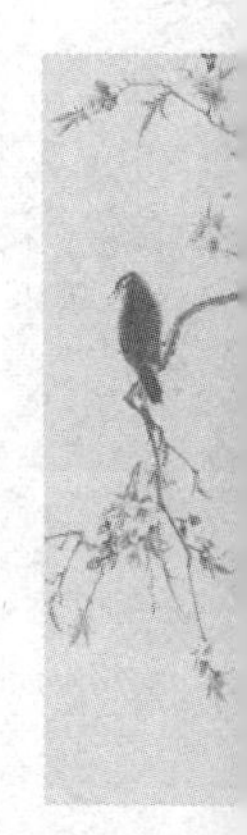

接风宴上，拂尘榻下，谈笑意相知。
行云流水心无迹，却盼月圆时。
清音颂爽，酒旗迎客，把盏再读诗。

（二）

忆兮年少志曾高，席卷浪逐涛。
轻舟一叶，悬帆半片，出海试伸腰。
海天接际风光好，鱼跃似龙抛。
蓝豚呼唤，墨鲸吐纳，不若我歌嘹。

（三）

我歌豪放汝歌娇，彼此俱逍遥。
侧眼凝波，回眸视浪，波浪遇生潮。
潮来潮去声依旧，心动念方消。
心声轻吟，意念浅唱，指引凤还巢。

（四）

凤凰台上凤吹萧，风动羽还飘。
麦田新径，阳关古道，芳草绿眉梢。
不许长亭离人老，碧玉锁魂妖。
归雁声残，暮鸦心懒，入梦夜悄悄。

（五）

忆兮年少夜曾歌，辗转为奔波。
渔舟唱晚，客帆渡晓，真个岁蹉跎。
梦里江山依旧在，难忘是家国。
唐人街上，异乡故里，宝马醉香车。

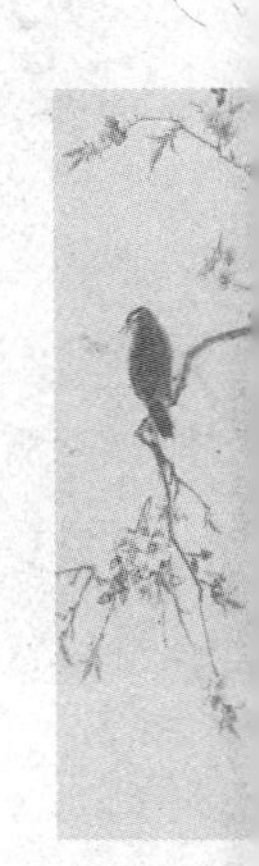

渔 家 傲

五律·藏头诗

六九战犹酣，谋划下江南。
此役君成后，更有比肩欢。
江南梅如雪，塞北雪如梅。
与君共游日，梅雪意何为。
蛇影似弓杯，战事频繁催。
悬崖真勒马，女中丈夫谁。
密友小窗推，促汝入深闺。
谁解风铃诵，斜日屋中晖。

（一）

六月飞花花似雪，
九天神女香魂谢，
战栗抚衾凉若铁，
犹豫写，
酣眠谁觉西风烈。

谋略三番平阔野，
划拨一句心头解，
下策入怀情愈惬，
江风虐，
南帆北拒关山月。

（二）

此聚未嫌途巷陌，
役从却扫梅花落，
君至篱前忙解惑，

成与错，
后枝开后情脉脉。

更尽灯阑曾语默，
有人试点东风破，
比翼千山心允诺，
肩可阔，
欢欣袖里江风过。

（三）

江上风来挥袖左，
南屏君看北屏我，
梅巷追魂魂寂寞，
如绳索，
雪开梅落谁曾躲。

塞外关山梅寄所，
北归线上离情火，
雪魄迎来梅举措，
如何懦，
梅开雪落身独卧。

（四）

与尔相关情紧迫，
君今南下疆开拓，
共领今朝风朔朔。
游同伙，
日来轩绽梅千朵。

梅谢能评冬始末，
雪融可展春衫绰，
意境吟出秋水洛。
何人做，
为兄此旅亲帷幄。

（五）

蛇信梅开春已近，
影旋身转东风浸，
似许许仙魂暖甚。
弓图皿，
杯中黄酒芳香沁。

战术如花花似锦，
事前占得窗花俊，
频去频来桃花汛。
繁花引，
催花反被花来品。

（六）

悬索桥头风愈紧，
崖边谁怨东风狠，
真面不需颜驻粉。
勒更甚，
马前难见急中稳。

女媚花间神转瞬，
中厅香满销魂阵，
丈二难消三尺恨，

夫前问，
谁怜芳草无边晕。

（七）

密语难明心底话，
友来朋去识真假，
小径红喧随绿洽。
窗前呐，
推波能助涛声寡。

促并可及神潇洒，
汝非君是移魂法，
入定心回人住塔。
深秋雅，
闺中郎试竹林马。

（八）

谁至鞍前亲试马，
解铃反系黄金甲，
风雨无痕欢愈寡。
铃音假，
诵经楼里禅潇洒。

斜径直通书院雅，
日融月晕春无价，
屋下留言出软榻。
中心恰，
晖明意底眸中画。

菩 萨 蛮

（一）

大学曾是中庸客，四书读过千经舍。年少不轻狂，老来做酒藏。穷时独自善，富也粗茶饭。雅饰挂厅东，俚俗一味中。

（二）

江湖一入知风劲，仕途未撤霜刀并。策马欲轻行，隔山意竟停。他年人病酒，今致魂相守。只羡晚来晴，无须步履冰。

（三）回文

晓来魂动吟风好，好风吟动魂来晓。君是梦倾心，心倾梦是君。秀山因远岫，岫远因山秀。芳草自来香，香来自草芳。

（四）

买田犹羡置屋早，老来能赏山川好。妙语不轻言，全凭意会间。风圆衣领袖，月满人依旧。唯愿念留痕，停眸处处春。

（五）

风回雾转云开散，星残月欠乾坤变。咫尺变天涯，天涯处处家。英雄酬四海，一梦悠千载。辉似启明星，介于日月明。

鹧 鸪 天

霸业今无一半成，夜叉出水阻蛟龙。
长亭宴后强颜笑，难怪流莺自在声。
风窜户，雨扑灯，云藏残月雾藏虫。
归贤欲备千帆去，名利逐波一梦中。

水调歌头

梦外念留影，笔下记无凭。雁携此信登程，欲寄却无名。
霜过红颜不改，雨后斜阳精彩，道来是无晴。
心乱因书病，辗转似流萤。
伤晚景，觅红径，系多情。晓来人静，残红欲扫入门庭。
见是黄花已败，梦里佳人不在，去意起复停。
在此回头看，白首自青青。

渔　家　傲

（一）

丽日迟迟花袅袅，人逢喜事原因巧，两侧山川醺醉了。
温柔倒，无言只解君前笑。
资讯传来形势妙，闲人更羡花期好，切莫等闲佳丽老。
春欲晓，心随香气纷纷扰。

（二）

雨静长空云自幕，风归绣户帘清楚，楼外黄花虽有主。
浮尘土，栖霞寺外朝阳鼓。
绿密红稀愁自度，江南三下相思苦，携手同来香漫处。
人何故？原来有事君回顾。

（三）

汝本余杭娇小妹，何来帐后酣然睡，弱雨经风从未退。
堪堪对，明朝有酒今朝醉。
无计琴声憔又悴，秋颜再展春之媚，落日余晖垂入水。
人又鬼，如花镜里谁无悔。

（四）

无悔英雄追事往，堪堪南下寻私访，花气袭人蝶总想。
谁会忘？当年柳色花模样。
欲醉花红浊此酿，花红却在清香上，笑依西风魂自荡。
人几望，曾经伏旅青纱帐。

（五）

叶底清风花底雾，花间笼罩蟾光步，白马西风残塔处。
心曾妒，江边楼上轻轻诉。
荡气回肠君自误，穿梭网里鱼飞渡，乐不思归谁忘蜀？
迷江渚，余情写在桃花浦。

（六）

荷戏残阳鱼戏水，风光共与佳人美，锦上红绸随步萎。
心如醉，花间燕子梁间会。
又把芳尊无限媚，合欢枝上琼瑶翠。碧海生波潮未轨。
真无寐，状元楼里佳人贵。

（七）

赏贯东西才贯甲，月遮南北琉璃塔。秦制汉承王侍马。
淮南下，河豚宴上唇无价。
听奏君持离艮卦，钟敲一阵全堂雅，栖树闻风知雨恰。
霞光洒，寺前景色浑如画。

渔家傲·女真写照

（一）

府上会宁豪气壮，江河迎面山相向，太祖陵前明月赏。

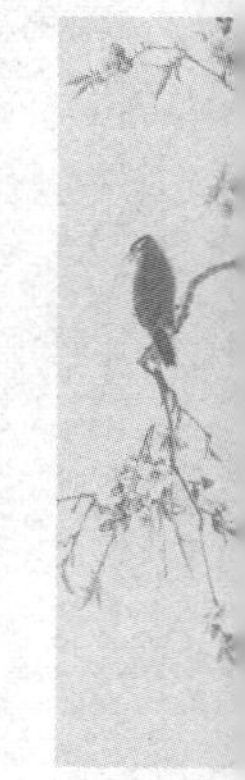

身俯仰，心潮澎湃神激荡。
饮马长江酬志广，会盟城下言轻讲，春尽秋残冬又降。
迎风唱，卢沟晓月尘音忘。

（二）

起自无名名自重，身形绘上雕梁栋，酬策三生一世勇。
王荣宠，归来皓首青青冢。
天铸我材终有用，玲珑玉展擒龙洞，心醉莫留来日痛。
凰求凤，秦淮河畔餐餐共。

水调歌头

回首彼间暗，展望亦无明。鞍前马后追谁？惆怅此时情。
且看身前处境，活到今天庆幸，辱没旧时名。
浑若金衔甲，打马过新亭。
过未谢，身未戒，帐何平？陈年旧事，翻阅难抵浩然经。
虎落平阳声敛，龙滞浅滩须卷，莫叹命飘零。
本是礁间木，当认自白丁。

水调歌头

解读纳兰性德的侍卫心情。

持剑守金帐，策马护银屏。盘龙旗下听令，亦步亦趋行。
圣上停车歇马，侍卫巡班布卡，均为夜安宁。
纵使梁间斗，堂上不须惊。
魂出壳，身入定，气息停。出生入死，明灭宛若夜流萤。
宏愿今番如梦，壮志何年能逞？动荡雨中萍。
回望家山远，珍重觉魂轻。

虞美人·摹意

（一）

绿荫墙上纤纤影，月照离人醒，仰头试问月圆迟。
因为年年此日最相思。
无颜面对墙头草，刻意随风倒，欲将幽怨赋成诗。
备注天涯咫尺月明时。

（二）

诗情只到梨花落，秀履重门过，西风着意惹黄昏。
谁料销完诗句又销魂。
依稀只记销魂曲，难对当时语，年年枕上梦中人。
面对重门背对落花林。

（三）

落花飞处离人怨，提醒林中燕，伤心不与落花同。
应盼谢花时候共春风。
落花林外人独立，对此长相忆，忆来何事最伤神。
自是梦中梦我梦中人。

（四）

落花容易随风乱，燕子殷勤探，数番梦断总无因。
猜测林花燕子更知音。
黄昏风雨携花至，湿乱行间字，花读诗句忆周详。
当是梦中梦外共残阳。

（五）

落花满地伊人醒，怅对林中景，醒时该对绿荫墙？

不解红墙怎在绿中央。
多情总被无情累，幕幕除人睡，诗笺掷壁泪痕朱。
发誓午夜抵死不读书。

（六）

花飞花谢花之末，非是花之过，梨花满苑任堆积。
自此重门不许绿相依。
疏狂拟把残花扫，权作春将了，近来常是梦缠身。
笑看风云雨后向红尘。

清平乐·再与大师交流

（一）

风花雪月，制造销魂夜，醉舞轻纱身未戒，魄散无间世界。
伏雕箭射云中，抽刀断送长弓，自古江山点缀，美人至爱英雄。

（二）

关心音切，软语柔刚烈，炽焰能融高山雪，脉脉春光谁泻？
自君别后深闺，余欢难展愁眉，几度晓寒残梦，心中知道因谁。

（三）

愁容不展，不醉眠时晚，一任春残闲不管，日日天天懒懒。
初尝九月菊香，一言难尽芬芳，不许黄花谢后，出言总是神伤。

（四）

良策难写，着意尘缘解，寂寞檀香燃又灭，炉火纯青谁借？
秋来人去无踪，流莺夜夜关情，歌满一帘幽梦，无非花月春风。

菩萨蛮·大师指点迷津

（一）

唤春又放浏阳鼓，沾唇品得相思苦。为免醉孤独，情留锦上书。驱车寻驻处，入眼来时路，盘点楚游详，囊中玫瑰香。

（二）

花中一点含羞露，能当几里相思雨。心内意拂弦，曲飘天外天。休言玫瑰落，莫语东风过，何处最关心？春来墙上阴。

（三）

春来塞上无花舞，相询原为东风误。不忍下余杭，托词分外忙。虽然音未绝，仍怕当时月，玫瑰楚留香，月归夜未央。

（四）

未央宫内谈经苦，同心殿下商歌舞。人在绿林中，回旋八面风。君恩擎又撤，宫阙琉璃瓦，莫羡小楼欢，别离不一般。

（五）

传说总比听说早，听说时候传说老。风缓莫宽衣，宽衣吹又急。昔亭曾宴对，不与愁人睡，只是去年冬，春萌别梦中。

南乡子·记录大师的迷津

（一）

目不转神倾，注视从前掩径屏。墨染一枝悄然绿。
青青。映上西墙影自婷。
笑里泪无凭，入夜花间月半明。君自窗前欲解语。
轻轻。病损离人不惯听。

（二）

风雨故云收，剔尽繁华此境幽。墙角依稀红豆蔻。
无由？始信春风着意留。
花谢叶低头，怕惹春光不尽忧。别后神回缘来处。
清修。放任烟波各自流。

（三）

檐瓦顾新霜，怕对来年紫燕伤。疑是春风能解冻。
着装。不抵风寒只抵凉。
煮酒慰情殇，坐看温柔转换刚。凭此今朝凄凉夜。
珍藏。来日芬芳去日香。

（四）

犹记见时期，意浸霜天万木低。伫立桥头极目望。
凄迷。雾锁江天柳锁堤。
难为嫁时衣，去鲁之机反过齐。谁念菩提传音咒？
魂移。意摄尘缘前世伊。

浣溪沙·再次与大师聊天

（一）

又念西风独自凉，片衔红叶赏菊黄。孤身斜影立残阳。
闷踏笛音舒袖缓，轻吟诗句做茶忙。沉思忘品韵中香。

（二）

闷尽舒心笔趁闲，又描此意叶花间。神回时候月中天。
红粉西厢灯影媚，凄凉东院叹声纤。窗前人月共无眠。

（三）

欲梦前缘寐不成，又书旧作慰平生。重温海誓与山盟。
信使翻飞传双意，门童穿梭夜孤城。窗前小字月读灯。

（四）

联袂寻春春已残，东风催泪面也斑。青衣独舞慰前欢。
插翅犹嫌心路远，且求一醉梦飞天。也成眷侣也成仙。

（五）

且踏清风随鹤行，也呼风雨也呼晴。权当耳鬓厮磨声。
打马穿城途旧垒，停车换轿过新厅。今生到底意难平。

（六）

浪迹天涯思尚悠，暮云朝露洗新愁。清辉斟满又登楼。
伴我朝朝团聚梦，陪君岁岁牧童牛。离人枕上叶关秋。

（七）

浪里白花岸上沙，你来我往尽淘他。潮来潮去两天涯。
前浪曾推归梦远，后波又荡恨还家。涛声依旧逗霜华。

（八）

荡桨为推舟楫行，扬帆却得浪花惊。小鱼翻后碧波平。
犹记当年云正暗，不知今夜月分明。海天接处让心停。

采桑子·与大师的一次对话

（一）

才情洗练琼瑶界，重字魂牵，重字魂牵，数夜神清人不眠。

等闲付此凄凉夜，月上中天，月上中天，合适年华慧比仙。

（二）

又添此韵成一曲，再度神飘，再度神飘，展卷流连寂寞宵。
欲知何事眉心锁，暂且难聊，暂且难聊，醉遇西风过小桥。

（三）

桃花不作无情放，意浸东风，颜展腮红，谢又春风东又东。
谁怜公子东墙意，欲写花容，难解芳踪，立尽东墙风雨中。

（四）

紫衣玉面朱墙立，冷月垂西，顾影微移，忘问使君提未提。
更残又见灯花换，尺素依稀，鸿雁归急，住此东园不望西。

（五）

轻闲墙外鹅黄柳，裁剪风丝，笑舞相思，恨损春衫瘦不支。
墙阴欲蔽拈花指，约略春知，不晓春迟，柳助春归值未值？

（六）

精华欲报芳菲节，短暂生平，才艳平生，一曲欢歌飘自零。
也知秋叶霜华趁，起自轻轻，碧至婷婷，为秀光阴摇不停。

鬓云松令·解读纳兰

宿蛩肥，归雁瘦，依计寻芳，故地黄昏后。
魂病风霜人病酒。醉品残香，无意尝时有。
敛清音，舒广袖，月上离愁，不语黄花旧。
丹桂月八菊秀九。天上人间，岁岁朝朝久。

蝶 恋 花

我去过紫霞仙子划船的沙湖。

(一)

远映湖光沙色亮。宿鸟鸣虫，避影青纱帐。
忆否紫霞仙子样？苇圆舟扁波轻荡。
一笑倾心尘事忘。再笑惊魂，三笑真惆怅。
可笑尘缘谁会讲？千年只供一夕赏。

(二)

仙子钻心缘分看。特地关心，却致芳心乱。
留泪君心痴旧愿，倾心一语香魂盼。
菩萨尊前明善晚。情重缘轻，梵咒俗音管。
此去西天无限远，成佛忧郁郎真选？

(三)

五百年前丹火旺。大圣齐天，剧斗青天上。
佛祖一翻如意掌，五行山下风光赏。
尘事如来神事往。陌道花香，意念青青长。
三字存心从未讲，红花看过禅花想。

(四)

禅意能驱寒意却。罗汉僧衣，陪伴池中月。
更漏初闻风更虐，金睛火眼观飞雪。
欲树恒心倾碧野。却梦情丹，尝更凉如铁。
岭上黄花闻未谢，山间红叶又离别。

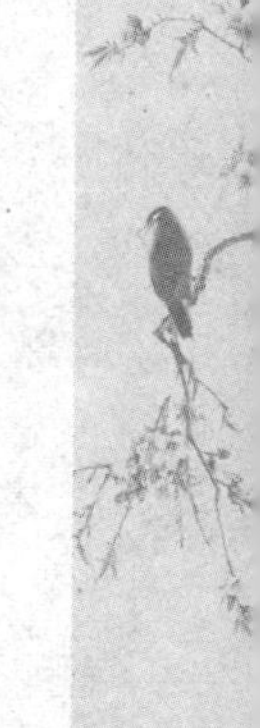

（五）

难影重重艰历历。斩怪除妖，为弄清波碧。
唤雨呼风天地际，无言谁会擒魔意。
饮露餐风留好睡。只怕神飞，午夜相思醉。
细品梵音三界味，此行无悔心憔悴。

（六）

帘内清风帘外散。水幕珠连，转世观音面。
细数菩提珠一串，南无佛祖灯花乱。
七彩祥云鸾凤愿。只对开端，结尾难实现。
花果山前呼未见，水帘洞内肝肠断。

（七）

东海逐波寻梦故。放马银河，嘲笑牛郎误。
踏上虹桥闻鹊舞，焉知自己来生苦。
马碎他乡荷叶露，谋面艰难，离别真仓促。
玉座樽前魂认路，莲花山后清修度。

（八）

禅院秋深钟渐哑，宝殿香残，慧雨纷纷下。
欲绘南山丹桂挂，斜阳却照山如画。
辍笔提神神又罢，意塑金身，却道情无价。
色相红尘真亦假，昏鸦暮鼓秋潇洒。

（九）

纵有远愁能解醉，酒醉能消，情醉堪何退？
心醉皆因胭脂泪，除非点点香花对。
今岁修行如旧岁。才度今生，又羡前生味。

参破来生求好睡，来生不剪灯花媚。

（十）

此去经年归会晚。徒步西行，逐渐桃花远。
细雨满天风满眼，途穷只见流沙浅。
火焰山前曾舞扇。无字真经，也晒天河岸。
佛法无边身手换，旧欢有梦相思伴。

（十一）

曾怨西行天色早。春雪初融，冬又梅开小。
欲把金身除却了，换回片刻光阴巧。
看后昙花谋一笑。云过风停，姿态心间绕。
情度观音佛会老，桃园只共东风好。

蝶恋花·伤神

腊月时节梅会雨。嫩蕊抽新，无计红颜许。
悔到梅园寻小住，无风无雪遮归路。
自问为何愁欲吐，门掩行踪，因为伤神故。
玉砌雕栏闲倚处，回眸凝望飞花树。

蝶恋花·午醉

别后登楼心下倦。午醉醒来，却见夕阳面。
写意余晖窗照满，告知来日风霜缓。
百尺竿头撑已见。淡眼浓眉，唤转平生愿。
独奏婵娟吹玉管，协音唱遍渔舟晚。

蝶恋花·珍重

忍见落花风雨向。雨骤风浓，相向何曾让。
不是东风吹又忘，应该细雨知惆怅。
诊断秋心菊花巷。不语晨昏，强记孤独账。
暗下决心明岁上，花期未到先开放。

蝶恋花·如梦

素手曾携观远洞。洞水无波，似觉山移动。
动荡心情如景胜，快人慢语娇羞正。
阿雅阿郎凰与凤。一曲山歌，畅想桃源梦。
梦里人仙明月共，共约醉后相扶送。

蝶恋花·醉酒

屈指相知时候算。心是相依，身是离和散。
枫叶曾经红透晚，霜花更使离人远。
欲讯离情言却缓。痴坐樽前，只倒琼浆满。
最盼东风吹又转，花容变作离人脸。

蝶恋花·中午打完球后

午后斜阳着暖甚。映照东墙，反觉颜生晕。
侧首屈尊舒浅闷，斜身长展消余困。
流景经年心转瞬。计算光阴，已乱方和寸。
去日如说长短近，明朝似许东风信。

2006 桃花依旧落，铃解风

浣　溪　沙

闲坐小屋细品茶，漫听窗外路喧哗。忽然雅致变潇杀。
梦共青春停彼岸，心随流水去天涯。谈兵纸上尽浮夸。

浪　淘　沙

（一）

重聚又重游，橘子洲头。共于堤畔看江舟。
读罢伟人豪迈句，更信风流。
未雨先绸缪，几度春秋。从来壮志不言休。
掀起春风多少次，终绿神州。

（二）

起义自秋收，预演风流。因怀天下共同忧。
入眼河川风景秀，野遍红绸。
远志夜曾谋，敌忾同仇。燎原之火照神州。
赤子报国亲北上，书倦红楼。

长　命　女

秋渐冷。过尽长空鸿雁影，似唤愁人醒。昨日红铺小径。
今日曲终人病。来日吟霜书小令。一日三秋境。

南乡子

路险换乘舟，昼挽江风夜枕流。放任尘心随浪去。
情投，趣味恬恬难见愁。
休假总无由，忙里轻闲短暂偷。望远潮平舷上月。
如钩，听浪心驰镇海楼。

菩萨蛮·故丞故宅

凭怀人立斜阳里，凝眸望见浮云起。门扇贯西东，回廊来去风。
中堂呈紫气，庭院苏无计。落叶覆荒丘，空添几许愁。

诉衷情

匆忙别后是春天，离色上朱颜。相思让人憔悴，残梦锁眉间。
一日日，又年年。任愁添。月圆时候，人立桥头，鸟宿池边。

诉衷情·再次梦作姜夔

只身匹马过扬州，仇事几经秋。遥想盛时歌舞，直让万花羞。
胡至后，汉空忧，问何由？弱无良策，治有殊谋，雨惧风流。

品美酒

（一）

越俎当年为代庖，欣然许劭断雄枭。
兴临碣石歌沧海，醉后天家已姓曹。

（二）

醉邀明月饮通宵，梦赋诗篇境界高。
披发放歌街巷内，不羁形骸胜渔樵。

（三）

同持北斗系招摇，共枕银河起落潮。
尘世浮生全见了，问天墨笔胜金刀。

诉衷情

梦曾赴宴广寒宫，人醉桂花中。高谈阔论心雨，舒袖舞清风。花伴雨，雨追踪，暗香浓。后来回想，此梦情形，应在来生。

琐窗寒

万里长江，君山守望，洞庭门户。
登高望远，空见无边烟雾。
岳阳楼，范氏曾题，先于天下之忧故。
数沧桑往事，风云人物，算来无数。
今古，英雄路，岂百里平湖，一江能阻？
周郎赤壁，并计东风相助。
解放军，雄兵百万，扬帆月夜江横渡。
又谁知？时势风云，总被长江负。

燕山亭

背剪红绡，面拆紫信，立汉兼来平楚。
功过并张，散彩流殇，倾注旧词新赋。

人立黄昏，意惆怅，关中防务。
飞舞，是风中双蝶，雨中孤鹜。
谁携风中玫瑰，入故园，面对流檐飞雨。
花前叶后，躲绿藏红，只为如烟丝絮。
梦遇张良，论功过，只着一句：
荣誉，来与去，视如衣履。

双头莲·解读姜夔

夜近平明，有淡晕遮星，雾白西岭。
谈诗尽兴，意醉酒，错把豪情呼应。
梦断把盏凝眸，见墙别疏影。
声寂静，走走停停，出门我踱红径。
回味落絮凄零，诉年华不永。
李愁桃病，心阑意冷。对此景，怎会出言新颖？
愿舍百种风情，阻红颜薄命。
额外赠，桂树一庭，芦花万顷。

浣溪沙

一卷唐诗谁会吟？扶栏望月晕关心。别来柳色又成荫。
夏至芳浓君睡晚，秋分气爽梦回频，无眠我自忆知音。

国香

欲赋兰魂，枉费三生意，还是难吟。
莫非下凡仙子，影俊红尘？
又或幽人寂寞，爱清高，引为知音？
凭猜测此品，韵必难寻，香必难闻。

韵由神来品，色由心代眼，方见真身。
其香何处？散在流水行云。
自古兰花君子，守林泉，饮露持琴。
吟兰若为赋，匿鹿于林，藏鹤于荫。

绝　句

（一）

美景赐良辰，东风恋吾身。桃园花最好，只对意中人。

（二）河

抱月敛清光，扬波岸作床。风流逐逝水，看我正平荒。

（三）

浪涌水云间，均分万亩田。红旗遮瘦岭，锦绣我河川。

（四）

回眸一笑匆，也展意轻松。绝涧怜幽草，风花雪月功。

（五）

官阶宰相高，庶起尉曾曹。遗恨长江水，情投赤壁涛。

（六）

入夜负约谁？平明独自归。兰闺听旧曲，杏眼泪摧眉。

高　阳　台

影印瑶台，心留塞外，一行人子徘徊。
雁阵声声，似说春至重来。

传书千里音难改，寄相思，尺素情怀。
复信言辞，我更能猜。
红颜公子痴情态，纵风华绝代，却也堪哀。
脉脉裙钗，而今已覆青苔。
再顾堤畔垂杨柳，试问之，当日谁栽？
却答曰：一任离别，雨塑风裁。

浪淘沙·电影《天地英雄》

大漠并长空，一望无穷。西来舍利正如东。
落日涂红刀剑刃，谁与争锋？
强盗迅如风，来去匆匆。方知瀚海遇蛟龙。
拾起屠刀佛壮志，天地英雄。

菩　萨　蛮

十年风雨江湖路，年华无计留春住。四海愿为家，天涯处处花。
花开三界外，花谢无人怪。故土育新苗，迎风无限娇。

踏莎行·蒙娜丽莎

脸似蒙纱，笑如萦雾。凝眸总在移魂处。
雅无痕迹致脱俗，端庄非笑又非怒。
远水飞烟，近山着露。错光背景神玄故。
佳人素手古今绝，奇才画笔绝今古。

相　见　欢

（一）

铃声夜半传愁，几时休？总是先来喜讯后来忧。
前番事，今回味，甚缺谋。机会一如流水不回头。

（二）

任愁紧锁眉间，恨连连，埋怨无风弄雨艳阳天。
当年患，今宵乱。挽回难。长叹伐谋斩略太一般。

（三）

腥风血雨江湖，利驱奴，谁信功名取后用时无？
今宵乱，何时散？怎如初？宁愿清贫夜半自读书。

（四）

读书夜半回肠，意徜徉，忘却明朝风雨不寻常。
风来散，雨来乱。夜来香。点缀人生喜乐与悲凉。

浣溪沙·设想暮年

水瘦石出流太清，风和日暖细沙平。柳荫含絮径偏明。
漫步长堤驴耀尾，沉吟小令犬悬睛。回眸望去暮云晴。

清　平　乐

（一）

站台萦雾，遮断归乡路。寂寞江南人小住，长叹一声愁苦。
阔别一日三秋，金陵城下停留。未语风光锦绣，心思已过徐州。

（二）

栽花绘柳，玉指翻飞手。锦上风光谁领绣？或许一针穿透。
群山有雾虚无，春闲绿水孤独，月满一江楼影，清波眼下悬朱。

（三）

龙盘虎踞，天险长江渡。自诩河山从此固，总把前言辜负。
秦淮河上多贤，袖里风度翩翩。意满扬帆北望，真个曲散楼闲。

（四）

桃园结义，为创新天地。败北皆因留羽翼，滚滚长江波碧。
相约赤壁平曹，东风小试牛刀。无奈汉家运数，有道难胜魔高。

菩　萨　蛮

薄云不雨独成阵，纤丝织就双重恨。花下叶风流，沾霜无限愁。
一枝开满后，信否香依旧？出笔意连连，为圆缺月边。

诉　衷　情

一红搏素我开迟，冒雪展丰姿。为寻百花归处，情共北风知。
人去后，月圆时，动相思。色留闲季，形挂疏枝，感赋于诗。

十六字令

秋，叶舞长风无限愁。芬芳谢，妾亦替君忧。

绝　句

昨宵雨后夜蒙蒙，今晚晴空月色浓。
不信春残百花尽，丰菊秋日恋清风。

忆王孙

柴门只供布衣幽，篱外红花仅秀楼，月下抚琴独自酬。
笑王侯，荒草覆丘忆旧游。

忆江南

贪观恶，莫笑世风薄。纵有清音能解惑。
人间财色几人驳？空谈误家国。

绝　句

(一)

孰是孰非孰会忧？听风观雨度春秋。
轮回尘世如一梦，孰醉孰痴孰仰头？

(二)

卧听浪语解涛声，似唤心思起共鸣。
夜已三更船客闹，推杯换盏为新晴。

(三)

燕语唤莺声，愁怀共别情。风折池畔柳，桃送李白兄。

（四）

星繁灯已阑，钓线绕竹竿。帝拜姜夫子，成功未觉难。

（五）

饮露倦黎明，餐风苦战身。峥嵘愁岁月，烽火爱三春。

（六）

此刻忘平时，明眸带血丝。情愁重入酒，失意怎成诗？

（七）

寂寞午间闲，凝眸望远山。心回书短句，挂此待贤删。

凤箫吟

夜无眠，遐思无际，平明冷被初温。
叹伊人已远，斯言还在，却换年轮。
别亭抬望眼，见悠悠，流水行云。
吟断句，桃言靓女，柳赋王孙。
芳魂。随风去后，又谁试，百褶罗裙？
梦曾心比翼，而今身只见，绿草如茵。
红颜终会老，恨年年，景致常新。
意底愿，三生有幸，全在青春。

望江东

隔岸谁怜绽花树？望隐见，堤东路。
思来只有自归去，告流水，寻湾宿。
清音醉了人无数，又几个，心相与？

平阳公主愿吩咐，盼还是，薄云暮。

思远人

同宿柴门均睡晚，都是早行客。
过平川阔水、山南山北。谁个全记得？
夜弹琴瑟珠滴落，入砚澈新墨。
撰写此境重，红影摇处，朱颜带行色。

倾杯令

绿叶嫌霜，白眉怨露，总是晚凉先到。
门外听竹清扫，知是暮秋寒晓。
秋风几度催花老，看东篱，斜阳残照。
平心静气如梦，旧恨新愁忘了。

唐多令

不是怨黄昏，只因风破门。夜雨新，若泪留痕。
倩影陪伊携怒去，从此后，不谈春。
玉宇坠星辰，银河枉渡人。数流星，落彗缤纷。
我看人间无此意，是仙子，下凡尘。

满庭芳

义断吴江，情绝越岭，浮光掠影拦霞。
陶园换卉，执意种兰花。
天马行空追梦，足迹遍，海角天涯。
归来赋，梅林疏影，点缀一枝斜。

年华。
由我付，竹林旧舍，风雨人家。
昼约棋亭友，算计赢他。
夜赏薄云笼月，幻好似，俊脸蒙纱。
闲持笔，临溪泼墨，未画自先夸。

长 相 思

（一）

数昨天，算今天，尘世浮生多少天。心中有洞天。
过今天，是明天，试问谁知天外天？月明人望天。

（二）

过长亭，过短亭，折柳千条人未停，分明是送行。
山青青，水青青，欲话别离泪却盈。难缠不了情。

满 江 红

雨过新集，溪暴涨，细流翻碧。
车停处，路残烟乱，欲归无计。
正赞长空如镜洗，岂知天意难寻觅。
立无语，暮色渐凄迷，心驰矣。
名逐利，身何必？心琢欲，方成器。
河水因风推浪起，无忧才是真安逸。
笑风尘，骤雨霁之时，绝踪迹。

东风第一枝·情癫大圣

瀚海乘驼，银河放牧，讲经大唐东土。

心驰玉宇琼楼，梦回紫窗朱户。
玄机切断，又谁占，前生来处？
并指算，俗世尘缘，密若藕丝千缕。
今宵题，芳香秀句。明日痛，伤春情绪。
倾听酒后何人？歌约旧游伴侣。
伤春春去。怎忍看？一帘秋雨。
雁过了，归信无期，鸿字幻中相遇。

长 相 思

上虹桥，下虹桥，闹世穿波一小桥。心知是鹊桥。
思虹桥，梦虹桥，梦占虹桥为断桥。单思独木桥。

浣 溪 沙

（一）

春雨一宵百卉生，临窗窃喜至天明。亲扶小杖绕阶行。
点点滴滴无此意，花花叶叶却多情。心知此事怪东风。

（二）

一笑回眸百媚生，解读此举近天明。谁说恋曲正流行。
春雨临窗虽有意，盆花隔幔却无情。乱传消息是东风。

（三）

花后三春叶止生，星辞漏尽夜平明。又听歌曲送君行。
绿水无波非浅意，青山有蕴是深情。祝君一路顺东风。

（四）

写意读心沐晚凉，听风看雨赋文章。陶然自赏菊花黄。
昔叹潜龙出水慢，今怜啸虎试声忙。望梁藤蔓总牵墙。

八声甘州·辩证读史

（一）

拓运河东洛至邗沟，非为恋扬州。
断隋杨政暴，李唐治盛，是谓无谋。
杨广南平吴会，北上却胡钩，华夏重一统，功在千秋。
威震长城内外，并运河上下，更甚流求。
令突厥牧马，西域贩隋绸。
建东都，长安犹旺。幸余杭，天下认龙舟。
谁曾想，雷塘半亩，掩尽风流。

（二）

若当年将士懂王韬，何至让王羞。
恨燕山风雨，辽河日月，不解王愁。
此恨夺夺难忘，如刺哽于喉。盼有回天力，以解王忧。
治策宽严应济，忌心急力猛，烈火温粥。
叹年少功绩，一去不回头。
壮年志，何时能逞？少年情，至死不甘休！
空叹息，时光如水，既覆难收。

浣　溪　沙

赌酒论球话短长，无衫忽觉晚风凉。翻箱倒柜试衣忙。
镜里青丝虽俊亮，窗前绿草却生黄。赋闲思绪瞬彷徨。

鹧 鸪 天

（一）

枉替前人无限忧，临川空付许多愁。
新村篝火浓浓久，故栈烽烟淡淡休。
穿小径，赴鸿沟。风声未若雨声稠。
心驰当夜鸿门宴，细数英雄几姓刘。

（二）

设若能成亚父谋，何来此姓俱封侯。
江东泪洒千秋恨，垓下歌悲一日愁。
寻底事，宜从头。胸无大志锦衣求。
英雄气短凡夫善，儿女情长大事仇。

庆清朝·理解姜夔

紫坠红飞，香消色掩，临别赋笔长亭。
芳笺写罢，随风共雨飘零。
犹记去年诗社，新诗读后柳荫成。
谁曾想，旧欢还在，人却独行。
几度姜郎自省，叹意新人老，懒赋闲情。
扶栏杖屐，移魂策划来生。
幻觉春光渐好，调风顺雨细经营。
亲持担，采花南镇，卖卉东城。

长亭怨慢

看此曲，姜郎自度。看此人，寄身朱户。
为远江湖，数弹离调怨亭赋。

暗香疏影，难道是，长亭树？
愿树有横枝，枝枝指，前生来处。
何故？俊才高八斗，却惹雨嫌风妒。
梅开雪夜，本已是，奇寒侵骨。
又谁赏，老树虬枝？纵能绽，新红无数。
若解此中曲，雪夜寻香踱步。

十六字令

（一）

松，针对晴空笑北风。寒无畏，展翠乱山冬。

（二）

虹，后羿当初射日弓。曾悬在，天上广寒宫。

（三）

宫，原住君王夏有穷。因追日，始变世间龙。

（四）

龙，顺风调雨无限功。人称道，后羿是英雄。

（五）

龙，仕女嫦娥无怨从。天捉弄，美女爱英雄。

（六）

凶，尘世花容色相功。飞天药，让爱转头空。

（七）

风，尽展当年无限衷。天垂泪，似有恨无穷。

饮马歌

云揭天欲晓，饮马双河套。放歌惊幽草，牧谣随波渺。
溯流归，为早炊。露湿偏偏绕，足尖跳。

高阳台

归后无言，见时若梦，心驰瀚海遗船。
折戟沉沙，残帆空挂年年。
雕花刻叶樱桃木，共碎瓷，盼有人怜。
更伤心，破卷留绳，残页成烟。
茫茫谁记伤心事，叹无情风雨，平壑移川。
旧怨评谈，是非知在谁边。
空念已去无缘事，料今宵，又是难眠。
恨时光，只呈现在，不见从前。

绛都春

江天一线，淡长桥飞魄，波宽流远。
风卷落花，旋进重门堆小苑。
窗前息叹亭中怨。暮色又，霞飞烟乱。
月明时候，人涂清色，影长幽院。
难见。新愁旧景，任由得，醉里香幽妆倩。
泪溅凉茶，慢品时光偷偷换。羞慌错引桃花面。
望天上，星移斗转。暗恨指下轻纱，又凉又软。

琵琶仙·梦作姜夔

帆满楫横，岸边看，浪里轻舟如叶。
杯酒虚供杨花，依依正愁绝。
谁信我，君行此后，念重把，万山飞越。
醉里欢颜，眸中血色，都付传说。
梦还是，红叶纷飞，幻犹倦，黄花落时节。
存遍一年芳信，入冬闲翻阅。
兰苑外，花期谨慎。小径东，叶讯忧郁。
设想春后情形，好花圆月。

相 见 欢

（一）

金迷纸醉红楼，一时休。亡命天涯四海乱漂流。
国家患，必清算，彻追究。喜看廉风激荡我神州。

（二）

松花江上观秋，又丰收。自驾轻舟逆水共鱼游。
风扑面，青丝乱，乐无忧。笑谓今生若此复何求？

（二）

乌鸦听雨梧桐，笑浓浓。闲问枝丫可否认东风？
张飞线，美人剑，相如弓。学步邯郸爬进乱花中。

绝 句

跋山涉水夜归家，游子扶门轻唤妈。

连唤数声都不应，隔墙自赏满园花。

桂　殿　秋

庭院闹，小径幽。适逢三五又双休。
今人已作瑶池客，屈子可知桂殿秋？

风　光　好

雾茫茫，水茫茫。未话相思已断肠。
意徜徉。红烛一滴痴心泪，千般味。
梦有情花满谷香，恨回忙。

望梅花令·解读李清照词

鸿雁难传消息，月白西窗痕迹。一叶知秋人独立。
欲赋相思无笔，愁急惹来风更急。庭院黄花堆积。

甘　州　曲

（一）

塑金身，悬素手，闭朱唇。弯眉眯眼视红尘。
法驾是观音。柳叶水，能点汝迷津。

（二）

看香痕，寻足迹，遁空门。风清痕迹雨除尘。
不语是深沉。心默念，无我亦无神。

（三）

过三春，经四季，换乾坤。南无佛主笑含嗔。
非假亦非真。细辨认，佛我本一人。

归字谣

（一）

红片片，放眼秋山随步漫。赋谣归字吟成晚。
神回山色阴阴暗。霞色幻，天边黑点南飞雁。

（二）

心软软，欲顾秋情风满眼。兰闺锁寞深深院。
心随鸿雁飞远远。青丝剪，随风还寄三生愿。

扑蝴蝶

秦宫贵燕，最思寻常院。朱门半掩，翠帘沉不卷。
情迷沧海余波，恨坠江天一线，翩翩梦中重现。
闷消遣。楚云料定，汉宫花谢晚。渔阳渐近，赋愁人却远。
燕山公子扶额，禁苑堪堪行遍，嗟夫难言旧怨。

忆瑶姬

利刃滴红，减残阳血色，傍晚狂风。
青衫遮不住，露近身短剑，过臂长弓。
旧仇已了，新恨仍增，算来此役中。
策马回，遥望天山北，峻岭奇峰。
意飞越，万里黄沙，并层层热浪，而后居庸。

三生勤王意，一战能如此，必得龙封。
潼关卸甲，禁帐封刀，寸心从此终。
为只为，赢得生前死后荣。

定 风 波

一样流莺两样声，只身斜翼逆风停。
最羡宿檐双紫燕，谁见？呢喃互诉自平生。
回首衔泥寻觅处，霜顾。莺飞燕去各登程。
未料昨宵忽变冷，今梦，明朝风雨更无情。

桂 枝 香

闻风闭目。正春意盎然，暖气消肃。
幻想花开之后，乱红成簇。
扶杨问柳家溪畔，看山村，炊烟直矗。
远山云淡，近川雾浅，诱人留足。
念往昔，纷繁并逐。是寂寞难遣？消息难续？
自古江湖，刀剑总随荣辱。
千头万绪如流水，近观清，远观则绿。
善男信女，无缘谁唱？旧歌新曲。

彩 云 归

倾心普度竟迷航。怨锚沉，幻海仙乡。
云幕天迹，色凝舟畔，贪好梦，一枕黄粱。
怨人弹，渔阳旧曲，引今人断肠。
看天际，霎时云散，瞬又茫茫。
情殇。朝秦暮楚，被伊人，唱得凄凉。

忆来最苦，凋谢玫瑰，幻有余香。
问今宵，月圆花好，漫夜能不思量？
徘徊处，明月能知，我梦飞扬。

浣　溪　沙

（一）

雪夜关山奇特寒，欲言心事有别难。痴然林下葬余欢。
今日小亭君去后，来生大梦我别先。悲欢从此不相关。

（二）

欲续前痴无限难，只身雪夜宿关山。心中倒海又翻川。
放鹤南屏愁未减，问天东岳恨加番。无言我自葬余欢。

惜黄花慢

梦断虹桥，怅楚风细细，湘雨潇潇。
汉亭望远，雾烟渺渺。韩城叙旧，逝水迢迢。
路边晚橘随风老，一枝动，满树飘摇。
困意消，夜风渐冷，初试兰袍。同愁共锁眉梢。
叹韶华已逝，翠远红飘。
晓园顾影，堪怜昨日。长街漫步，只恋今宵。
幻中共饮沱江夜，约明月，赋比琼瑶。
夜寂寥，会仙我自逍遥。

菩　萨　蛮

（一）

春风春雨春踪迹，春来写尽花消息。欲赋小亭幽，却书心下羞。

花开人并立，花谢情悲急。人共柳依依，情同雨蝶稀。

（二）回文

客乡他梦人头白，白头人梦他乡客。苍鬓满弓张，张弓满鬓苍。伏摇心若竹，竹若心摇伏。风夜一鸣蛩，蛩鸣一夜风。

（三）回文

昨非今是人情薄，薄情人是今非昨。恒信玉山盟，盟山玉信恒。觅花春寂寂，寂寂春花觅。明夜月茕茕，茕茕月夜明。

（四）回文

昔怜痴雨求穿石，石穿求雨痴怜昔。飞梦破时悲，悲时破梦飞。肃心人望北，北望人心肃。乡野顾茫茫，茫茫顾野乡。

（五）回文

麓南西岭秋心牧，牧心秋岭西南麓。停又复行行，行行复又停。阁危因绝壑，壑绝因危阁。峰顶会林丛，丛林会顶峰。

（六）回文

惜花飞魄魂吹笛，笛吹魂魄飞花惜。离叶恨依依，依依恨叶离。袭来风雨急，急雨风来袭。诗语两心知，知心两语诗。

如梦令

（一）

欲换人间风雨，先散心中愁绪。快意也凭栏，因为是非难否。辛苦，辛苦，革命豪情壮语。

（二）

酒入愁肠人醉，放眼斜阳憔悴。最爱是当年，玉指柔风相配。何悔？何悔？缀满青衿是泪。

清平乐

不堪回首，往事伤心透。空忆朱颜同素手，不语黄昏以后。
晚风拂鬓悠悠，旧游思绪难收。意渡迷津苦也，皱纹着泪横流。

绝句

夜梦江湖血溅刀，回眸一笑领群骚。
松针数万对沧海，欲问青天有几招。

月华清

细雨沾颊，微风撩发，忘言秋衫单薄。
立久回神，觉错前生承诺。
妒风骨，鹊语喧哗；怜雨意，寒蝉寂寞。
难却：系前人诗作，袭人魂魄。
长恨此生漂泊。叹影孤形单，病体如昨。
夜问黄花，今又为谁零落。
牵白马，几过扬州；唤黄鹤，且行且乐。
斟酌：让眸中清泪，渐流渐浊。

金 盏 子

（一）

助长拔禾。若求仙无药，只遗躯壳。我辈欲如何？
宣王宴，听曲质疑南郭。平生最怕蹉跎。
爱江山辽阔，心总愿，千山万水行过，上下求索。
拼搏，系欢乐。凌云志，千转亦如昨。
春风一染红旗，今行客，新疆旧梦开拓。
欢声笑语随歌，庆功杯交错。
前人梦，由我放鹤重追，九霄楼阁。

（二）

桂影婆娑。透月中欢寞，意间哀乐。独坐守窗寒。
凄凉意，今夕似还如昨。杯中岁月蹉跎。
致忧深愁阔。漂泊久，问君剩有谁怜，此恨如削。
唇角，笑依约。风渐重，方觉翠衫薄。
凝神缓步斟酌。空悲叹，年年此病缠着。
今怜满树蝉声，豁然昔嫌错。
思明日，拾起满园残红，葬花留萼。

清 平 乐

（一）

几许思绪，几点黄花雨。诱得人思当时语，忘问西风忆否？
粗杯浊酒微醺，故交旧地黄昏。共品落花主意，才知流水销魂。

（二）

紫窗朱户，曾是王孙住。雨满楼台风满目，无产阶级光顾。
破除封建余痕，唤回大地阳春。今日柳荫深处，已是革命新人。

鹧鸪天

愁雨忧风结伴来，去年心事问苍苔。
青青不映伊人面，碧草偏芳游子怀。
屈指算，费心猜。桃花三日必当开。
东风曾醉无言酒，西下阳关不胜哀。

水调歌头·高山雪

际会九霄上，飘在万山巅。轮回次数难忘，特特不曾眠。
南下形容已改，东去原因为海，跃谷又平川。
回首从前事，唱晚小舟边。
雪花洁，浪花秀，百花鲜。风光两岸，千山万水一时间。
滋润苍茫大地，慰我三生情意，本色细流传。
入海朝天望，霞幻许多烟。

虞美人

青山绿水知风好，知否红颜老？客随主便画闲春。
落笔红花艳艳柳荫荫。
依稀纸上销魂路，送我分离处。未提旧日和音词。
怕惹心神飘荡又成诗。

浣 溪 沙

雪月风花几度宵，吟诗作赋也曾骚。听琴唱曲意飘飘。
润土流墒真涵养。薄云蔽日假清高，安贫乐道我陶陶。

定 风 波

（一）

旧病新愁减却增，黯然扶几忆平生。
入夜北风吹不定。真冷，披衣起坐望繁星。
往事至今谁记得？有我，兰笺页页记曾经。
试问少年情对错？沉默，风中独坐雪中行。

（二）

白首当年也鬓青，红颜自古系多情。
风定是何摇烛影？心病。无疑最苦是飘零。
凋谢黄花曾怨命，只剩，一川烟雨释平生。
旧病千年空记省，谁等？落英早已负长亭。

南 乡 子

（一）

逆水爱行舟，斩浪分波会远流。愿把青春搏一醉，
何由？谁见人生不白头。
风雨莫停留，明月垂江稳上楼。唤醒茫茫东逝水，
还休！怎慰江山万古愁？

（二）

故事唤神游，明月清风锦绣楼。自理情怀书旧志，
多愁，善感江山几点羞。
翠叶绿何求？笑看霜华好个秋。揽尽幽芳香四季，
明眸，善昧青春付水流。

（三）

燕子共春归，窃喜归家满院飞。飞上高梁巢不见，
微微，一笑双双转又回。
旧垒付新坯，尝遍浆泥志未颓。雨骤风浓时候伴，
惊雷，共话斜阳一寸晖。

浣　溪　沙

（一）

病体难承往日忧，痴心仍在望江楼。随波空付许多愁。
一缕相思情似旧，万般无奈恨如秋。雁来不寄意何酬？

（二）

欲诉衷肠几未成，滞留思绪在曾经。旧欢如梦意何凭？
昨夜飞花谁削恨？今朝落叶我多情。穿堂风雨笑愁轻。

踏　莎　行

昨夜愁连，今朝梦断。故园秋色徐徐变。
枯枝早已谢春风，伊人仍记桃花面。
幕后猜签，窗前叠雁。预言心事都如愿。
春风十里最宜人，桃花千面香无限。

七　律

君翻筋斗上青天，我踱闲步看夕烟。
东海擒龙曾得意，南山放鹤也悠然。
五行山下风光赏，三尺楼头诗赋填。
大话西游仙子梦，小说月刊鄙人丹。

蝶　恋　花

（一）

欲话新晴疏雨后，芳草青青，不理伊人瘦。
意别长亭心醉酒，春风回绕当时手。
亭外情形君记否？岭上红花，争作霜前秀。
几度青山君白首，夕阳西下还依旧。

（二）

几度黄昏风雨后，芳草依依，叹影天天瘦。
敢醉当时频劝酒，原因席上纤纤手。
神韵山花今是否？神似从前，韵比将来秀。
西下夕阳询白首，青山何故还依旧？

（三）

憔悴今年花谢后，芳草无情，偏作西风瘦。
自饮霜前无味酒，端杯还是当时手。
花似当年人似否？影似从前，飞舞还清秀。
拜月楼前人顿首，祈求来岁花依旧。

浣 溪 沙

（一）

抱月棋亭寻故人，风清云淡至伤神。平生问有几回春。
野鹤正翩闲土舞，流莺偷唱落花吟。脱羁白马为驰奔。

（二）

放眼层林别样深，情投问有几回真。风旋落叶雨遮尘。
过隙白驹谁俊骥，穿云青鸟我知音。何言富贵与尊贫。

（三）

情窦开时苦伴身，桃花落后又伤神。思春之际是秋分。
鹤舞平沙寻比翼，鹰栖绝壁为穿云。我吟诗句怕销魂。

清 平 乐

消暑无计，尽自书凉字。一缕清风无限意，多少相关滋味。
浮尘旋落禅生，攒花聚叶荫成。背手屈身侧耳，平心静气听虫。

菩 萨 蛮

（一）

平生若有关心事，当推山水休闲志。朝品暮间藏，风来满袖香。
青山深两岸，万木齐天线。陶醉一溪风，顺流西去东。

（二）

当年筑路身长往，而今只有心来去。梦几牧牛羊，草原夜色苍。
驱车寻故地，芳草齐天碧。放眼此天涯，神驰疑是家。

浣 溪 沙

（一）

置酒不歌枉少年，友情不赋害前欢。花容月色瞬霜颜。
驻足一行分水岭，放喉三唱叠阳关。竹林旧曲响空山。

（二）

出市游乡一日间，停车已是绿无边。欣然脚下细流喧。
顾鼠忘言霞色幻，飞鹰相伴暮云闲。沁人夜色似从前。

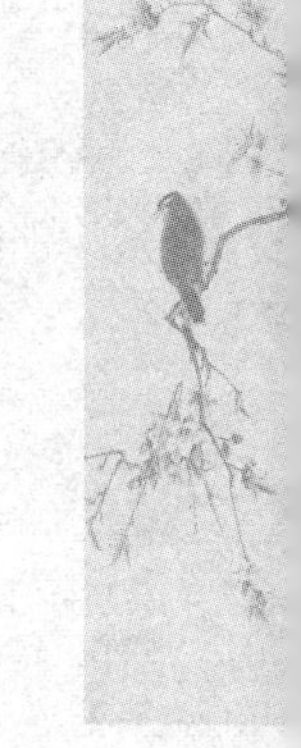

临 江 仙

（一）

荡桨河宽难过，举帆或许能行。无风渡口看烟停。
晚霞红一线，汽笛两三声。
秋水长天同暗，街灯渔火齐明。盼言旧事诉曾经。
少年凭本色，试剑在新城。

（二）

如梦人生虚度，年华空付新城。归来皓首对青藤。
邻街穿闹市，隔院锁芳亭。
怅晚长堤仍恋，滔滔依旧江声。似言浊浪正关情。
蓝衫披钓客，绿苇笑舟轻。

如 梦 令

（一）

昨夜霎时风雨，小径落红无数。早起怕人清，特地提前吩咐。

留住，留住。莫把青春辜负。

（二）

又恐昨宵骤雨，仍致飞花无数。久坐为光阴，临睡扶窗叮嘱。迟暮，迟暮。明早相思倾诉。

（三）

早起窗前一顾，仍见落红无数。猜测此中由，必是雨嫌风妒。凄苦，凄苦。欲诉相思无处。

（四）

清泪堪堪忍住，为祭飞花着素。吟唱落花吟，质问林间风雨。何故，何故。不让花期朝暮。

浣　溪　沙

（一）

备酒邀花不问由，屏风避雨意何求？小窗寂寞夜幽幽。
闲赋诗篇求息叹，醉吟桃李为停愁。清波不荡是凝眸。

（二）玉杯

清酒半杯无限香，润凉新玉透鹅黄。梅兰君子画中央。
风露有心情匹配，雨痕无迹意相当。此间回味贵绵长。

（三）

夜宴曾持白玉杯，席间清韵高于梅。奈何色舞与眉飞。
话意浓浓陪酒至，诗情淡淡伴谁归？酣然时候梦追随。

鹧 鸪 天

回首秋宵风雨浓，君因愁事去匆匆。
忧来不见新年雨，梦至难言旧日风。
忧实现，梦成空。四时天气异从同。
镜前黑发今朝白，唯有朱唇依旧红。

水调歌头

怅绪乱愁柳，凄色浸欢颜。自从做客篱下，度日有如年。
久伫伤心轩外，长视飘零池内，风劲致荷翻。
千里月圆地，曾是旧江山。
思往事，消沉意，恨非凡。三军乏智，无人识破计连环。
纸上谈兵容易，临阵降魔难矣，误国误家园。
入梦谁同我，策马踹营盘。

蝶 恋 花

桃谢芳华疑是雪，立久原因，不忍清香绝。
顾影自怜情愈怯。心随梦远空悲切。
结实飞花禅度灭，摘叶神伤，迟误佳时节。
会雨三春同日月。秋来又觉西风烈。

十六字令

情，拆解才知心事青。人间爱，曲曲让神倾。

长相思

（一）

风起时，雨落时。击缶高歌心也痴。未知恍若知。
风也思，雨也思。情满心间花落池。溢出几许诗。

（二）

逐风流，竞风流。读罢清词情趣投。随波放小舟。
来日悠，去日悠。仅叹今朝别样秋。是余此怅惆。

玉楼春

（一）

玉楼一滴迎春雨，翠阁三重环绕雾。
旧桥西侧立何人？呓语当年花泣露。
为达此意衣添素，醉挽芳心寻昔路。
妆残忘举袖来遮，一任东风怜又妒。

（二）

此中情意难排遣，特地风寒来又远。
一帘秋梦有谁知？总怨香残春色浅。
消愁只会歌声软，磨刃方知刀石简。
若无前日醉花阴，早把相思涂遍脸。

谒金门

（一）

秋渐冷，似诉年华不永。吟破禅诗无好景，赋闲身自省。

雨歇湖平如镜，风定夜昏人静。愁叶扑窗心又病，霜花开石径。

（二）

人自语，似诉伤春情绪。一问难知春去处，闲愁除又顾。
盼有清风一缕，伴我随花飞去。好梦一窗心默许，明朝天会雨。

（三）

花瓣雨，勾起心思无数。欲将诗情填旧曲，盼能词彧彧。
无奈伤春情绪，总是挥之不去。无助窗前人自语，平生春几许。

摸 鱼 儿

看风飘，一春愁雨。
问花谁许飞去？梦曾惜叹江山好，醉了英雄无数。
愁未住。人又上，凄风冷雨江湖路。
长宵不语。任旧曲伤神，新诗销魄，看柳纷飞絮。
关心事，硬把佳期耽误。弯眉明月曾妒。
形单唤影窗前伫，只恨旧情难诉。
灯晕舞。光浸在，花边叶下一抔土。
红尘最苦。切莫独凭栏，听歌长望，日暮霞飞处。

绝 句

（一）

闭目观神秀，开心启慧能。佛前光照影，龛后影扶灯。

（二）

花叶绽三春，春光日日新。香兰嗔碧竹，风雨竟当真。

（三）

社火闹寒天，声光俱弄妍。飞天无悔药，彻夜不能眠。

（四）

酷爱日良辰，春光旭吾身。求风调盛世，祈雨顺天人。

（五）

坛前祈愿谁？用药问当归。脉诊心何病，情痴柳叶眉。

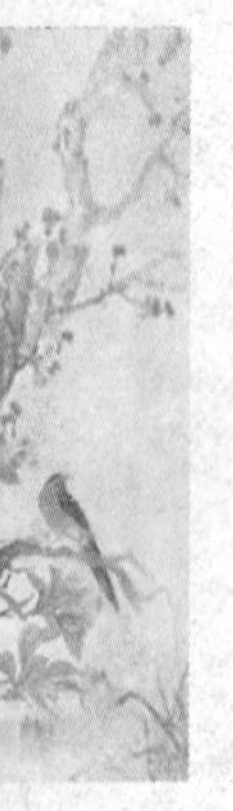

（六）

斗转星又移，天心已未知。参吟窗外月，圆缺为琼枝。

（七）

沧海退风波，关山解梦多。千秋真霸业，越岭唱吴歌。

（八）

阳春绿满郊，老树又含苞。也做登舟客，同观岸柳娇。

（九）

空谷唤声回，声声回却微。千山同一事，伴我看余晖。

浪淘沙·和巫山神女祠

（一）

扶鬟立云端，惜叹江山。潇潇风雨一如前。
试问英雄如愿后，忆否红颜？
遥想此江源，起自涓涓。俯之如练又如弦。
愿满心头情作浪，万语千言。

(二)

望处是江山，情聚神巅。无边风雨脚边悬。
意会千川东入海，因志拳拳。
万载又千年，懒叙缠绵。情如沧海变桑田。
自古猿声悲两岸，底事如鹃。

浣　溪　沙

惜叹年华付水流，匆匆人去忘回眸。可怜夜半意温柔。
秋月清辉抒广韵，春风词笔赋多愁。今生何处益停留？

苏　幕　遮

(一)

望茫茫，听寂寂。秋夜无眠，起占春踪迹。
袖满西风人叹息。顾影怜身，嗔月今何必？
夜凄凄，如往昔。草木依依，风又吹何急？
旧梦随风无处觅。只剩遐思，埋怨愁无极。

(二)

绘长春，延旧碧。为暖花心，祈盼回天力。
此力换回风习习。意乱情迷，出笔题诗壁。
咏来鸿，吟过客。彻夜无眠，抒尽胸中墨。
此意偏偏情特特。问有谁怜？幻字随风陌。

绝　句

（一）

梦回方悔已沉沦，虚度前生与此生。
今世盼成来世业，丹心一片塑金身。

（二）

贵耳缘听两卷经，贱目真身不显形。
心中一介无花草，芳在西天韵在瓶。

（三）

埋怨东园寂寞春，推窗却见赋闲云。
翕鼻闭目心间嗅，本色今春一百分。

（四）

捕风只为满园红，捉影才知花径空。
解梦心知心梦解，蝶心稳坐是庄公。

（五）

一偈禅风吹过江，一生悲喜一炉香。
小舟载满今生梦，一秋红叶一场霜。

（六）

惑迷心解心迷惑，尘事空留净土踪。
载满小舟全是梦，一帆风顺去来中。

（七）

旧日情歌慰旧人，艳阳白骨恋惊魂。

悟空石上萍踪影，石要清风影要痕。

(八)

三餐缺肉诗当酒，一夕无书难咽鱼。
自在浮云陶醉处，斜阳送影入仙居。

(九)

心随流水至天涯，叹影怜香仍在家。
彼岸无缘因是果，今生有幸叶当花。

(十)

逐身瀚海寻边际，为置慈悲方寸心。
放任一双摘叶手，安抚天下有缘人。

(十一)

垄头一望尽梯田，垂首心知天外天。
曲径三番通大道，此中经历似缘前。

(十二)

功利索心简亦繁，浮云称道重于山。
脱兔穿林追术士，守株半载似清闲。

(十三)

草色烟光衬晚霞，凝眸处处似天涯。
夜来迎风挥酥手，指出皮囊即是家。

(十四)

去年天气去年春，今岁鲜花今岁人。
人嗅花香春得意，花随人愿叶精神。

（十五）

出世若依尘世脚，纵行天下也徒然。
斋心本是今生事，何必非花来世钱？

（十六）

听禅可得逍遥意，悟道能生自在心。
流水行云无上智，超脱三界宿凡尘。

（十七）

清泉前世宿深山，今世奔波沟壑间。
为洁浮尘成浊水，徒劳无益也悠然。

（十八）

声息其心未必休，色绝其志豁然忧。
了无牵挂菩提月，空照林间春与秋。

（十九）

莲头空坐自由身，迎风放下执着心。
驾鹤追云观慧雨，菩提树下度晨昏。

（二十）

穿云我现大慈心，隔雾亲藏广济身。
晓渡无风缘作浪，如来只送上船人。

（二十一）

执着今生一缕禅，飞鸿过后迹如烟。
寻梅踏雪身无恃，领悟尘心转瞬间。

（二十二）

舍本求源起自家，顺流置末到天涯。
豁然足底浮尘印，宛若庭前方寸花。

（二十三）

枉度尘缘数十春，回眸皆是可怜人。
息心介意超乎己，蔽日只需方寸荫。

（二十四）

观身出己意徜徉，养性舒心通体香。
参透世间生与死，超脱三界属平常。

（二十五）

我来之日繁星坠，我去之时大梦飞。
来去应知离别苦，去来莫论喜和悲。

（二十六）

止乱于心身自安，繁忙世界复清闲。
随缘看透名和利，生死原来一线间。

（二十七）

以德报怨水浮云，累体修心叶覆根。
商略一番风会雨，纵深无际苦轻身。

（二十八）

运数一番三界三，红尘恩怨总相关。
繁花落下风吹远，香沁千山万水间。

（二十九）

无心无我又无身，顺境虚无逆境真。
何必区分因与果，鸿蒙开后定乾坤。

（三十）

参透今生得往生，来生莫问怎相逢。
鉴于止水伊模样，聚散缘由一阵风。

（三十一）

欲渡慈溪弱水横，大乘未若小乘功。
缘何佛法分高下，无非一念为众生。

（三十二）

禅者心头无限苦，原因佛法有时无。
此峰顶上峰无数，绝岭宜从坎坷图。

（三十三）

千乘万骑逆风行，侧目横空无数缨。
吐气遮云麾覆岭，皆因一念为苍生。

（三十四）

杯酒穿喉人忘忧，旁观曲水任觞流。
高谈阔论欣然士，默语时分忆旧游。

（三十五）

凄凉渡口系闲舟，过客行人未问由。
官道修成从此弃，任由碧水忆风流。

（三十六）

追风过郡又穿州，渭水茫然几转头。
夜梦长安今落叶，时节未秋鬓先秋。

（三十七）

为观山色换乘舟，叶落花飞忘叹秋。
满眼清风难作泪，原因思绪在红楼。

（三十八）

情伤旧地古沧州，河北山东共染愁。
故事难酬三国志，越王何必贵吴钩？

（三十九）

阳关固守为封侯，打马追风思旧游，
底事萦心倾太守，原因有眷在徐州。

（四十）

碧水东流为免愁，奔腾不止吼不休。
浮云蔽日千山远，沧海收波万壑悠。

（四十一）

追吟故地古荆州，关羽扬眉话旧游。
谈笑过江豪杰事，提刀上马气吞牛。

忆 秦 娥

（一）

桃花发，发时魂在枝头月。

枝头月，去年此日，同样圆缺。
吟诗曾作飞花雪，归来还记当时别。
当时别，一春心事，万千愁结。

（二）

桃花劫，香签占得芳心怯。
芳心怯，春别飞花，秋别飘叶。
花飞花谢雨儿恰，叶飘叶落风儿霎。
风儿霎，春前此问，秋后谁答。

满庭芳

野鹤惊狂，家鸡谨慎，无非是为食粮，
禽求温饱，士则志泱泱。
文武一身兼备，英雄气，酝酿柴桑。
胸中志，说来都是，治国与安邦。
周郎。
谋赤壁，纵情于酒，其计难防。
要强敌衰弱，弱蜀成强。
一战三分天下，鼎足计，吴蜀相当。
酬时又，溯流北望，举火照长江。

浪淘沙

大海对门来，浪涌云开。疑心泻玉自瑶台。
卷袖季风陪伴我，游遍蓬莱。
擂鼓唤春回，声似惊雷。震惊旭日共霞飞。
饮尽千江还只信，小酌三杯。

减字木兰花

（一）

登高望远，却被浮云遮住眼。脚下江湖，去雁来鸿竞自如。
重游景胜，俗世尘音喧不定。壁见唐诗，书写江天一段痴。

（二）

尘迷雾掩，看透浮云需慧眼。意渡江湖，似苇舟轻曲自如。
红尘竞胜，利损名伤愁不定。不见禅诗，弃写人间几许痴。

浣　溪　沙

皓月一庭唤玉魂，禅香两簇静凡心。佛音散处苦缠身。
解破机缘缘竟假，吟成诗韵韵逼真。由来因果费光明。

长　相　思

（一）

尊儒风，为家风。几代仁人复古风。难成世纪风。
感民风，叹世风。日下江河千里风。悲歌为国风。

（二）

晓来风，晚来风。吹瘦黄花何许风？东西南北风。
贪清风，恋清风。自诩肥身几缕风？孑然两袖风。

（三）登山

南望峰，北望峰。叠嶂重峦无数峰。千山一顶峰。
云断峰，雾断峰。难断山巅七尺峰。此身即是峰。

（四）

风霎时，雨霎时。漂泊无依辗转时。凄凉感四时。
春暂时，秋暂时。春去秋来人暂时。时时皆暂时。

（五）

风过时，雨过时。独伫长空雁过时。心思转旧时。
春几时？秋几时？人去楼空曾几时。吟诗到醉时。

如 梦 令

还记山中迷路，惆怅云关日暮。直羡碧川西，倦鸟衔风栖树。
无助，无助，今夜魂归何处？

浣 溪 沙

（一）

竿短饵新钓线长，朱颜鹤发绿池塘。终年不语似神伤。
风断溪山秋梦暖，雨连昼夜春韵凉。莫嫌心事又还乡。

（二）

燕至衔泥往返忙，莺来信口竟雌黄。登枝何必砌新房。
莫论春阑遮雨露，且言秋竣抵风霜。栖身门第有书香。

减字木兰花·弈

（一）

收关局定，万种玄机一子并。气俊神闲，指点江山又一盘。
高山流水，动静能生无限意。彻夜无眠，似有余音绕耳边。

（二）

个中滋味，局外之人难领会。此道排忧，意念专求性自由。
焚诗祭酒，一曲知音惆怅否？子占天元，问有存活气怎全？

鹧 鸪 天

（一）

一夕欢欣百夕伤，一朝温暖百朝凉。
别多会少三联袂，怨浅愁深一断肠。
心系软，意牵强。情因底事病绵长。
钗分做得银河浪，桥聚招来金鹊忙。

（二）

除晕清风悔自私，有心明月挽回迟。
闲来读遍三春赋，闷上难成一页诗。
情似懒，意如痴。花间词作几人知。
满怀春事溪边伫，凄叹秋深叶落时。

满 庭 芳

锁俊蒙羞，开颜献丑，浮游一世何求？
看花开谢，才懂日回眸。
风约青梅共老，怎料到，紫竹先忧。
途难问，行前此诺，更改是何由？
春愁。
全寄在，麟哥旧曲“爱在深秋”。
落寞此心后，只信温柔。
密雨临窗急下，浮尘梦，痕迹难留。
心停处，闲云舒卷，有鹤顾黄楼。

长 相 思

风霎时，雨霎时。雨滴风丝皆是痴。恨心人不知。

醒也思，睡也思。帘外残荷又满池。春来再续诗。

2007 桃花依稀，风铃解

序

这次，李长风是和吴晓东一起回林口的，在畅饮美酒、共论往事之后，他亲手把这组诗词的印稿交到我手中。

前两年，关注李长风诗词的人很多，想知道他是谁的就更多了，甚至在我公开披露答案之后还有人怀疑。中国人要重建诚信，在“推诚”的同时还要不“疑诚”才有希望。

李长风是王立兵，就像鲁迅是周树人一样不十分重要，但他现在的读者多是同学，其要弄清楚对谁关注和为谁骄傲的心情是很可以理解的。

他为什么在长时间内深藏不露，我认为开始时就是开玩笑——要调侃人，捉弄人。但写着写着，发现了自己的才情很适合写诗填词，于是就去研究格律，然后很快就像模像样了，《风解铃》为我们展示了这样的轨迹。后来他被自己的作品感动了，写作态度严肃认真起来，但玩笑还是要继续开的——要考考大家。当年的王立兵高考语文不及格，谁会想到这个运用语言很娴熟的人竟是他呢。

我虽然无法想到，但我相信。因为我很了解高考——它是一把量尺，但不是一把完美的量尺；它是一时的量尺，但不是量人终生的尺；它是一把公平的量尺，但同时是一把无奈的量尺。

再后来他不开玩笑了，“正王反犬一生狂，无用潜龙首尾藏。神秘文踪酬自轨，独孤一剑匿锋芒”。“潜龙勿用”，《易经》乾封的这个初爻非同小可，它是一种隐忍，是一种蓄积，进而“见龙在田”，“或跃在渊”，如果不是我提前揭开了谜底，他的“神秘文踪”也许要到“九五”——“飞龙在天”这个最佳境界时才能露出痕迹。

他有追求，并且循序渐进，不像郭靖一开始学的是“亢龙有悔”，而要像独孤氏那样由有锋剑到无锋剑，再到木剑，再到不用剑，“求一败不可得”。

这也许不是“狂”而仅仅是因为他王姓的“王”字。由于他要藏住尾首，一开始就很神秘，这样写着写着，含蓄就成了他的主要艺术风格。诗词是要讲究含蓄的，他较好地运用了这一手段，一贯曲径通幽地表达某种内心的感受，像我这样不了解他工作生活经历的人很难读出他的意向，只好凭借文字来理解或猜测。如《七律南山》中的“溺江至昨仍痴楚，捧璧于今未事秦”，那么这个人该如何自处，诗人后来想到东方不败，用两首《蝶恋花》，避开了他偷练《葵花宝典》的野心以及引刀自宫行为后果的难堪，很理解地说他“避进芳园，因倦江湖久”；很同情地说他“有志男儿，学织山河秀”；很赞赏地夸他以针对剑，招招取守的礼让，是念及对方是自己当年的朋友；最后高度赞美他“出招还是今高手”！立意辟蹊径，替东方不败洗去铅华，显出失败英雄的慷慨悲壮来。若非感同身受，何以如此煞费苦心！

李长风的诗词不太容易读懂，有其语言含蓄的原因，而含蓄又正是“潜龙”的本色。但这“潜龙”若失去连续数爻的阳刚，那就有若干种不是“潜龙”的可能，“飞龙在天”可就无从谈起了。

李长风诗词的内容，从题材上看，涉猎较广，说明他经历很多，见闻很多，读书也很多，并且有自己独特的理解和感受。这里不想述及。

就其主题看，其作品却大多一致，我把它称为隐逸类。

1. 写悔。“想平生半过，身虽未染，亦陷尘喧。”“叹昔时，名利身羁绊。”“身如再少，必不争锋。”为少年时身陷名利尘嚣而悔恨。

2. 写厌。最出色的是“山一程，水一程，水复山重无数程。奔波未计程。醒一程，睡一程，梦里前程变后程。醒时倦问程”。不知这行程比喻的是人生还是事务，总之是厌倦得不能再厌倦了。

3. 写悟。“寻梦，最好梦中无梦”，这大概是禅机，而“三界红花何最艳？无声，只指身前半寸灯”，这禅机怕是很深了。

4. 写求。“飘零最羡风中叶”，追求的是自在；“无眠夜有韵相亲”，追求的是古雅；“岫卷青烟藏紫气”，追求的是高洁；“才铲垄头云，又钓溪边雨”，追求的是自然。

这样的例子俯拾皆是，它们共同塑造了一个误落尘网，将要归隐的高士形象。

虽然我认为归隐的翩然、超然的轻松中有沉重，有愤慨，有不同流合污的高尚，但它毕竟不是积极的。“远志埋荒冢，雄心入酿”是可惜的。

何况，一个未及不惑之年的诗人整天高唱“叶醉秋歌”，“草痴霜句”和“高风颂晚，残烛悲末”是很有些不协调的，至少它不该是主调。

人要走路，路有不平，于是就修路；人要渡河，舟楫不便，于是就造桥。后来有大学设了路桥专业，作者既操此业，自应深悉其理。

还是郭靖说得好，“为国为民，侠之大者”。屈原、杜甫、辛弃疾之所以名垂千古，以其忧国忧民之故也。以长风之才情，振作精神，驰骋想象，拓宽题材领域，提炼人生真谛，远追苏辛，问鼎词宗，非不能也。愿拭目以待之。

唐耀舜

二〇〇七年九月二十六日

戚 氏

幻如诗，
当年心事有谁知？
病久无依，尽将旧愿换成痴。
何时？
梦能驰，
邀天揽月解愁思。
英雄若问良策，敢断来日我能资。
瀚海无泣，清江有泪，豁然劝酒难辞。
想摩天易尺，常青可赤，谁又无私？
求惑总是无师。
飞天问药，欲速奈何迟。
凭栏久，鬓霜难支。
冷月西移。
事难期。
旧阁醉酒，新诗负壁，暗韵羞题。
九天匿迹，五岳悬疑，归后放荡难羁。
旧惑医新志，秋山错碧，本色空持。
恨是回春乏计，任新衣旧梦共霞飞。
梦残宿志难欺，占星望北，啸咏西风急。
旧趣怡，枕畔常相忆。
思王策，悲鲁怜齐。
论气数，觅偶寻奇。
似无虞，举步又敲棋。

病夫无识。
江山易色，舍我其谁？

戚　氏

逝如风，
少年心事不由衷。
感慨千端，念休万水俱流东。
匆匆，
又无穷，
如烟旧惑一丛丛。
当年拔剑谁懂？溅血专为染霞红。
远途如幻，关山似梦，忆来万念都空。
想高风颂晚，残烛悲末，一笔难终。
休道瀚海无龙，
层云叠谷，渐渐雾能浓。
云心动，浩波必涌。
白马青鬃，
为英雄，
或疾或止，长驰短驻，未失从容。
止行望远，海岸天边，龙马此际相逢。
远志埋荒冢，雄心入酿，底事尘封。
纵遇知音故侣，亦斋心闭目坐如钟。
执迷执悟三冬，执风执雨，执意兰花种。
牧己痴，愿许青灯梦。
消己欲，诗醉丹枫。
纵己念，意共寒松。
解己惑，宿恋寄飞鸿。

异行无众。

身如再少，必不争锋。

浣 溪 沙

八月闻风晓是秋，怜春无计又无谋。任由清泪涨青眸。

叶醉秋歌红上脸，草痴霜句雪盈头。伤怀又为少年求。

戚 氏

负青春，
少年心事忆纷纷。
把盏三巡，默然杯酒未沾唇。
伤神，
为迷津。
窗前花又变红尘。
兰衫几为风起，欲将诗意付痴人。
春忧秋闷，红愁绿恨，一时俱在黄昏。
诱高人弃忍，真君泄愤，而后销魂。
得失此际难分。
浑如醉酒，忘怯意醺醺。
安能问，夜风可紧？
皓月如银。
照空门。
欲念惑劫，生休病老，一瞬传真。
切饥遇米，久旱逢阴，应是天道哀贫。
梦遇秋光老，凭栏夜叹，落叶无根。
雁阵离声急切，让清眸布雨泪倾盆。
泣停枕畔香熏，净心固本，再梦桃源近。

侧耳听，声似桃花汛。
凝眸望，桃晕遮云。
意窃喜，已至仙村。
问翁媪，岁过两千旬。
醒时才信，
春秋转瞬，大梦无垠。

戚　氏

问长天。
谁遣风月逸庭轩？
寂寞形殊，遂端杯酒祭飞烟。
飘然。
梦乡关。
轻舟如叶碧溪间。
同行有问痴惑，戏言春水解秋山。
当年魂魄，今宵去远，任由清泪潺潺。
想平生半过，身虽未染，亦陷尘喧。
仙惑一日三年。
凡庭解梦，夜夜至更阑。
当年断：慧深缘浅。
易箧婵娟。
象连绵。
话近指远，才疏后世，虑密当前。
莫名最妙，曲解奇佳，都把幻境迟延。
老去知音少，时逢一醉，不吝悲欢。
若遇云朋雾侣，必柔风十里共流连。
忆来总是无言，个中百味，最是愁无限。
叹昔时，名利身羁绊。

想故景，春色秋颜。
虑晚气，夏暑冬寒。
恨无端，墨壁有诗残。
路旁溪畔。
寻痴觅惑，旧梦重眠。

永　遇　乐

月白南塘，霜凋西苑，秋又凉透。
独步回廊，自吟曲径，寂寞情依旧。
池萍展展，池波盼盼，慢慢西风吹皱。
意难言，焚诗祭酒，忘问故人知否。
飘零日久，豪情空负，忍对苍颜皓首。
数载于今，最怜一梦，窃慰心仍有。
梦回此夜，闲愁话尽，但见秋羞菊秀。
渐无畏：层云渐厚，群山渐瘦。

浪　淘　沙

登顶望群峰，晚照涂红。心伤汉榭楚王宫。
吊古重来多少次，为祭英雄。
往事尽随风，只叹匆匆。羞提饮马在江东。
理解青山缘不老，是惧无功。

醉　太　平

（一）

一更二更，风清月清。琴声引动蛩声。唱多情忘情。

左倾右倾，前行后行。有凭好似无凭。唤桃兄李兄。

（二）

三更四更，心惊梦惊。后庭踱至前庭。恼风声雨声。

前程后程，来生往生。薄情难为深情。羡云僧寺僧。

长 相 思

桃花村，杏花村。沽酒时分未问津。醉需三两斤。

汝非宾，吾非宾。因为当年心比邻。三巡两意醺。

水 龙 吟

晨昏歇息无由，凭栏尽看前贤路。
一分天谴，二分地忌，三分人妒。
才子之嗟，佳人之叹，势如幽瀑。
任飞天问月，虬龙探海，凭栏意，谁回复？
窃占秋贞何故？似无根，尘飞叶舞。
旧由新恨，彼情此景，我歌谁赋？
展卷传经，倾身闻道，意能辞苦。
若回眸，再看平生俊事，剩凭栏趣！

绝 句

风夜抽刀石上磨，只因少志积胸多。
丹心赤胆雄黄酒，伴我惊川斩碧波。

如梦令

（一）

假设惑言如果，百试未知其可。立念卧行思，皆是平生功课。参破，参破，有个莲花能坐。

（二）

一朵莲花当座，出指迷津弹破。笑里似含癫，评点当天功课。其可，其可，来世能知因果。

（三）

指是莲花十朵，鼻是弥峰三座。阶下告菩提，身是当年因果。无我，无我，痴惑任由经过。

疏影·理解姜夔

江山纵物，任茂竹蔑雪，鸣鹤欺月。
九转文溪，半倒诗篙，空替旧魂悲切。
胡沙蛮雁秋时别，是与非，且由评说。
蓦回眸，白草如无，身似乱空之屑。
堪忆当年俊事，旧楼新醉酒，有韵高绝。
旅次无依，驿影难题，白马扬州声咽。
飘零最羡风中叶，起与歇，未关凉热。
想佳人，雅瑟无音，梦里晓装三叠。

如 梦 令

旧旅今番相忆，似忘竟然还记。未道此行空，有句藏心如玉。游历，游历，觅得几行新句。

菩萨蛮（回文）

（一）

春读梦鹤晨昏踱，独鹂旅次多思昨。非此彼分心，无忧己自吟。难谋朋旧策，易尺新标格。故惜未植庭，闲集雅室精。

（二）

精室雅集闲庭植，未惜故格标新尺。易策旧朋谋，难吟自己忧。无心分彼此，非昨思多次。旅鹂独踱昏，晨鹤梦读春。

水调歌头·冬日

数九寒天彻，冬至雪纷翻。清池冰已三尺，借以固危栏。
踏雪寻梅凭迹，垂钓求鱼乘隙，痴苦亦痴难。
此举藏真趣，心简落花繁。
朔风动，重云阻，意难安。披襟散发，宽足逆履倒衣冠。
任尔北风猎猎，笑汝雪花叠叠，纵马上南山。
放眼前川望，未见雪纷繁。

绝 句

大道由诗任卷澜，小溪翻浪梦舟牵。
中流砥柱谁知我，有韵齐天不一般。

七律·次韵南山

不怜风雨不怜尘，唯慕倾心此味人。
酌句忘嫌诗境远，品音犹羡赋情真。
溺江至昨仍痴楚，捧璧于今未事秦。
名利如云云已淡，无眠夜有韵相亲。

绝　句

秋人秋日问秋风，何至秋林色数重？
答是秋阳沉砚底，泼墨染成万山红。

七律·借韵生诗

秦云燕岭望茫茫，死士思兮欲断肠。
墨刃疏光由雨锈，白衫蓄志任风扬。
展图燕主眸含赤，举璧秦王面示苍。
若有丹心能照册，何怜今世破皮囊？

绝句·回枕兄、南山兄

妙雨迷津觅又寻，长风循履入层林。
刚怜此际春光好，又羡佳山柴气深。

沁园春·次韵枕兄

战国空前，春秋绝后，赋比天高。
纵荫封十里，不夭不折。根衰五代，诛暴诛豪。

年少无痴，青须多志，试剑峰巅武略韬。
从未悔，恋千山万水，峻岭狂涛。
未嫌紫卷言娇，爱旧赋新词才富饶。
记三山五岳，云蒸霞蔚。九丘八壑，地俊天骄。
湘楚屈才，于斯唯盛，敢领龙鱼共追潮。
寻吟久，问百家绝唱，谁胜《离骚》？

忆秦娥

东风遁，西厢人泣花容殒。
花容殒，觅香不见，纵秋来问。
莫嫌篱下愁千仞，葬花窃讯锄何忍？
锄何忍？去年此日，豁然春恨？

唐多令·借韵生诗

（一）

独自上层楼，徘徊怅望秋。去年霜，今日盈头。
倦倚西风调晚瑟，风已醉，律还愁。
此碧向东流，茫茫揽月酬。旧江山，映在双眸。
袖挽长风挥素笔，多少意，忘追求。

（二）

无意怨清秋，心闸放泪流。惑三千，乘梦来游。
嚼玉衔珠吟断处，三分恨，一分愁。
上马志难酬，抽刀欲斩惆。发长吟，吼遍南楼。
季过三春秋已盛，恨明镜，让颜羞。

（三）

七色眼中流，舟听水上秋。爱层林，韵染双眸。
入梦谁衔诗一束，未关喜，未关愁。
泉和月松酬，风眠鹿鹤休。夜倾心，意忘南楼。
霜海渐平烟雾汛，云出岫，伴神游。

（四）

冷月窥兰眸，寒云罩碧秋。独行人，未雨绸缪。
夜潜书生无限意，途穷策，策停愁。
权作旧时游，行消百日忧。爱江川，浅壑深流。
驿路溪桥痴我略，浮生醉，最难求。

（五）

清照映溪流，声声慢晚秋。赋西风，月满西楼。
嗅蕊尝芳书异趣，闺中韵，待谁求。
南下意难酬，悲吟慰白头。望江东，泪恸双眸。
魂上兰舟归故里，乡思动，古今愁。

（六）

临壑观风流，居高望远秋。万峰巅，云爱清眸。
岫卷青烟藏紫气，三山外，玉无愁。
鹤影一杯酬，诗踪几上楼。夜无眠，唤侣同游。
林海涛声听仔细，秋之意，绿相求。

变调醉太平

嚼愁咽病，忧天恨命。临窗白雾遮青岭。萦怀意耿耿。
满庭花树衬幽径，溪亭畔，患愁醒。

醒后琴台又清冷。玉夜人痴影。

菩 萨 蛮

晦诗读罢禅心觉，此言误我平生略。拦雾大江苍，迎风满袖凉。命如山上雪，运似云间月。酬志起三更，观星不占星。

菩 萨 蛮

守阳山下西风急，汨罗江上东君泣。斜径问横枝，顺流谁寄诗？可怜金玉质，入世生顽疾。濯足怨流清，波平意不平。

长 相 思

青透帘，红透帘，满苑花开香透帘。寻芳试卷帘。
风满帘，雨满帘，一夜飞花沾满帘。惜芳怕卷帘。

长 相 思

一朵云，两朵云，数尽遮天万朵云。问心何似云？
忙似云，闲似云，风雨迷天皆为云。浮生我是云。

长 相 思

想起《从百草园到三味书屋》。

天性真，本性真，难忘墙根童趣真。书房三味真。
笑是真，骂是真，笔下春秋写意真。小楼情最真。

长相思·鉴真

此味真，彼味真，品味难知假乱真。唯心能鉴真。
因是真，果是真，参透红尘假亦真。禅房余味真。

更　漏　子

梦无凭，心却省：斯证十天光景。
期未定，已成行，此程云数层。
云越岭，雨翻境，云证不如雨证。
一梦醒，十山崩，今生成往生。

2007.6.7

鹧　鸪　天

又到智月禅院，再见大师，夜宿山下小村。

一叙空明念绝尘，三缄壁悟梦无痕。
晨携杂虑游禅寺，夜带幽香宿远村。
心射影，月穿云，伤神灭欲破迷津。
今宵落魄谁拾得？他日销魂我问君。

绝句·次黛兄韵

约诗会友吟寒塘，今用荷杯古用觞。
同是一轮塘上月，为何有此不同伤？

绝　句

昨夜无眠，又读《碎叶集》，至四十六页时，心随诗动，意入诗境……后反省自身，以物照心，遂有此胡言乱语之句。

（一）山下松

展翠莫言功，当如山下松。身虽栖壑底，有志在巅峰。

（二）映山红

迎春岂是功，先艳亦非雄。经历三春故，矜持落日红。

（三）蜜蜂

采花谁授意？酿蜜不糊涂。满巢尊一后，成群几丈夫？

（四）蚕

轮回三世故，绢做一行书。倾尽镶丝苦，迎风领唱孤。

生查子·墙头草

既已下凡尘，权作墙头草。人笑总随风，谁解其中妙？
墙内只留花，墙外全当道。寸土自垂荫，独品千般俏。

减字木兰花

崂山春早，梦里已闻枝啼鸟。好雾如烟，漫上床头到枕边。
岸边沙软，踏浪寻奇需裤卷。脚印如花，只认滩头不认家。

减字木兰花·潇湘妃子

凄风苦雨，洒向红楼知几许？花谢花开，不恋湘妃咏絮才。
葬花无奈，独自徘徊幽巷外。明岁如何？不盼残香有更多。

绝　句

次黛兄韵

藕病残荷昨日香，痴痴不忍别寒塘。
梦怜夏夜超然色，切盼春来再试妆。

次黛兄韵

风弄青丝雨弄妆，无聊塘外自寻芳。
怜荷惜藕千般味，只遗二三入梦香。

次柏兄韵

东君一韵起如常，半为残荷半为妆。
塘外吟诗惜弱骨，或因艳质或因香？

次黄兄韵

相传仙子浴寒塘，神代胭脂晕代妆。
藕臂莲衣真丽质，未吟诗句已流芳。

次黛兄韵

凄风苦雨系平常，常至秋浓自卸妆。
妆卸亦能添本色，色行至境必沉香。

次柏兄韵

青衣舞破慰迷茫，旧日繁华岂是伤？
恶雨恶风无恶意，系帮玉骨续禅香。

次枕兄韵

禅香今夜入寒塘，塘内残荷重试妆。
妆罢寻词填晚韵，韵娇诗境必流芳。

次韵亦咏残荷

承污忍秽宿寒塘，风破青衣雨破妆。
结子不谈无上苦，只因玉骨必流芳。

绝　句

枝纤未必难承重，色显焉能徒惹怜？
入酿多年今变酒，味凭一悟醉长安。

醉花阴·和词

读罢清词词兴就，落笔随君后。
午夜意追风，未懂幽情，只把凉参透。
心仪宋韵三缄口，杯酒注沙漏。
有韵若招魂，必舞清风，散发兼舒袖。

浪淘沙·野史杂记之无名吟

死士不怜头，屡上南楼。身捐越主窃吴钩。
未得顺携堂上印，暂雪王羞。

短剑匿长裘，名利全丢。看花颜色染溪流。
一曲秦箫悲两岸，指正温柔。

一剪梅

自知凉衾与梦遥，遂上兰桥，共月长聊。
尘心此际最清高，魂是娇娇，意是陶陶。
结拜桃林今又夭，答复关刀，近日平曹。
阵前策马待雄枭，风正呼号，旗正飘飘。

浣溪沙·和词

偈释今生喜是悲，禅成色舞共眉飞。意知慧柳智枝垂。
揽韵持琴情独至，谈诗论赋客相陪。亲书秀句寄香闺。

如梦令

落墨此情难记，佩玉掷沉江底。下马望江东，往事尽成回忆。
无力！无力！举鼎擎天何必？

十六字令·智月禅院

（一）

风，晚动青松晨动钟。穿禅室，知境悟时空。

（二）

钟，声纳于中因是空。晨风颂，无事不由衷。

十六字令·春归

归，斯雨斯风斯色非。关情处，焉得不伤悲？

十六字令·别

帆，过尽滩头过远山。关情处，点点是青山。

南乡子·和词

写意不由衷，独自寻芳旧苑中。惊愕枝花开未果，
询风，何故偏怜此苑红？
慧偈记花容，诠释芳缘色即空。梦品残红情入酿，
匆匆，此味应知彼味浓。

浣　溪　沙

秦之“玉”璧，成就相如完璧之名，前人偏笔，后人未疑，吾借“文事必以武备”之鉴正厚相薄将之偏。

拾草田间忘问禾，相如举璧解干戈。后人谁又记廉颇？
书禁六朝遗憾少，虹囚寸玉赤瑕多。校讹切莫再传讹。

鹧　鸪　天

遣闷清心夜读诗，坐思幻境意如痴。
逍遥临壑凭栏处，自在风花雪月时。
情世故，义相欺，缘何少睡却多疑？
兴文应赖真君子，灭武当推假李逵。

兰 陵 王

断肠处，绿水青山白雾。
凭栏问，身陷江湖，又有何人梦如故？
莫言已最苦。天主，英雄命数。
浮生渡，或石或滩，到岸之时必如步。
结庐又修竹，爱岭上红梅、帘外黄菊，含霜戴雪悠然趣。
喜栏愁西去，壁香新注，拈须扶杖忘神伫。旧惑入新赋。
几许？忘情句。让临蟿梅开，面壁人悟：此身竟被尘缘误！
笑权倾当世，名垂千古。汗青空见：卧薪汉，浣纱妇。

南 歌 子

白发归无计，清光换岁华。
秋风今又瘦黄花，静夜无眠焉得不思家？
离别三杯酒，相逢半盏茶。
夜聊童话在天涯，记得当年此刻笑无邪。

满 江 红

越岭攀烟，登云望，吴川风雨。
剑气动，一天迷雾，满城飞絮。
尝胆自知奇志盛，卧薪敌断龙身聚。
笑无谋，城挂智人颅，忠心负。
英雄苦，寻谁诉？枭雄误，孰能阻？
叹双雄故事，示人千古。
越乱止于群志一，吴衰起自独夫欲。
君切记，不负苦心人，天之术。

清平乐·白帝城游

兴师以怒，竟把江山误。白帝城中孤托付，家国但由自主。
从来问计无疑，临行一语三思：若见匹夫无志，彼当取而代之。

绝　句

感于旧友之题，老骥伏枥：

原诗：

白发未得意，何须东君怜，幸得生花笔，笑去九重天。

步韵和诗：

秋风如得意，落叶不须怜。纵我凌云志，横行天外天。

浣　溪　沙

友至工地办公室（亦兼寝室），互道感受。

初见幽居四壁空，再观竟有律丛丛，东墙西壁现诗踪。
酌句未嫌词有限，选联却喜意无穷。萦堂慧雨伴文风。

十六字令·暮春问梅

枝，寂寞含芳待几时？飘香日，可否报春知？

忆江南·怀念李明溪

（一）

人何在？人在故亭西。

露影三番清目近，霜肩几度鬓边依。往事不堪提。

（二）

人何在？人在故亭东。

为匿行踪三避雨，欲留心迹几随风。往事忆匆匆。

如 梦 令

（一）

若问伤情何故，君至南园清楚。一夜卷帘风，吹瘦黄花无数。酌句，酌句，祭我残香归去。

（二）

燃祭留香些许，何处藏芳犹豫。夜展旧时题，落泪当年词句。痴雨，痴雨，关注西风情绪。

菩 萨 蛮

（一）

一枝绝壑凌云卧，溪山踏雪寻梅我。煮酒一壶温，消愁宿远村。忘川枝最艳，迷径香来晚。识否旧风姿？明冬再雪时。

（二）

壑梅得后溪山暮，雪平野径疑无路。风雪未迷程，寒枝因挂灯。近村闻犬乱，意独溪边站。趁晚问寒枝，有无寂寞时？

菩　萨　蛮

临川一望秋光雅，回神才晓春无价。暮色浸荒流，荒流无尽头。
夕山浑若画，诱我东墙挂。挂也不停愁，吟风独上楼。

浣　溪　沙

参透今生喜是悲，一如霞日落当飞。相知春去又春归。
奢富人嫌诗影瘦，清贫我爱韵肩微。寻桃觅李铸香胚。

卜　算　子

才铲垄头云，又钓溪边雨。身后梯田映晚晴，十八霞光举。
自在忘情时，得意销魂处。皆逊林间结草庐，撰写颐神赋。

长　相　思

春是诗，秋是诗，春夏秋冬皆是诗。学诗记四时。
悲也诗，喜也诗，若问何时不作诗。除非到死时。

菩　萨　蛮

与好友同游大连莲花山寺，次日游览鞍山千山玉佛苑。

为开心下莲花结，莲花山上莲花别。千里至千山，途中未下鞍。
玉山禅境界，七色莲花解。妙辩逊无言，神驰天外天。

南乡子·步韵亦咏鸥

笑水逝悄悄，览树凌空若翠苗。逆向停风浮若定，
飘飘，不爱腥风爱晚潮。
劲羽利如刀，斩浪劈风不用招。明月天涯栖处是，
宵宵，临岸听涛志又娇。

长　相　思

花似禅，叶似禅，头顶浮云亦似禅。似禅不是禅。
花是禅，叶是禅，头顶浮云亦是禅。是禅不似禅。

长　相　思

出差广西，看数个在建项目，连续数日驱车在东兰、百色、平果、大新、崇左数市县的十万大山中蜿蜒疾行，路险至极，身倦至极，心厌亦至极。

山一程，水一程，水复山重无数程。奔波未计程。
醒一程，睡一程，梦里前程变后程。醒时倦问程。

玉　蝴　蝶

幕后霞飞烟散，凭栏索句，步韵成行。
晚景重晴，莫厌此境悲凉。
雾初浓，长亭泛白，风再紧，小径飘黄。
漫思量：古今如梦，醉又何妨？
神扬。帐前会酒，江中问讯，谁俊周郎？

夏口争雄，吴凭一策定长江。
狂吟句，胸中有偶，连环计，天下无双。
梦柴桑：云携故侣，柳共新阳。

长 相 思

柳絮飞，思绪飞，柳绿思灰不胜悲。春归梦未归。
文饰非，过是非，燕子楼头宋韵微。佳人泣为谁？

长 相 思

桃是谁？李是谁？桃李无言可问谁？春归难为梅。
君是谁？我是谁？一偈禅诗痴为谁？疏疏帘外梅。

浣 溪 沙

镜外人怜鬓上霜，词中句展意间凉。穿喉杯酒浸魂香。
玉指弹风文止弱，红唇弄笛武生强。当年一曲乱东江。

浣 溪 沙

取韵填诗律指香，酌情审句宜相当。关联词境费思量。
写意犹嫌宣纸软，吟风最怕宋词凉。心驰瀚海患迷航。

江城子·神游南宋

痴心一片祭残秋。下西楼，上兰舟，闭目吟风，心作旧时游。
烽火连天天不管，听君诉，许多愁。

万般思绪怎堪休？逝风流，在荒丘，倦客无眠，杯酒怨成仇。
放马家山原是梦，持越剑，背吴钩。

杏 花 天

闻风已晓春将俊，窃喜得，苍颜生晕。
巡堤为见桃花汛，不理星星两鬓。
读芳信，花期未准，算花期，惹来春恨。
我怜衰草他年韵，我恨又谁来问？

字 字 双

随缘率性行复行，梵亭解惑听复听。
经通日月明复明，灵台筑塔层复层。

临 江 仙

数载寒窗凝望处，弱杨娇柳参差。春来秋去露华滋。
身依粗陋案，遣梦到瑶池。
回望天涯才咫尺，瞬间宏愿生兮。一天星月揽怀痴。
舒心情顾纸，提笔墨成诗。

临 江 仙

晚睡次晨偏早起，隔窗凝望新枝。春风绿处鸟飞迟。
花间难忘事，有叶最相知。
返塌又吟三两句，其间一二成诗。折磨平仄到秋时。
飞花悲落叶，离雁恸相思。

采　桑　子

别京又上千山路，一夜车鸣，人至边城，望处山程连水程。
此情此景心回顾，梦里多情，醒后分明，最爱新林覆旧陵。

凄　凉　犯

病魂胜昨。由人问，春风几负梅约？
长堤送远，柴门迎贵，富来情薄。
流言戏谑。更杯酒飞魂落魄。
祭才情，墨上吴纱，尽展当时学。
惜入江湖后，才逊当年，久无佳作。
期才若渴，幻长空，过云来鹤。
来鹤衔音，引真我神驰梦拓。
幻匆匆，忘留后记，视为错。

宣清·对话陈维松

春夜愁又紧，恨愚心胜旧，顽痴如昨。
恸青衫醒后无依，问红梅睡可沉着？
记得当初，赋山诗水，暖香熏阁。
迎玉露，送金辉，意由东风散落。
霎送春光，又逢春社，梦里伤新作。
泣杳杳情关，茫茫心漠。旧游今关行乐。
塞北江南，任由他，神飞思掠。

菩萨蛮

进京时候花清秀，归家之后人消瘦。景色乱关情，添衣又一程。舟车权作馆，带我今行远。此举又谁知，心藏无限痴。

虞美人

如烟似梦繁华景，曲散阑心冷。
凡香纵比释香浓，也笑一春清梦太匆匆。
他年若至菩提下，回首千般罢。
前生一段旧因缘，只是菩提荫下瞬时眠。

绝句

因怪春来晚，称松本色浓。山阴虽盖雪，难挡郁葱葱。

临江仙

有意念随心动，无情言不由衷。兴安岭上看春冬。
岭南枝泛绿，岭北雪初融。
天旱自然祈雨，林荫必定生风。仙人壁下念忽通。
小溪深壑满，大道远途穷。

绝句

得序未声张，应酬百味堂。八两雄黄酒，竟让腹龙狂。

七　律

万白痴拥一簇红，婷婷只为唤东风。
闻香已晓春将现，悟色才知雪未融。
越岭穿溪携旧竹，访红问绿顾新松。
出墙即是人间色？何必藏芳破院中。

长　相　思

桃花开，李花开，桃李攀春次第开。春询谁未开？
梅未开，菊未开，质问诸君何日开？春前春后开。

西江月·读画

画影一观帆动，题诗再读神来。
旧亭残阙锁荒台，心下顿生感慨。
落款偏偏不在，评词都羡英才。
是谁笔下意开怀？道出英雄无奈。

浣　溪　沙

负手长堤背夕阳，平心盘点半生狂。几回得意几回伤。
月上东山魂睡晚，步临西渡意徜徉。再欺豪放又何妨？

十六字令

秋，又让西风上小楼。伤怀日，落泪葬花丘。

卜算子

西湖读句：只把杭州作汴州。

人在故亭西，亭在西湖畔。望处山河不忍题，因为山河半。
人在故亭东，东侧题诗乱。敢问当年落墨人，谁是平藩汉？

七绝

天明踏雪赏空山，迎面尝风好个寒。
会意一番归去后，禅心印在半途间。

人月圆

壁见飞仙，有感赋诗。

清风依旧藏云洞，几度夕阳斜。
红颜谁爱？青衣谁舞？碧草黄沙。
千年一瞬，恍然如梦，彩鬓生花。
少年壮志，青春往事，散在天涯。

浣溪沙

风后不归雨后归，解铃心醉欲何为？询花谢后几时回。
夜正浓时星向北，宵将尽处月沉西。云横雾锁未知期。

浣溪沙

雨具贴身送晚凉，风衣称体带余香。秋浓时候自还乡。

放眼西山依旧远，萦心残梦又添芳。一时欢喜一时伤。

雪　梅　香

夜无寐，披衣起坐望长空。
想思念应是，今来古往相同。
负信征鸿寄南北，托书消息诉西东。
盼的是，旧友重逢，其乐融融。
吟风，赋当酒，醉笔书欢，尽释平生。
回味当年，都说雨后愁浓。
君写相思慰春意，我涂霜叶缀秋红。
论财富，总把文思，算在其中。

探春慢·对话姜夔

长夜眠稀，幽房思密，心思如驰平野。
幻影重重，异形阵阵，好似瑶台过马。
虽倦红尘久，却也是，此情难写。
只盼他日还童，倾心只共童话。
旧事重提无味，惬意散闲愁，芳樽常把。
小径芳加，清溪叠韵，尽把诗情陶冶。
棋弈望亭东，看几度，夕阳西下。
踏月归时，长风吹皱遥夜。

氐州第一·对话周氏

霜叶如唇，枯草似鬓，秋来春事缥缈。
若许时光，些多往事，都在青春醉了。

山水争辉，只剩下，残阳余照。
旧物伤神，新诗催泪，梦随人老。
渐解浮生何最妙，心投入，山水怀抱。
纸上蓝图，胸前赤字，笑少年年少。
误江湖，枉斗久，厌倦后，豁然一笑：
晨梦清凉，又何须，闻鸡问晓。

侧　犯

侧弦犯令，恸于旧曲今番境，
临镜，看水月着尘慧光定。浮光翠暗草，碎叶妆红径。
人病，叹艳质凉魂负花影。秋园独步，满眼屈霜命。
谁又令？晚园香，猜是菊花敬。
宿酒伤歌，舞喧人静，子夜繁星，缀于天井。

扫　花　游

碑亭断句，似万古琴音，诉秦评楚。
只言片语，让层林渐瑟，万枝欲舞。
墨笔悲风，书尽当年霜雨。望流去，想满江诗句，今在何处？
往事都几许？似碎叶迷天，望来无数。
今言必古，若秋阑冬至，翠峦叠素。
地鬼神天，三界红尘最苦。莫空伫，且凝神，试听暮鼓。

蕙兰芳引

寒夜废眠，纵思绪，万山飞越，理琐事千般，难得几番愉悦，
病多愿渺，似恰似，乱秋之叶：纵醉红胜酒，怎掩飘零之色。
墨笔含香，金言携韵，未供风月，怕尘事萦心，重把此情伤切，

禅香再动，释芯已灭，八万经，留下转机三页。

忆秦娥

（一）

桃花劫，香签占得芳心怯。
芳心怯，春别飞花，秋别飘叶。
花飞花谢雨儿恰，叶飘叶落风儿霎。
风儿霎，春前此问，秋后谁答？

（二）二零零五桃花不伍

桃花谷，二零零五桃花伍。
桃花伍，桃花人面，相知如故。
东风时候花倾诉，西风时候花凄苦。
花凄苦，流年人去，桃花无主。

（三）二零零六桃花依旧

君知否？二零零六花清秀。
花清秀，销魂只在，风雨之后。
东风之后花前嗅，西风之后花前瘦。
花前瘦，花开花落，桃花依旧。

（四）二零零七桃花依稀

花依稀，二零零七心凄迷。
心凄迷，甚时香动，必有魂移。
飘飘往事任追兮，未嫌风雨袭来急。
袭来急，堕颜销色，朝花夕拾。

（五）二零零八桃花又发

桃花发，二零零八谁题跋？
谁题跋，当年一韵，今已三札。
不求此举众闻达，只求此意君能察。
君能察，我心雨下，何处风刮？

（六）二零零九桃花入酒

销魂诱，二零零九桃花酒。
桃花酒，不醉青襟，只醉红豆。
几番风雨身相守，几经变故心依旧。
心依旧，三生石上，桃花争秀。

（七）二零一零桃花飘零

花飘零，东风过后香辞行。
香辞行，二零一零，墨尽诗停。
劫诗题上桃花屏，桃花屏立桃花亭。
桃花亭，长风去后，恨向谁倾？

（八）

桃花阁，旋裙怕引东风作。
东风作，心中寂寞，依旧如昨。
倾心人醉桃花诺，伤心人对桃花落。
桃花落，梦阑才觉，东风无错。

蝶恋花·东方不败

（一）

弃剑寻针非醉酒，避进芳园，因倦江湖久。

脱下青衣穿粉袖，须眉只作弯眉皱。
痴恋闺房无悔瘦，有志男儿，学织山河秀。
织罢河山情豆蔻，倾心亭下身相守。

（二）

我慰红衣谁慰某？贻笑江湖，只问君知否。
最是芳园风雨后，寻针比剑招招守。
无独心猜应有偶，礼让群雄，因是当年友。
敢断当年群论缪，出招还是今高手。

河 传

独自，心事，付之于纸。禅偈通真，尘生如戏。
心度不贰空门，真身入法身。
今生若误桃花劫，魂必怯，焉有赎身法？
坐菩提荫下，立明月阶前，笑含癫。

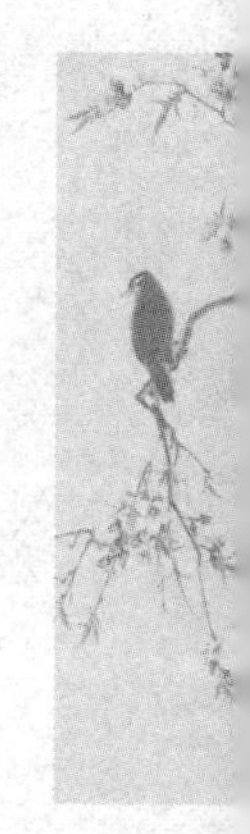

浪 淘 沙

初识曹公即觉交久，公因与智月禅院慧无禅师私谊甚厚，故一日约余至禅院与禅师参禅。时近黄昏，余指远处白雪落梅，道："在下快人快语，作痴情呓语：'白雪若净土，落梅必红尘。'"曹公闻之曰："慧人慧语。"慧无禅师则含笑不语。归后记之。

并步入空门，时近黄昏。禅风拂面觉寒温。
戏说落梅同白雪：净土红尘。
弥座释香闻，欲问迷津。僧言施主本非宾。
归后无言心自问，慧也无根？

柳梢青

隔岸观晴，风翻翠柳，柳逗娇莺。
莺乱声繁，无端竟惹，一场春情。
别词莫赋长亭，谁眷顾，芸芸众生？
八万梵经，半床册页，一盏青灯。

五 律

南岭树森森，层林暗孤坟。春风甜涩草，秋雨淡浓云。
去岁英华茂，今宵佳气贫。遥思难慰己，梦断泪摧心。

一剪梅

一入山西曲自调，作客平遥，似被谁招，
听传旧事许多娇。歌也神飘，舞也魂销。
富贾佳人情意抛，泣别今宵，是为明朝，
汇通天下有余劳。盛业虽凋，遗韵仍骄。

绝 句

夜宿智月禅院，无眠。

痴伫楼台望雪来，忘怜台下有梅开。
千枝万片谁知我，冰魄花魂皆是猜。

忆 江 南

江天暗，白鸟落江心。
寂寞江南垂钓客，豁然谁是己知音。江北和诗人。

清 平 乐

溪边残雪，呼应林间月。十二缺圆凉与热，又是一年离别。
春来花试红装，夏满藤蔓攀墙。秋至露霜同盼，冬回雪月生香。

长 相 思

春梦残，秋梦残，欲诉相思无限难。忘川烟雨寒。
烟一川，雨一川，比此闲愁只一般。余欢寂寞间。

谒 金 门

多少事，成为今天回忆。紫字兰笺无限意，皆书芳草碧。
纸上心头痕迹，当日几人珍惜？时过境迁情已逝，梦回香不至。

谒 金 门

春又满，梦散心思如剪。把个妆儿除下脸，镜中人半掩。
秋草接阳路断，天远青春更远。独上小楼留去燕，断肠词句劝。

长相思

南望峰，北望峰，南北风光一望中。翠峦万亩松。
君意浓，我意浓，印证心思两意重。林间有卧龙。

忆秦娥

花谢急，惜香人是空相忆。
空相忆，赏心一日，可怜三夕。
上原只见秋江碧，忘言梦有春踪迹。
春踪迹，镜花水月，去徐来疾。

浣溪沙

五月长风带韵归，桃源问雨故知谁？痴然李下遇芳菲。
席上拙诗虽逊酒，心间清意已平梅。恍然我惑似姜夔。

减字木兰花

赋闲春日，品味行云多少次。睡醒无愁，独自寻风上小楼。
居高望远，尘世繁华全入眼。色偈谈空，转世如来自梦中。

浣溪沙

夜雨轻寒晓换凉，临川满眼俊风光。花房十里已闻香。
画借桃红涂好景，诗依李白续华章。雅成掷笔意飞扬。

浣　溪　沙

锁寞兰闺乱绪飞，凝眸香几已成痴。夜阑又到忘魂时。
敛鬓琴台伤旧曲，含颦书案恸新诗。此情除已又谁知？

七　律

东篱负手问东枝，眼下凄凉可有时？
菊径寻霜秋有梦，兰闺锁寞恨无期。
凝眸已见青山远，回首方知雁去迟。
寂寂听风疑阵阵，姗姗举步念丝丝。

西　江　月

莫说别来无梦，只提近日多情。
旧楼西侧看春惊，何事桃花都病？
风祭落英揽总，人悲残韵飘零。
无聊月色逞三更，尽扰我诗清兴。

西　江　月

一别再逢廿载，新词旧话三更。
当年垄上逆风行，壮志豪情乘兴。
去日眸间炯炯，归时鬓角星星。
说来岁月几峥嵘，笑作半途风景。

西江月

山下长集喧闹，山巅小观清虚。
善男信女半山虞。来世今生如许？
踏实溪间宿鸟，凌虚岭上游鱼。
意驰三界选香居。山下山巅犹豫。

如梦令

春尽葬花香冢，埋句祭花谁懂？再忆去年诗，诗里芳华如梦。
愁重，愁重，极目雨横风纵。

如梦令

去日雨横风纵，来日雾轻烟重。旧日葬花词，今日问谁能懂。
香冢，香冢，埋句藏芳如梦。

如梦令

若是人生如梦，盼是一帘幽梦。只怕梦成时，竟是前生残梦。
寻梦，寻梦，最好梦中无梦。

如梦令

一岁三春难现，一日三秋常见。此线系何缘？竟把凡珠穿遍。
春怨，春怨，最怕莺莺燕燕。

忆 秦 娥

桃花吟，吟时只到桃花林。
桃花林，当年词句，记到如今。
如今花谢愁光临，凄然又把桃花寻。
桃花寻，红踪绿迹，最是伤心。

最 高 楼

多少事，积聚在心头。
为解此中忧，遮眉平举桃花扇，敛裙斜上最高楼。
挽来风，留去雁，似无愁。
对此景，平生多少次？伤此景，今宵无限意。
春过了，又成秋。雀儿不解心之苦，追风落在葬花丘。
此情怀，心自问，几时休？

南乡子·夜饮三峡

人醉女儿红，读兴无穷未有终。逝水流传多少事？
匆匆，存问应询壁上松。
举酒祭东风，只为当年不世功。夜枕江天求好梦，
朦胧，借箭扬帆大雾中。

减字木兰花

高山流水，入耳天声无限美。流水如弦，断续平潭律解川。
清风有意，吹染千山无限碧。归后无言，只记相关一两篇。

南　乡　子

八万浩繁经，读倦扶梅作杖行。踏雪迎风吟慧句，
平生，不醉红尘利与名。
谈惑至三更，询偈禅房入定僧。三界红花何最艳？
无声，只指身前半寸灯。

南　乡　子

曾劝介兰兄，莫作溪边白发生。试看古今真事业，
谁成？入世英雄出世僧。
上路莫询程，野水无桥有渡凭。梦把千川当一蹬，
云乘，四海均由我纵横。

蝶　恋　花

春梦无涯清梦远，计算流年，玉指残花软。
捧卷吟诗难几遍，抬眸又见南山面。
望处山川青入眼，十里晴湖，临岸平沙浅。
柳径风徐春意满，行人正盼南归雁。

长　相　思

一页诗，两页诗，页页迷津字字痴。相询人不知。
愁为诗，苦为诗，愁苦当年花样痴。人知己不知。

长 相 思

君一枝，我一枝，冷苑寻梅采数枝。青鬓插满枝。
花满枝，雪满枝，雪落花飞春满枝。心痴寂寞枝。

鹧鸪天·步韵亦挽陈晓旭

痴坠庵间未叙由，原因有梦在红楼。
剧中情事三回首，戏外平生一转眸。
人已去，笑还留。屏踪尽让世人惆。
芳颜玉影今何在？猜是乘云伴鹤游。

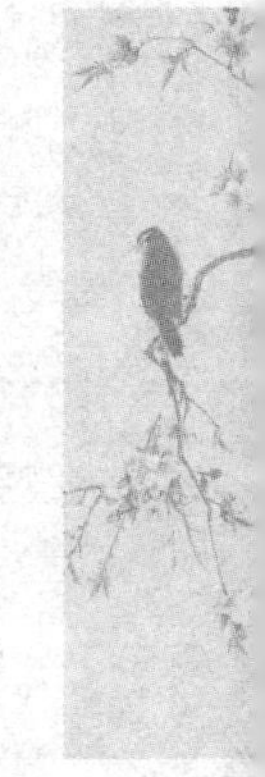

氐州第一·步韵陈铎、周美成

斜日垂边，疏林向晚，秋江水阔舟小。
阔水浮云，长风镇日，天际烟波浩渺。
徐上南楼，试独品，西风残照。
景物关情，遐思肆意，忘谈秋老。
懒算功勋多与少。心未被，虚名缠绕。
旧病腾身，新诗破意，供我清怀抱。
觅知音，索旧曲，同持后，轻轻一笑。
十二因缘，又谁能，生来俱晓？

长 相 思

（一）

桃花红，杏花红。颜映长空一样彤。色同香不同。
春意浓，诗意浓。花样心思别样风。相逢在梦中。

（二）

春意浓，秋意浓。秋叶春花一样红，缘何意不同？
花影重，叶影重。最怕相逢在梦中，醒来一场空。

绝　　句

藏诗写意蓄锋芒，不展当年底事狂。
醉罢今番无味酒，痴然一笑对风凉。

绝　　句

正王反犬一生狂，无用潜龙首尾藏。
神秘文踪酬自轨，独孤一剑匿锋芒。

七　　律

禅院梅花写意深，清高一束背红尘。
颜租前世三分魄，色借来生半缕魂。
意展疏枝屏闹市，根究斜径遁空门。
未嫌冬日寒风紧，只惜春时瘦雨贫。

减字木兰花

秦亡恨楚，汉赋逾今犹胜古。醉又何妨！读罢唐诗泪几行？
高山仰止，流水行云闲处始。酒渍成诗，尽释平生无限痴。

忆 秦 娥

（一）

风习习，迎眸尽是春消息。
春消息，昨在梦里，今上横笛。
莫嫌此曲吹时急，原因长夜心寻觅。
心寻觅，梦虽无迹，亦是经历。

（二）

梦无迹，伤心经历题诗壁。
题诗壁，即日昨日，今夕何夕？
悲秋怕问心何必，伤春自有愁无极。
愁无极，千秋得失，感慨如一。

（三）

得与失，古今如一谁能识？
谁能识？得意跌价，失意超值。
秋浓山水易丹碧，刀残将士持弓石。
持弓石，日盈月蚀，唯物能释。

采 桑 子

堪怜屏上红颜命，云水相凝，好似曾经，书为多情影要评。
扶栏望尽楼台景，雾重烟轻。再试琴声，愁动离弦曲自成。

虞美人

弯眉羞却天边月，哈气能融雪。
飘然酒后最轻闲，步履蹒跚满院异香传。
谈诗开启梨花酒，久别重逢后。
数杯谈兴小瓶空，饮散离亭留句画屏东。

鹧鸪天

忙甚抽身沐晚凉，舒心闲读记西厢。
佳人几问兰笺意，才子三搜方寸肠。
诗进户，韵翻墙。传书小雅线穿双。
出神醉品仙缘久，掩卷犹思笑语香。

卜算子

（一）

展翼为争天，煞羽风吹面。末路英雄楚霸王，询策乌江畔。
下马谢西风，含泪红颜劝。再想鸿门避宴刘，今已心如愿。

（二）

设若事重来，再摆鸿门宴。敢断今番楚项庄，舞剑能如愿。
气血几周天，诸策寻思遍。新计焉生旧事前，一笑诛千念。

梧桐影·神游景德僧房

斜月明，禅房静。心见故人独自来，题诗点破红尘景。

绝句·浙江永嘉县城内小山

苦旅持余力，偷闲登此山。眼前无限景，慰得寸心安。

柳 梢 青

（一）

昨夜书房，台灯罩晕，素笔生香。
紫字兰笺，长词短句，尽为红装。
凄凉难为文章。想此夜，缘何未央？
星斗传神，浮云蓄意，明月彷徨。

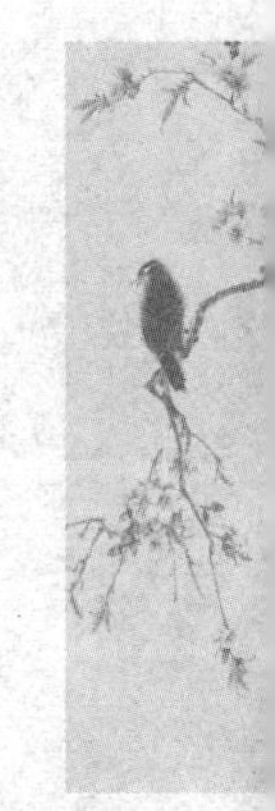

（二）

回望西厢，柳丝侵水，竹叶攀墙。
月夜无眠，南园踱步，影印长廊。
遐思对话衷肠。逍遥夜，无关弱强。
富不生仁，仁能消孽，心贵平常。

（三）

年少轻狂。文韬武略，都欲参详。
立志求全：文求定国，武要安邦。
孰知大道无纲。高境界，真圆至方。
雅士侠心，武夫善意，劲骨柔肠。

倦 寻 芳

评书议弈，说画读琴，雅论全谬。
挚友真言，一语我心穿透。

厌品茶时心已懒，倦寻芳日花消瘦。
是青春，让思念沉重，玉颜清秀。
寂寞久，凄凉依旧。遂写长诗，以消残酒。
儒墨禅香，未问此情谁有。
只问长亭辞别后，择言再错谁迁就？
醉斜阳，画晚妆，问君知否？

减　兰

闻风意醉，欲诉当前惆怅事。弃短言长，顿晓西风别样凉。
遥山远翠，解我心中无限味。天际云停，寻惬登高望晚晴。

诉衷情

（一）

留言读罢意悠悠，思绪共风游。如烟故事盘点，空剩许多愁。
凭栏意，少年求。最难酬。去年春梦，今岁禅诗，清泪源头。

（二）

无须春病上心头，华鬓也成秋。今生老来何事？沽酒慰闲愁。
少年梦，壮年忧。老来休。地曹天府，来世前生，任我神游。

少年游

抒怀一信价千金，妙语胜佳音。
春风词笔，增颜添色，羞煞种花人。
轰然雨后悄然叶，剩有意沉沉。
孤芳自赏，两枝竞俊，皆是一般心。

桃源忆故人

（一）

桃源别后芳音尽，剩有旧欢新恨。
因怕香消色泯，反致形容损。
离亭犹记逢时问，是否春阑秋俊？
醉后焉能睡稳？梦断愁难忍。

（二）

此心共与兰窗闭，是怕闷消愁起。
杏眼不观帘外，畏有销魂意。
平生懒对名和利，更倦红尘艳事。
梦把千山游历，胜却伤心此。

（三）

一生一世平凡过，名利何须点破。
纵是旧音新和，难诱风中我。
桃源先忆亭台阁，忆起旧伤新错。
风晓故人寂寞，共我吟诗作。

（四）

当然更忆寻芳路，忆是落红无数。
春去人怜无助，共叹桃花暮。
今怜花故人非故，苦有相思难诉。
风把当年春雨，洒在伤心处。

（五）

桃源最忆桃花面，空让春光无限。
致使雏莺乳燕，也把春埋怨。

时如飞线光如箭，旧日时光去远。
纵是桃花再艳，香也难如愿。

一丛花

（一）

谈诗煮酒兴无穷，意比平时浓。
清风不理青丝乱，更无意，春色融融。
诗心境界，问谁能认？何处意行踪。
浸入夜色月胧朦，花径韵相通。
当年几度黄昏后，带浊酒，共饮西风。
劳生有限，问心无憾，我敢过江东。

（二）

谈诗醉酒卧花丛，梦里变长虹。
弓身伏在长江畔，看江水，日夜无穷。
源起藏巅，流终东海，千里育蛟龙。
人生若水水如风，来去忘行踪。
凭魂记下些多事，却也是，苦淡香浓。
天地纵横，文政武略，让我更从容。

（三）

从容叶底赏花容，更有韵无穷。
酣眠过后精神慵，寂寞意，潜在芳丛。
清露映星，浮云遮月，执意恋苍穹。
时如流水去匆匆，别久盼相逢。
当年醉里倾心句，最怕是，言不由衷。
追梦少年，青春意气，怎解剑花红。

浣　溪　沙

昨夜西风载梦魂，敲窗问我旧迷津。何由还滞恍然身？
禅影攀墙天满月，墨花落纸室空门。三秋素愿忘相询。

浣　溪　沙

禅舍观形木是鱼，聊斋辨色紫曾朱。色形障眼本来无。
夜借清音心入密，晨依妙曲意从俗。自知迷岸未迷途。

水调歌头

神醉倚栏侧，放眼视江湖。面前景色如故，欲赋句偏无。
意驾轻舟离去，途遇江南夜雨，入楚莫怜吴。
植梦青山外，到老或成书。
百年后，身安在？问浮屠。七级塔外，巡寺觅兔有狼狐。
易鉴前贤智惑，难断后人功过，随曲乱吹竽。
白发实无奈，徒步下姑苏。

水　龙　吟

桌前杯酒传神，故人旧事今还忆。
约云联袂，登楼远望，秋潭碧水。
绿鬓青箫，一时兴起，两行春泪。
浮云东去，倦鸿南下，多少次，伊人醉。
今日江风无味。荡青衣，袖圆身累。
凭栏自问，半生于世，几多知己？
午夜繁星，深秋密雨，书中稠智。

愿老来无志，一身酒气，忘当年事。

满 庭 芳

天雁南飞，碧水东流，春阑秋色交加。
繁花辞树，空剩数枝斜。
蛩病蛙肥雀老，入眼是，叶舞寒鸦。
箫声后，玉人愁甚，举酒祭豪奢。
风沙。遮慧眼，浮尘尽让，心绪如麻。
泣星移物换，梦散天涯。
纵使神游故地，应难见，旧日芳华。
情何许？清风顾叶，落日眷残霞。

菩 萨 蛮

旧事旧账，困扰多方，关于事因，多方多辞。究事有因，决事乏术，此之结也。然物有一阴，必有一阳，事有一因，必有一果。少记两点之间直线存在并且唯一，久历江湖，早知决事之术亦必存在，且不唯一，甚而有两全其美、十全十美之法。道术时，三者齐备，无事不解，无士不赞。为达了事不伤感情之境，遂策划云南某段公路投标一事，期待一子解僵局，故填此词以寄心。

斯风斯雨迷相执，为平夙愿阴朝夕。千里不同秋，谋兮有共愁。
寄心三界外，虑念痴难改。拾梦彩云南，锁龙寺外参。

卜算子·题画之一

树草一秋缘，文武三生意。惠夜无须昼晓迟，存论寻常事。
立策未争先，兵略求其次。雅量容人众亦知，正是平生志。

采桑子·题画之二

春风词笔书君子，孝与贤同，惠似长虹。存储真情风雨中。
立身不为名传世，兵刃无锋，雅俊群翁。正大光明本色龙。

菩萨蛮·题画之三

生来即是擒龙客，海天皆羡其英色。惠雨润疏林，存荫香自沉。
立谈无上法，兵谏如渊业。雅量阔三江，赠仪俊四方。

兰 陵 王

销魂处，患有新词旧赋。
回肠句，直引人题，弹指光阴梦无数。
羞言恨如故。吴蜀，千军易主。
归川路，四下伏人，末路英雄叹无助。
悲秦又怜楚。纵百种思绪，后继前赴。千山万水恋分付。
惜吴舟过渡。荆关未鼓，英雄缚刻乱山暮。此恨遗千古。
愁苦！向谁诉？泣菊谢东园，雁辞南圃，携霜望处江天素。
叹光阴虚度，豪情空负。关山梦阻。念如絮，泪如雨。

长相思·夜宿智月禅院

（一）

风未归，雨未回。欲占相知可问谁？窗前无数梅。
风若归，雨若回，见我无颜且论谁，窗前寂寞梅。

（二）

春未归，人未回。猜透心思能是谁？窗前几簇梅。
春若归，人若回，莫问残枝我是谁，清高一束梅。

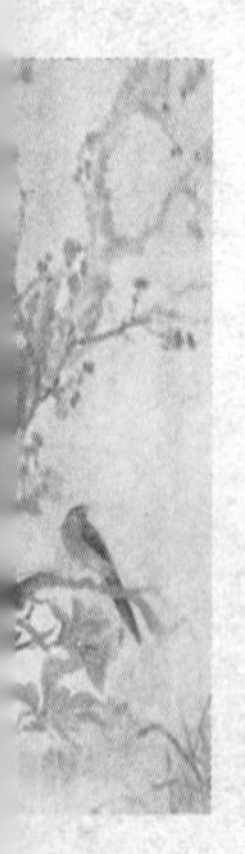

2008 桃花又发，铃风解

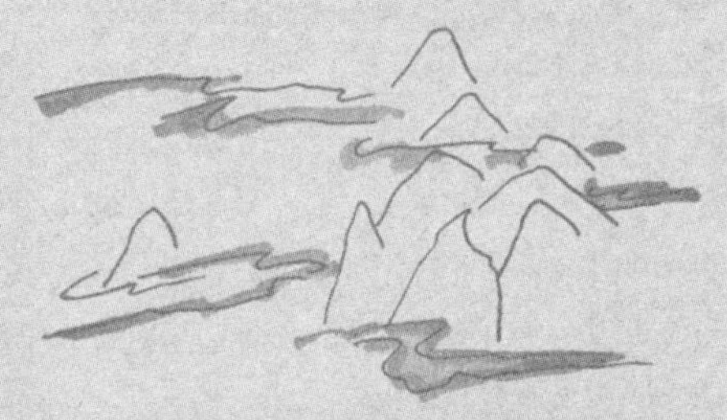

序（一）

古代中国，是把“朝为田舍郎，暮登天子堂”作为读书人的号角的，说是只有这样才能实现人生的价值。

西方国家的人生价值追求看来是多元的，因为总统也可以遭弹劾、被羁押，风险好大好大的，所以当公务员的意识要淡得多，可能赚钱的意识要浓一些。

现代中国有些中西合璧，国人或追求官，或追求钱；或以官而求钱，或以钱而求官……然而李长风却把“万代公侯梦”散在“野岭荒村”了，在倦怠的同时却又很出色地完成本职工作任务以后，他就饮酒、填词，并为词作的出版刻印章、索书法、选画页，尤其是千里求序，忍驱驰之劳，冒大醉之险，且“耗资无吝”，用他自己的话说就是“平生只为，雅意清纯”。

“雅”，原本是指所谓“中夏”地区的语言，好像类似于当时的普通话标准音之类，后来逐渐引申或转移为正确、高尚、美好之义，更因《诗经》而致“风雅”并称。在很长很长一段历史时期中，“风雅”是被提倡并且让人羡慕的。

然而近代“风雅”却已“久不存”。文化先是影响了素养，进而又决定了价值观念，在“风雅”受到如此委屈的同时，民族文化也就很有些断裂。

一个很奇怪的现象：日本人的彬彬有礼让我们觉得他们很现代，其实懂得历史的人明白，他们恰恰很古代，有些精华是在一千几百年前从中国学去并传承至今的。

一个农人，有一天不知自己要干什么，就把农具当垃圾丢掉了。一无所成后，他突然发现邻家的地种得很好，而其所用的正是自己丢掉的农具，他先是鄙夷，后来又恼火，无可奈何之后，想向人家学学又有点怕丢面子。李长风的“雅求”，现在看来，似乎没有恢复和发扬民族文化传统这样的宏大目标，但是，这不等于，现在不是一种有意的良好的行为，将来便不能为实现宏大目标而发挥意想不到的效果。

即使是这种无意的尝试，也是要付出代价的。

先是凄苦。要写，要读，要思考，有胡子是要“捻断”一些的。“少陵诗舍一重门”，无论是面临第一重门，还是隔着最后一重门，总之是没有登堂入室。“凄苦，凄苦，芳在隔溪之圃”，芳可遥闻，美不胜收，然而涉溪之艰，可以想及。

更有孤独。中国的现状是俗者俗之，雅者他求。“盼有知音能若此，同持清韵付筝弦”，不容易！免不了会有“伯牙操琴，子期难期”的慨叹。就连同为“风铃”之一的于同学是不是还有耐心，也未可知。那天听说王立兵要用自己的书法去装点书页，我听到了孤独之音，这应该不全是“索墨宝，仅费三文”的轻慢导致的。但我想，还是于同学写吧，人家的字是从小就能拿得出手的。

“日长林寂寞，云矮壑幽深”，“冷月事白霜，秋风助晚凉”，“长宵怜烛火，独醒又独眠”，“眼中红杏独憔悴，帘上黄花自病人”。其孤独之感，让人同情。但没有办法，既然选择了，你就得忍受。有一句好听的话叫作“自古圣贤多寂寞”，它会给你安慰的。

最可怕的是犹豫。鲁迅也曾在“两间余一卒”时“荷戟独彷徨”，孤独最容易导致彷徨，这也正是决定所求成与不成的最关键一点。“身寄菩提两万年，得求佛祖一真言”，“此生若赋诗三百，彼岸能消惑五千”，这正是犹豫的表现。

面对种种，还是像鲁迅说的那样，“真的猛士，将更奋然而前行！”

谁让你们以三个字搞出那六种排列呢，六年之约难忘，未来之期更殷。

唐耀舜

二〇〇九年清明

序（二）
诗酒背后的谜题

其实李长风应该继续潜伏下去。

可惜，李长风不是余则成。在一个风高月黑的夜晚，没有谁威逼利诱，林口的警察兄弟姐妹们也没有动用声色犬马，没有辣椒水，更无老虎凳，只一杯酒，李长风便招了。

初闻谜底，感到非常之遗憾。

了解了李长风招供的过程后，更是非常之痛心。

宋太祖杯酒释兵权，今天，杯酒之下已经没有秘密。特别是林口的酒，特别是林口四中 1989 届同学聚会的酒，特别是张明信同学在酒桌上打着拍子怂恿王立兵一饮而尽的那杯酒。

尽管唐老师在《风铃解》的序中夸李长风是潜龙在田，或跃在渊。飞龙既出，云开雾散，还怕暴露吗？

但我不这样看。

我以为，做黑夜中的诗者才能无限放大他的潜能，才能让他恣意用情，长啸于天。花看水影，竹看月影，美人看帘影，今天，很久以来，我们也只能看王立兵了——这难道不是令人痛心的事实吗？

无水，无月，无遮无拦，王立兵之填词，便成了林口四中 1989 届理科班高考语文不及格者的剧变史，或裂变史。更多的人在杯酒之后，乐于探究的是，王立兵怎么就在一夜之间变成了“神笔马良”，而忽略了其词工情美。

有一个真理，王立兵同学曾经无限接近这个真理，可惜，还是可惜，他放弃了这个机会。

这就是——如果每个人都需要一个面具，这个世界上，真正幸福的人，是那个始终戴着面具的人。

如果上天给我一次机会，让我是李长风而非于津涛，我一定要深深地潜伏下去，深海无言。如果要问这个过程有多长，我愿意回答：一万年太久，只在朝朝暮暮。

在这个过程中，我一定也面临过战友的背叛。比如，在一次同学聚会时李长风没有敬徐宏文同学白酒，而是掺了白开水的酒，被徐宏文发现了；或者李长风竟替旁边的女同学喝了一杯酒，却没有搭理徐宏文的酒，深知真相的徐宏文同学在气愤之余又喝了唐老师从家里带过来的五粮液或茅台，便把李长风供了出来。

如果真的发生了这样的事情，也是在意料之中的。亲兄弟折箸，璧合翻作瓜分；士大夫爱钱，书香化为铜臭——当然，这是陈继儒之言。徐宏文同学如果向唐老师供出了李长风就是王立兵，我相信也绝不是因为李长风没搭理他的酒。

在这个过程中，我一定也面临过是撤退还是坚持的抉择。比如，李长风已经写尽了春夏秋冬，“春是诗，秋是诗，春夏秋冬皆是诗”。翻遍了密电码，传情无数，纸条无数，粉丝无数。诗酒兴将残，剩却楼头几明月，登临情不已，平分江上半青山。

继续写下去，早已非深宫幽怨、倾国倾城的词，堆云坠月的赋，繁华似水，青丝已染。黄鹤楼可以不登，林口四中可以不访，《满庭芳》可以不歌——众人争睹长风词。

这个时候，也是潜伏者最容易暴露的时候，李长风就是在这种状态之下，招了。

事实上，潜伏仿佛暗恋，这本应是世界上最美好的一件事。诗酒背后的谜题，谁人能够觅到踪迹？

记得一次回林口，有幸与李长风自哈尔滨驾车前往，一路风雪兼程，路过横道河子的时候，遭遇十年间我所见过的最猛烈的暴风雪。

对雪无诗，回乡有酒。

把盏惺然，明月在天。

是为序。或者跋。用唐老师的话说，都可以——我可是唐老师的嫡传弟子。

于津涛

忆　江　南

（一）

桃花发，发处最清奇。
忆得当年题上句，梦停提笔又添诗。暂忘日间痴。

（二）

桃花发，发处最清闲。
忆得当年亭上句，梦停提笔续前欢。暂忘鬓间残。

（三）

桃花发，发处最清高。
忆得当年书后跋，梦停提笔赞桃夭。暂忘日间劳。

（四）

桃花发，发处最清繁。
忆得当年花色旧，梦停提笔绘新颜。韵染鬓眉间。

（五）

桃花发，发处最清幽。
忆得当年深径里，谈词议弈念风柔。春梦了时秋。

（六）

桃花发，发处最清华。
忆得当年花事减，穿林隐见日边霞。遗梦到天涯。

（七）

桃花发，发处最清清。
忆得当年亭右侧，淡香疏影月婷婷。鬓插一枝横。

（八）

桃花发，发处最轻狂。
忆得当年成序后，醉凭栏侧自闻香。梦已入诗行。

（九）

桃花发，发处最清孤。
忆得小亭书句后，墨花零乱字模糊。消酒又持壶。

（十）

桃花发，发处最清佳，
忆得月前花影碎，梦停独自续清茶。痴望影横斜。

（十一）

桃花发，发处最清心。
忆得此身除病后，闻香扶叶自沉吟。死葬落花林。

（十二）

桃花发，发处最清癯。
忆得寻香归后晚，独怜岭上第三株。风夜已何如?

（十三）

桃花发，发处最清贫。
忆得林间高卧久，沉吟此处绝红尘。千载一直春。

（十四）

桃花发，发处最清真。
忆得穿林直望去，三分天色一分云。痴立续诗人。

（十五）

桃花发，处处忆桃花。
忆得寻花归未得，心随流水去天涯。梦里鬓曾华。

水　龙　吟

剑楼西侧隔栏望，望处绿娇红软。
春愁莫论，且谈鸿志，痴深慧浅。
愿许三春，求来何意？意寒春暖。
叹三界芳菲，尘间最艳，却难免，霜前乱。
恨绝伤春念远，问浮云，可逢归雁？
秋词寄语，紫箫绿鬓，莫随风散。
夜梦伊人，操琴怡趣，试平幽怨。
恼西风瞬紧，琴声人语，俱随风断。

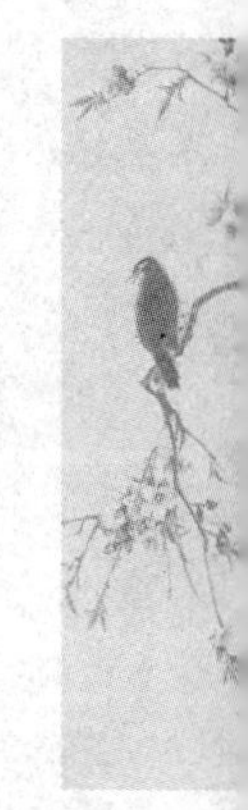

烛影摇红·风之占

是夜无眠，遂排闲绪随云去。
拂尘展卷又读诗，窃断心如故。
脉脉此情何许？向西风，丝丝细诉。
晚来风信，悄至琴音，占星之据。
夜鹤栖风，枝头独自衔清露。
徙来无日不追风，恐误迁时路。

既是天涯倦旅，又何必，凭枝翼舞？
箧中有论，此日明年，栖心无处。

绝　句

（一）

斗室三更咫尺间，一窗明月半床笺。
凌晨读尽诗三百，掩卷神驰天外天。

（二）

别梦雁双行，秋心一点霜。约风谈旧事，提履过横塘。

谒金门·对话小晏

兰欲坠，似为秋痴春泪。持露忘询空谷意，披霜悠自寐。
此梦一如前岁，往念算来无异。春为青山秋为桂，相知无限醉。

清　平　乐

吴权蜀将，策为偏安想。魏武逢时奇志壮，故事千年佳酿。
筑台只为穷杯，称雄犹记青梅。纵势一波三转，袖之是是非非。

浣　溪　沙

彼岸寻津意在途，梦凭诗屑志如初。奈何三界往来无。
半卷雄心羞报李，平生一事胜辛苏。未及不惑老糊涂。

满 庭 芳

满腹愁思，半庭月影，随风尽入空堂。
觅诗之际，竟似指寻囊。
廿载云山旧梦，蓦回首，恁地荒唐。
心之窖，文曲慧酱，阵阵透瓶香。
秋凉。年即日，山巅作雨，壑底成霜。
问三世佳珍，醉否能尝？
尘事休来乱耳，且任我，信马由缰。
经停地，群山云乱，望处是心乡。

浣 溪 沙

（一）

怅望黄昏草色晕，依稀别浦水泊云。虚无无处不伤神。
解韵难持诗客泪，惜声只顾倚栏人。遥天夜有曲知心。

（二）

谢客清修寺掩门，超然负手立黄昏。且由尘事自纷纷。
暮鼓三声才入耳，课经一慧已随身。心于此际破迷津。

（三）

当世未尊后世尊，生逢乱世未沉沦。一腔热血一身尘。
遥夜飞花遮月影，半溪流水祭梅魂。少陵诗舍一重门。

如梦令

（一）

昨夜因何惊梦，猜是少时情动。起望月西移，未及披衣相送。珍重，珍重，最是别时心痛。

（二）

索句寒堂无绪，踱步文园深处。慧感有风来，弃径因香寻去。凄苦，凄苦，芳在隔溪之圃。

金缕曲

旧梦今如许？恰秋园，红踪绿迹，俱随风去。
重至当年心醉处，又把遗芳拾取。归后是，三天无语。
遂信醉人诗胜酒，律平唇，举袖邀风舞。尽散尽，万千绪。
临台回望来时路，恨凄然，名园利郡，此心深误。
醒后丹青无所绘，智水禅山辜负。念游处，风吟雨诉。
静夜叹花心寄语，愿此香，明岁仍如故。时再续，春山赋。

更漏子

飞翩翩，鸣隐隐，总恨春秋转瞬。
来切切，去匆匆，夕山寻落红。
溪上月，眉间雪，俱为鸣蛩愁绝。
祈旧愿，为年华，天涯疑是家。

水调歌头

筮占此何物？签解使人疑。象微爻减非鄙，幻化许多奇。
策业三分变数，谋事未局何故？豁解卦之辞。
涨落潮依律，盈损月如期。
痴止惑，惑问易，易忘机。火天大有，动测九地慧无师。
坛上禳星举火，帐外魂然游我，位次坎中离。
身是江上客，借箭雾凄迷。

鹧 鸪 天

廿载江湖苦浸身，忆来无事不伤神。
早知烟雨来时急，何苦追风又撵云。
心老后，慧生根。淡然少富与衰贫。
村茅一刻禅茶趣，胜却朝堂帝梦温。

调 笑 令

（一）

秋半，秋半，孤馆栖身睡浅。亦真亦幻梦残，阵雨阵风夜寒。
寒夜，寒夜，妙句沁心醉也。

（二）

调侃，调侃，不觉长天月半。当年醉里江山，已是吟风少年。
年少，年少，令得此番调笑。

戚氏

梦回频，
难辨其境几成真。
坐久无言，废眠谁又问何因。
红尘，
倦游身，
追风逐雨数沉沦。
当年憾事今忆，费解何故重千钧。
廿载痴惑，三更顿悟，豁然流水行云。
再春无李艳，秋无菊盛，梦也能温。
时恰皓月如邻，
隔窗遂问，汝可有迷津？
天蟾语，四年一闰。
月岁难甄。
晕无轮。
色近相远，辉明影暗，未可传神。
遂驰慧骥，赴楚如秦，隔阙久望空门。
万代公侯梦，而今散在，野岭荒村。
已是凡夫俗子，宜知天信命淡衰贫。
闷时约旧谈新，赋来入酒，共品桃花韵。
为旧词，亲刻桃花印。
得新序，诗意醺醺。
索墨宝，仅费三文。
选配画，册页觅时勤。
耗资无吝。
平生只为，雅意清纯。

戚氏·意之恋

意茕茕，
黄昏人立半山亭。
侧有溪声，似期落叶共飘零。
云蒸，
乱无形，
难于望处断阴晴。
秋林瑟瑟何意？吾断风里诉枯荣。
其荣何趣？其枯何惧？窃知再断无凭。
顺林间望去，遥峰隐隐，暮色冥冥。
秋水落叶同行，
流年似水，叶叶恰平生。
飘零后，豁然节令，
四季无恒，
亦无争。
意若再怨，非关病景，必系多情。
客途晦暗，止界分明，解此易忘营营。
忘岁山中好，乡居最喜，一世无成。
了却平生欲惑，愿来生此际意平平。
逆溪拾级徐行，智临慧顶，有月弯弯映。
遂驻足，望绝连绵岭。
山此际，余脉清清。
意此际，有慧盈盈。
树此际，叶尽亦婷婷。
欲清无病。
欣然雨竖，亦喜云横。

五　律

（一）茂力格尔桥北问舟

独步平滩北，临流借问舟。他年桥上梦，今日可曾谋?
春夏奔波紧，秋冬依岸休。感君何所以，身侧一游囚。

（二）茂力格尔桥头之所见及所思

秋正清流浅，风微薄暮沉。茂桥舟梦渡，毡帐马鸣林。
白草颜输锦，青春价胜金。尘身如再少，必展浩然心。

绝　句

2001 年 10 月自兴安盟返哈，傍晚车停扎旗茂力格尔桥头。此处乃扎旗春夏郊游之所，密柳长桥，平滩疏草。时值秋日，桥头扶栏，入眼风景别有风味。

白草低垂日，平沙碍浅流。堤南舟触岸，柳外雀鸣秋。

绝　句

（一）题雕塑方案“翅的诞生”

昔带微知入梦园，研修课业整三年。
心增秀慧身生翅，末羽丰时志向天。

（二）

近有“仁兄”“贤弟”二人，论议校庆雕塑方案，兄荐以星爷《唐伯虎点秋香》剧中“小鸡吃米图”为构想，塑母鸡一只，小鸡六只，喻示母校育导之恩，并期雅俗共赏。弟问小鸡六只何解，兄答每届六个班。弟附和：小鸡需两母四公，意指文科两个班，理科四个班，另加两只半大鸡，一公一母，代指文补与理补。兄未示其可，仅嘱以诗记之。吾闻之，思之并以诗记之。

征询校庆塑何如？兄荐雏鸡吃米图。
吾整三思成一问，凤雏可否拟鸡雏？

水调歌头

记 2005 年 10 月，长江。

因爱大江秀，故把大江游。平湖无限功业，一望众光囚，
唯我独怜泉石，幻有江夫箬笠，烟雨坐观秋。
几许劳生事，已在此时休。
涧崖侧，碧波上，下幽舟。空空无际，遥想过惑使人羞。
自古英雄如客，几为江山失得，在此演风流。
刘备帝王梦，始自借荆州。

后记：帝王之功、圣人之余事，未若幽人自得。

暗香·步白石韵

晓还暮色。诱窗前人惜，昨宵横笛。
曲曲知心，尽怨西风叶全摘。
曲罢人愁病至，欲再动，悲风之笔。
却奈何，半阕残词，弃案又离席。
秋国。菊正寂。叹旅途客劳，满鬓尘积。
镜前暗泣。旧事于今成追忆。
惜那窗前望处，只剩下，半湾秋碧。
试问此生再至，可能识得？

三字令

填瘦韵，祭残春。为香魂。思欲醉，忆伤神。
此番心，同逝水，共行云。
花似我，亦如君。最知人。明月旧，玉枝新。
会兰桥，寻梦侣，叙黄昏。

渔家傲

日暮群山红似染，乱芳尽扫墙西面。魄近余香魂却远。
回神慢，栏前剩有痴人站。
站不消愁愁竟漫，可怜此际痴人叹。人面如花花向晚。
难如愿，此身怕要随风散。

浣溪沙

（一）

宿寺求研五卷经，通宵未觉梦无成。归来始问记何形。
舍外客参双塔白，堂前鼠拜一灯清。同修释境第三层。

（二）智月禅院慧无禅师印象

课隙悠然望远山，闻茶之举逸追莲。指捏佛印有如弹。
一世悲欢藏座底，来生福祸寓香尖。着衣紫褐任由缘。

浣溪沙

（一）

少志难酬借酒酬，青春如酒瞬穿喉。个中滋味道来羞。

绿鬓无秋终是梦，青襟带渍始成愁。功名未取雪盈头。

（二）

旧友倾心意释囚，廿载经过纵神游，些多所见似曾谋。
往事万千诗作酒，新愁一二叙从头。无由谁会泪先流。

浣溪沙·序作永遇乐

是夜无眠，闲翻三国，期消烦闷。
书读三番，心行五箭，虑远周郎近。
故人如此，今人何吝？百转难圆此问。
遂提笔，溪沙浣遍，长调在此当引。
春秋转瞬，计年除闰，自古秦商赵蔺。
长赋千篇，短词五百，韵染周郎鬓。
其才堪赏，其心可信，三国无出其俊。
英雄梦，通宵入枕，唤予奋进。

纵火连船赤壁周，五回进计策曹刘，三番吐血为荆州。
智辇虽停三十九，慧轮却耀五千秋。此中得失几人求。

减　兰

2007 年 12 月，成都武侯祠并昭烈庙。

相心高绝，祠有梅花开胜雪。廊壁寻诗，欲解当年两汉痴。
此情谁懂？当问祠旁昭烈冢。竹叶摇风，似慰祁山七许踪。

绝　句

影壁似头陀，斋心却起波。平生无数惑，愈解愈增多。

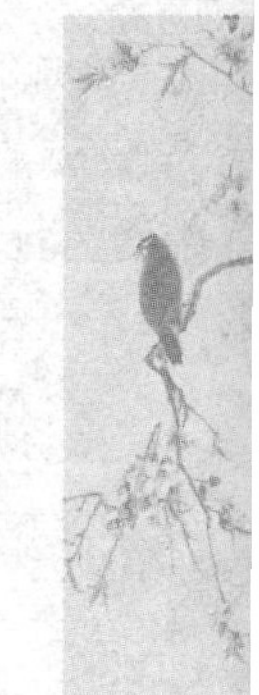

鹧 鸪 天

求签得图四幅，词以记之。

签解前生竟这般：尘衣俗发半生缘。
堂前并趣三红树，舍内孤修一褐衫。
秋水静，暮云闲。卧参坐悟有如眠。
西风入夜吹无定，尽读身前五丈幡。

望 江 南

2008 年 3 月 31 日，沈阳东陵（努尔哈赤陵）。

初至沈，何处最凝眸？一箭红墙围故宇，百年青草护雕楼。
往事几经秋。思绪动，春满再春游。
天柱山前君纵马，浑河湾侧我拦舟。期以慰南筹。

减 兰

世身倦矣，四处安魂均不适。野葬凡痴，尸草肥花梦有知。
流泪无据，落至襟前疑是雨。旧惑难批，暮雪江堤一望迷。

浣溪沙·感于张伯驹及其词

黄叶村前举若痴，承泽园内意如迷。京畿居久望津怡。
笔力能穿三寸纸，心思也透一行诗。平生际遇似相期。

浣 溪 沙

（一）

书有记：曹雪芹著书时居于京郊黄叶村。考虽无据，然难禁后人景仰之心，余不例外。

梦里魂游黄叶村，躬身试问怎安贫，答之若雨定浮尘。
醒后品言言未冷，起前抚被被犹温。红楼一梦幻如真。

（二）藏头诗“红卫吾兄惠存”

红帐持书久策商，
卫城风雨几如常？
吾师举剑誓周庄。
兄自安达成旧略，
惠临故国济新邦。
存疑论与舜尧汤。

鹧 鸪 天

（一）

旧事于今迹已陈，无聊只有梦回频。
绪来尽落辛酸泪，念去空留寂寞魂。
酌酒后，最伤神，眸前皆是可怜人。
兴阑把盏临风劝，莫为尘缘误此身。

（二）

感慨时光春复春，花花叶叶数成尘。
今年豁解春之意，不为新痕为旧痕。

春老后，闭园门，弓身扶杖立黄昏。
来人若问园中趣，只答花神不许云。

浣 溪 沙

曹氏居于黄叶村时，时有官宦之友造访，并煮酒谈诗。仕中之友虽资曹，然更羡慕之。吾非官，然心亦曾造访。

马过秋林乱暮鸦，骑停岔路问红娃，戏余曾否见朝花？
黄叶飘时疑是梦，青烟漫处断非家。陪君此际立天涯。

减 兰

2008 年 4 月 22 日公出，晚九时乘火车由哈去大连，23 日早七时至，与臧兄通话未见面。又于当日上午九时启程去沈阳，下午三时至，见刘兄，并受托带物，嘱转交朱老弟，刘憾于未能请吾，吾言会酒有期。24 日早九时从沈与挚友开车返哈（友感沧桑甚矣），下午四时至，与张老弟同见焦先生，转刘之所托，后张请吃饭，兄弟二人酒中所谈不外乎沧桑之感。晚八时又登上由哈去大连的火车，落座之时接到朱电话，表示感谢（看来焦已完成刘之所托），吾言顺手之劳不足挂齿，并互道期许之言。连日奔波未得闲暇，是夜，倦极不能眠，闲翻一本文摘，卷首有句：沧桑之美。意虽未解，却是一语起心潮，以至浮想联翩矣！遂草草以词记之于手机之中，期释沧桑。2008 年 4 月 25 日晨三时。

沧桑阅尽，何必萧何追去信？月色如霜，似吊当年异姓王。
子三不死，仅换史书三十字。楚汉思量，弈设兵卒为过江。

浣　溪　沙

病未无虞药却扔，原由心在梦中惊：知音今世觅无成。
夜祭亡琴伤不已，晨思去鹤泣难停。无风无雨自凋零。

鹧　鸪　天

（一）

霓配祥云可化龙，雁丰末羽即称鸿。
江山代代雄无数，何故偏偏缺儒生？
嫌旧满，怨新空，案前枯坐读书虫。
千年命病无高见，半误经书半误农。

（二）

解偈休言过与功，欣然我自舞禅风。
小心去日藏心底，大梦今年释梦中。
衣短褐，倚苍松，采山不计去来空。
路迷登顶携云望，晴翠原来脚下荣。

采　桑　子

（一）

去年心事今年雨，积在心中，散在空中。物我相期有共同。
痴然旧日逍遥举，身也随风，意也随风。尽忘芳园处处踪。

（二）

席间共论当年事，半在心中，半在杯中。难辨其间几味同。

斯言戏叹红颜老，春色东风，秋色西风。吹去吹来俱乱踪。

（三）

君今若问当年惑，人在局中，事在谜中。费解三心两趣同。
席间五叙三年志，一阵春风，两阵秋风。尽乱长风四季踪。

减　兰

（一）

2008年5月8日晨2时，读完《战争和人》第三部《枫叶荻花秋瑟瑟》，（第一部是《月落乌啼霜满天》，第二部《山在虚无缥缈间》），心间数味杂陈，一时不能已，遂填此词，以排乱绪，此情此心，或有人知。

伤秋瑟瑟，掩卷由思追去者。梦破三寻，痴祝飞花永素心。
月升月落，三释三囚禅意觉。山似虚无，无畏霜威柳若初。

（二）

另解“为赋新词强说愁”，纪念汶川地震。

殇丘瑟瑟，眼倦游丝追去者。梦破三寻，痴祝飞花永素心。
岳升岳落，三世三丘禅意觉。山肆虚无，无畏双威流若初。

清平乐·读罢熊召政之《张居正》

事君事苦，心在荒凉渡。誉谤衰荣原有数，莫问他年同路。
人臣位极君师。国愁邦难同咨。孰料风光墓后，削坟又更平祠。

兰陵王

纪念5·12汶川地震。

命如叶，骤遇霜寒易灭。
伤怀日，山释水囚，万里神州尽悲咽。
祭花绽若雪。愁叠，群情似夺。
千行泪，汇浪聚波，欲把国殇向天说。
征衣冷如铁。更雨夜行军，岭壑翻越。军心民意汶川切。
若云成巨帐，星充灯火，温我兄妹冷和热，愿报腔中血。
五月，竞豪杰。看儿女亿千，孰优孰劣？解囊谁惧油盐绝！
有群英戮力，柱天难折。吾民吾国，患此难，获永崛！

蝶恋花

萦绕于心的总是那一幕一幕。

五月汶川兰泣露，数镇尘烟，竟是忽然去。
生世难知离世苦，伤心何止千千户。
天系薄纱云暗树，昨日高楼，今在无归路。
冥殿谁能传尺素？回书告我焚香处。

绝句

（一）

读金人刘汲绝句“孤云出岫本无心，何用微名挂士林。近日故园消息好，西岩花木正成荫”。其淡泊之境，吾心甚羡。

雨前云覆岭，雨后雾缠山。一法千般象，般般皆自然。

（二）晚宿山寺

经消倦意两重更，借照空门三盏灯。
夜有一僧禅榻静，天余半月寺间行。

戚　氏

纪念5·12地震。

见什邡，
愕然之际泪成行。
问地何由？瞬时竟让潜龙狂。
思量。
又参详。
难于心际止彷徨。
乾坤有卦曾释：战龙于野血玄黄。
天地无界，山河有道，为何百姓遭殃？
恨五月飞花，天心难问，地道无常。
邦幸有此脊梁。
军驰雨夜，解难济危亡。
民难忘，国之良相。
几赴川疆，
调钱粮。
国难聚志，民忧并力，此震何妨？
少儿老妇，走卒民夫，谁见如此坚强？
众见风云变，青山一倒，绿水无床。
白雾弥天咋散，竟人烟百里却无房。
旧时面目全非，路桥皆断，唯有风流畅。
废镇间，士正悲歌壮。
乱舍前，旗在飘扬。

野帐内，菜煮新汤。
旧桌上，热酒战凄凉。
世间无恙！
孙钱赵李，百姓称王。

绝 句

（一）拉萨印象

边城山四围，玉殿绽灵辉。俯仰知天近，闻钟尘绪飞。

（二）2008年6月7日参观黄埔军校校史展览馆

校舍驻围堤，形凄影更凄。国忧眠入梦，学子盖征衣。

浣 溪 沙

慕名相访，求得诗集，并附送其友之集，归后即读。

昨日新读一卷诗，诗中尽是女儿痴，痴多生在女儿时。
写菊三篇无别意，赋梅一句有相思。更留余味盼人知。

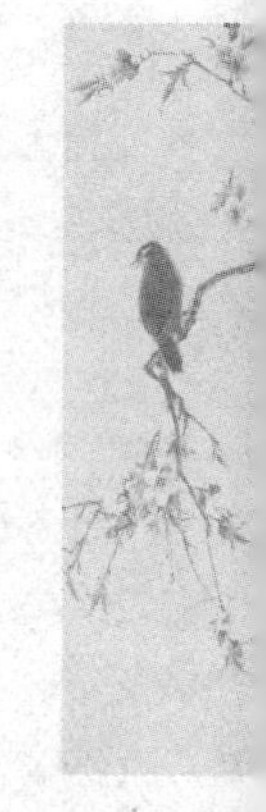

绝 句

（一）

2008年5月28日又到长沙，29日夜登岳麓山，其时，旧物一一盈目，往事万千归心，算来毕业十载有五余……先游爱晚亭，又拜松坡墓（蔡锷将军墓），想人生，匆匆数十载，当如谁度？推腹问心，不免汗颜，一时之情，难言清楚。遂留数语，仅记重游此处。

灯云迷玉阶，竹影暗苍苔。别此多年后，今宵重又来。

（二）

2008年6月6日，赴广州参加大学同学聚会，飞机盘旋下降时，借舷窗所见抒怀。

平收数万丘，俯见一江流。身处烟波上，尘心已忘忧。

（三）

道不同，谊尚在，赋此绝，寄未来。

别亭衣晚素，空谷坐调筝。心执浔阳梦，赠君江上风。

五律·梦入乌江镇

故水依新镇，长风惑晚丘。儒多悲壮士，庶总笑王侯。
墓虎荒川卧，城狐野庙游。又谁询白骨，忆否旧风流？

绝 句

（一）

大学校园东南角有一小花园，内有长廊矮亭、茂竹老藤、清池碧莲、石鹤假山，历二十载依旧。今又重临，以不惑之心品依旧之园，景同而情异也！

谁知老藤心？莲蛙吐纳沉。竹风吟未起，石鹤已知音。

（二）

一别家山二十年，村前凝伫慨千般。
柴门杨柳无情老，不理今朝谁又还。

绝　句

（一）诗言志

著作全因趣，求知不为官。身闲名利场，到死着青衫。

（二）

看见诗友关先生诗集中阿尔山杜鹃湖的照片，勾起我对阿尔山的回忆，阿尔山市地处内蒙古自治区东部、洮儿河上游。杜鹃湖位于阿尔山国家森林公园内，去此可由乌兰浩特再驱车三百余公里。沿途地貌由草原过渡到森林，风景极美。余2001年在内蒙古兴安盟参加111国道建设，工程于该年9月结束，因某些原因，项目虽如期优质交工，但在内外结算等诸多事情上，颇多掣肘。感慨：受命之前座上客，复命之际鞋上尘。

为遣郁闷之情，遂有2001年9月11日的阿尔山之行，车于途中换胎，余立路旁溪侧。时之倦心美景，至今犹记。今以此绝记之。

阔野秋无雁，清溪浅见鱼。天云时弄影，诱我旅魂居。

绝句·答高山流水

高山云上果，流水雾中因。当年上师种，缘何不识君？

绝　句

2008年6月末，与唐耀舜老师和进修学校的其他几位领导饮酒论诗，乘兴而归时口占此绝，今记之。

俗事无人叙，席间只论诗。酒从申末起，饮散月沉西。

七　律

漂泊之人倦叙因，默然无语立黄昏。
浮烟衰草乡思甚，老树残霞归梦频。
夜鹊低飞悲殁羽，晚蝉高唱祭离魂。
病身多日难安枕，只为他年叶覆根。

五　律

记 2008 年 6 月末，拜访唐老师。

只身无别事，专程有玄机。往返千余里，身心未觉疲。
生约三年序，师期六卷诗。风鹏云上谊，唐李两心知。

绝　句

（一）

2008 年 5 月 28 日在韶山毛氏宗祠看见 1965 年毛泽东写的一首《水调歌头》，下阕有句“三十八年过去，弹指一挥间。可上九天揽月，可下五洋捉鳖，谈笑凯歌还”。杨利伟神舟五号飞船上天是在 2003 年，1965 年到 2003 年恰好是 38 年，2003 年时杨利伟亦恰好是 38 岁。感慨世事机缘之际，亦感慨：2008 年余亦三十有八矣，又想苏轼感慨大江东去时，其岁几何？一时间，纷纷乱绪尽成诗屑。

江流无语东，或感岁匆匆。三十八年梦，忆来尽数空。

（二）

斋心着褐衣，学法问丘尼。数代兴亡事，焉成一句诗？

绝　　句

（一）

尘心无所系，来急去匆匆。唯愿他年我，溪边晚钓翁。

（二）与苏武谈心

最羡身边雁，秋残可向南。次怜鞭上节，夜夜梦长安。

（三）读陆游集

铁马冰河梦，真真不一般。沈园墙上句，未必好诗篇。

绝句·滕王阁记

（一）

亲临王阁顶，为赏一江秋。无奈烟波胜，空余水上舟。

（二）

王阁徘徊久，神驰彼岸秋。落霞同孤鹜，应是两悠悠。

菩　萨　蛮

南唐后主李煜、宋徽宗赵佶，二人生平际遇几近相同，同是帝王，均有奇才，皆被北掠……感慨之余，草占一绝，资之以序：赵李有奇才，缘何尽北来？灵芝生错木，入药病难排。

宋佶唐煜才如璧，风流文采无人及。理政有余疵，沉思北上时。
悔诗真绝唱，故国心难忘。身似燕离亭，离亭帝梦惊。

卜　算　子

词之早期，即歌辞之时，著者有心取乐，无意言志，竟于不经意间流露内心之精微，此时词之惑仅雅郑之论耳。及至东坡词现，令词局一新，然亦增一惑，此即诗化之词始，东坡词与诗合，易安词与诗分，一时争论难解，遂有词之豪放、婉约之分。此后虽经词之赋化之期，然争惑未绝。基于豪放之词时有言志，婉约词说遂起比兴之风，及至晚清，更有张王（张惠言、王国维）立著，各说纷纭。余之浅见：词于困惑中成长，又在成长中困惑，是其魅力千古不衰之因。

无意秀于林，只把林芳沁。孰料超然此木森，甚至风波甚。
此木住幽禽，时展如花锦，独立枝头唱好音，何计何人品。

绝句·明将卢象升之死

明崇祯十一年（公元1638年），书生出身的名将卢象升因剿闯有功，奉旨进京勤王，奈何其主战思想不与王合，遂有其后降级、分兵、断饷之窘境。当是时，卢主和心不甘，主战不能胜。上责误国，僚议欺君。卢浩叹：不知王略，难解王忧，书生报国，除死无求。

（一）

冷日暗无辉，冰河策马回。将军唯战死，方可告宫闱。

（二）

燕赵有余悲，京畿乱是非。书生于国举，朝野论相违。

绝　　句

（一）

苦渡问迷津，真身喻法身。前身原是梦，何必太当真。

（二）

留春无计废春眠，春夜求春更掷言。
花谢若能迟一日，愿支百串老榆钱。

绝　　句

（一）

检点行囊暗自伤，秋来赢得满头霜。
当年春梦今朝酒，一上青霄一入肠。

（二）出差广西工地

微风动林表，急雨涨江涛。远山昏寂寂，村夜梦遥遥。

绝　　句

2008 年 6 月末，回家看外婆，虽仅停留二十几分，然回家的感觉真好。

尘心此际复何求？落座厅堂更忘忧。
透壁遥闻双雀闹，隔帘隐见一山幽。

绝句·《李自成》第一卷

先败潼关南，后囚商洛山。穷兵谋大户，尝胆过新年。

霜天晓角

（一）

寒江一笠，坐钓千山碧。纵有风迷流急，亦未乱，心之逸。
月来，秋水白，星稀潮没石。忘问舟中之客，当年志，可曾熄？

（二）

风亭梦觉，尽忘当年学，身似上原之鹤，从未叹，繁花落。
舒心，行且乐，超然前诺错。游倦风楼云阁，心最爱，江天阔。

浣　溪　沙

忆旧游阿尔山国家森林公园，赋词车前草。

冬去春来几度青，车前马后数观程。今生虑否后生盟？
不理长风云上志，休提暮草路边情。风行草偃立茕茕。

点绛唇·再记阿尔山之行

林色迷迷，黄昏我自茕茕立。心行无迹，失尽途中得。
暮草诗诗，吟醉山中客，何人识？山中一日，解我多年惑。

五　　律

（一）回忆 2002 年少林寺之行

仰望少林霓，嵩峰自远威。古松盘古态，新野弄新姿。
塔外游青眼，幡前坐皓眉。慈云悲世雨，名重李唐时。

（二）赠红卫吾兄

其实我们并无此游，诗作如此是记神交。

两友意醺醺，相携望岭云。万林喧似马，一石静如君。
妙论遗高壑，危言寄远人。古来名近利，切记果和因。

临 江 仙

此词乃余1991年7月之旧作，时余就读长沙交通学院，好友王秀志老弟此时即将毕业（长沙铁道学院），分别之际，题此词赠别。昨日，王秀志先生及其夫人齐淑秀女士特带来旧物，睹物思昔，十载有七矣！之前齐女士提及此词时，余仅记曾有此事，然除上阕后两句，其他内容几乎尽忘。齐诺日后会带纪念册示余。昨日践诺，齐真信人也。余于2008年6月与人论及初写词时在2001年，岂料此词竟将此提前10年。想必此词乃余平生第一首也！今在此补序，谨纪念与秀志的大学时光和纯真友谊！并对齐女士之守诺践言表示感谢！

客地一番情意，他乡几点相知。珍藏细节一般时。
畅言尤未语，只是遇君迟。
不是时光飞去，安能落日追回？莫言此去聚无期。
夜来如有梦，化作彩霞飞。

绝句·壁虎

不戏盘龙柱，甘心壁上观。屈尊身似虎，吐纳逸如仙。

临江仙·岳麓书院

七十二峰终岳麓，衡山到此无求。茂林修竹共春秋。
江山真若此，书院为何筹？
廊石至今能觅楚，赫曦台更悠悠，于斯为盛未曾羞。
千年多少事，人物数风流。

绝　句

2008 年 7 月 15 日，雨下了一夜，早 4 时起，百无聊赖之际赋此绝。

晓雨细如纶，晨风恍若魂。眼前谁自在？隔院草茵茵。

阮　郎　归

十年赚得鬓微霜，愁成少志荒，黯然杯酒话斜阳，他乡思故乡。
翻弃柜，解行囊，遍寻旧日狂。徒持老梦祭悲凉，关山一望苍。

又

忆兮人在故园时，心思有梦知。数攀西岭看霞飞，霞飞人忘归。
身老后，梦相违，道来不胜悲，余生依旧共余晖，青眉却皓眉。

临江仙·对话陆游

南阙朝歌新绿，西园夜泣残红。古来君子美人同。
楚才来澹澹，越貌去匆匆。
莫叹秦风初北，须知燕水终东。陇云曾聚又曾空。

骊山阶上石，后砌汉皇宫。

沁园春·合略胜分略

2005 年秋游三峡，途中故迹，多关三国之蜀，蜀之成败得失各有高论，备亮君臣之遇亦多微言。愚以为三国鼎足实乃济事之因各分三家，操奉天子而令诸侯，是占天时；权据长江之险而统六郡，是占地利；备文有龙凤，武有关张，是占人和。然魏终灭吴蜀，何解？实乃秉国之计有高下，《三国演义》开篇即言：天下大事，分久必合，合久必分。计之高下取略于分合，计高者战略取合，计下者其略取分，合略胜分略。魏求一统其略合；蜀之备亮隆中策对之时，重点策划三分天下有其一，故其略是分；吴求据险偏安于江南，其略亦是分。有诗为证：策联吴蜀枉穿梭，岂料干戈解更多，依武兴邦非上策，共和立国是高歌。游有此感，遂有此序，故作此词，以补亮之隆中策对之不足。

舟启宜昌，逆流三日，夜近嘉陵。
望山城夜景，两江一渚，千灯万户，翠漫红盈。
盛世如斯，应能喻古，当日隆中策略轻。
真上策，弃三分天下，富地穷征。
宜持江畔长绳，驾巨浪狂鲸邀旧朋。
伴洛阳父子，江东兄弟，泛舟纵骥，同至渝城。
会酒高歌，联诗壮志，谊共平生弃甲兵。
联袂处，看数流并阔，一泻千程。

绝　句

夜夜梦芬芳，春分特别香。心驰寒野外，我意绿铺张。

凤凰台上忆吹箫

魄醉新诗，魂悲旧阁，夜来又梦夭桃。
正干枝虬劲，花叶慵娇。
醒后奴心自问，当年泪，今向谁抛？
重逢处，情依病笔，墨伴秋毫。今宵。
妾亲执笔，书尽旧情形，只为魂招。
祭岸幽波躁，翠远红飘。
祀告桃花再发，须共我，暮暮朝朝。
时盟誓，桃花若飞，我必逐涛。

浣溪沙·晚年元好问之乡怀

眉有轻霜鬓有花，相逢一笑无两牙。当年小树万枝丫。
驿马纵优难胜雁，锦城虽好不如家。卢沟晓月在天涯。

七　绝

（一）

邺城龙虎势峥嵘，平北征东不世功。
亲设疑冢七十二，短歌曹侯三台风。

（二）

魏阙方葱半丈松，晋门司马已成龙。
匆匆一鹿三家得，雀让螳螂蝉梦空。

浣溪沙

金朝国势日危之际，元好问出任河南内乡县令，因施政有方，颇有循吏之名。此段生活乃遗山（元好问之号）一段愉快且难忘之经历，余谓之：于将倾之厦内享斗室之馨。

（一）

宋儒金庸蒙胜魔，吏循乡内避风波。边歌悲过唱清歌。
人遇丰年离恨少，国逢末日别愁多。一年纵作百年何？

（二）记元好问之三台送客

邺郡东门送客行，三台人物一时名。清词浊酒醉清明。
澹澹文风唯尽意，凄凄柳色乱关情。些多往事问西陵。

（三）

风紧关窗又闭门，滚雷阵阵闷惊魂。天公近日忒殷勤。
未霁园中花草暗，初晴路侧叶枝新。仙云借雨下凡尘。

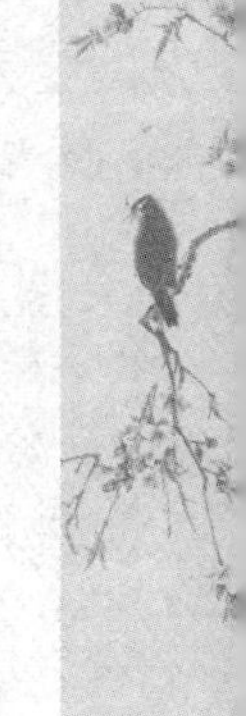

绝句

（一）囚心

吴中度晓昏，静寺解迷津。情劫云头雨，真经案上尘。

（二）《李自成》第二卷

商洛悲歌壮，京畿奏对残。强军围弱旅，血战智亭山。

绝句·松吟

千林黄叶尽，独我翠悠哉。若问荫成否？休询隔世材。

长 相 思

昨日阴，今日阴，孤馆寒秋瘦不禁。拥衾望远林。
懒抚琴，又抚琴，欲奏知音慰吾心。奈何弦自吟。

绝 句

（一）

江南园林能于咫尺之间造化天地，泉石林径，一步一景。景随步异，景随目换。

直观竹径深，侧耳有泉吟。方丈千余景，当归垒石心。

（二）苏州钮家巷

相问状元斋，春风几度来？当年朝上事，今否释于怀？

绝 句

（一）

读到“别梦依稀咒逝川，故园三十二年前”时，回忆起自己故园的童年点滴。

南山寻野杏，归执两三枝。屡得亲娘骂：回回划破衣。

（二）

2006 年登长城，听导游讲解。

先提史记秦始皇，后讲民间小孟姜。
贞妇独夫无处觅，唯留山巅万里墙。

长相思

曹红楼，高红楼，著梦平生未下楼。高风百尺楼。
周红楼，众红楼，解梦平生几上楼？微风楼外楼。

伊州令

十年一梦头飞雪，惆怅身如叶。
辞翠携黄飘落时，乱丘上，西风猎猎。
身由狐兔蹂掘，直至销成屑。
明年雨露再来时，此应是，空无一物。

绝句

暮几凭栏伫望空，心将夙愿寄长风。
渐行渐远孤帆影，惆怅江天咏落红。

七律

读诗又到忘情时，身外纷繁且任之。
志里云天星散落，胸中雾海浪分歧。
阔游每自滩头起，苦旅常从岸上随。
本我未追心我去，归期计算竟无期。

绝句

（一）鹤松图

独鹤叫如衰，孤松态胜槐。和风梳俊羽，其意两悠哉。

（二）

2001 年在兴安盟第一次遭遇沙尘暴，其强度之烈，实难形容，时余还不知有“沙尘暴”一词。

日暮大风昏，昏昏尽乱尘。尘心思去远，远去不思君。

（三）学诗有感

当时玩笑句，写意不由衷。今是三年后，文风浅淡庸。

浣　溪　沙

又想起嫩江渡口，也想起当年的渔家傲，2001 年距今七年有余。

旧事于今系旧游，几回梦里泛江舟。忆来岁月七重秋。
老鹊枝头忧报喜，嫩江渡口闷关愁。穷通皆是稻粱谋。

（二）

日暮江亭指乱山，东峰西壑有奇缘。相知相望亿千年。
盼有知音能若此，同持清韵付筝弦。谊经青鬓更霜颜。

浣　溪　沙

2008 年又到长沙，大学好友陪我一起回学校，此前 2005 年曾回来一次。

三载痴人去又还，相知相惜话当年。并肩留影小亭南。
底事付春花解语，浮生由命运说禅。寄身塞北醉江南。

浣　溪　沙

2007 年回家祭母。

（一）

自慰仇清会有时，相询坟草可知期？一年血泪一年诗。
寂有山花能做伴，病无半子可持屐。一生辛苦竟徒支。

（二）

梦里常闻慈母炊，醒时生死总相疑。果真一别海天违？
今日借风燃故纸，他年葬我脚边偎。此生无愿再无期。

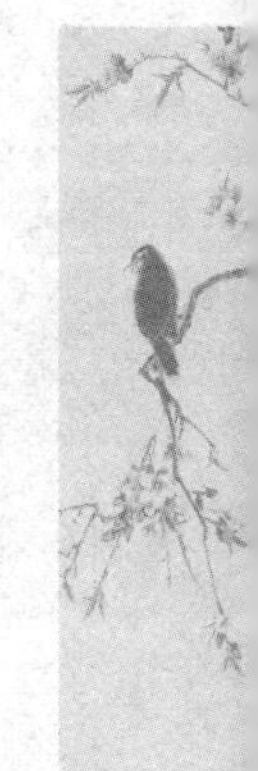

绝句·故园

（一）

冷日落寒田，秋云乱暮烟。旧溪西侧叹，景色不如前。

2002.10.21

（二）

归来说故园，故识鬓多斑。若问谁依旧，河西平顶山。

绝　句

呼伦贝尔根河市满归镇北约十七公里有敖鲁古雅乡，鄂温克族人聚居于此，以狩猎捕鱼养鹿为生，余 2007 年春到满归出差，闲时与当地一老者闲谈。

逢人说故园，旧日尽丰年。水落肥鱼出，山清麋鹿圆。

鹧　鸪　天

睡晚醒迟己最知，平生有智不如痴。
神游两界休寻偈，坐饮三台莫论机。
先备酒，后读诗，淡然篱外碧参差。
夜来山色迷人早，月至三更伫忘时。

无眠五十韵

我与徐老弟两人一瓶白酒五瓶啤酒，畅谈人生，归后乘兴于梦醒之间得赋此篇。

幻象纷纷起，中宵醒复眠。道来真简易，忍下实艰难。
旧志彤云密，新情冰雪寒。启窗观月色，放绪赴蟾川。
我影清清舞，天云澹澹迁。素辉盈小阁，琼色满中天。
乌鹊神驰宇，青鸡意顾檐。通灵均世界，掌慧岂人寰。
星相浑如此，君心亦可观。云游应自在，远足莫言艰。
速弃多年苦，徐抒一时欢。携朋攀峻岭，齐鬓望层峦。
幽壑深何惧？青须意可拳。修身开破卷，励志背娇颜。
鸠血稀春酿，驹肝富晚餐。此形堪去证，刻在壁岩间。
人作江湖客，抽刀会有缘。五关寻六将，策马道中拦。
并指拿飞羽，单肩起闸关。立钦川岸稳，坐笑水流潺。
帐前缨会酒，幕后指迎弦。雅乐营中绕，清音辕外传。
先声征汉界，后律夺秦坛。白雾知余意，青山解我怜。
无悔前番瘦，高岩梦又攀。挥师寻故地，纵马觅前贤。
空谷余晨震，丰林涌晚泉。新津迷若草，旧栈乱如烟。
往事传今古，其言逾万千。求真寻断简，识赝问残笺。
获旨浔阳驿，明宗映月潭。撩襟持剑坐，是为寸心安。

落落东山雨，绵绵西壁禅。悄悄原上冢，寂寂漠边滩。
夕见斯人去，朝询仍未还。晚愁消息阻，默对剑花阑。
十载寒窗冻，青衫不着棉。正冠冲北斗，快步下南山。
未恋隆中麦，疏忽渭上杆。胸含尘世苦，溅血润沧田。
莫怨风迷眼，休嫌雨正酣。不容冬岭瘦，焉得夏花妍。
悟透三言简，痴迷一句繁。少心如丧志，青鬓逊于斑。
雨骤能消汗，风浓可正帆。情怜壶涧险，意喜大河宽。
入蜀羞联备，横江忘问权。持梅邀魏武，临石改余篇。
昔日一穿甲，十年未卸鞍。而今身老迈，忆昔志悠闲。
午夜无眠句，羞当有恨言。意驰如乱箭，一一错弦弹。

绝句·深秋夜坐

（一）

感时心事共蟾光，坐久眉衣俱染霜。
一地秋风攒落叶，匆忙不计红与黄。

（二）

夜凉秋月隔重山，久坐痴人为习禅。
庭上菊花开又落，奈何总在第三关。

浣　溪　沙

（一）

寂寞长持半盏茶，临窗人又叹年华。惜花心自比飞花。
岭上浮云虽近月，岸边囚水却沉沙。倦游身是在天涯。

（二）

埋怨春归梦未归，小楼独自看花飞。奈何心事又成非。
蘸墨书心情愈懒，持笺写意恨偏肥。沉思落款我签谁？

浣溪沙

岁岁霜华浸吾身，慨然人似雁离群。单飞单宿自销魂。
夜见江心波荡月，晨观翼上羽浮尘。凌空又伴一天云。

绝句

（一）

日长林寂寞，云矮壑幽深。四季茅庐景，何知鹤士心？

（二）温飞卿词感

君子佳人意，凉臣弃妇心。闺中眉上句，似作此番吟。

（三）韦庄词感

玉女伫层楼，轻妆点素眸。迎风寻韵久，似品眼前秋。

（四）冯延巳词感

抚节远游秋，临江逢雁鸥。病身持末羽，相望两三舟。

（五）李璟词感

对镜叹妆残，凭栏不忍看。西风愁落叶，点点悴华年。

（六）李煜词感

忍泣叹林红，匆匆来去中。平生多少恨，俱顺水流东。

鹧鸪天

阿尔山杜鹃湖之2001年9月。

叶落兴安万木悲，忆来层碧已成非。
风迷远客茕茕意，日透秋林澹澹晖。
山又老，梦重灰，临湖目送雁南飞。
杜鹃他日开仍艳，我若重来知是谁？

南歌子·《李自成》第三卷之二分之一

有意桃先谢，无言李自成。
围师先缺武关松。从此龙游大海又腾空。
养气居商洛，称雄起献忠。
中原北望为平胸。可记当年策马是何衷？

醉太平

花香叶香，蜂忙蝶忙。谁还记是他乡，趁春浓试妆。
秋凉意凉，心荒事荒。徒伤蝶梦蜂藏，更眉霜鬓霜。

浣溪沙

晓读叶嘉莹先生之《迦陵诗词稿》，感赋于词。

（一）

拂晓时分鬓枕斜，手持诗稿浣溪沙。心随旧绪去天涯。

最苦难工楼上句，至伤易忘梦中花。向灯一侧臂微麻。

（二）

若论勤能已最庸，不惭睡眼总惺忪。良言皆作耳边风。
问计锦囊丝未解，寻诗破卷页翻穷。酣然心烛梦中红。

（三）

欲觅春思迹已残，平心我自绕栏杆。锦书未寄锦盟寒。
立望秋晴风满眼，坐痴暮雨泪平泉。清歌浊酒共余欢。

（四）

昨梦东风夜弄姿，桃花又发第三枝。人于岭上望多时。
晚岁心情忧患得，早年意气乐观支。临街月色或相知。

破阵子

秉烛羞聊夜话，持书一贯平明。
辗转曾忧家国事，入梦还听风雨声。微心系众生。
春至我花劲放，秋来一任飘零。
十载浮沉云过眼，半世悲欢垄上行。功名逊落英。

绝句

（一）《李自成》第三卷

汴梁秋色淡，商洛夏花鲜。张李征途蹇，崇祯王道难。

（二）晏殊词感

春言有别思，秋雨亦当时。晚醉山亭上，凄凄柳若痴。

长　相　思

风入心，雨入心，风雨当年何样心？迢迢云梦心。
穷问心，达问心，月映寒塘秋问心。何持淡淡心？

绝句·问心

故我问心尸，何来若许痴？此曾三万窍，窍窍可藏诗。

七律·读《邓云乡集》中春柳词有感

（一）

新津古渡赋诗频，数把青君比作人。
嫩碧三年能识旧，冷条二月可抽新。
游丝依依实伤意，落絮纷纷至费神。
若问当初谁掷种，心猜应是雨和云。

（二）

旧桥西侧梦遥遥，对酒诗风执弱条。
雅晕皆圈云上月，清音都付指中箫。
秦皇背剑荆轲死，魏武挥鞭吕布妖。
寄语诸君柔莫举，且同儒墨共风骚。

（三）

楚郡秦桥一脉风，莫言失得两族宗。
赏腰惜玉凡夫事，垒阙叠墙霸主功。
忌独羊脂闲虎豹，宜分鹿血罢狼虫。

禄名本是安魂药，可揽英雄君瓮中。

蝶 恋 花

昨恨春寒欺袖薄，今叹残春，诸卉均抛却。
忍问终年哀与乐，春来春去思量着。
月落精魂花落魄，徒剩空枝，应付当时约。
刚散秋云风又作，三思何事须斟酌。

绝句·欧阳修词感

（一）

慨由风月起，悲借月风排。起自翩翩爱，排成落落哀。

（二）

意蕴飞扬兴，文含沉重悲。纤流东入海，他日驾风回。

绝 句

（一）

心有所感不明言，只着两句七绝前。

睹雁南飞喻自身，一年一度似离分。
心知振翅非因食，是恋长空一抹云。

（二）

不知何故，山中一日，今又萦怀，2001 年 9 月 11 日，阿尔山。

独自伫山阴，茕茕望远林。秋风低白草，落日晚涂金。

绝　句

(一)

渴望身老之后，在故园养花种草。那时或许有人这样写我。

西园白发翁，背驼耳微聋。每晚无别事，阶前数落红。

(二)

白月挂疏松，青丝起乱风。长笛横玉指，人醉旧时声。

绝　句

当年欲沿游杜鹃湖的路一直向前进，因不知前有何景，遂寻人相问，老者言还未建好，且路很差，至此可返。余听后仍决定驱车一探。岂知车行无路处，更有景纯真，始知景因人而异，情随心不同。

黄叶迷迷落尽痴，碧波荡荡俱收之。
若听野叟前言返，焉得今番两句诗。

绝　句

(一)

寒村腊月晨，野静四山新。雪后寻遗迹，依稀见爪痕。

(二)

幽人讲物华，四季论殊佳。秋雨新交酒，春风旧日花。

绝　句

（一）

祈愿五台山，香完又问签。辞中前岁我，回首在明年。

（二）

冷月事白霜，秋风助晚凉。寐荒人自语，何故泪成行？

绝句·柳永词感

（一）

惑于市井与官田，一纸秋情写万千。
残照心知游士苦，晓风越岭下江天。

（二）

长安蝉病柳，古道马伤辎。此去心何系？秋原落叶知。

（三）

底事任消磨，关山寄梦多。秋江吟落日，少志竟沉疴。

（四）

白衣卿相事，帝里妓歌中。浅唱平生志，都随放荡风。

绝　句

李信与红娘子杞县起义后，军驰豫西，欲投闯王。信虽背叛朝廷，但未背叛其阶级，夜宿时，内心矛盾无法入睡。

荒鸡夜半啼，帐外马鸣嘶。寸烛微微乱，天明未可期。

绝　句

2007 年 12 月到成都，大学同学谢春江、徐尚东相陪游杜甫草堂。

今人游望壁，心解故人诗。无奈今人意，前人竟不知。

绝　句

崇祯十三年（公元 1640 年）除夕前日，李自成屯兵十万于伏牛山，欲兵临洛阳，此时入豫仅月余，兵力竟从千余人激增至十万，真天助之。

（一）

伏牛冬日晨，薄雾绕喧村。岭上凝眸望，旌旗密若云。

（二）

豫西李自成，伏牛苦练兵。出弓怀吐月，平箭秤悬星。

绝　句

依稀记得去梧州，水涨桥危行换舟，断路江村还断电，长宵独自伴山幽。

（一）

雨霁三山暮，舟行万里烟。长宵怜烛火，独醒又独眠。

（二）

夜遣游魂寻梦台，长宵独自看花来。

武陵溪外桃千树，笑我幽枝寂寞开。

绝　句

2002 年冬去青海投标，回程经西安。乘隙冒雪游华清池、碑林、秦陵及兵马俑博物馆。

（一）

腊月又飞梅，长安读断碑。当年如梦事，感慨今人谁？

（二）

温泉融雪脂，妃子浴华池。禄山兵已起，明皇知不知？

（三）

冒雪至秦陵，秦陵百万兵。轻询骑射俑，白发生未生？

（四）

华清池中西安事变之地建有“捉蒋亭”，后虑清议改称“兵谏亭”。

园中兵谏亭，是记旧情形。救国平生志，张杨意最明。

（五）

感慨废和兴，长安伫旧茔。阿房今不见，风雪更无声。

（六）大雁塔

心鼓为谁鸣？金经白发僧。塔外询白马，有否忆西行？

（七）

2006 年又到西安，居于城西开发区，其为西安全力开发的

新城区，然竟在古长安内城范围，比照今古长安，今不如昔之十一。盛唐长安人家逾百万，盛唐房舍遮千山。

夜步旧城垣，繁华恍若烟。长安十万户，足可抵西安。

（八）

2006 年 10 月游西安大唐芙蓉园，此园时为国家 4A 级景区，旧是曲江皇家园林一角，由是有感：纵是西安全城灯火亮，仅比长安半城灯。

梦想比高唐，今人建曲江。半城灯火亮，又照半城荒。

绝　句

（一）

2006 年 10 月到终南山，想起辛词“西北望长安，可怜无数山”。

十月伫终南，单衣薄暮寒。人朝西北望，望处是长安。

（二）

今世欲何居？潭前自问余。潜龙渊底惑，涧下乐游鱼。

（三）

昨夜又梦 2001 年阿尔山森林公园之行。

昨梦旧时游，山南坐望秋。风林鸣若曲，似唤雁回头。

绝句·又到凤凰城

(一)

昏自立边城，新晴似旧晴。文风输道骨，空赚老夫名。

(二) 亲历“东边日出西边雨”

天边云色朱，头顶雨形梳。日作南天镜，微风脸上涂。

绝　句

于界江黑龙江，感慨：

(一)

划界大江中，船头西或东。此心今向北，欲沐水禽风。

(二)

读史感苍凉，清秋游大江。遥思邦盛日，八面俱来降。

绝　句

2001年5月，过嫩江渡口再驱车行两百余里至扎赉特旗之茂力格尔大桥，河之上下游，柳树无边，这在当地实属罕见，时余奔波于几地之间，几有行尸之感，偶一至此，春风拂面，岸柳萦眸，思绪万千矣！

(一)

春风不解愁，狎笑少年求。更恨溪边柳，违心乱点头。

（二）

回首语春风，溪流毕竟东。汝若多情种，早晚白头翁。

绝句·晏几道词感

（一）

素志寄幽词，清心感盛衰。离歌萦晚宴，别弦恸相思。

（二）

晏殊著《珠玉词》，晏几道著《小山词》。

小山实野杏，珠玉真牡丹。雅集堂中品，其芳各自娟。

（三）

众水俱如东，唯君臂挽松。回流飘末羽，相唤一天鸿。

绝　　句

（一）

2001 年 10 月，111 国道项目结束，余立于新林镇北。

白草连天色，荒村觉暮寒。树人相并立，寂寂两无言。

（二）

来此近一年，感慨颇多。

春过悄悄别，冬来寂寞还。再行心有伴，淡淡日边烟。

（三）

归程，夜至嫩江渡口。

余今夜过江，晚渡望平荒。寂寂槽中水，悄悄月下霜。

绝　句

2007年10月之阿城横头山。

（一）

睹叶又飞黄，心思凄且凉。眸盈昨日露，头白未来霜。

（二）

怕见叶飞穷，秋眸掠望空。旧形今又是，雁字写云中。

绝　句

（一）

李信初见李自成，即献逐鹿中原策：经营宛洛可得天下。

西可凭函谷，东能据虎牢。经营依宛洛，秦鹿得如掏。

（二）

李自成入豫前，兵仅千余，皆因屡有苦战。入豫后，不攻州府，只取乡镇，分粮济民，大打人民战争，故有一月十万兵之奇迹。李信（字林泉）献策以宛洛为根据地经营天下，惜未被取，后人浩叹。

良谋持入豫，月余十万兵。惜弃林泉策，江山未有名。

绝　句

我去过紫霞仙子划船的沙湖两次：一次醒中，在春天；一次梦中，是秋天。

（一）

斜照一湖光，蒹葭十里霜。春来秋有梦，是为故人香。

（二）

一到天涯梦有涯，半湖芦苇半天花。
莫言仙子无仙意，大话西游此是家。

（三）

水无鱼觅影，岸有鸟寻沙。风任芦花卷，舟随苇叶斜。

绝　　句

（一）

回忆2002年秋，时余在201国道佳木斯至七台河段，驻地在勃利县石子山村。

平野谓荒芜，秋深未得书。梦吹人不语，夜饮一壶孤。

（二）林县红旗渠

山曲挂天渠，溪流越野居。太行昭四宇，林县岭游鱼。

绝　　句

（一）洛阳白马寺

汉域取真经，由来自永平。白云思白马，高塔忆高僧。

（二）

崇祯十四年（公元1641年）元宵节后李自成兵围洛阳，欲

擒福王。攻城前日策马观城。

伫马洛阳南，遥对北邙山。云合城色暗，旗拢剑声喧。

绝　句

（一）

思昨虽立秋，梦里汗仍流。凉在三伏后，伏休花也休。

2008.8.8

（二）

今天是2008年8月8日，明日去大连与臧老弟合作投标。我们之间的合作始于1999年，至今仍非常愉快，盖因友谊深厚。想我们在大连的第一次见面是在我去烟台的途中，距今也已数年，时间真快！潮来无意，花落有忧，人非草木，当更知秋；人若知秋，必更惜友，祝友谊艳丽如花，长久如潮。

忆旧于今似转眸，当年一晤几经秋。
潮来潮去潮无意，花落花开花有忧。

绝　句

（一）

风雨一经秋，丝丝可感忧。庭前花又落，似为故人愁。

（二）

说起1999年与藏老弟的合作，是在鸡西某路。关于此路感慨最多，项目竟然有始无终，若究原因更是有始无终。历来最用心事未必最如意，始是种茶人，终非品茗者。尽管我们于利是春种秋无收，然而于友谊则是黄河泛滥一发而不可收。

究事未如期，因由一叙歧。同谋同又得，傲雪涧边梅。

绝　句

当年在鸡西施工时，合作人多是故人：藏老弟、张老弟等同学，还有赵老弟、王老弟等好友，多数人经事谊更深，个别者见利起异心，事过多年，重谊者多来往，重利者自独行。

（一）

西藏视乌鸦为神鸟，时有僧掷食，见群鸦食相记之。

宴时欢聚首，宴后各西东。重利随人去，轻名自翼风。

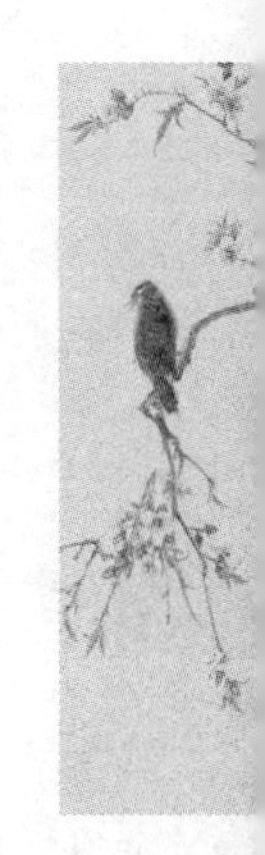

（二）

亲见桃花发，又见桃花落。

桃花过雨晕随风，半向西来半向东。
洒向江天都不问，只惜一朵入泥中。

绝　句

（一）

入豫月余，得兵十万，然兵新将寡，遂力排众议重用失守智亭山的郝摇旗。

兵将入洛时，重用郝摇旗。密室掏心语，临行又赠衣。

（二）《李自成》第四卷

轻取洛阳城，新收十万兵。豫秦谋未定，月夜向开封。

（三）

李自成攻开封不利，高夫人率亲兵往探军情，途经密县所见。

野镇草齐身，荒宅妇食人。空街飞告示，乍见似游魂。

绝　　句

崇祯旨谕洪承畴驰赴宁远，进解锦州之围，纾其北顾之忧，进而挥师南下以剿闯。洪私意以为关外之事持重为上，无奈王命不可违，出关前问国事军事于挚友刘子政。刘言身老心衰，不堪相用。

（一）

衰心伤国事，不愿问戎机。寄迹京师后，寥寥坐忘时。

（二）

不敢追冯妇，披衫踱晚林。抒怀休论政，辽事早灰心。

（三）

自破辽阳梦，功名已不图。微身栖佛寺，早晚注兵书。

五　　律

坐忘今生苦，行抛来世忧。丰年眠卧雪，歉日醒披裘。
落落心游宇，翩翩意弄舟。浮云留偈子，禅越五荒丘。

绝 句

（一）

达摩来东土，徒持面壁身。孤修般若智，偈解慧无根。

（二）

世身如佛地，读偈慧花生。禅印缘无色，经迷白发僧。

（三）

春雨青溪涨，春风白发蓬。此心藏偈子，春雨润春风。

（四）

品尽因缘事，拥裘过五更。春花秋结籽，冬后又重生。

（五）

得悟佛追我，执迷我忘佛。影同形共去，身正影斜途。

（六）

悟空全是色，晨梦莫当真。昨晚依门笑，今朝门笑人。

绝句·苏轼词感

（一）

胸怀济世心，指抚舍身琴。千载超然意，清滋鹤士林。

（二）

先扶池畔柳，再顾水中鸥。赏尽兰园景，超然自上楼。

（三）

高妙旷苏词，深沉老杜诗。皆能言万物，面面具神姿。

（四）

超世全然已忘情，伶歌一曲动寒汀。
岭南离别安神后，回望家山竟数程。

贺 新 郎

洪承畴兵败辽海，刘子政伤心欲绝。感慨英雄逢末世，徒让血泪溅青衣。

南望人收泪。愿明年，王师北伐，豹头龙尾。
辽左河山重收复，尽让王忧去矣。到时再，禳山祭水。
王道至今三百载，怎能容，胡寇三番耻。
流热血，无悲悔。或言此赋寻常祭。
恨茫茫，家山万里。泪飞人醉。
醒后徒留墙上句，浩叹江山日暮。
谁记我，平台献计。回望三年辽东事。
最难言，明略流青史。心碎也，志抛弃。

绝 句

墙开方便门，是为赏花频。诸法西天远，相违方便人。

五 律

落飞花上蝶，伸屈叶间虫。直下云头雨，回旋袖底风。
诸般均作业，万法俱修空。生灭姻缘事，循环无始终。

绝　句

（一）

月照纵横琴，风穿无住心。悠悠来且往，澮澮默还吟。

（二）

般若纵还横，因缘实且空。无生无灭地，无雨更无风。

（三）

闻风知有雨，见影晓无云。般若虚形相，真身或许尘。

（四）

铃心欲解风，相论始和终。话到南山偈，真身顿觉空。

（五）

慧定禅风起，疏忽坐卧间。心离三界法，方得日高眠。

（六）

忘惜囊中物，全因壁上诗。达观心至此，无忌更无痴。

（七）

梦至寒山寺，相语共寒山。嗔痴三味火，道破皆因贪。

（八）

灵山观鸟兽，痴惑一时休。立若无关石，行如不系舟。

五律·读寒山偈

梦至寒山道，徘徊冷涧滨。心痴相论鸟，意惑共谈人。
若喜风涂面，何嫌尘满身？长空横月日，岁换季知春。

绝句·《李自成》第五卷

名将困双城，匆匆辽海崩。南阳王授首，二次向开封。

五　律

崇祯十五年（公元 1642 年）三月十日，洪承畴兵败松山。明锦州守将祖大寿随后献城，洪被解往盛京，其于囚车之中北上之际，唯求一死，以报君恩，并吟诗言事以逞名节。

寒地冬风暖，冰河春雪融。槛车今向北，人过锦州东。
辽塔铜铃动，明城土瓮崩。囚身行觅韵，只叹梦匆匆。

绝　句

（一）

洪承畴松山战败后，风传其临难不苟，壮烈殉国。一时京畿震动，悲风四起，纷纷赋诗，祭奠忠魂，崇祯也亲写祭文。余叹王略奇差，风传事假，唯有此情是真。

深宫夜已深，案前改祭文。文罢君飞泪，悲声透御门。

（二）

崇祯十五年（公元 1642 年）五月端阳，清皇太极为洪承畴举行隆重的受降仪式，恰在同时，崇祯以为洪在辽东殉国，为其在北京举行国祭，造化弄人，不唯如此。

故国君恩重，新邦圣眷隆。燕辽书剑事，半梦半醒中。

绝句·秦观词感

（一）

风流秦是徒，词境未追苏。留影花间照，铺新于旧途。

（二）

通观鹤士林，独汝有词心。花雨拾愁梦，红风抚晚琴。

（三）

久伫楼台寂寞春，黄昏谁与共销魂？
眼中红杏独憔悴，帘上黄花自病人。

千　秋　岁

词虽小道，然可见心性。读秦观词并步其韵。

蛩鸣帘外。似告春将退。贬绪乱，词心碎。
浙江人病盏，丽水愁衣带。谁能见？旧欢新恨胸中对。
情似银河会。仕若残荷盖。帐望处，秋君在。
醒知春色变，梦叹江山改。三十载，愁城一句沉心海。

踏莎行·秦观词感

翠远青衣，红离粉树。武陵溪上人寻渡。
飘零君似落时花，色还香遣归无处。

身至郴州，梦回故土。凄凉都在词中注。
天涯立望慰心丹，客山共与家山暮。

兰陵王·周邦彦词感

秋如泣。暮又寒江漫碧。
西风紧，吹鬓拂心，尽让行客恨还忆。
旧楼赋成日，亲植。檀香八尺。
开怀酒，醉饮七巡，豪论平生志无极。
霜桥夜吹笛。让倦绪难息，旧恨升级。长堤白草乱堆积。
待愁鸿过尽，青衫曲罢，抬眸自赏月如璧。问心有谁识?
旧疾。恨相悉。叹拙枝空持，灵药无觅。徒支炉火温刀石。
想劳人已远，秋风又急。低眉举祭，泣无语，默入席。

五律·2009秋游智月禅院

智慧南容北，胸怀西抱东。无僧修俱苦，有客惑谈空。
六法翻飞叶，三经来去风。息禅听暮鼓，起课望晨钟。

五　　律

（一）解读寒山偈

世之无上法，刻在洞岩间。时见白云过，终年矮树攀。
啾啾群鸟乱，寂寂一僧闲。入夜飘风定，寒山独自眠。

（二）

尘身游忘返，露宿万山间。顾影相吟曲，听风独坐禅。
清泉流白石，明月挂苍天。慧得闲中定，归心更胜前。

（三）

心知何处好，默语对寒山。涧下眠幽草，岩前立白斑。
痴来人忘返，惑去病长安。拾得闲三日，归家不坐禅。

绝　　句

（一）

尘寰独我狂，禅境自封王。夜毕无聊事，眠来梦胜庄。

（二）

明月照空山，微风去复还。清溪流永夜，松鹤自幽眠。

五　　律

洪承畴松山被围数月，弹尽粮绝，登城四望，清兵四围，军帐连天，插翅难飞矣！

松山王事废，杀马在辽东。泪问江南雁，春风几处同。
登高环四顾，野帐暮云中。掷剑情难忍，书生十载戎。

绝　　句

（一）周邦彦词感

曲径可藏风，深渊能匿龙。周郎奇俊笔，落落纵花骢。

（二）读陆游集

放翁一世未离诗，报国雄心老不移。
藤杖历来当戟使，梦忧每晚盖征衣。

绝　句

周美成自元祐初年出任庐州，至绍圣年间再返京师，历时十年，岁逾不惑，心情喜忧参半。

（一）

进退两朝臣，浮沉十载身。木鸡鸣锐气，秋鬓喜逢春。

（二）

先忧汴赋新，后感仕迁频。默语辞行宴，席间未动樽。

七律·读陆游集

报国华章数陆游，晚蝉高唱为君忧。
老来未惜眉前雪，壮逝何嫌鬓上秋。
持剑长吟追去日，撩衫久坐忆从头。
忆从南郑归家后，望北天天必上楼。

绝　句

健妇营副统领慧梅，聪慧美丽作战勇敢，原是闯王夫人高氏亲兵，高氏视其如女；火器营统领张鼐英勇俊逸，屡立战功，闯王视其如子。张鼐、慧梅从小情深，闯王夫妇亦深知二人之心。在第三次攻开封前，闯王兵驻漯河，为招降另一支义军将领袁时中，先认慧梅作义女，再违心嫁慧梅与袁，生生拆散一对璧人。可叹袁后期又叛。

为得久相随，违心嫁慧梅。漯河三日计，义女一生悲。

长 相 思

就在出嫁三天前，慧梅还与张鼐在河边相见，梅绣香囊欲赠鼐，鼐牵白马意送梅。二人心下都盼闯王早赐婚事，又羞于言破。

娇是嗔，恼是嗔。仪态难猜何是真。挠头自问因。
醒也勤，睡也勤。竹马青梅入梦频。春风欲过门。

绝句·《李自成》第六卷

二次败开封，雁辽王事崩。攻心嫁义女，错得袁时中。

绝 句

《战争和人》中童家霆对欧阳素心的思语。

休说不念君，君是梦中人。人作尘寰客，能逢几度春。

生 查 子

童家霆在沪的日子，遍寻不见欧阳素心，父又被囚，苦闷至极。

昨夜梦逢君，互道别来事。话至伤心时，泪涨双眸子。
我踱浦江边，父困寒山寺。国破聚无期，耿耿心如刺。

绝 句

（一）

何以证前缘？橱中《白鹿原》。思君读旧卷，两载页翻残。

（二）

李自成第三次进攻开封，崇祯严旨丁启睿、杨文岳、左良玉合帅十七万大军驰援开封。两军对垒于开封城南之朱仙镇，镇内有贾鲁河自西向东流，李自成抢占上游，掘壕断流，使明军无水可用，遂不战自溃。

扎营凭地利，妙计溃王师。立稳朱仙镇，开封破可期。

（三）

崇祯因国事日废，整年忧心如焚。唯一排忧之法即是去田妃处散散心，田妃却因丧子之痛，宠废交变之剧而香消玉殒。

内俯百多嫔，田妃最解人。悲乎今自去，再闷向谁陈？

绝　句

（一）

朝廷称李自成的农民军为“流贼”，其原因之一是义军攻城不守城，这在其规模小时，确实可以保存实力，有效毙敌，又因消耗不大，尚且能做到秋毫不犯。但随着其规模壮大，数十万大军仍四处游击，大军游击之弊端渐显：消耗日甚，所过之处，方圆百里，粮草俱绝，屋舍尽毁。秋毫无犯已成空话。李自成的马夫王长顺很早就提出：大军游击，好似蝗虫。奈何人微言轻，无人采信。及至义军第三次合围开封，又是他第一个提出预防黄河决堤，并独自察看汛情。惜乎良言不取，终成恨事：黄河决口，水没开封，百年故都遂成绝地。

秋夜暗如锅，浊流势胜魔。卑身怀大略，匹马视黄河。

（二）《李自成》第七卷

半载合围后，开封得若无。挥师征叛将，情义两难梳。

金缕曲·和韵

览韵频颔首。气如虹，山河儿女，壮怀依旧。
不恋斜阳千万好，无惧娇颜清瘦。情入曲，轻音胜吼。
造化英雄天地事，任风雷，耳畔隆隆久。年少志，宜长守。
秋风不觉秋云厚。雾迷津，藏龙或现，渡人溪口。
君宜平眸南岸柳，唤让柔枝抖擞。亡羊策，忧人自救。
莫信池莲逢秋老，去污泥，藕是回春手。苦淡后，秋飞走。

玉　楼　春

崇祯十七年（公元1644年），李自成兵出长安（时李已定国号“大顺”，改西安为长安），北伐燕京；清皇太极一年前驾崩，辅政王多尔衮（实已摄政）欲趁崇祯危难之际出兵南进，重现大金盛世，故咨军情于洪承畴。洪此际已三易其主（崇祯、皇太极、顺治），献计环顾于死敌（李自成）、故主（崇祯）、新主（多尔衮）之间，心情复杂至极，次晨眠废，整衣起床，于院中舞剑。

东南乍有晨光吐，小院撩襟持剑舞。
奈何剑影不知心，难诉胸中无限苦。
浮身好似飘零絮，北上至今三易主。
一从剃发做胡臣，怯让梦魂归故土。

绝　句

崇祯十七年（公元1644年），李自成与军师宋献策、丞相牛金星分析天下形势，认定：明朝气数已尽，此时宜从长安直取北京，北京一得，天下可传檄而定，得北京即可得天下。李岩（即李信）则对此表示担忧。就在此时多尔衮也与洪承畴等共论风云，多尔衮雄才大略，认定：争天下不必争北京。遂又静观风云，厉兵秣马，以待时机。

南北议京畿，群英各论奇。争雄凭妙算，一策见高低。

长亭怨慢

洪承畴兵败松辽后，刘子政愤然出家五台山。及至李自成兵出长安，直指京畿时，刘忧君忧国之心又起，只身来到太原县。李岩恰好驻军于此，得以在晋祠与刘一晤，共论风云。英雄相惜，惜又各为其主。刘知明朝气数已尽，然情又不舍，痛苦至极，有诗为证：释身得云游，心如阶下囚。此头虽落发，难落发间忧。

伫禅室，魂飞香绕，尘事如灰，释须如草。
报国无门，蒲团虚坐叹空老。
翠楼红梦，今又在，谁家闹？
天下盗纷纷，问何载？国安民笑。
凭吊。任青衫泪雨，尽让愁丝终了。
愤然落发，竟难落，胸中烦恼。
祭王师，墨壁空题，忆往事，风回林表。
泣故国江山，今夜白霜如缟。

绝　句

童家霆于新中国成立后再回南京，心祭欧阳素心。

（一）

休说不念君，君是梦中人。旧日同窗事，藏心二十春。

（二）

访寻兰若寺，未见比丘尼。得告云游去，青衫罩白衣。

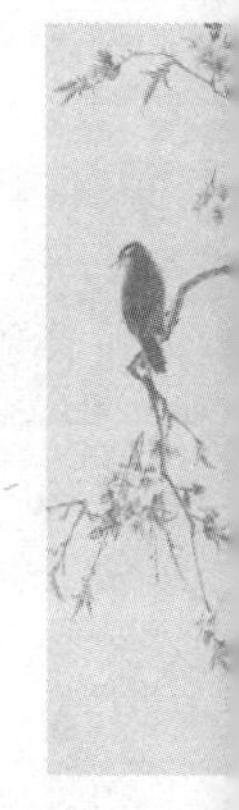

绝　句

李岩的君子之忧总异李自成的匹夫之见。空有一腔志，没个施展处。岩于秋山日暮之际匹马只身长伫。

黄尘迷落日，褐叶乱鸣骓。空涧期流水，秋山待翠微。

绝　句

（一）

浊酒三杯流阔腹，轻舟一叶系高岩。
惜身不与鱼龙戏，只待风浓扯劲帆。

（二）

二月沱江水，粼粼接远云。流无三日阔，岸有一船新。

（三）

打卦问黄羊，青萍何日霜？白鱼翻贝叶，绿虎跳池塘。

绝　句

（一）

千年名利场，万载水云乡。舞榭歌吹遍，焚香又试妆。

（二）

李自成兵进紫禁城，崇祯缢死煤山。多尔衮欲犯山海关，洪承畴彻夜难安。

闻清欲动兵，无语立中庭。云板三更后，风平意不平。

（三）

摹完千户诗，洗砚谢家池。跃鲤三寻笔，伏蛙五吐辞。

绝　句

李自成兵围紫禁城，崇祯求生无望，欲殉社稷，一时绝望至极，百感交集，幻象四起，痛哭不已，切恨已非亡国之君，竟遇亡国之祸。

殿头闻铁马，墀下见铜麟。今是皇家物，明朝属贼人。

五律·崇祯心灰之际

夕惕又朝乾，兢兢十七年。敬天行法祖，祭地志追贤。
辞庙于今夜，燃香在奉先。思身焚社稷，不觉泪如泉。

绝　句

（一）

山花逢夏艳，庭草遇秋白。俱是凡间物，缘何两样乖？

（二）

云成起大风，白水浩连空。万里潮心涌，扬帆我向东。

（三）

帘外梅和菊，其芳有共同。守贞双姊妹，俱不嫁春风。

绝　句

（一）

茂树住幽禽，其鸣浅又深。因痴尘外趣，不见路人心。

（二）

未见三更月，扶窗自问因。知天听预报，子夜有阴云。

（三）

崇祯遇事寡断，不纳谏言，李自成兵出长安之时，即有臣下献驾幸南京之策。崇祯碍于清议，遂罢谏言。及至义军破居庸关时，南幸犹未晚也！现兵围皇城，欲遁无计时，崇祯方问南迁之计，为时已晚。

一罢南迁议，活棋变死棋。平台遗策问，国灭已知期。

绝句·四丰山水库

（一）

风回舟聚叶，浪涌岸生花。冷雨初秋后，同寻水库沙。

（二）

人于风雨后，并立望残霞。日在秋云里，偷开别样花。

绝　句

（一）

家村一别后，再见鬓生华。身是菩提梦，十生半盏茶。

（二）

心内三天雨，庭前十落花。长风桃李后，底事散天涯。

（三）

屏风弹唱晚，杯酒释琵琶。人在题诗后，幽吟自煮茶。

玉　楼　春

（一）

何人夜半拘魂去？醒后抚心猜是汝。
四丰山下两三踪，二十二年重聚处。
临波鉴影人如故，并立西风情未吐。
逢秋莫恨叶飞天，且待青山浓碧树。

（二）

王孙逢后桃花起，廿载幽情诗动李。
相携暮水媚秋阳，联袂西风娇晚碧。
白驹易逝情难逝，黑发纵灰心未悔。
当年长路伴君行，来日南山相与醉。

绝　句

爱花攀峻岭，
我采最南枝。
中意何辰戴？
华灯未上时。

卜　算　子

（一）

岭上乱翻诗，是为当年事。野径无人臂欲张，吾与君同醉。
坟草翠南山，喜见王孙至。并立风华意肯痴，缘慰平生志。

（二）

拟恨世流深，竟叹尘缘浅。茂过风华鬓已霜，一算平生半。
芳草忆王孙，细雨春风远。空对南山落叶松，不见佳人返。

（三）

君系故乡兰，我似桃源李。共步南山一短篱，有话藏心底。
足踏两三星，眉隐一腔痣。只论前缘不论痴，应是王孙氏。

调笑令

风月！风月！逢在落花时节。南山放览乡庐，并立一时话无。无话！无话！往事几经春夏。

绝句·《李自成》第八卷

甲申春运蹇，城破一时间。人在煤山死，孤魂泣奉先。

（二）

风中无意语，竟乱美人琴。过耳心知错，临窗冷汗淫。

（三）

为和暮泉吟，幽林自抚琴。惠风柔过耳，宿鹊躁攻心。

定风波

万里云乡逊故乡，南山放眼立君旁。
偶梦香风谈素志，无悔，少年行事太轻狂。
廿载重逢人未老。相告，半生为汝费思量。
凭吊岭南神又渺，吟道，他年吾骨此间藏。

江城子

尘身屡在梦中行，正三更，觅前情。
遍历阴阳，未改意茕茕。
昨夜南山重又雨，亲持杖，忘神听。
雨停闻有小溪鸣，诱空灵，忆曾经。

寂然今宵，岭上乱云横。
醒叹此身空老矣，填短句，慰余生。

浣 溪 沙

（一）

离哈如连已一周，算来时节近中秋。客房孤坐遣孤愁。
明日有风难袖手，今宵无雨易清眸。思君或许梦温柔。

（二）

调侃当年假即真，顽痴我自步前尘。焉知身后有迷津。
最惜情缘常似旧，更怜诗素总如新。南山相约望秋云。

绝 句

隔栅久望为何因，君是柴门旧主人。
一自岭前凭吊后，南山芳草忆王孙。

梧 桐 影

花事残，中秋近。人在大连心在佳，归期若问应无信。

行 香 子

旧梦依依，心事难期。再回眸，吾意君知。
四丰望远，云日交辉。恼少时傻，壮时笨，老时痴。
南山如画，美人如诗，论三千，此最无疑。
佳林有韵，妙玉无疵。故前人赞，今人惜，后人怡。

长相思

思也浓，念也浓，千里相思圆月中，远山隔几重？
秋意浓，诗意浓，秋意诗心醉梦中，君心吾意重。

朝中措

中秋人立海天涯，欲慰好年华。
醉问清风明月，何时再见红花？
新城旧志，故园往事，逐浪随沙。
唯愿老来能在，南山脚下安家。

玉楼春

去年中秋，阶下月色如雪，斋中持卷吟诗，不觉神飞天外。

吟时忘惜斋中月，吟罢特怜阶下雪。
销魂人醉卷中诗，枉叹月残秋欲绝。
薄衫未惧西风烈，独自南山寻落叶。
枫红得后匿怀中，留待长宵心品阅。

绝句

寄“校友录留言汇编”给唐老师，题于首页。

春梦太荒唐，秋心数过江。半生游戏事，多在此中藏。

临江仙

把盏三巡之后，问秋心事谁知？半生感慨最难题。

男儿年少志，很久未生诗。
醉后吾心深晓，无非一场别离。何须月下诉相思。
风云凭际会，再见莫相期。

八声甘州

忆王孙八月宿江天，拥衾话春秋。
望江风昼紧，秋流夜阔，残照登楼。
妙处风华俱软，魂枕浪花休。
梦里眉梢痣，守护清眸。
醒又重聊旧事，叹同窗日远，故绪空留。
恨平生半过，辗转见无由。
惑三千，南山寻梦，二十年，江海泛孤舟。
今唯愿，栏杆再倚，君会无愁。

摊破浣溪沙

未叹平生荡似萍，喜于不惑遇曾经。
赋里佳人在佳处，立茕茕。
两眷一车痴鹤立，千肠百结醉香凝。
转瞬中天横半月，恼三更。

忆秦娥（平韵）

意沉沉，世身昨梦南山林。
南山林，荫成旧日，绿散如今。
岭云慧见归来心，乡风似带当时音。
当时音，明年诗句，后载谁吟？

如梦令

一品“御街”何味，顿晓君今知悔。
空谷坐调筝，曲谏高山流水。
流水，流水，莫为落花憔悴。

六幺令·感同身受

叶飞风咽，有恨万千结。无常至如灯灭，瞬把亲情夺。
人厥生离死别，频泪凉还热。浊眸盈血。
心寒胜铁，立忘撩衫北风烈。一踏南山故道，即觉身如客。
旧事历历萦眸，隔世心难陌。十载江湖荡迹，鬓已霜花叠。
岭松飞白，鬓眉着雪，爱恨平生此时节。

绝　句

心随逝意去天涯，默道皮囊不是家。
立化此身成一籽，西风尽处自开花。

临江仙

2008年9月13日，张老弟、臧老弟我们三人在大连，定于明晚中秋月圆之时在傅家庄海滩饮酒赏月，欲品“海上生明月，天涯共此时”这两句诗。今天无事在春忠单位上网，聊起校友录，遂一时兴起，把1986级20年聚会那个班级里从创始至今的所有留言全部打印出来并装订成册，共分上、下两卷，计500余页，号称白金限量版，共印6册，以纪念2008年中秋。

八月中秋连聚首，异乡会酒哥仨。萍踪荡迹在天涯。
男儿怀大志，四海皆为家。
渤海滩头约赏月，傅家庄外嗟呀。廿载情谊最无瑕。
迎风同踏浪，并袖共寻沙。

绝　　句

（一）

李自成亲率大军东征吴三桂，军师宋献策透析时势，令李自成忧心忡忡，梦醒之间恍见窦妃送别之形。

祈愿夜焚香，丹墀风露凉。通州亲北望，岭上密云黄。

（二）《李自成》第九卷

为得吴三桂，东征山海关。势倾多尔衮，纵马踏幽燕。

（三）李自成是英雄更是匹夫

忘展当年略，平生枉进京。仓皇秦晋豫，恨雨洒长亭。

绝　　句

（一）

李自成惨败山海关后，退出北京，清兵穷追不已，致使豫乱晋危，长安不保。时李岩提出分兵河南，以固秦晋，李自成疑岩有二心，无据降罪，立斩之。其败亡之象显矣！

自荐赴河南，求谋秦晋安。奈何王略乱，叛罪赐林泉。

（二）

午后欲修心，临窗独自吟。旧书寻掌故，页页我知音。

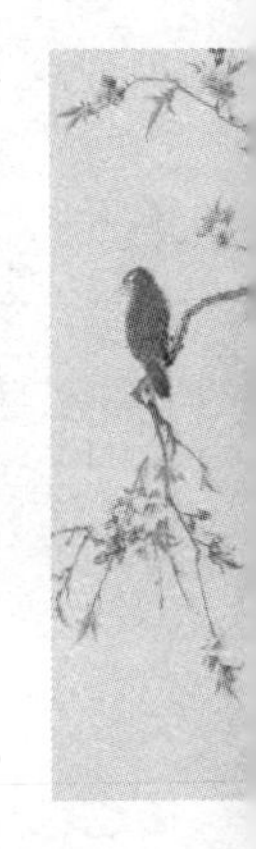

绝　句

（一）

一别两三年，重逢四五天。默摇七八次，缘由十二签。

（二）

独伫楼头数落红，叹其今日又随风。
忽怜自似深秋叶，真个来忙去亦匆。

忆秦娥（平韵）

（一）

桃花魂，飘飘又至桃花村。
桃花村，故人今夜，忆否前尘？
凄凄月照桃花坟，桃花坟葬桃花人。
桃花人，可知此刻，我更思君。

（二）

桃花林，株株欲作桃花琴。
桃花琴，盼人来品，旧日之音。
旧音触动桃花心，桃花心启桃花针。
桃花针，针针又密，镜里长裙。

（三）

桃花林，桃花人作桃花吟。
桃花吟，少年意气，今已沉沉。
无眠夜枕桃花衾，桃花心捣桃花砧。

桃花砧，声声似奏，旧日之音。

七　律

宴间罢酒意翩然，踏浪孤身到海边。
细数浪花三万朵，疏忽星宿一长天。
白帆绿岛幽人趣，紫鬓红袍儒士观。
喜负少年狂放志，醉吟老迈赋闲篇。

忆　秦　娥

桃花冢，年年乱我桃花梦。
桃花梦，幽吟一起，意随心动。
当年谁把桃花种，今朝又写桃花颂？
桃花颂，相思无用，恨因心痛。

绝　句

（一）

梦曾做客在乡居，渴有清茶饥有鱼。
醒后舌痴真味道，忘嫌阵风乱长须。

（二）2008 秋于大连

感于城色惑于秋，影伴孤身乘隙游。
立望归帆三四点，坐痴上下一飞鸥。

（三）

平生不解律和音，枉费长歌短赋心。

殿上吹箫声乱瑟，林中舞剑不随琴。

忆秦娥（平韵）

桃花魂，坟前泣问桃花身。
桃花身，而今可有，旧日迷津？
迷津已酿桃花醇，桃花魂醉桃花滨。
桃花滨，临波问影，忆否王孙？

浣　溪　沙

李自成弃守襄阳，败退荆州，闻左良玉弃武昌奔南京，遂率军进驻武昌，欲凭险固守，期有转机。奈何势不随心，英雄末路矣！

弃守襄阳进武昌，败军十万守长江。鹤矶立望倍凄凉。
南北控流流若箭，龟蛇对势势如枪。奈何王略此间荒。

绝　　句

宋献策在李自成未起之时献图谶“十八子，主神器”，后以军师之职追随闯王，尽展所学。最后兵败被俘，得释后卖卦京城度余生。

献谶策殊荣，经营十载名。一从兵败后，卖卦了余生。

（二）《李自成》第十卷

长安王略穷，天地起悲风。若问兴亡事，深渊悔亢龙。

绝　句

（一）

红娘子后记：落发出家，主政白莲教。（清嘉庆年间白莲教起义，蔓延数省，震动全国。）

修行王屋山，四海传白莲。积至多年后，烽烟暗半天。

（二）

李自成手下第一名臣牛金星，位至大顺朝丞相，在李自成败出长安窜逃荆襄时，见大势已去，乘乱逃走。

名随大顺升，丽日耀金星。败至荆襄后，泥牛入海行。

绝　句

（一）

铁匠出身的刘宗敏从始至终追随闯王，忠勇有略，位至大顺朝第一武将，封汝侯。后重伤被俘，拒降被斩。

高声盖大风，单臂可开弓。遍视文和武，谁如铁匠忠？

（二）

田见秀，字玉峰，李自成手下大将，勇冠三军，见识不凡，且有慈悲心，后兵败重伤不死，出家为僧，释号玉和尚，得享天年。

智同勇并雄，名与利皆空。卸甲红尘后，遗踪在玉峰。

绝　句

（一）记十一之伊春红叶

一至伊春意便狂，忘怜秋鬓已微霜。
夜来枕上生红叶，梦更幽风屡送香。

（二）见同学录中尤小娟新疆照片有感

飘香园内瓜果鲜，含笑身旁美女甜。
羡煞屏前风字李，欲携一剑上天山。

（三）

身循石径上衡山，负手碑前仔细观。
名利万千云过眼，归持一悟在心间。

采　桑　子

寂寥午夜幽眠废，私觅原因，似为伊人，伤感窗前落叶纷。
秋情若问今多少？不告秋云，只告秋魂，足抵明春五丈尘。

踏　莎　行

叶尽秋伤，菊残霜降。冰城又作凄凉况。
霓虹不屑路灯黄，缤纷欲解人惆怅。
入市心忙，扶栏神荡，尘身瞬把虚名忘。
一轮明月浴寒江，闲舟惬卧平沙上。

生　查　子

此偈释平生，敢问谁知晓？诗屑散风中，不过分余秒。

意动伯牙琴，竖儒闻声老。再世子期愿，流水高山绕。

御街行·解读伯牙、钟子期

琴音莫论疏和密，知音事，无须忆。
高山流水志相依，共览夕阳垂地。
伯牙未至，子期何期？鸿已飞千里。
焚琴折几因谁计？不回避，如何替？
别来山上水流弃，尘染酸风成泥。
子期可记？伯牙如齐，律与心相系。

忆　秦　娥

桃花坠，桃花人落桃花泪。
桃花泪，年年此刻，共君憔悴。
桃花词记桃花美，桃花劫后桃花诔。
桃花诔，祭春只为，一生无悔。

西　江　月

昨日小亭风静，欲传心事无凭。
周遭白雾阻归程，乱我佳期难定。
因是故园梦好，凭栏一望愁生。
遥痴峰壑又阴晴，怕梦当年形胜？

临　江　仙

惆怅江湖遭遇，万千一笔难全。羞言素志几多残。

数来无虑事，最是忆当年。
落叶俱随风去，新词赋就谁传？凄然墨笔对兰笺。
故园千里梦，晴雨我悲欢。

2008.10.22 晨 4:00

浣　溪　沙

夜问西风几度凉，一窗寒叶枕飞霜。冰城又见瘦杨黄。
梦里故园谈故事，醒来新纸写新伤。相关海阔与天长。

西　江　月

因怕飘零一世，持签立占平生。
筮言数觅竟无形。坐叹长宵清冷。
信是因缘前定，痴人弃惑三更。
世身无惧亦无憎。只道悲欢由命。

鹊　踏　枝

立叹浮身飘若絮。三九年华，今又随秋去。
百尺楼头观叶舞，凄凉我意寻谁诉？
俯见暮鸦旋矮树。似倦红尘，尽是难归路。
心向眸前寻落处？无忧距此三千步。

减字木兰花

10 月 30 日 23 点从哈尔滨到海口，10 月 31 日 23 点返回哈尔滨。

天涯秋好，翠叶盈眸街正闹。踱步中庭，自赏窗前灯影明。

时隔数载，因事只身飞阔海。荡迹无踪，词记椰林一两风。

水龙吟·十月海口一日

天涯又睹秋光，倦身忘叹飘零久。
平眸立望，红盈翠漫，周遭如绣。
北国秋寒，海南风暖，感天神手。
想南花北叶，韶光同度，秋后却，分肥瘦。
来日秋风凉透，带行衣，长衫短袖。
一日千里，一天两地，多年依旧。
少志轻狂，壮心不已，问君知否？
愿北人南事，今秋课业，换来成就。

忆秦娥（平韵）

（一）

桃花兴，兴时迎至桃花厅。
桃花厅，旧联犹在，故事难倾。
桃花厅掌桃花灯，桃花灯照桃花筝。
桃花筝，当年一曲，夺魄销凝。

（二）

桃花红，红时掩映桃花宫。
桃花宫，调音唱曲，有始无终。
桃花林下桃花翁，怆然独对桃花风。
桃花风，来时缓缓，去却匆匆。

绝　句

孙老弟在一次考试中偶然得知杨老弟消息，不久后的一次饭局中，大家开怀畅饮、叙旧，杨的儿子和我儿子竟在同一小学，我和杨很多时候同时接儿子放学，多年擦肩而过竟不知！造化戏人如斯！为之奈何！

喜遇清华杨振生，开怀畅饮近三瓶。
持杯共忆同窗事，一二相关王立兵。

忆 秦 娥

桃花惑，惑时身是桃花客。
桃花客，迎风又弄，旧事横笛。
笛声回绕桃花壁，心声托付桃花笔。
桃花笔，壁前乱点，黯然之册。

浣 溪 沙

11 月 3 日下了第一场雪，好像有人说过下第一场雪时要约大家一起吃饭。

小雪沾襟落地融。迎眸微有北来风，一年天气近初冬。
岭上观松曰访翠，西山望日为寻红。励心再越两三峰。

浣 溪 沙

（一）

相忍相搏旧梦中，见时切切去匆匆。无风无雨异时空。

期许残秋收败叶，意求上界纵东风。传音入密我从容。

（二）

絮落莺飞讯未回，无聊檐下盼君归。可怜风信解奴悲。
计算佳期清彩冢，痴留旧梦祭芳胚。回回故里是生非。

（三）

人醉词雄月醉风，千夫会酒异时宫。里连外引句无终。
离恨未关屏上句，愁情只系壁前松。如真似幻去来空。

（四）

避雨轩前自顾凄，梵经不解世间痴。音传百里几人知？
替换雄心难律己，眉囚少志易左伊。间存一发两相欺。

（五）

中辍连诗吾未悲，疑春已在梦中回。可怜绣阁望秋晖。
有道西风曾事故，相传暮雨或能偎。思君寂夜踱香闺。

（六）

密雨敲窗被未温，夜长谁又恸离魂？沉沉梦里过津门。
寂有诗心陪瘦韵，旧无半纸锁荒春。时迁境异事如云。

（七）

雨重寒衫瘦不支，落魄寻魂病中期。风消败叶或能依。
吹面欲猜秋意暖，织衫盼有季风回。如琴湖畔自凄凄。

（八）

入夜西风起又低，地平线上有人啼。飞沙横掠忘魂矶。
鸿信捎来词两句，若离若即似痴迷。急风带雨乱东堤。

（九）

心寄桃前李下蹊，上附七五律言诗。仍期片语有心知。
末置本荒居静寺，弃新寻旧守空闺。心因三界梦相违。

（十）

忆否当年落叶稀？泪痕数次为秋凄。湿干总在祭春时。
枕放三层思念纸，畔停五彩待张机。心愁因为夜闻鸡。

（十一）

事倍功亏少志灰，辗转无依故乡回。转眸一视万般非。
成败有如舟入海，泥沙俱下片帆危。伊于胡底叹声悲。

（十二）

人醉山限意忘归，若明若暗暮山晖。记名难记子思谁。
琴瑟未调声乱耳，碎瓷欲补指正坯。难于此际韵追梅。

（十三）

避雪村前自顾怡，眉头似有未吟诗。间冰期内汝何思？
心曲轻弹期玉指，上汤至沸待香颐。仍然暮景醉霞飞。

（十四）

齐韵难齐阁下诗，魂然我自赋成时。梦中一纸写相思。
总盼长词能动魄，相期片语可传媒。系于岭上任风欺。

凤 栖 梧

藏 头 诗

君生我未生，我生君不晓。

迟遇红尘中，缘却三千秒。
跪求佛前缘，唯盼来世早。
相见诉琴音，相知忆到老。

（一）

君子兰前心自问，
生若如斯，
我意如何忍？
未解王忧钦赵蔺，
生生错执王侯印。

我欲追风风却遁，
生死难批，
君子兰前愤。
不道南山何事隐，
晓风伴雨来相讯。

（二）

迟到春光真正俏，
遇访红情，
红却纷纷恼。
尘事萦心心会老，
中年我自参禅道。

缘定梵签寻古庙，
却见兰仙，
三五成群笑。
千古皆知来世渺，

秒分之际红尘好。

（三）

跪乞红尘能转换，
求见来生，
佛祖三声叹。
前世孽因今未免，
缘来念去生忧患。

唯我独尊心识浅，
盼释真身，
来去无牵绊。
世上本无红绿怨，
早知何必愁侵面。

（四）

相伴过江持短棹，
见有青山，
诉己如何老。
琴瑟不谙听者好，
音阶每自悄然跳。

相语津门红又少，
知会三秋，
忆是春江吊。
到岸之时心自道，
老来此渡观飞鸟。

绝　句

（一）

罗汉本泥胎，衣金列两排。听烦尘世语，得禄与消灾。

（二）

弹指年华转瞬间，今将此谊付诗篇。
无为虽自幽歧路，网叙真情未必难。

绝　句

（一）

夜寂茅风响，星稀树影清。童心游旧居，故里梦中行。

（二）

何日会相知？三年或许迟。青山重见月，碧野再风时。

十六字令

（一）

山，拾北登巅眺望南。风回处，树影自斑斓。

（二）

山，立望幽泉入静潭。心知道，龙在此间盘。

（三）

山，枝上鸣禽相对欢。因何事，飞去又飞还。

（四）

山，半掩茅庐一炷烟。林间道，处处似当年。

（五）

山，坐忘纷繁意得闲。浮生味，此刻近于仙。

五　律

欣闻张老弟调任阿什河，单位距家百步之遥。工作、生活两遂心。故赋一律贺之并勉之。

名利两重山，忙闲咫尺间。下楼当纵马，落座似攀鞍。
励志三天易，修身十载难。清风飘俊羽，君子自乾乾。

暗香·和诗

网前笔会。恰泛舟天海，雾中云里。
冠带飘飘，意忘饥年与丰岁。
屏韵诗风醉我，醉中忘，滞身尘世。
恍若见，君别潇湘，南岭策杯水。
遥指。望正是。赞白岭飘红，风悲梅喜。
业煎赤子。鉴以卑微与尊贵。
莫待春花艳后，枉自叹，韶华虚拟。
谓行人，当早起，以歌壮丽。

七　律

梦把心乡作故乡，鼾声陋室自低昂。
雪飘南岭知冬短，舟泛西江觉昼长。

避暑申时温服酒，驱寒午夜化春妆。
悟明岁月悄然笑，十载原来一炷香。

瑶　华

至今犹记，慧偈知缘，点透重生地。
云山雾止，望可见，菡萏雷池妖碧。
禅经妙法，诵可懂，虚言真谛。
喻世身，怜地悲天，莫道尘生如戏。
意嗔岁老无持，竟醉倒山门，玉钵摔碎。
浊眸望月，心却道，夜露天之清泪。
卧阶入梦，梦去岁，秋凉如水。
水榭前，玉指弹风，俊影闻声飘起。

蝶　恋　花

细雨敲窗人不寐，打算明朝，进退真无谓。
旧日雄心今块垒。今心犹在雄心外。
夜梦惊心心欲碎，梦醒愁停，寰宇星如坠。
自品宵风三五味，泊心无岸凄然泪。

踏　莎　行

2007 年 12 月，成都杜甫草堂。

走遍江湖，阅全游记。如此河山今能几？
一帘细雨一帘诗，诗中写尽人间事。
叹汝怆然，怜余憔悴。都江偃上风烟会。
当年伫此望东都，今朝谁解其中意。

浣溪沙

酒致苍颜共雪妍，慨然世事渺如烟。映窗明月任高悬。
已惯当年书剑重，未堪眼下乐音残。愁眠我自梦飞天。

五律

（一）

曾记大连限，舟中望远晖。暮来山色重，潮退水声微。
白鸟飞知返，青襟游忘归。劳心抛四野，雅志寄柴扉。

（二）

彩鬓任消磨，沉吟为久疴。秋思生阔野，去意逐清波。
天道盈还损，君心奈若何？祸来休问卦，鼓瑟且高歌。

五律

2006年冬路过201国道旁的石子山村，当年（2000—2002年）修路时曾住在此地，故地重游，情与景已然不一。

车本快如飞，停因石子炊。逆风循野径，冒雪访柴扉。
此地知交少，斯年佳讯稀。别虽三四载，情景却相违。

蝶恋花

酒过四巡辞宴去，薄雾轻寒，独自来时路。
意会故人于故处，眸前耳畔双清楚。
拟算光阴飞几度，屈指周全，岁过三和五。
若问多年何醉汝，当然昨夜初冬雨。

2008.11.12记2008.11.11

绝　　句

雪又飘飘意又翩，四人聚首议何餐。

驱车城内寻佳处，定要临窗可望天。

五　　律

又幻身如客，临窗望雪飞。谈心思翠远，叙旧觉春归。

清水今朝酒，肥牛昨日席。意阑天欲晚，白影共单衣。

2008.11.13

绝　　句

街尾一单衣，额前两白眉。痴如冬日雪，漫化许多诗。

七　　律

2008 年 11 月 15 日，祝“春忠吾弟生日快乐”！

春风春雨致春嫣，

忠义忠心纵梦宽。

吾昔与君同望海，

弟愿伴我共攀山。

生逢挚友千金事，

日厚交情万两丹。

快语解开三载惑，

乐天知命命由天。

五　　律

幽居赋晚芳，对镜问何妨。回味今朝雨，沉思昨夜凉。
真经藏陋室，妙韵裹香囊。禅意浑无觉，余生梦过江。

绝　　句

（一）法性寺

此本南宗受戒坛，千年古刹树参天。
心持一法随缘转，寺内原来处处禅。

（二）

慧攀岭上问芙蓉，三十八年谁遇龙？
尘世今生原是梦，数来成败一场空。

（三）

坐望一帘青，乘舟缘岸行。山高腰带雾，水阔臂拥城。

五　　律

2002 年 12 月青海湖之行。

新地望新晴，周遭一派明。山腰披瘦雪，湖畔覆微冰。
际遇青眉鸟，萍逢白发僧。攀谈方外事，十询九不应。

五　　律

（一）大竹石刻

峰回大竹东，路转有如龙。凿寺敲空谷，雕狮守要冲。

沙岩传万法，赤壁写三宗。史上千年事，渝中一脉风。

（二）

乘隙访闲君，情同景病魂。空林时过鸟，曲涧偶留云。
野径朝鸣鹿，荒居晚动薪。炉温一壶酒，对坐话晨昏。

临　江　仙

（一）

忆昔临江相对饮，无由乱点沉浮。月高林下纵神游。
轻风柔过耳，细语未曾谋。
欲解人生何样好，道来却又伤秋。别时我自放兰舟。
落花迷醉眼，历历不关愁。

（二）

感自黄童羞白叟，无忧最是难谋。浮生解此再无求。
清风留去意，对语在高楼。
笑我船头孤立久，闲愁一任悠悠。当年过海望渔舟。
浪高难没羽，遍遍试飞鸥。

临　江　仙

少志于今成旧事，诗愁未入清流。清风伴我共登楼。
凭栏凝望久，寄语往来舟。
廿载忆来如一梦，到头身释心囚。若询死后葬何丘，
临高亲酹酒，落处谓当留。

浣溪沙

忆否曾经共品茶，当时窗外雨交加，避风塘内论天涯，
伏榻忘怜身是客，掌灯只叹栈如家。相知相对话年华。

五律

读辛词词注时，看到里面提到陈元龙、霍去病。陈卒年三十九，霍则二十四。遂想起一句话：察见渊鱼不祥，智过圣贤不寿。英雄命多如此！

少年纵志酣，高卧且高谈。起落羞言倦，奔波不问安。
元龙尘虑简，去病惑心单。国士忧君业，胸怀天下关。

唐多令·《拙政园诗余序》读感

孤馆客伤秋。河山乱未休。惧秋寒，人怕登楼。
冷月清辉南共北，今夜事，梦扬州。
黑发染乡愁。青巾忆旧游。逛秦淮，君我同舟。
一笛相思醉两岸，梨花雪，满枝头。

浣溪沙

《拙政园诗余序》读感，原词因于际遇丢失，失诗之感甚于失币。昨夜又读《拙序》，失诗之痛倍矣！“尔今死去侬收葬，他年葬侬知是谁”，吾诗有失吾如是，吾有失时谁如是？

不羡园中夏与春，唯伤序里事和人。飘忽有若过山云。
易代终年思故国，迁居每日宿荒村。流离不愿做胡臣。

行香子·接对《蜀游词》

月浸寒江，形隐辉藏。世间事，或可相忘。
弈心无志，何致弦张？恨风儿乱，云儿散，意儿狂。
武博堂馆，文雅榆桑。胸中墨，尽弃西窗。
禅诗醉解，错又何妨？爱风儿清，云儿淡，酒儿香。

浣 溪 沙

《白门柳》中史可法之弟史可程降清，多尔衮致书史可法，欲与其弟合手招揽。双方所执，公论难断。读此顿晓：中华为大，华夏似小。转而又思史事如烟，无所谓是非耶！

天下图兮略胜谋，胸怀一纸寄扬州。点评时势许封侯。
意欲长篇修旧好，奈何片语种新仇。扶栏北望替君忧。

浣 溪 沙

《白门柳》中桃叶渡，勾起思绪过嫩江。过嫩江，江湖笑傲系空忙。

葬剑藏锋意独孤，冢前刻字记荣枯。原来极致是空无。
昔过嫩江亲问渡，今持老梦自修书。溪沙浣遍欲何如？

绝 句

《白门柳》中，明末复社四公子之一冒襄在弘光元年（公元1645年）四月初八午后回到下榻之所南京桃叶房，途中想起元代诗人的一首《念奴娇》：蔽日旌旗，连云樯橹，白骨纷如雪。

午后人回桃叶房，凄然侧耳立厅堂。

闻说社友周钟死，瞬让心云胜暮苍。

临　江　仙

明弘光元年（公元1645年）四月十一起，扬州大雨三日不停。史可法驻节此间，忧心如焚。此后不久，扬州陷，清兵屠城十日，史可法殉国。

电闪白光三昼夜，滚雷气势疯狂。茫茫大雨罩长江。
黑云如败絮，撕扯过城墙。
驻节此间心事乱，原因是为京襄。意伤国运已难祥。
暗中腔血沸，誓要逆邦凉。

五　　律

2008年11月30日，天气预报明后日有雪。午夜入梦，恍然雪落，却又见青禾嫩翠，一时之间，梦又生梦，人于山水之间漫读《白门柳》。忘身塞北江南，身竟黑发少年。真个是：隔窗悲白树，伏榻梦青禾。黑发光阴线，丹心岁月梭。

暖气滋南国，春来景致多。兰芽生曲岸，绿树长青波。
游侣双寻卉，农夫独种禾。遥峰三四点，隐隐透渔歌。

五　律

（一）

2008年12月2日，金太祖陵赏雪。

忙里自偷闲，驱车会远寒。俯身参白雪，仰首悟蓝天。
尘秽压当下，清新荡此间。心心相语惑，事事宜权权。

（二）

幽风过晚林，际遇两痴心。寒雀思鸿羽，枯杨恋翠荫。
凄凄生旧日，耿耿到如今。有意花香淡，无情草色深。

五　　律

（一）

周易有句：不事王侯，高尚其事。履道坦坦，幽人贞吉。

消渴饮清泉，充饥啖素餐。修身孤抱一，践事共思三。
寡欲心倾道，丰神志向乾。荒居人不问，对月舞翩翩。

（二）

荡迹到如今，思来感慨深。浮云无定所，游子有归心。
雅趣林中觅，幽居岭下寻。枝头翠眉鸟，猜是我知音。

谢池拾韵

倦繁人自问，何处觅清音。守默知星起，息谈觉月沉。
往来无别意，进退有归心。空谷寻兰趣，荒居续短吟。
潜龙盘冷涧，伏虎啸寒林。晚卉辞新艳，秋风改故阴。
清池深碧草，密柳暗幽禽。醉后身行远，红尘久不临。
画堂由雨漏，纱帽任霜侵。无聊虽逊仕，轻松堪比金。
补窗借蛛线，联袂引松针。长袖邀风舞，茅亭酒自斟。

宁夏沙湖印象

游湖人最爱，湖苇翠悠悠。意得欣和惬，心丢躁与忧。

披衫登水榭，提履上沙丘。白日迷尘眼，胡风唤古愁。
临高歌一曲，用以祭兰楼。故栈迎新客，今心送旧游。
东来携美酒，西去带杭绸。汉笛传三国，胡琴遍两洲。
戍边思报国，白首为封侯。烽火熄盛世，狼烟起乱秋。
朝朝传美誉，代代演风流。窃笑今朝我，无心此样求。

2005.7

五律·石室山

忆曾游石室，心似鹊还巢。远水湍归涧，遥峰峻入霄。
谷底观朗月，岩巅访秋毫。虑遍吟诗者，清高难胜曹。

绵　搭　絮

云絮雨线，随梦落枕边，灯掌高床，夜半寐读两方便。
忆从前，秋云春梦相煎。累得人心愁身倦，意乱情偏。
不想今又是何由，坐起吟秋，句句废眠。

七　　绝

神携碎魄渡迷津，途遇尘心正审魂。
昨夜离身何处去？豪门不宿宿荒村。

浣溪沙·牡丹亭

惜草怜花底事盈，游园唱紫咏青青。亭中一梦定三生。
荡迹何由孤抱病，还魂是为两痴情。柳边杜宇梦梅惊。

醉蓬莱

《白门柳》中，明末书生黄宗羲忧国忧民，怀揣救国之策，北上京城，欲上书崇祯，奈何报国无门。黄盘缠用尽，寄居友处，旧疾复发。时逢秋分，其思乡虑己报国之心杂陈。余读书至此，感同身受，遂赋词一首。

正凉风起北，冷雁飞南，一怀心事。
默望云天，忆春时朝气。
翠草含烟，红花滴露，逞万千情致。
亭影迷离，笛声若雨，碧池无底。
天下纷争，忧心如刺，漂泊来京，怀书难掷。
三百清平，叹今夕无系。
赤子之心，书生之志，化一襟清泪。
报国无门，归家无计，秋来憔悴。

长相思·梦窗词感

爱苏州，恋杭州，每至中秋忆旧游。楼台别样眸。
赋风流，演风流，乱世飘零志未酬。诗才后世羞。

浣溪沙·梦窗词感

吊古临高满目苍，赋全片纸透悲凉。词忧是患国危亡。
抱志终生偏大道，屈身一日误羊肠。文英赚得梦盈窗。

浣溪沙·文英、白石词感

七宝楼台有径通，暗香疏影匿情踪。隔屏人岂态雍容？

未质吴词精密厚，更惜姜句重清空。二君南宋两渊龙。

绝句·读王沂孙之《天香·龙涎香》

墨雨香云罩碧山，词心似为旧邦残。
西宫漫翠冬青树，隐蔽幽窗四十年。

七　律

2008 年 12 月 9 日梦 2005 年衡山游。

还记当年南岳游，并肩与汝觅风流。
林间石刻三朝事，云顶峰含万点秋。
禅意在心松不觉，诗情入目路回头。
昨宵梦至焚香处，借得眠时一缕愁。

五　律

（一）

神游萍水渡，机语两僧前。坐忘三千惑，行持一缕禅。
归心留古寺，别趣寄幽泉。意赴瑶台约，相参不了缘。

（二）久违智月禅院

又临开悟处，复得旧情形。寺鸟随云隐，君心共月明。
禅房僧面壁，栖所客翻经。有趣三台鼠，无聊一盏灯。

七　律

万物有前身，汝身原是梦。得栖菩提上，轮回莫问因。

既言身是菩提梦，何计轮回始与终。

万年俱留三界外，一生不入五行中。
云头立望逍遥雨，山顶旁观自在风。
私负吾途通大道，弱溪渡口架长虹。

绝　　句

（一）

怒喜属平常，无妨话短长。惑明人去后，车留淡淡香。

（二）

身寄菩提两万年，得求佛祖一真言：
此生若赋诗三百，彼岸能消惑五千。

（三）

雪夜一寒衾，凄凄裹倦心。楼台前日事，只在梦中寻。

绝　　句

（一）

旧事魂萦心绞痛，不由梦里发悲声。
岭松未减当年恨，坟草重添一岁情。

（二）

四更若问何惊梦，一幕当年母子情。
旧恨多年空记省，崩心之痛伴余生。

（三）

不问崩心痛谁懂，悲余忽感岁匆匆。

白头难忘娘亲家，白草倥侗来去冬。

2008.12.20

绝　句

（一）新年寄语

磨刀不误砍柴工，体味人生浅淡浓。
寡欲能容尘漠漠，斋心可享岁匆匆。

（二）

一觉尘身原是梦，凡心瞬远是和非。
白云做我囊中物，袖卷清风带月飞。

（三）

粉墨飘零脂砚斋，红楼遗梦众疑猜。
书评岂是附加物，淮月湘云忆故霾。

五　律

虚坐衡山顶，禅心御八风。身悬诸法外，意定一瓶中。
尘劫浑如气，凡嗔直若空。浮云行足下，南岳伴孤松。

菩萨蛮・见解温飞卿之侧艳

紫衣或忘林泉客，重门倚叹红尘陌。君子远华堂，青襟泪两行。
浊泥生艳质，底色嫣如赤。雅志共霞飞，清心寄翠微。

绝句·读《周汝昌红楼演讲录》

红灯碧伞沁芳亭，石草痴顽呓语轻。
两世姻缘三世孽，后人记去释前盟。

红楼寻梦

红楼寻梦毕，掩卷问枯荣。顽石知前世，痴人惑后生。
嗟余辞锦俸，醉罢弃微名。朝上飞扬事，何如暮雨耕。
尘心聊自许，雅趣借栏凭。有孔方求印，无才华可卿。
湘云谁嫁娶，麝月我逢迎。会友温红蚁，临行送紫荆。
风掀三尺浪，帆聚一船绳。寞寞身离岸，凄凄心在厅。
浓情诗雁旅，厚谊赋云程。解语东篱外，秋高赏月明。
通篇谁了惑？浪道与游僧。公子怡飞羽，佳人伤落英。
比肩游绿水，连理绕红亭。书内千千事，床前灯下行。

2008.12.25

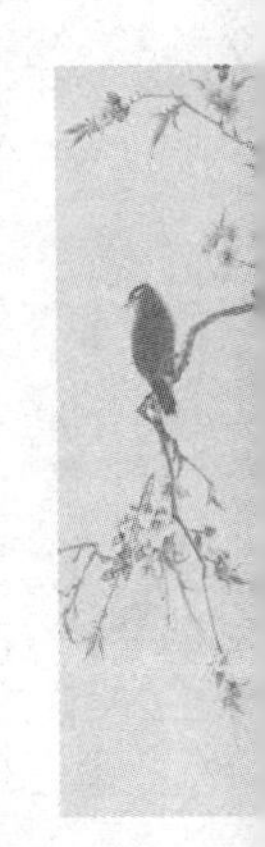

绝　　句

（一）

风铃为得今年序，腊月相商共访师。
私盼席间能侍酒，暗期座下可学诗。

（二）

关于阳五事，一语供兄听。重本求微利，三思而后行。

忆王孙

半条短信且当笺，暂替长风飞故园，盼慰心思魂梦间。
又平安，圣诞欢歌别样酣。

戚　　氏

近新年。
桃花又发且收篇。
在此回眸，三百往事逝如烟。
轻寒。
裹青衫。
三番阻我越关山。
痴然旧梦今远，仅留残韵袖衣间。
桃花依旧，桃花入酒，或成他日寒酸。
想人生苦短，前程暗淡，信命随缘。
心恋五月花鲜。
廊前坐久，半月守更阑。
期人问，何由睡晚？
底事千千。
叙难全。
宿志少恋，长疑久惑，一瞬眸前。
入秋笔倦，身滞大连，立望海月初圆。
岁换年华老，微霜染鬓，浅皱侵颜。
此祝读词旧友，愿新年旧梦俊如兰。
业能越久传馨，过川跨海，达抵心之岸。
透世情，不为俗名绊。
谙事故，持慧追贤。

健世身，海底山巅。
逛世界，再紧也偷闲。
日沉能返。
时光不再，君子乾乾。

2009 桃花入酒，解风铃

序（一）
已是山花烂漫时

教师就应该这样：先在前边，后在后边。

廖文思、朱君安都曾渴望和我下围棋，后来发现我不过是刚入门的水平，廖就再也见不到，朱君安倒是常见，不过再也不谈棋，只是邀我喝酒。喝酒也是，开始时颇有较量的意思，后来往往在进行中夸我“什么什么不减当年”（有点不像是真话，因为我当年喝酒，一向不在学生跟前，他何由得知?），离席时总要扶着我，这固然主要是出于关心和礼貌，但多少也是让人感到有一些强势的证明。近来又有这些人的小师弟抚今追昔地说我当年偶尔在课间吸五元一盒的红梅烟，那香味很令他们神往。现在呢，他们已经到了我当时的年龄，席间倒是摆弄起“九五至尊”之类的来了。

当发现李长风的诗词青于蓝寒于水之后，就很向一些人推介过，张清慧就是其中的一个。他是四中44班毕业的，现在是四中的语文教师，教研组长，跋涉着我当年走过的路。四中的教师，凡是能慑于学生上进之势的威迫的，都是能认真地做些学问的。从张的序言中，我不仅发现他已非吴下阿蒙，而且生出一些关于自己的花落燕归的感喟。林口四中，不仅启蒙了学生，而且成就了教师。

郑红翠当年从38班毕业考入哈师大中文系之后，给我的来信中曾说，“我想做一个您那样的高中语文教师”，显然她后来不这样想了，时代的需要、个人的努力让她成了博士，现在她任职于哈尔滨工业大学。为我背包送站时，是体现不出她博士的优势的，但是她一写序，虽是牛刀小试，然已令我眼界大开。其态度严谨，知识丰富，见解深刻，评价公允，这种点化，将使得李长风的所谓“桃花事”不再寂寞。那么对于我，真是“眼前有景道不得”了。我就再说点别的。李长风的诗集中有这样一段话：“早出前晚归后与妻闲谈工作中的人和事，儿子听后早上说了一句话‘官大有闲心’，晚上又说了一句‘无官无杂虑’。两句话皆合于律，亦有余味。于是结合近日自己读书与行事，用此二句赋诗两首。”

他的儿子随口两句话居然合律，像是出于偶然，但是“官大有闲心”，是一种对社会的批评，而“无官无杂虑”则是一种对平淡的追求。从视角看，从语言看，要是不承认父亲的濡染，就应该肯定儿子的潜质。一下子就能听出合律，则反映了李长风对于格律的精熟和痴迷，而将其配以联语，写入诗中，则不仅是痴迷，更是有了一种关注，一种期许。

我对格律，没有李长风精熟；我对教育，却很痴迷，喜欢一切在教育方面的良苦用心，总在关注着，期许着。近几年走了一些城市，无心城市的繁华，留意学生的成就，不仅在于诗，也不全在于酒，虽然大家的路还很长，但我分明感到已是山花烂漫时了，于是就常常笑得很开心。

唐耀舜

二〇一〇年三月

序（二）

初识长风兄是在去年的四月。

长风兄回林口向唐校长求索诗集序文，我有幸被唐校长邀来陪酒，席间知道长风兄酷爱诗文，工作之余悉心钻研唐诗宋词，熟谙诗词格律之理，已写下几本诗集……这让我一个语文教师惊羡不已……

中国是诗歌的王国，从商周的四言，到楚骚汉赋、汉魏乐府、隋唐律绝和宋词元曲，可谓灼灼其华，蔚然大观。千百年前，黄钟大吕，至今犹萦绕在苍穹天宇，然而中国新诗在诞生近百年后的今天，却遭遇了前所未有的尴尬：它既没能与国际接轨，又与中华古典诗词曲赋的优良传统脱节、断裂，割断了传承关系。也许长风兄明于此而望其兴叹，最后只好弃之而去，沉浸于唐诗宋词里了……

由于受传统理论的影响，人们对中国诗歌自古以来就有两种认识。

一种是高估诗歌的作用，曹丕《典论·论文》：“盖文章，经国之大业，不朽之盛事。”孔子：“言之无文，行而不远。”“不学诗，无以言”，“诗，可以兴，可以观，可以群，可以怨。迩之事父，远之事君，多识于鸟兽草木之名”。刘勰《文心雕龙》：“文之为德也大矣，与天地并生者何哉？”《左传·襄公二十四年》：“大上有立德，其次有立功，其次有立言。”

中国如此，外国也是如此。柏拉图在《理想国》中提出：“除掉颂神的和赞美好人的诗歌以外，不准一切诗歌闯入国境。”

另一种与此相反，历史上贬抑诗歌的人也不少，其中不乏感叹文学无用的。

曹植说："文章小道。"李白也把它看成附庸风雅、无足轻重的文字游戏："吟诗作赋北窗里，万言不值一杯水。"李贺诗说中国诗歌："请君暂上凌烟阁，若个书生万户侯。"杨炯《从军行》："宁为百夫长，胜作一书生。"他们都大叹文学的无用。

我们不可把诗歌说得神乎其神，将之看作是少数人的专利，也不可把诗歌贬抑得毫无价值。

其实，诗歌像酒文化和茶文化一样，人人可以触摸，人人可以饮用品尝，人人可以观摩学习，人人可以深入研究。对诗歌，如戏剧票友般，我们既可以去观赏表演，也可以粉墨登场，自我展示，相互品评。长风兄在这方面就做得极好：入乎其内，故能写之，故有生气，靠诗歌诗意地生活；出乎其外，故能观之，故有高致，不靠诗歌谋生。

读了长风兄几本诗集，我忽然想起了《新约》上的一句话："你们虽然没有见过他，却是爱他。"然也！二十几年的厚积，才有今天的薄发；二十几年的博观，才有今天的约取。读着长风兄的诗句，才觉得柏拉图说得很精辟："（诗人）都不是凭技艺来做成他们的优美的诗歌，而是因为他们得到灵感，有神力凭附着。"和长风兄做成朋友，有长风兄的诗集捧读，真好！陈师道说得对："书当快意读易尽，客有可人期不来。此事相违每如此，好怀百岁几回开。"

工作之余，捧读长风兄的诗集，"不以文害辞，不以辞害志，以意逆志"，方得神韵。随长风兄去漫游全国各地，去徜徉书海，或喜或忧，或笑或叹，实是一件快事。作为一名语文教师，我常觉汗颜，又常自我解嘲：人人都可以读诗，但不必人人都可以成为诗人。

迫于现实社会生存的巨大综合压力和人类因物质文明进步而带来的精神困惑，诗歌渐被局限为表达私人性话题的东西，对社会性问题的思考越来越少，这使得它日愈减少获得公众关注的机会，而只能在少数未被现代社会物质化的心灵当中获得知音。长风兄就是这样的少数几个人之一！

随着诗人们从社会文化中心退却，科技英雄、商业英雄和娱乐英雄取代了艺术家的中心地位，诗歌越来越被推挤到社会的边缘，诗人们也就成了一个不被社会关注的自我封闭、自我肯定、自我满足、自我安慰、自我陶醉的奇怪群体。长风兄也许也有这一悲叹，但他却有着较为清醒的认识，踽踽独行在诗歌的天地里，因着挚爱而诗意地生活。

当诗人们精神的价值已经从崇高、纯洁、美好、自然过渡到喧嚣、乐趣、庸俗、时尚时，当平庸困扰着诗歌界，诗歌的阵地越来越小时，长风兄还在苦苦地探索，苦苦地追求着。因为懂得，所以爱；因为爱，所以执着！

长风兄着实可敬、可爱、可友。

去年 12 月，长风兄到林口办事，我与他共进午餐，餐后一起去洗细胞浴。长风兄让我为他的下一部诗集写一篇序文。如在平常，我必不敢贸然应允——长风兄是我的学长，才德又在我之上，而且有许多大方之家为长风兄作过诗序，我确实是没有才气和胆量。一定是酒精起了作用，我也就默应了。事后月余，尚不敢提笔为文。

许诺通常分为两种：一种如清茶，倒一杯是一杯；一种如啤酒，刚倒半杯，便已泡沫翻腾。我想在长风兄的心中，我的许诺就是后者了。既然菜也吃了，酒也喝了，答应的事也要去践行。今天没有晚课，我便在办公室写下了这篇序文，也不知长风兄满意否，唐校长满意否。无论如何，今晚，我却可以酣眠入梦了。

张清慧

序（三）
倾听心灵的回声
——长风诗词解读

在我面前的是诗人长风2009年一年所作的六百六十余篇诗词作品。出于习惯，总愿意加以解读。作为读者，作为未曾同班的同级同学，我对长风其人所知不多。作为同是从林口四中走出的偏爱中国古典诗词的同好，作为同是那位深受同学喜爱的语文老师唐耀舜的弟子，我更愿意为这诗这词这个令人感佩的诗人做一聊以自慰的解读。尽管我是强作解人，尽管作者也曾“盼人能解其中句”，也曾提到尼采的话“一本书的目的就是要人百思不得其解”，长风作诗填词也并非是为了让人解，然而透过这满纸的文字，捕捉字里行间的思绪，寻绎文字背后的情感，倾听诗心词境的心灵回响，总能令人心生感叹。

关于诗人创作动机的探寻，是我最关注的焦点。如此巨大数量的创作，长年不懈地填词作诗，诗词技艺已臻化境，诗心词情已融入生活，仅仅用热爱和兴趣能解释得清吗？这或许是喜爱抒情言志的个性，或是吟风弄月的文人雅趣，或许源于对中国古典诗词的偏爱，或者说是对中国文字的喜爱，对中国古代诗词所营造的独特意境的向往，或是对于著作等身的成就感的追求，似乎又不全是。孙老弟曾提到长风自言创作动机为“好玩”。在“好玩”的心态下游戏般地作诗填词，确是存在于不少诗词发烧友间的普遍现象。我相信这确是长风写作之初的真实心态。然而把这般高雅复杂的“游戏”玩到如此境界且坚持如此之久，就绝不是“好玩”那般简单了。

大凡读书人，对中国文化有感情的人，对中国古代文学有兴趣的人，或者说在中国文化、中国文学熏陶下成长的人，都有可能对中国古代诗词有着特殊的偏爱、浓厚的深情。那些古色古香鲜活可爱的文字，那些长长短短错落有致的句子，那些意味悠长浪漫隽永的词语，那欲说还休婉转低回的韵致，那令人陶醉沉迷流连忘返的意境，那些诗词中的小桥流水、铁马秋风、醉酒高歌、浅斟低唱，都是那么令人怀恋而神往。现代人在这份感情、这份热爱下，会读诗、吟诗、品诗，品味之余也会作诗，然则也多为一时一地一阵子热情。把诗词写作尤其是古典诗词创作这一专业性强、难度大的“业余爱好”作为自己多年的事业（在我看来已不是业余，称为事业并不过），并且诗词技艺堪称纯熟精良，把作诗作词融入日常生活的点点滴滴，多年坚持笔耕不辍，人到中年仍热情不减，不求名利不求闻达不计得失不惜耗资自费出版，这在古典文学研究领域、学术界实所少见，至于在与古代文学似无瓜葛的现代工科领域中则更是闻所未闻。

长风其人其作创造了这一神话。长风其人其诗打动我的，并不是创作量的巨大，不是创作技巧的圆熟，也不是作品中丰赡厚重的容量与丰富细腻的情感，恰恰是这一份坚持与执着，而这绝不仅仅是对古代诗词的感情与热爱，是深入骨髓的境界与精神，中国古典诗词的内在风格与诗人随意吟唱的清词佳句已实实在在地化入了诗人的生活中。这足以令锱铢必较满心俗务的现代人钦佩，更令我这个学习古代文学十几年的所谓文学博士感动而汗颜。

细品《桃花入酒》，内容不外记叙闲情逸致，游思怀古、师友往来、日常琐事。诗词中最多见的是对于诗人心灵世界的抒写及闲暇生活的体会感悟。有别于传统诗歌中的齐家治国之志、壮志难酬之叹、怀才不遇之愤、辗转相思之苦，这种平常生活

的叙写感悟读来让人有一种亲切自然之感，娓娓道来，如在目前。与之前作者的《风铃解》系列相比，《桃花入酒》在很多方面有大大的突破：

一是“为赋新诗强说愁”之作明显少了，那见诸满纸的新愁旧悔、有意为诗的痕迹已大为淡化。这是创作技巧的成熟，也是人生历练的成熟。《风铃解》（2007 桃花依稀）中，唐耀舜老师的序中曾提到，作品中大多一致的主题“写悔”、“写厌”、“写悟”、“写求”。这些主题在《桃花入酒》中也依稀可见，作者偶尔也会寂寞，如“不问诸君谁解意，只言明月似当时”，“由来道与谁言欢，晚叹三年两鬓斑”；也会愁思满怀，如“愁生露冷草沉烟”，“春风三月瘦衣冠，惆怅身前无限山”；也会闲淡无聊，如“饮散倚门久”，“案上事无由”；也会志得意满，如“十载心思今兑现，坐拥白雪赏红唇”。但这些毕竟已不是作品的主流，一些作品乐观通达，情意缠绵，充满了对生活、对事业、对亲友的热爱和眷恋，如“文兄余弟倍心倾”，“朦胧梦里乡思动，恍见亲娘话耳边”；一些作品是对人生感悟的结晶，如“文章最能见风骨，点墨熬成大丈夫”，“难得糊涂真境界，身于事外小收成”；一些作品是对自己所谓“桃花事”的困惑与感触，如“闲心都付桃花事，朋辈何人似我痴”，“学赋三年整，成书两鬓花”，“五年甘苦一人知，回首桃花做劫时”，“此绪难胚，谁解长风以后悲”。

二是咏史怀古诗增多，作者思考的空间已由个人的思虑情绪大大扩展，境界亦大为开阔。以往“风铃解”系列中也有部分咏史怀古之作，但像“桃花入酒”中咏《明朝那些事儿》这样主题一致、规模庞大、写法娴熟的集群式的咏史诗创作还是首次，可能在当代诗坛也是独树一帜的。“桃花入酒”诗词作品共有 660 余首，仅咏《明朝那些事儿》就达到 265 首之多，且无一重复之意，用词也不单一，于放达简淡之中写诗人读史感悟之心绪，发追古思今之幽情。

三是题材领域的拓宽，诗人日常生活的点滴琐事已了然无痕地融入诗词之中。对于诗词创作来说，诗言志词写心，愁苦之声易好，欢乐之音难工，日常琐事的叙写是最难的。而在长风诗词中，一件小事，一缕情思，一点感悟皆可成诗，这种精神已成为诗人生活不可缺少的一部分，像吃饭睡觉一样自如。很多诗情感丰富心思细腻，如记游诗，在北上南下的旅迹中，从其笔下流淌的少有对名山大川伟岸雄奇的赞叹，多数是羁旅情思和途中小景的细腻体悟，如花开水流、日出月落等，都是与诗人极为贴近的平凡之物、常见之事，是日常生活境遇场景的直接折射。一些极细极小的事件，一些平凡琐细的所感所想，虽然不具如传统诗歌般的雄浑刚健之气，但恰恰是这些琐碎心绪向读者展示了一个真实的长风。

四是诗词中诗人内在形象的改变。在以往的长风诗词中，作者塑造的是“一个误落尘网，将要归隐的高士形象”，其“超然的轻松中有沉重，有愤慨，有不同流合污的高尚”（《风铃解》2007“桃花依稀”中唐耀舜老师语）。在“桃花入酒”中，诗词中的诗人内在形象已悄然改变，这也许可以慰藉唐老师所言的“未来之期更殷”。在诗词中我们看到的不是乱世的高士隐者，不是盛世的逸民清客，不是一个温文尔雅的儒者，不是一个怨天尤人的弱者，也不是传统诗歌中常见的因怀才不遇而愤世嫉俗的狂者，而是一个随缘自适不温不火的普通文人，一个勤于思索笔耕不辍的诗人，一个红尘中忙碌忧烦的俗人，一个情意深长满心牵挂的父亲、儿子、同学和友人。这个形象已较少有远遁的落寞与孤独，而充满了随遇而安的自在情怀。如，“学堂接送子，百货避淋身。是父皆若仆，凡儿俱若尊。”“宿鹊高飞今在否？文兄余弟倍心倾。”“迟回短信甚心慌，只怪尘身近日忙。”

五是诗词风格相比旧作，诗风更加疏放浅淡、温正平和、洒脱自如，表现出一种不疾不徐的冲淡平和之美。很多诗不事修饰，不计工拙，诗意素朴，随口道来一片天然。如“昨于街上自徜徉，有幸车行见太阳。及至早来单位后，心还犹带一缕香”。不少诗意境优美，词句隽永无华，浅淡平实的词句融合着对人生深深的感喟。如“茅亭共我忆曾经，廿载于今重又登。人过半生山过半，后程风景胜前程”，“渐懂平生何最贵，茅檐杯酒话相知”。

读长风诗词，仍然有一点小小的遗憾，就是少数作品粗糙，缺乏精工细致的打磨。作诗虽然讲究佳句天成，但“语不惊人死不休”的推敲之功还是不应废弃的。相比于庞大的数量，经典精致的得意之作不多，值得称道或可传世的妙词名诗也不多。这也许是对作者的苛求，但应该成为诗人努力的目标。以长风之才情功力，应该不是很难。唐老师所言之“远追苏辛，问鼎词宗”，应未为远矣。

郑红翠

二〇一〇年三月

绝　句

早出前晚归后与妻闲谈工作中的人和事，儿子听后早上说了一句话“官大有闲心”，晚上又说了一句“无官无杂虑”。两句话皆合于律，亦有余味。于是结合近日自己读书与行事，用此二句赋诗两首。

（一）

《白门柳》中阮大铖谋起不得，庶居不甘，凭栏吟叹。

寂寞望疏林，凭栏独自吟。才微无雅趣，官大有闲心。

（二）

经济危机，拉动内需，增投四亿，基建近半。省内交通，得此良机，凡此中人，个个欲试。荣枯失得，各有禅机。

浊世论微情，三年枯与荣。无官无杂虑，得道得高朋。

绝　句

读明末清初李雯之《风流子·送春》。

涕尽犹伤花影红，送春春去影无踪。
回眸一望烟尘起，难耐故国马蹄中。

绝　句

2009年1月1日与张老弟离哈当日晚至牡丹江，与同学们开怀畅饮至零时后大醉而归。2日到林口与唐老师煮酒论诗从中午至傍晚，之后又与同学们饮酒高歌至零时，3日又畅饮一天，直至5日中午自己一人上火车之前又饮白酒半斤。岁月匆匆，情谊依旧，多年失得，一时之间。坐望一程又一程，感慨一番胜一番。

（一）

盘桓数日后登程，午睡停时酒未醒。
坐望家山行渐远，寻谁共与论枯荣？

（二）

四十年来身若此，百余载后事当知。
因谁放弃凌云志，酒后楼前枉论伊。

（三）

廿载光阴三寸丝，烹茶待客意酣时。
今朝谁似当年我？一尺斜阳半树枝。

（四）

少嫌避世覆池莲，壮爱超凡空谷兰。
最喜老来无所事，临溪钓月在家山。

戚　氏

意平难，
新年新得惑三千。
入酒桃花，几人品出味如前?
眉间，
志依然。
伤神是为鬓多斑。
当年一诺谁践? 此问无复梦先酣。
瑶台琴涩，天山路远，虑来我运危艰。
恰寒蛩唱晚，悲禽鸣月，难为翩翩。
沉醉岂是寻欢!
西山忘返，皆是为腾渊。
青岩上，乱风拂面。
伫久无言，
意阑珊。
少梦壮惑，今情往事，似雾如烟。
豁然掌故，可为今参，供我坐忘尘烦。
夜梦山中好，泉幽石峻，露白枫丹。
己伴琴台旧友，坐西亭阶下望层峦。
是时月隐风回，树迷草倦，影摇尘心漫。
一瞬间，俗虑关山远。
恍惚中，香伴人还。
浅笑里，新晕生颜。
启皓齿，娓娓道前缘。
世身如幻。
潜龙卧久，意忘拳拳。

七　律

（一）黄河入海口

浊流入海了清歧，寓意黄痕未必知。
九曲心思忧九省，三通情志济三祠。
倍珍故道帆千片，更惜荒原水一滴。
南下徒增民赤苦，此番东去莫迟疑。

（二）智月禅院

细径邻渊百丈深，云归之后日铺金。
大师何事峰巅隐？小寺清心世外寻。
面壁苍松枝忆故，截溪白石屑知今。
阶愁早在山门了，苔惑随风送远林。

（三）2009 年春节祝福短信

匹马单枪意醉途，溪桥霜月望模糊。
时逢盛世心何寄？剑弃荒居志入壶。
手执诗书吟岁月，车装美酒访江湖。
年逾不惑心无惑，此后今身称老夫。

五　律

（一）

昔年经此过，历久记君言。白首该当戏，青须切莫顽。
雄心鹏羽上，野趣马蹄间。待倦江湖梦，相约共望山。

（二）

三年修闭门，期以炼形神。斗室无余物，幽怀满惑嗔。

斜晖徒照壁，直觉枉离尘。悲我空飞泪，凡身富若贫。

（三）

悼念台湾法鼓山圣严法师圆寂。

法鼓绽灵辉，禅师了素炊。此行弘法去，来世乘愿归。
寂灭平生喜，轮回一刻悲。葬身青竹下，薄骨厚春泥。

（四）

诉己无新句，成诗且借缘。离忧全靠酒，隔燕仅凭帘。
宿醉心何梦，晨醒事再权。三思虚上策，遣绪逛随园。

绝　句

（一）

时近春节，冒雪驱车回建堂老家。

新年谁与论平生，身份疏忽牧与耕。
游倦江湖归梦紧，风雪桥边故人行。

（二）

溪桥一抹痕，伴我背斜曛。红水流追梦，青山定敛魂。

（三）

唱什么不重要，重要的是与谁唱。

年少心思随势飞，应酬每至醉时归。
而今不饮无名酒，一任多方反复催。

（四）

做事，做什么不重要，重要的是得“爷乐意”。

怀志曾行天地间，择枝寻遍北和南。
下榻岂是爷眠处，独于高台侧卧酣。

（五）

温词多丽句，君子论相疑。明灭花间事，堪堪可寄诗。

浣 溪 沙

（一）参看词史苏柳之地位

白板红牙晚唱轻，大江东去起如鹏。东坡之外柳青青。
不减唐人高气象，且增词苑阔渊泓。庭歌借上两三层。

（二）2009 年春节祝福短信

时值新春续旧篇，选来新韵祝新年。新衣伴汝御新寒。
阔海当如鲸试尾，游空宜似鹤冲天。春风万里报嫣然。

（三）

黑发曾谋白发悠，三山一水四时收。旧居暮我读春秋。
陶令不谈难下酒，家溪独钓易生忧。苍颜坐论少年求。

绝 句

饭后无事，闲翻旧书《射雕英雄传》，郭啸天夫妇、杨铁心夫妇四人正喝酒闲聊。（读旧书，心思可以穿越时空。）

（一）

酒酣正骂狗朝廷，忽闻门外踏雪声。
起落之间十余丈，单衣背剑逆风行。

（二）

风雪夜行谁？终南丘处机。相邀同醉酒，主信客生疑。

绝　句

（一）

身坠江湖如落花，唯凭此趣记年华。
才拙不怕他人笑，本是枝鸦或井蛙。

2009.11.25

（二）

惊闻君近事，心下倍凄凄。安慰三车话，难当一刻悲。

（三）

不言过去喜掺忧，只道三年似转眸。
马上无聊谈旧事，问君当日几多愁。

七　律

（一）杜甫草堂

草堂读句慨无穷，臂感凄凉过袖风。
老竹千竿枝向北，新梅一朵蕊朝东。
游人今日同寻趣，诗客当年独望空。
石像身前相借问，洛阳可在梦魂中？

（二）

2007 年 12 月从拉萨到成都，游杜甫草堂。诗之盛莫过于唐，而唐时西藏之融于宇内也是多朝之盛。

昨寄禅心青藏间，今从云宇落梅边。
朝宗峻岭神攀顶，拜圣长风绪越年。
千古高原佛世界，无边竹海杜诗篇。
风流险共唐骚尽，雪域长尊公主鸾。

（三）

四时往复去如来，闷写闲诗遣素怀。
旧曲余音重悦耳，新春短信又怡腮。
人逾不惑方生拙，草至中秋始变乖。
自告长空真面目，五分丽日五分霾。

绝　　句

（一）

春节从深圳归后，一时还不适应哈尔滨的冷。

春衫欲试怯春寒，聊寄春思春水间。
醒忆江南游客梦，翩翩红鹳树丛前。

（二）忆年终盘点

年关近在前，盘点却无言。嗟后谈余绪，匆匆又一年。

（三）

飘然忘论主和宾，指点园中景物云：
檐下苍苔兄弟子，阶前白石我门人。

（四）

梦中妙句醒还记，可叹天明俱忘之。
来日床边铺纸笔，便于夜半好誊诗。

祭香亭

凌晨劫，借韵《祭香亭》。

四十逢新势，情怀涌旧关。迷舟桥下泊，绝壁梦中攀。
诗兴迁床侧，兰笺寄远山。梅香期未得，仍待故人还。
昨夜悄然梦，乡流复又潺。春君眸俱染，花女鬓连环。
岸柳风前绿，阶苔雨后鲜。居心双燕子，点点故泥衔。
醒后悄然问，何由梦此番？千年崖石朽，一季叶花嫣。
来去君如梦，飘忽我若烟。当年游子倦，不觉泪如泉。

七　绝

吾于定处细观风，草上云中各不同。
有志招摇飘玉宇，无才俯首嫁秋冬。

七　律

（一）

万事般般俱借缘，何由一曲醉多年？
溪桥立处风先觉，岭阁登时雪未言。
觉彻江湖身似客，言穿道术意如仙。
悲欢本是人间事，莫拟天蟾缺与圆。

（二）游遇暴雨

读云解势避游廊，白发谦卑翠叶狂。
急雨携风温武略，滚雷借闪阅文章。
山亭四面飘飞弩，水榭周遭起沸汤。
此是农桑好时节，且吟诗句待晴光。

（三）《海角七号》

平生多少好年华？多少随风逐浪花？
谁寄长笺寻海角？谁依新律赋天涯？
谁骑白马追飘发？谁立苍山指落霞？
不惑今朝谁似汝？谁于此际不嗟呀？

五　律

（一）题办公室之画《天行健》

乾道大如空，泱泱西向东。卧渊龙枕梦，绝顶士横弓。
白草飘雄影，青岩印伟踪。深瞳含远日，啸吼共长风。
逐鹿春还夏，驱狼秋更冬。修身身似玉，养气气如虹。
有意花香淡，无情本色浓。致询来去者，此我可曾逢？

（二）限韵诗

意赴瑶台约，怡然踏玉阶。风携云弄巧，花借雾谋乖。
弃舍三生魄，相拥十世骸。无痕兰下梦，珍重镜中埋。

（三）夜读《随园诗话》

三更人捧卷，随笔逛随园。访石梅拦路，寻芳雪盖兰。
沿溪诗有迹，循壁墨微残。多少当年事，悄藏在此间。

点绛唇·步姜夔韵

有鹿曰神，使没所谓随云去。双峰旱苦，骤降黄昏雨。
旧栈旁边，风未同铃住。询何许？雄风胜古，众柳参差舞。

渔　家　傲

愁正酒浓人又醉，些多往事重回味。感慨千千心太累。
何无伪？扑窗飞雪眸中水。
已过半生虽有悔，坦言处事绝无愧。所得为何唯块垒？
心憔悴，背风如叶依墙睡。

2009.11.15　21:00

绝　句

（一）

近山遥岭碧参差，小雨黄昏细若丝。
晚讯不关晨讯事，西窗伴我立多时。

（二）

2009年3月9日傍晚，一时兴起，寻来笔墨，茶杯烟缸且作砚，书写“桃花又发”中的一首诗。原来醉人不只酒，兴尽之时八点后。

烟缸此刻权当砚，斗室茶香换墨香。
书尽长诗人不觉，蟾光早已伴灯光。

（三）

浅智偏寻故纸钻，萤光腐草耀星难。
微芒引我花深处，恍见繁华不是禅。

（四）

旧友当年过旧都，特停一日访吾庐。

偏逢隔壁江夫子，缠住详询半部书。

（五）

不计山程与水程，为品阿城闭门羹。
连呼百遍无人应，始信高风出上京。

菩萨蛮·科尔沁

（一）

天蓝草白秋风细，高岗凝望原无际。身侧马鸣嘶，又到雁别时。
凭栏思远翠，知有千般味。不觉日沉西，青襟共野迷。

（二）

坐听似觉秋风怅，问秋何事难相忘。白草再青时，秋痴或许知。
轻寒邀瘦雨，乱我飘然绪。诗酒在天涯，醉时疑是家。

（三）

卧听帐外怡人曲，悄然梦里秋原绿。今又试长弦，高高岗上旋。
一湾青碧满，重映南归雁。借曲诉衷肠，尘心片刻忙。

五律·重庆朝天门

独立朝天阙，扶栏望远舟。江流从此阔，耿耿复东求。
消涨潮中事，悲欢一并收。嘉陵三月醉，醉后欲长留。
敛绪黄昏后，华灯已上楼。浮生当此夜，愿结蜀中刘。
卖履涿州日，犹怀天下忧。寄言千载事，伴我梦中游。

减　兰

历来何故，俱把桃源当去处？暮雨横飞，泪问青春何日回？
怀才不遇，欲换兰山多少趣？此绪难胚，诗解长风以后悲？

绝　句

（一）2009年3月投标有感

称雄切莫再称孤，魏蜀相争难免吴。
若想英雄都不遇，身须从此远江湖。

（二）

春湖晨欲远，舟过起层烟。拦路山垂雾，迷人水带天。

（三）

平生未见玉玲珑，难道无瑕表与中。
昨夜酒酣心不静，恍听此玉唱西东。

（四）

落叶秋风檐下翻，一年别后遇相攀。
去年今日前门外，谁与东君齐上天。

（五）

无由梦白头，空得一场忧。喜是鲜花夏，愁真落叶秋。

可笑白头翁，多年一场空。问身何所似，枯木卧林中。

一萼红

意清幽，爱春寒料峭，冰雪未全休。
闹市驱郊，疏林眺远，换来此刻悠悠。
感岁华，年年偷换，未问我，思否旧时舟？
四十人生，羞言曾获，几许清愁？
游子故园残梦，诱心翻峻岭，魂越荒州。
浊泪无妨，空囊无碍，尽可诗酒登楼。
共赋他，青襟最好，相伴他，春夜子时游。
且与狂生乱吟，旧虑新忧。

石州慢

眺远无边，观顶碧蓝，天野高阔。
秋阑劲草飘黄，欲与西风销折。
红收翠敛，惆怅不远荒丘，白黄好似沙拥雪。
最忆自东来，正逢佳时节。
将发。温言嘱切，共酒飘歌，聊酬此别。
受命经年，最恨雄心销绝。
疗伤借酒，懒更书远琴停，愁沉厌展心中结。
憔悴共西风，恰寥寥霜月。

绝句

（一）

不言我志欲如何，只道平生困惑多。
难落压头千万发，修来岁月竟蹉跎。

2009.10.25

（二）

2009 年 10 月 27 日，第四次修建性详细规划论证会。

诚邀四海论详规，结果今番收效微。
午后西窗斜照满，似知我意欲何为。

（三）

2009 年 10 月 28 日，大庆，没完没了的论证会。

心于会上倍彷徨，顿悟今生入错行。
好铁岂争三寸刃，好蜂不嗅一庭香。

（四）

2009 年 10 月 27 日深夜，大庆。

酒酣筹策忘权权，乘兴高抛渭上杆。
白马红衫玄铁剑，西风落叶逛长安。

绝　　句

（一）

悲欢惑与痴，厌喜季和时。一瞬情融景，胡诌两句诗。

（二）

清风迎面过，带走我离歌。落日千山外，包容块垒多。

（三）

节气年年轮换匆，隔窗人叹绿无踪。
可怜最是春三月，带雪乌云依旧浓。

2009.3.18

（四）

烟雨意难调，询风惑怎消。随缘一切好，任性万般糟。

（五）

观星知季暖，做法欲消寒。天愿壶中许，新芽片刻蕃。

卜　算　子

（一）

前日雪盈眸，今日风吹鬓。乍暖还寒已自吟，风雪春之信。
琐事未分心，知有行期近。敢断于兄此次临，至甚家山俊。

（二）“桃花又发”补

隔壁夜调筝，闻奏桃花曲。四载幽人独自吟，似为桃花雨。
吟为苦留春，春醉桃花曲。劫后桃林漫染尘，尘念桃花雨。

（三）步韵词

词记晚来风，共我诗心静。未笑痴人冒雨来，淡墨书浓影。
案上事无由，杯酒心难省。敢断残枝鸟不栖，月照身知冷。

2009.7.7

绝　　句

（一）

袁枚认为孟东野之“似开孤月口，能说落星心”穿凿附会到了极点，我却认为很好。

性灵世界岂人寰？识浅休嫌宇宙宽。
星宿有心才坠落，天蟾无口怎能弯？

（二）

功力不到，何来灵感？

书非千卷莫称斋，叶不参天不是材。
汤水若无三十沸，焉能香味骨中来？

（三）

东风一顾散冬愁，检点行囊备远游。
子夜翻书寻去处，熄灯之后梦兰州。

（四）

春风三月瘦衣冠，惆怅身前无限山。
难断此生长或短，只知今我嫁悲欢。

（五）

十载为归荣，东窗夜挑灯。书生痴一梦，打马逛京城。

五　律

（一）

骸骨乃仙胚，今生乘愿归。风花当酒引，雪月作诗媒。
南苑松和石，西山竹与梅。皆言曾遇我，却忘我曾谁。

（二）

从北京去山西大同，走八达岭高速，途经居庸关。

立望居庸关，雄关拥万山。东南抵秦晋，西北控京燕。
察脉龙回首，观峰虎跳渊。千年徒倚势，未见寸忧担。

（三）杜尔伯特西望

黄昏草色怜，天远碧无边。群鸟高秋水，孤村低暮烟。
夜来难遣梦，酒下易排烦。回首当年意，心思独怆然。

菩　萨　蛮

（一）

2009 年 3 月 26 日，进牡丹江前在横道河子收费站和过牡丹江后在青梅收费站都遭遇暴风雪。阳春三月雪，未见如此飞。问雪何如此？答迎故人归。

荣归人道京花熳。郊迎人指冰花灿。冒雪过青梅，同行知有谁？
此行真际遇，又得桃花序。歉未送回程，相违诗酒盟。

（二）步韵词

窗前暮雨疏难织，立痴遥树前春碧。与汝共高楼，未提去载愁。
有人研墨立，狂我题词急。莫问记何程，倾身赋远亭。

2009. 7. 7

（三）

游园不道春光好，春花似笑人空老。负手立红桥，东风不侍招。
惜花浑不觉，今日明成昨。色绝意何衷？回眸一场空。

七　律

（一）

十载飘摇十载孤，十年一剑厌江湖。

霜花渐白胸前锦，腐草徐增足下乌。
已惯薄衣包瘦骨，不思旧履破穷途。
淡然人折庭间桂，指点鸡雏变凤雏。

（二）和《随园诗话》诗之一

涯前仰望半天云，晴雨明朝试论津。
廿载修为真粗野，三生课业假斯文。
徘徊陌路悲知我，检点前尘悔识君。
缘分一如云共影，相随即是永离分。

（三）读清张昆南之《登灵岩》

随诗心上落虹亭，景色周遭渐入暝。
细径秋风吹露白，远村疏雨透灯青。
三帆猎猎来江口，一雁悄悄落洞庭。
此际私情唯向古，梦从栏侧赴遥汀。

绝　　句

（一）

出差巧遇旧时朋，握手询吾业可成。
笑答当年书剑梦，已成酒后一歌声。

（二）

时过清明第一天，躬身我自伴书眠。
朦胧梦里乡思动，恍见亲娘话耳边。

2009.4.5

（三）

湖山隐在雾云间，为睹真容雇艇前。

才落笛声风便起，浮身一瞬浪波巅。

（四）

唐序韩跋今日齐，遂商诗稿印如期。
闲心都付桃花事，朋辈何人似我痴？

2009.4.7

（五）

一日之愁昏更切，一年之怨暮春多。
昏愁怕见梨花落，春怨之身难奈何。

五　律

（一）

余观险韵诗，两样不时宜。陋室迎侯日，华堂宴乞时。
汉风超近体，唐律宋难齐。大拙师奇巧，霓裳逊褐衣。

（二）

短聚复长分，良言赠故人。心思休暗揣，语意且明询。
固步千年树，腾身万里云。慧星三十六，拱北岂南辰？

（三）赠张老弟

匆匆三月行，故地结新朋。名字称清慧，职责是育英。
谦谦一君子，攘攘众门生。无悔今番业，春春不辍耕。

（四）

江风裹倦心，逐日向西沉。亭角涂三彩，林梢抱一阴。
豁然浮志浅，透彻漫流深。旧曲知人意，夭夭痴至今。

绝　句

（一）

2009年10月9日20时欣然口占此绝，以记今日之聚。

池浅不容龙，谁如谷庆公。今朝杯尽酒，指日可称雄。

（二）

2009年10月17日23时50分，试鉴金铃。在大连与藏老弟我兄弟在一起，读诗后告诉他金铃是谁。借此向金铃问好！

午夜归人廊下行，不期头顶响金铃。
心思一瞬随声远，久立长风猜汝名。

（三）

2009年10月18日凌晨零时25分致金铃老弟。

美赋成兮难匹双，巨龙腾宇世呈祥。
霞光万道天如血，有凤来仪自洛阳。

（四）

流清莫论泉，水浅不评滩。一事千般化，明禅唯借缘。

五　古

（一）

夏有白头蛾，夜吟白头曲。及至红盘出，露深飞不起。

（二）千面观音

世人苦诉嗔，反复不识君。吾身十八面，面面耳目新。

天　香

草密烟疏，秋江漫渚，望远前程如雾。
遥想当初，三年不悟，忍痛今朝如故。
叹春已暮，独立处，风波任睹。
五月红花艳树，何由百日霜主？
逢秋最怜运沮。告西风，锦园难住。
何把半生辜负？算来心苦。
近晚江天欲雨，怅望处，群山正飞素。
好梦将无，何年再顾？

绝　句

（一）

昨日寒堂泛墨香，痴人誊写旧篇章。
一时瑜亮风云会，遮掩西窗正落阳。

2009.4.16

（二）

书翻一半不由痴，旧事千千恍入诗。
不问诸君谁解意，只言明月似当时。

（三）金上京博物馆读史

雄风育上京，夜夜策金陵。饮马淮河后，女真弃会宁。

绝　句

（一）

拦风举破帘，对镜画苍颜。吾诗济公扇，朝朝不过三。

（二）

旅闲独自立江滨，戏语飘风时可闻。
秀色隔阴难尽见，碧波空载半天云。

（三）

相信是有人误解了他人的文章。

春归之日不飘黄，谁见伤人六月霜。
序雨文风无曲意，思来为证谊如钢。

（四）二零零九，桃花入酒

感慨光阴五岁华，题诗今又赋桃花。
盼人能解其中句，明月江山共煮菜。

（五）

利远名微居草庐，当年诸子著穷途。
文章最能见风骨，点墨熬成大丈夫。

沁　园　春

感于清慧诗句“白发似新思过往”。

白发如新，青丝已旧，奈往事何？
叹陆诗高阔，辛词忘我；英雄空把，两鬓消磨。

书剑高陈，琴棋久锁，是恨当年梦太多。
明月下，对杯身龙影，击缶长歌。
平生最怕蹉跎，竟宿桨眠帆空卧波。
恰秋蝉晚唱，徒伤其感；春畴久旱，无奈其禾。
钓线仍垂，渭波如昨，细雨斜风犹伴蓑。
愁莫惰，趁明朝未到，速弃沉疴。

踏莎行

短调吟完，长词赋遍。三生寂寞谁人见？
冰城四月不飞花，飞花何必桃花念。
白雪消残，尘心去远。诗情未共春回转。
寄言明岁再来时，桃花卷上桃花现。

南歌子

学赋三年整，成书两鬓花。
东风又换旧年华。遥忆当年此刻在天涯。
客渚新交酒，屏风饭后茶。
等闲小曲似琵琶。一瞬心思落寞欲归家。

七律

2009年11月15日23时50分，读唐寅之作《登法华寺山顶》，尘心瞬驰亦瞬痴，不由随韵乱吟诗。

随卷吾心到法华，浊眸斑鬓觅蒹葭。
蒹葭不见观铜井，在水一方其色暝。
伤今怀古一时间，今古已然逾百年。
百年花开花又落，闻香犹是今如昨。

量步山中好记程，人依旧事记平生。
得失随缘缘不识，识缘懒计失与得。
法华铜井倚何缘？阅尽沧桑竟坦然？
百年山寺十年屐，寺与青山不许国。
人葬青山骨不陈，浮名不予惑来人。
此去不难来更易，何留痕迹供人酹？

五　律

心若禅龟静，身如野鹤飞。杯中收志远，醉后敛痴微。
风雨多年事，烟花一刻灰。清风知晚梦，吹韵访柴扉。

2009.11.19

五律·“桃花又发”序文记

零八之序文，俱释谊深深。阅后寥寥趣，席间寂寂斟。
良师三载赋，挚友两篇文。俊若南山柏，高如天外云。
浮身于此际，可以慰忧心。破袄寒无惧，单衫冷不侵。
卑魂怀好梦，雅意荡空林。足赤金难觅，高风文已寻。
无财遗后世，有必托诸文。今事能成古，何年再是今？
林深藏虎啸，潭隐没龙吟。欲得空中意，须听高士琴。

鹧　鸪　天

（一）

余于此际且神游，不辨今朝春与秋。品出二君酬和句，当年不带此风流。

回首时迁二十年，话题聊尽不相关。

临行细雨斜如径，将别残云乱似山。
承笑浅，叙旧贪。隙嫌杯酒润无间。
从容不道秋将至，坎坷前途任等闲。

（二）

老迈英雄错半生，醉凭栏侧忆曾经。
襟怀阔处情难渡，往事思兮义不平。
新落日，旧江汀。含烟不与论前程。
临流人唱秋阳晚，隔岸风扬水上萍。

（三）

醒卧心烦旧志娇，起身借酒慰无聊。
春云夏雨冬时雪，往恨今愁午夜焦。
来淡淡，去飘飘。消耗暮暮与朝朝。
敢言所遇皆如幻，无奈难知幻怎凋。

绝　句

（一）

清明莫论雨来迟，天气今朝吾不知。
若问专心何样事，坐翻案上去年诗。

（二）

两京阅后感相同，俱认文中匿曲风。
皓月峰巅云雾笼，相询冰雪可明聪？

（三）

诗心不与宦心同，陋室欢迎八面风。
夜夜能成庄蝶梦，天天身在众芳中。

（四）

逍遥曾在众山东，瘦石旁边倚劲松。
尘事万般云过眼，利名一刻瞬成空。

（五）

昨于街上自徜徉，有幸车行见太阳。
及至早来单位后，心还犹带一缕香。

2009.4.20

七 律

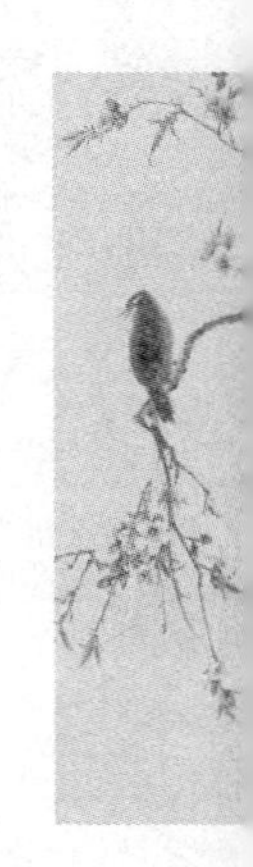

（一）

梦断凌晨因旧梦，似伤两鬓挂新霜。
佛心检点真高阔，世路沉吟太漫长。
好雨来前先送暖，恶风去后又添凉。
清诗不写凡人态，妙韵行间自品香。

（二）

尹文端、陈文恭同年，二公乾隆年间俱封疆四十载，后又先后为相，乾隆乙丑年（公元1745年）陈告老还乡，尹于病榻之上赠诗一首。诗末两句不胜悲苦。别后数日，尹、陈相继离世。尹诗原文："闻公予告出都门，白发还乡锦满身。早岁《霓裳》分咏句，卅年玉节共班春。到家绿酒斟应满，回首黄粱梦岂真？我老颓唐难出饯，将诗和泪送行人。"尹公虽官宦子弟，然是庶出。一身于家腰难直。而于仕途，公则顺风顺水，且建树颇丰。公俊逸倜傥，文治江南时，民安岁丰，夜不闭户，路不拾遗。与乾隆可称潇洒君臣。书生一世当如文端，余步其韵，聊寄私心。

封疆不计出何门，到老功名犹伴身。
联袂凌霄楼上去，赋诗分韵咏长春。
辞都今日乡情满，回首当年宦梦真。
白马红花宫样锦，长安争睹一时人。

清　平　乐

（一）

三更梦觉，一任神飞掠。枕侧兵书闲似昨，遂恨平生所学。
当年志赤如丹，今朝寂似寒泉。感慨眼前只剩，黄昏独自凭栏。

（二）

2009 年 7 月 13 日，泳后于林业大学游泳馆外桥下。

微风如醉，闷远烦消退。斜倚车窗人小睡，暂忘心中块垒。
醒时晚日将残，睡前小雨微干。此是夏中时节，人于林内幽谈。

七　律

（一）

2010 年 2 月 13 日，春节寄语。

人生难做百年人，度日应怜春复春。
少若磨心能胜玉，老来蓄志不如银。
牛年故事虽成旧，虎岁风流必拓新。
白雪青松红日子，与君今夜共良辰。

（二）

相约聚餐之时，恰是捧卷读诗之际。陆游其诗高阔洒脱、境深意远，瞬受点染，提笔诗记之，并书于此，附做赠书之言。

少志残年叹不成，枕边叠卷备三更。
破帆仍盼潮头举，病虎犹思岭上行。
追日恨逢弯月起，观星不待暮云平。
青衣少小离家去，白发心胸万里鹏。

（三）

2009年9月9日建堂记忆。

秋到家山草渐稀，西风一起乱尘飞。
心知玉露凉何意，不道寒蟾关照微。
小径徘徊思久住，长空一睹忘添衣。
疏林瘦水无为客，感慨年年人事非。

绝　句

（一）春秋法笔赠赵子龙

云鬓桃腮柳叶眉，翰营两赴为高飞。
态真不掩芳名假，他日相逢知是谁？

（二）再赋赵子龙

联襟并刃春入辽，卸甲花间龙卧巢。
香阵纵横枪不倒，马前戏谑老油条。

（三）

2009年5月2日（农历金牛年四月初八），与霍洪波在北京办完事，于王府井打车欲去机场，司机说时间还早且机场高速封闭，不如游了东岳庙再乘快轨去机场。司机介绍东岳庙旧时是皇家寺庙，现在陷入经济危机，但今年恰逢农历六十年一遇的金牛年，今天又是四月初八，释迦牟尼生日，今早许多巨贾名流专程来此求财。此时此地又非专程，除机缘可解别无他解，遂随缘而往。

四月初八东岳庙，随缘求得玉貔貅。
归来始信人间事，成在机缘不在谋。

五　律

此闷由来久，卑身居仰头。寥寥天上月，寂寂鬓边秋。
侧目华堂闹，倾心陋室幽。魂如堤畔柳，空抱水中楼。
夜雨修辙迹，晨风改故丘。栖身方丈室，悟道十寻湫。
贱命生无止，卑魂死不休。怀拥三世愿，纵意逛琼州。
立望琼州景，心魂舒且柔。凡思随梦远，野趣伴波流。
少志休询果，今嗔莫问由。相询骑鹤者，来路可逢愁？

2009.4.30

饮　马　歌

匆匆冬又到，雨雪迷行道。乱风枝头悄，慰人三年少。
叶纷飞，寒不微，鬓发斑如草，叹空老。

五　律

（一）

虚坐南山顶，层云脚下天。远江如匹练，近泽似坛泉。
石醉扶蓝雾，松眠卧紫烟。机谋难造化，沧海育桑田。

（二）辛词感

十年悲九月，汉地掠胡霜。寒气穿层甲，温吟润八荒。

池藏南渡鸟，赋显北来伤。少壮亭山志，衰年囚更张。

孤　草　吟

南野栖孤草，晨昏独向晖。怜苗人俱弃，恨已露相随。
春盛同狐隐，秋高共雀飞。明年重至此，仍爱绿荒胚。

绝　句

（一）

原来不相信皇帝会叛变，现在相信了。2009 年 5 月 4 日，身有寒烟之感。

空谷询春孰可怜，去年衰草指寒烟。
非云非雾非无故，风雨无关又一年。

（二）

斜眼东风换岁华，参差更有数枝斜。
无心盘问谁先放，醉我仍然旧日花。

（三）

暮绪生于落日西，绪初如菊后如梅。
月来忍把伤心事，化作寒烟以外悲。

（四）赋云

其影常留绿水间，其形偶过众山巅。
白云本是无根物，不堕红尘不做仙。

（五）随园诗话之随笔

读诗莫问诉何衷，大道由来实若空。

千古难描君子意，无题有境是高风。

七律·西海温泉神游记

览赋心驰西海泉，顺将诗兴付毫端。
望流虽叹因于北，仰阁息嗔欲向南。
储秀峰前飘远趣，待仙亭下素寒餐。
长风斑鬓尘常在，司马青衫泪不干。
天降繁难强脊背，地喷炽烈热心肝。
三山五岳云游遍，西海温泉竟等闲。
期盼有朝飞入赣，坐看红尾跳眸前。
修行必要佳山水，吐纳还需好竹兰。
新竣楼台唐作赋，点睛龙首是高杆。

沁春园·英雄惜英雄

际会纷纭，群雄并力，始成晋文。
更齐桓嫁衣，宋襄赠骥；楚成置酒，秦穆输金。
大事如斯，信无例外，草木相依气可森。
千斤担，信十筹可抵，独木难禁。
操琴须觅知音。类号令诸侯德不贫。
看风回林表，龙盘渊底；无聊之举，皆是专心。
五霸之交，虽成旧事，其略于吾仍倍钦。
英雄事，让后人识得，有迹能循。

中秋祝福

2009 年 10 月 2 日 23 时 40 分醉后赋诗，谨祝阁下中秋快乐！愿友谊地久天长！

一载悄悄月又圆，临窗我自语微寒。
履霜怨否秋来晚。对镜何凄鬓早斑。
去日如歌谁纵酒，醉时一笑恰嫣然。
青丝已罢当年志，白眼今朝座下鞍。
高枕离忧思去远。奈何尘事锁还缠。
预言恨被凡痴换，唯叹诗情如日丹。
君子何年情特特，美人何载意绵绵。
青春最怕花飞远，落后时逢雨不干。
问雨可识襟上泪，约风舞在最南山。
疏忽过往不如意，放下前番贴体烦。
莫羡今朝无畏我，实因有志不能言。
千山早被身游遍，倦后才评险与艰。
坎坷前途逢莫返，返时笑汝骨如棉。
我身老迈不足叹，唯愿诸君锦又添。
红酒一杯遥祝愿，愿君一载一层天。
尘缘如幻亦如梦，梦是青青幻是兰。
秋又月圆人又醉，醉中人又赋婵娟。
琼楼玉宇今何在？赋比嫦娥韵比仙，
饮马江南寻故砌，听琴舞眩旧栏杆。
飘飘何句吟千遍，“美人青青君子兰”。

绝　句

（一）

身曾负剑游，累坐古荒丘。失意怀中酒，相知山外楼。

（二）

风纵残秋草木凄，嫩江东去我朝西。
波光水色车窗外，兴致寒烟一样低。

2001．10

（三）

为洁寒室抛故纸，留东存西我心知。
当年诗画封包早，昨日官文今弃迟。

（四）

酒过倦身欣，怀诗欲访人。谁知衣袋漏，失我半年吟。

（五）如琴湖

还记立如琴，湖天密密阴。高崖人不见，天地有孤心。

戚　氏

绪难挨。
万千心事任由猜。
逝岁如烟，旧情于我又如霾。
何哉？
为幽怀。
如花早闭暮还开。
幽香过后难再，忆曾诗酒在高台。
兴来飞笔，情归落墨，忘询此恨谁裁。
痛红描紫气，黄娇蓝彩，绿染苍崖。
归来晚伴青苔。
扶石久伫，寄语浩然斋。
春残后，绿何不改？
是待秋来，
木成材。
鬓黑早去，眉斑胜染，掌撼庭槐。
惑年不已，浊绪难迁，尘起尘落成埃。

感慨当年事，风鹏不遇，枉费英才。
此后红尘隐魄，类荒郊野岭葬身骸。
待知胜券无缘，遂生此念，自古谁无败？
笑岁华，一去难重再。
虑失得，曾在秦淮？
罢往恋，此意难乖。
忆旧朋，素袖掩桃腮。
惑通无碍。
平生失得，俱是安排。

绝　句

（一）专心读书

心到书中眼界宽，探穷谷底上云端。
逛完庙宇游禅室，好似多活一万年。

（二）读书之目的

立志休违本性初，贪多难免了时无。
书山未设寻金路，蹊径偏求是险途。

（三）欣闻升职

2009 年 5 月 24 日，收到臧老弟短信。喜讯先知，一时不能自已，遂吟诗以记此情。

香飘五月恰当时，花讯先知竟觉迟。
指点江山羞借手，前程锦绣我吟诗。

（四）

江湖多载事，失是得之师。向北寒先觉，背阴暑后知。

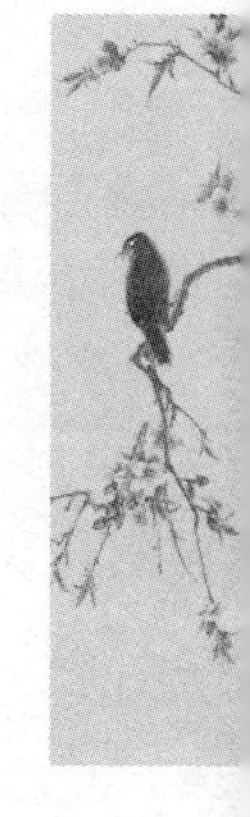

戚 氏

意何求？
荡游心似断云浮。
逝岁匆匆，诱人算剩几清秋。
何由？
泪横流。
红尘半世赚白头。
十年旧事回首，万千滋味道来羞。
竹雨飘谷，松风过壑，去留尽是浮愁。
叹三生课业，十炉香火，皆是空修。
昨夜又梦云游，
长须短褐，持钵坐田畴。
西风下，与谈白叟。
面壁如因，
又无休。
往恋故念，今痴旧惑，俱葬荒丘。
捧经坐雪，饮露餐风，自在不逊王侯。
醒后心头惑，如烟似雾，涨在双眸。
不道今身倦矣，且功名利禄懒相谋。
直言坐遇良机，路逢富贵，袖手辞相受。
问所由，本我三缄口。
询因果，休咎难筹。
道所欲，诗酒登楼。
赋所愿，骑鹤下扬州。
问君知否？
千千欲惑，放下无忧。

绝　句

（一）

心从玉宇落沟渠，不惑才齐欲隐居。
五岳三山难中意，故园寸草蔽微躯。

（二）登黄鹤楼

黄鹤早随云去远，孤身独把石栏凭。
江波此刻如潮涌，似诉当年供我听。

（三）完颜阿骨打陵（金太祖陵）

金京西向南，有地葬完颜。其事遥遥远，相传只片言。

（四）布袋偈

池乃水之袋，鱼游无障碍。白云落碧池，欲同鱼自在。

（五）

将行了往嗔，远见未来身。身在云头坐，随风变化贫。

绝　句

（一）

如棋世事变如魔，定式千千价值何？
休道万般书最好，从来学问误人多。

（二）

晁错进言汉景帝：齐楚吴三国城池占据了一半江山。如此夸大，意在削藩。实际三国之域未及此数。帝信错言，故有七国之反；错显其辞，遂有杀身之祸。此供为君为臣者戒。

献计君前指数扳，城池三国半江山。
若谋百世皇权固，上策当然是削藩。

（三）

尘事纷纷难下评，凡身欲隐竟还听。
金银一对伤神物，诱我元真修又停。

（四）

2009 年 11 月 10 日，买了一本《唐寅集》。

莫道高心自古无，此情早已著成书。
问今谁解唐伯虎，江上清风岸上庐。

绝　句

（一）

记得桂林两江四湖游览结束的一瞬。

归后三天未品完，更留一瞬在眸前。
湖光才送人登岸，旋即恭迎月上船。

（二）

还记得桂林两江一湖游，其时半月在天还在水，天上人间两样美。

半轮天上半轮河，整璧偏分两片磨。
水月不如天月定，桨来时候乱于波。

（三）题画诗

2008 年哈市会展中心。车展旁边办画展，车展购票画展免。

文人卖画赚车钱，吾于画前立半天。画虽中意价偏玄，心提此诗记疏缘。简而言之就是喜欢但没舍得买，在心里给人家的画题了一首自己的诗，然后阿 Q 一样怀着看吴妈的心情去看车展了。明年车展不知在何时。是否我喜欢的路虎发现 3 还在那里等着我，借用孟德评袁术的一句话：冢中枯骨，吾早晚必擒之。

绝涧当余百丈宽，天悬一线下幽泉。
松风过壑闻天籁，虎立崖头望断烟。

绝　句

（一）

叶隙投来八束光，三圆一扁四方方。
树未摇动光形改，知著因微晓落阳。

（二）

2009 年 5 月 28 日，农历五月初五。

虽于床上醒三更，五月端阳未踏青。
卧想江边今日事，无非借草乞安宁。

（三）

《明朝那些事儿》第一部之和尚生涯。

疗饥身化缘，豫皖满三年。历事心胸阔，经由眼界宽。

（四）

《明朝那些事儿》第一部之“踏上征途”。

石言天下反，顷刻势燎原。汤信周德卦，促成明代元。

（五）

故园西侧老榆树，几十年来伤逝悲。乡党每逢操白事，必来此处送阴炊。

亲朋洒泪诉枯荣，故纸张张不忍听。
古树桥头痴望远，往生在此别今生。

五 律

（一）

昨日学清君，明朝陈润林。猜逢缘分事，择日启吉音。
忆昔神交久，思今谊更深。贺词凭短信，遥祝愿如心。

（二）

暮云天际横，归鸟入林轻。回望村烟起，前瞻仕路暝。
更深寒愈重，酒醉意偏清。坐叹萦怀事，飘零已半生。

（三）

近日阴晴不定，急雨来去难料，几次冒雨穿行，有感记之。

饮散倚门久，难于一伞求。周遭皆是雨，初夏竟如秋。
末路横流满，前阶垂瀑稠。湿踪无印迹，华发泪盈头。

2009.6.23

绝 句

《明朝那些事儿》第一部之“就从这里起步”。

（一）

提兵危定远，不日下含山。四战皆完胜，濠州策马还。

（二）

豪留七百贤，赚得一身安。选将二十四，同开明业篇。

绝　　句

青山望与白云齐，薄雾缠身绿染衣。
暗道故园春更好，虽然客久返无期。

绝　　句

偶于书店购得一本白话版《随园诗话》（文言文版我也看不懂），常于午夜或清晨闲读。书中提及的人与事，相信当然是文人共雅事，只是常提及某些聪慧之人的哀伤卓绝之作，令己常不忍读。诗之益多哉！然其害无乎？吾未曾闻物仅有益而无害，酒能怡情亦可伤身，诗能悦性更易伤情。诗酒乃情物之灵，世之情物难超二者。是故凡事可浮不可沉，凡情可真不可深。否则贻害深且远。

曾问随园旧主人，谁题廊上旧诗文？
恨其多是伤魂草，只记飘风不记尘。

绝　　句

（一）

可笑当年志，今朝梦与同。对溪人照影，一样两衰翁。

（二）

《明朝那些事儿》第一部之“储蓄资本”。

谋谏效刘邦，五年安四方。濠滁施小术，天下大思量。

(三)

2009年6月4日，赠某兄。

晨起乐向陶，甘心挨粉刀。何时如此妇，宰汝有高招。

(四)

《明朝那些事儿》第一部之“霸业的开始”。

应天开霸业，设略众雄先。晦远腥风淡，江山欲吐丹。

(五)

记游乌兰浩特北山成吉思汗庙。

策马并弯弓，人称十世雄。空台旗猎猎，共汝逞威风。

绝　句

(一)

记2002年7月石子山工地。

众绪纷纷乱，孤村凉似寒。檐滴一宵雨，窗挂半山烟。

(二) 三剑客

良朋久客住连城，三剑相约赴翰营。
宿鹊高飞今在否？文兄余弟倍心倾。

(三)

《明朝那些事儿》第一部之张士诚。

反元于泰州，恶战在高邮。立足非天佑，成名乃自求。

（四）

《明朝那些事儿》第一部之徐寿辉。

匹夫真美男，据地号天完。随众不足万，封官过数千。

（五）

《明朝那些事儿》第一部之陈友谅。

魔遇陈友谅，心头犹不祥。无德称大义，乱世逞豪强。

（六）

《明朝那些事儿》第一部之常遇春。

豪杰常遇春，州克即来奔。夺印采石役，英雄刚试身。

绝　　句

2007 年 5 月与二哥赵兄去长沙，陪其登岳麓山。此山我大学时期登过数次，但山中故迹总是不能了然于胸，登山前跟二哥说："山上有爱晚亭、蔡公（蔡锷）墓、黄公（黄兴）墓等故迹。"进山不远即见爱晚亭，游后沿石阶上山，而后岔路纷纷，只得择其一而行，欲拜两公之墓而不能，后歇足于山之半山亭，歇时犹云："明明来过数次，怎么就找不到了呢？"自断：可能岔路过多，所以不见。遂于半山亭择路下山。时过半月又来此山，于半山亭歇脚之后继续上山，不足半里即见蔡公墓，再行半里又见黄公墓，感慨上次登山半途而返，未能见所欲见，遂想人之于事不亦如此！

茅亭共我忆曾经，廿载于今重又登。

人过半生山过半，后程风景胜前程。

绝　句

（一）

《明朝那些事儿》第一部之“决战不可避免”。

临危不自慌，群策细参详。妙设东桥计，江山一战昌。

（二）

《明朝那些事儿》第一部之刘基。

卧虎不声张，山林大隐狂。临危一声吼，谁与共存亡。

（三）

入室难寻槛外踪，宦游总在落霞东。

七番欲避无良计，何兴能如归兴浓？

绝　句

2009 年 6 月 11 日从大连飞广州，于白云机场转机到桂林，再从桂林乘车去贺州，于沿途看遍桂林山。吟于机上与车中。

（一）

身在白云间，心于尘事烦。舷窗人望远，何处住神仙？

（二）

猜测桂林山，前生必有冤。今生形作指，一一指青天。

绝　句

（一）

廿载成一叹，追求如梦遥。再来生做木，痛快去燃烧。

（二）

秋来片纸写微情，景色眸前一望惊。
雾起还疑山挂白，霜成始信草杀青。

绝　句

《明朝那些事儿》第一部之“等待最好的时机”。

（一）陈友谅

小胜不足期，心怡决战机。洪都新叛忍，是为傲强敌。

（二）朱元璋

安丰策略空，怒火眼中雄。旗向泸州指，将来宿命中。

七　律

（一）

2009 年 6 月 12 日，由贺州到桂林。李洪亮老弟带我游览了广西师范大学，即旧日之靖江王府。晚饭洪亮老弟与夫人苏女士请我品尝桂林名菜椿记烧鹅，席间吾与洪亮夫妇畅谈今昔。亮夫妇先有一女，现欲生一子。李夫人言：不论是男是女，都欲起名苏东坡。吾接道：既如此何不将女儿名字改为李清照？亮笑而不答。

靖江王府象森森，五百年来往事侵。
独秀峰前烟似壁，月牙池畔璧如琴。
登阶可揽千山趣，倚阁能通十代吟。
记取四湖游醉处，七星映乱两江心。

（二）

从“桃花不伍”到“桃花入酒”，转眼将满五载。余之于诗恰如风之于字，虽数近两千，信不值一文。从不求甚解到断章取义，更至于信口开河，厚颜如此莫过于我。数次欲将诗稿付之一炬，因于不忍，皆不了了之。醉我者诗也。我污者诗也。

五年甘苦一人知，回首桃花做劫时。
浅志偷描墙上句，厚颜敢对柱边辞。
誉嘲若絮飘青冢，得失如风过碧池。
设遇随园前世主，区区敢否与谈诗？

绝　　句

2009年6月15日，因为应酬喝了那么多不愿喝的酒。身体难受倒在其次，敢问识我之人几人知我？

（一）

我笑无人能识心，荒山独自旧缘寻。
我今落魄何人过，水在深沉云在阴。

（二）

醒时长夜过三更，窗外云山月照明。
盘点平生分界处，当于不惑断升腾。

绝　句

《明朝那些事儿》第一部之“洪都的奇迹”。

（一）

文正御狂陈，洪都守八门。相持余两月，高下未能分。

（二）

三百鄱阳湖，滔滔湖色朱。陈兵百余万，上演大前途。

（三）

立望大江苍，刀锋指洛阳。西风吹白马，白马啸扬缰。

绝　句

（一）

《明朝那些事儿》第一部之“鄱阳湖！决死战！”

决战鄱阳湖，风兮风事朱。周郎江上计，友谅到穷途。

（二）

《明朝那些事儿》第一部之“下一个目标，张士诚！”

淡墨书拙句，幽怀应不知。多年风雨后，当忘故人诗。

绝　句

（一）

城摧俘未降，视死若还乡。小富即安策，盐夫梦一场。

（二）

称王不垒墙，八月陷平江。胜后萦心事，江山何入囊？

绝　句

（一）

六月飞寒气，超乎十月凉。急风带疏雨，如豆砸车窗。

2009.6.20

（二）

汉有文景之治。然汉景帝性格却有致命处：偏听偏信再偏行。偏听偏信晁错的削藩谏，遂偏行削藩，以致有七国之乱。后又偏听偏信谗言：诛晁错可平藩乱，遂诛晁错满门。惜乎藩乱未因诛错而止，错成帝错，再成己祸。

削藩初信错，实乃耳无根。后为藩乱止，屈诛晁满门。

（三）

2008年与大学同学去长沙植物园，园内林森叶茂。极幽之处有一林家小店，鱼鲜菜嫩，酒醇茶香。

共友客林家，深春夜半茶。去携三日惑，归负一肩花。

（四）

从“桃花不伍”到“桃花入酒”，时过五载矣。

半生聊已已，五载赋离离。诗乃心中草，青黄共四时。

绝　句

（一）

关东雨水多，青岛绿如何？此寄三千叶，由君梦忆昨。

（二）

寄书先问路，戏谑里藏锋。村北家溪侧，桃红霞更红。

（三）

赠书于郑兄，并题此诗。

疏忽道与谋，赤子盖高楼。锐意雕梁栋，廉心寄患忧。

五　律

《随园诗话》卷十二之三一读感。

高山围乱滩，修竹插云烟。溪畔谁家女？鬓边花作簪。
浣衣无故态，寻路任攀谈。桥上吟风客，今宵归梦阑。

绝　句

叶落秋林晚照森，西风过木罢蛰吟。
泽边一鹤超然立，不与天云谈故阴。

绝　句

《明朝那些事儿》第一部之“复仇”。

（一）蒙古

西征先灭夏，东进后平金。伐宋南至海，屠城忘掠心。

（二）文天祥

屠身难灭刚，取义道增强。乱世英雄梦，由来千古芳。

（三）明朝建立

起兵江浙湖，北上拓新途。豫鲁囊中后，应天自命孤。

（四）常遇春死

关山望月残，星坠柳河川。一代公侯梦，聊供餐后谈。

（五）关于名将

世乱任雄争，将军百战成。安危抛脑后，荣辱寄刀兵。

戚　　氏

2010年1月5日，下雪了。

雪花飘，
诱人心事起如潮。
感慨当年，未能人面共桃夭。
悄悄，
鬓花凋。
青春岁月已遥遥。
朦胧旧事难忆，寄言诗酒亦难描。
家山如梦，窗花如幻，乱吾去日今朝。
想南山叶落，西畴日远，寂与谁聊？
十载剑马萧萧。

孤行独卧，渴饮野溪桥。
长宵半，剑人月草，
一并娇娇。
式无招。
进退起落，钩连挑引，似有神教。
藐名鄙势，爱勇怜贫，虽少不让英豪。
不悔当年事，峰巅论志，我辈奇高。
武略文韬并进，怕潜龙卧久宇难遨。
忆来逝岁如歌，晨吟晚唱，韵共心情俏。
惜旧诗，有律千般妙。
品往事，人面无憔。
论失得，不乱心涛。
展新图，白雪润青苗。
惑身仍少。
欣欣愿对，雨剑风刀。

五　律

（一）感于《随园诗话》

年华来去匆，少志苦相从。剑梦仍游牧，书心早务农。
亭云留且住，岸柳密还空。月照前川水，悄悄自向东。

（二）

戒饮非关病，原因意太娇。年年花事罢，夜夜梦难调。
去意伤心絮，归风动柳条。西峰三面雨，共我暮云挑。

（三）

高塔入云层，坛香飘向灯。苍凉怀古意，忧远语新朋。
秋井苔痕染，宵窗风露凝。凡痴相诉尽，坐默忆平生。

解　谶

偈语破迷津，浮身远市尘。别时言未启，分后笑安神。
三圣传休咎，千经解惑因。群星身北拱，满月晕南巡。
寡欲心消孽，温汤火抱薪。识真离窘境，德显遇高邻。
苦雨侵檐紧，禅风渡讯频。起逢早行客，卧梦晚归人。
与子谈高论，同谁抵坏嗔？前生教后世，共铸往来身。

玉 楼 春

思君不道何其甚，只把当年诗慢品。
冬痕未共岁痕残，夜梦桃园香入枕。
行云虽带春归信，积雪独怜屐下印。
昨宵月色最撩人，仰首忘知天远近。

绝　句

《明朝那些事儿》第一部之“远征沙漠”。

（一）徐达中路军

兵出雁门关，长车向北元。奈何穷寇勇，王命叹难全。

（二）李文忠右路军

孤军虽冒进，受困不消沉。狮作常山吼，荒原寒气深。

（三）冯胜西路军

疑兵成大事，一骑溃千军。鹰纵凌云志，冲霄不入群。

绝　句

2009年6月29日，与红卫谈及其公司之事。此贺红卫老弟的公司即将开业。于今日赋诗，欲他日赠字。贺心聊表，谨记高风之谊。

宏图开眼界，
实业阔心胸。
志纳三千壑，
高瞻十万峰。

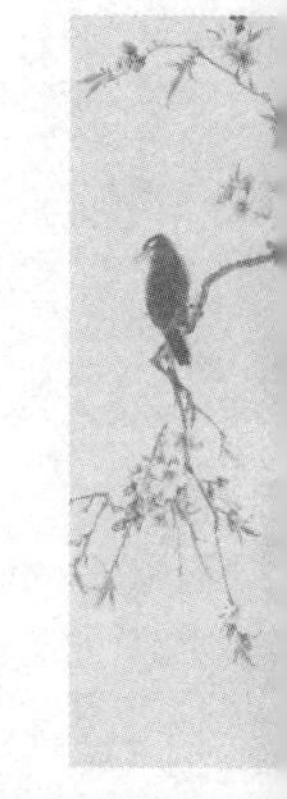

绝　句

《明朝那些事儿》第一部之“建国”。

（一）

豁免三年税。增开十代荒。量宽能纳谏。谷足可兴邦。

（二）八股

文章十指宽，八股取三元。王用天下士，虚抛千顶冠。

（三）

国初制效元，监政设言官。十指长依短，缺一不可拳。

（四）刘基

设略平生技，沟通不擅长。船高千尺浪，虎落一平岗。

（五）刘基死

智深能料事，量浅不容人。身为党争故，惜乎第一臣。

绝　句

（一）

记得一次酒局，有君感言："茫茫数十载，书剑两无成。"抚剑问心：吾梦何寻？旧梦今心，或共秋云。

落笔意何涂？今年两寄书。只言书剑梦，早已不如初。

2009.6.30

（二）

雁荡山，闻名久矣！其在浙江温州。吾去杭州数次，永嘉县也数次，数次欲游此山而未能，今读《随园诗话》知袁枚也到过温州、永嘉，还游过雁荡。向往之情更甚。

心阔观音洞，神幽雁荡山。何朝按察使，与妾共成仙？

（三）

评价子期琴，知音价胜金，奈何人不遇，孤雁衬孤心。

五　律

（一）

日夜奔波水，滔滔不忍听。晓风吹北岸，晨雨落中汀。
坐望江舟远，行痴树鸟鸣。赋诗求醉已，无获半平生。

（二）2009 年 7 月 20 日 20 时，雨

骤雨关门紧，急风追阻人。学堂接送子，百货避淋身。
是父皆如仆，凡儿俱若尊。心询何故此，落雨指飘云。

（三）写心

床头痴懒汉，借韵赋前生。铠甲堂中挂，轻装提剑行。云山支野帐，金顶宴高朋。匹马摩天岭，拦风阻纵横。

戚　　氏

夜三更。
倦身眠废忆曾经。
枕若飘蓬，恍然一夜半平生。
无名，
更无成。
眉霜染鬓再无争。
流年似水如梦，共西风落叶叹飘零。
仕患难远，尘忧若病，诱逢禄惑何倾？
向西峰诉晚，南潭寻定，笔拓心耕。
游梦廿载难停。
兵书剑册，俱是旧时朋。
三更火，照心览胜。
月进孤亭。
问云程。
或近或远？明乎暗否？是坎还平？
剑楼夜咏，置酒高谈，风起云动旗横。
最是当年志，随身似影，共我枯荣。
好雨三天可止，但三秋猎获岂能评。
往来过客孰知？草心树愿，皆是当年病。
忆旧程，云乱南山径。
描旧景，谁辨红青？
索旧盟，难为湖萍。

诊旧病，策马再回京。
雾山云岭。
青襟白鬓，指望冥冥。

绝　　句

《明朝那些事》第一部之“胡惟庸案件”。

（一）欲擒故纵胡惟庸

自古与王争，朝权恨在丞。谋深容不法，待隙灭心憎。

（二）胡惟庸对策

图存寻铁券，结党拒皇权。蚁穴三年固，洪来一刻残。

（三）胡惟庸之法不责众与朱元璋之干脆全杀

小偷寻启柜，大盗不开箱。虎略狼难测，鹰翔众雀慌。

（四）明之废丞

祖吝一钱银，孙搭十两金。明朝那些事，师后到如今。

（五）特务制

察微凭特务，探密吓群僚。训虎类训犬，争锋难胜猫。

（六）马皇后

坤地秉天元，诚邀当世贤。心中无贵贱，眼内有偏全。

（七）明朝官员

十载寒窗苦，不如生姓朱。薄薪难养志，循吏亦贪污。

（八）明之官制

收权不养廉，放眼吏皆贪。名利皇家物，王轻士必欢。

（九）明之官制

清泉不养蟾，腐草育鲜花。大道兼收后，诸般不一般。

绝　句

（一）

平台论策取高低，耻共妇人见识齐。
雾岭云山人指望，当年一剑定关西。

（二）

2009 年 7 月 2 日，余兄来电话说丢了手机，并且说我新买的手机涨价了，上调了一千元。此前我曾与余兄探讨其他品牌手机的事，中意的款式标价七万四千元。于是我给他发短信："从你丢手机来看，不应买那个牌子。"余兄弟回短信说，"老弟，你终于明白我的良苦用心了"。

用意何其苦，崎岖指伟途。沧海遗贝后，犹道浪如初。

绝　句

《明朝那些事儿》第一部之"扫除一切腐败者！"

（一）

雨露并阳光，恩威天下芳。小鲜烹大国，求米得糟糠。

（二）

陈鼎欲熬粥，稠关劣与优。当知关键处，鼎火宜温柔。

绝　句

《明朝那些事儿》第一部之“空印案郭桓案”。

（一）

说来空印案，实质不关贪。诛过千余县，皆因藐视天。

（二）

官印盖空文，聪明种祸根。皇天秋后雨，大地觅无尘。

（三）郭桓案

赋被侍郎吞，株连三万人。是官家必破，放眼几人存。

（四）李善长结局

身兼不世功，初始便从龙。岂料多年后，善长难善终。

绝　句

（一）

江北云天红渐无，西风倦鸟入林初。
长堤久坐蓝衫客，品味斜芦立钓夫。

（二）

欣然昨夜湖天雨，晨起江山一望无。
小坐楼台餐后望，日高云起浪如初。

（三）

望山嫌路远，乘恨坎和颠。坐赏行吟句，达于不觉间。

（四）

去来一任四时风，晴雨相关百丈虹。
私意最钦云阅历，峰巅壑底散如逢。

（五）

虎隐于山龙隐潭，穿云谁似鹤冲天。
门前五柳迎风唱，归与不归十日禅。

绝　句

《明朝那些事儿》第一部之“最后的名将——蓝玉”。

（一）蓝玉之志

戎马二十年，封侯心不甘。原因怀大志，欲作古难全。

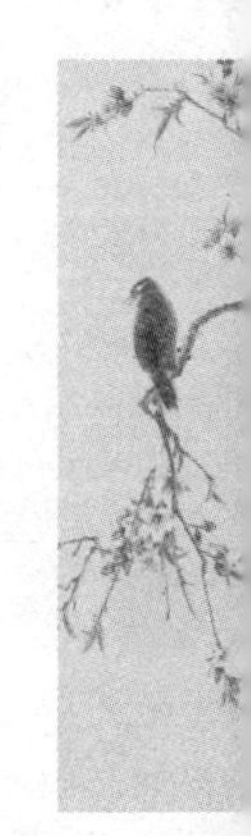

（二）庆州之战

飞骑袭庆州，风雪不停留。罢战三更后，军增三万囚。

（三）受降纳哈出

既胜草原狼，无须再辱降。横刀人种祸，遇事欠思量。

（四）最终的判断

抬头沙漫天，四望了无烟。方向凭直觉，三军且向前。

（五）北元灭亡

命遇大军残，风沙葬北元。黄金家族血，到此已流干。

七　律

（一）秋吟

烟沉草冷露生愁，月夜倾心一树秋。
旋叶落川山色漫，跳鱼游水涧光浮。
兰随我梦追尘远，石印君身伴谷幽。
斑鬓两年三叹晚，欢言谁与道来由。

（二）吟秋

由来道与谁言欢，晚叹三年两鬓斑。
幽谷伴身君印石，远尘追梦我随兰。
浮光涧水游鱼跳，漫色山川落叶旋。
秋树一心倾夜月，愁生露冷草沉烟。

七　律

未思半世为何忙，少梦多年囚更张。
练剑三更嫌夜短，学诗五载觉愁长。
别时情谊随歌重。聚后诗心借酒狂。
相问门前同岁柳，江湖风雨可曾享。

绝　句

（一）

整理旧时吟，成书赠小琳。墨香虽易褪，此谊可深沉。

2009.7.7

（二）

旧事千年新事新，寒烟枯草渡迷津。
兴亡谁与君谈梦？逝水楼前女姓秦。

（三）

仲夏何人晚赋诗，此心猜有两人知。
闻窗遥透当时雨，故我今身痴更痴。

2009.7.7

（四）2009年7月7日

窄窗急透伤心雨，私测他人意不知。
秉笔我难书慧句，南山松梦似无期。

绝　句

《明朝那些事儿》第一部之“蓝玉的覆灭”。

（一）蓝玉向朱标描述朱棣

私向储君言，燕王不一般。眉峰含紫气，虎目顾龙肩。

（二）蓝玉死

廿载为前程，功成后半生。惜乎骄此胜，赚得逆臣名。

（三）真正的动机

为谋千载业，暂借万人头。卫国乃家事，王藩天下畴。

（四）历史是可以篡改的

时迁数百年，故事探难全。公道无人见，虚言著满篇。

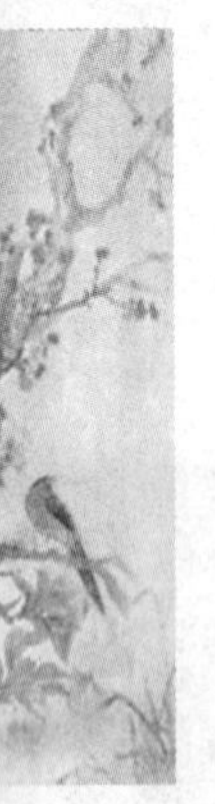

绝　句

《明朝那些事儿》第一部之“制度后的秘密”。

（一）

历史乃真英，滔滔难阻行。劝君识时务，且莫误平生。

（二）锦衣卫

权力过三公，唯王掌握中。浊流贻害远，其祸笔难穷。

（三）盟友

高丽委身元，明初国势残。投桃回报李，朝日旭于天。

（四）

江山非规划，万载自然功。王只人间主，长河一小虫。

（五）

休息百业生，权重乱平衡。识势疏流俊，孤行过可憎。

诉衷情

2009年7月7日步韵词，《明朝那些事儿》读感。

明初诸将俱封侯，戎马俊神州。三年须白何处？暮雨笑兰裘。
名未灭，事经秋，水空流。吾心深慨，明月今年，空照荒洲。

乌夜啼

莫言春日无愁，道来羞。不惑之年须鬓竟如秋。

草青涩，虫休蛰，雨苏畴。欲赞眼前春色却无由。

2009.4.21

浣　溪　沙

2009年12月25日，林口有一行，酒有三醉。时值年末，嘱已可提久闲之笔以记心。翻心如倒柜，竟乏善可陈。人无好事，心无好诗，遂草草数语敷衍之。虽无好事与好诗，但有好愿祝友人：

今冬多瑞雪，明载必收丰。病与贫齐别，福和禄共从。
幼儿强似虎，老父健如松。财涨三江水，名高八面风。
临春栽锐志，入夏得成功。谦空三千谷，仁高四面峰。
文心骄玉笔，武志傲长弓。晨煮新茶绿，夜调陈酒红。
绸衣商更雅，眼镜学无庸。仕马逢街让，耕夫遇墨恭。
名威师卧虎，势显仿潜龙。障目三厘叶，量身一寸虫。
应知聪有限，莫要禄无穷。绿白参庭草，青红问岭枫。
德深非眼界，量浅必心胸。福禄人间事，修行三界功。
开篇思磊落，收笔欠从容。感慨三千万，唯难数语终。
约期亲置酒，择地会高朋。烟雨苍茫处，峥嵘谈笑中。

一语难描幻与真，一年终际雪纷纷。万千心事与谁闻？
鬓草因伤秋后事，泪花故遮眼前人。直言所获仅衰贫。

绝　　句

（一）

龙铎，字震升，号雨樵。清乾隆己卯年（公元1759年）举人。十二岁时杭州前辈朱桂亭先生命其当场诗咏瓜子皮，铎应声赋诗：“玉芽已褪空余壳，纤手初抛乍有声。莫道东陵无托

意，中间黑白尽分明。”余读至此，相惜之情顿生：何不可入诗？何不可言志？

葵芽有志羞空壳，入口时分脆有声。
自道吾心方寸意，向阳一刻爱分明。

（二）

白石乱齐腰，秋毫丰更骄。遇诗愁作序，谁与共陶陶？

（三）

最爱卯时春，清新雨后晨。石阶逢道友，谈笑一天云。

（四）

若有奇心（好奇之心），必有奇遇。

风雨一时人，阶逢语慧根。如来身去日，意否有留痕？

绝 句

《明朝那些事儿》第一部之“终点，起点：最后的朋友们”。

（一）汤和

早起早归家，风光度晚华。平生难忘事，谁与共嗟呀？

（二）少年朱棣

庶出母无尊，行排第四人。耳无琴瑟染，常被剑声熏。

（三）青年朱棣价值观

读书难大进，历练得真经。纵是皇家种，荣华亦靠争。

（四）朱棣而立

洪武廿三年，燕王得兵权。挥师驰大漠，不战灭残元。

（五）朱棣长处之最

忍字一字真，众妙拜其门。修作平生本，轻松十代尊。

（六）朱棣的恩威并济

为谋尊上尊，法外不施仁。信历三冬后，众芳齐嫁春。

（七）朱棣的不满

再储又无关，燕王已不甘。心期时运转：孤可自撑天。

（八）京郊马场

天下权当跑马场，八风助我志飞扬。
横鞭一指江山道：秦鹿今宵卧凤阳。

绝　句

《明朝那些事儿》第一部之“建文帝：建文帝的忧虑”。

（一）

洪武三十又一春，忧心人送放心人。
新朝局面新矛盾，皇是侄儿叔是臣。

（二）建文帝之忧

一皇拥九王，孤虎对群狼。放眼江上望，心情戚且惶。

（三）叔叔的威胁，日照龙鳞万点金

叔威侄不禁，虎啸盖龙吟。同姓不同志，其忧深且沉。

（四）建文班底

防寒早备薪，洪武育三人。食素多年俊，尝荤一两醺。

（五）

扬威依势更依名，治国用书还用兵。
八面威风三面雨，阴阳并举至升平。

绝　句

《明朝那些事儿》第一部之“等待中的朱棣：朱棣的痛苦”。

（一）另一个和尚

身负万人谋，心轻当世侯。有才王不纳，半百觅还求。

（二）乱世之臣

学问五车沉，胸怀乱世心。猎羊狼嗜好，血性历来侵。

（三）跟随燕王

半百不空忙，时来抱负张。阴阳三万术，术术为王藏。

绝　句

《明朝那些事儿》第一部之“准备行动”。

（一）建文之先着

登基时不长，南北灭藩忙。早忘当年略，德强能固邦。

（二）朱棣的应对

先手失先机，燕王睹后疑。扩军招术士，以备必来危。

（三）步步进逼

敢做蔽天云，朝京不拜君。身从皇道入，自信胜皇孙。

（四）成功的策反

君臣暗过招，戒备又防曹。鹿望园中草，雀瞄身后雕。

（五）黄子澄的致命错误

未囚三弟兄，吉兆变危凶。今日笼中虎，他朝座上龙。

（六）精神病人朱棣

藩前隐虎踪，逆境免于弓。待遇滔天雨，卧波鱼化龙。

绝　句

（一）

操杀杨修后，见修父杨彪曰：

令郎依汝势，有志不同君。忍痛挥泪斩，因防其辱门。

（二）

操之卞夫人则致信于袁夫人：

贤郎盖世材，得戮实堪哀。宫锦闻滴雨，庭云阴不开。

是操夫妇异心？抑或同志？

绝　　句

2009年10月9日书赠谷老弟，题于书首。

（一）桃花不伍

此乃桃花第一篇，疯癫人把草当兰。
群峰踏遍今才见，空谷幽芳自在鲜。

（二）桃花依旧开

二篇起在此花开，欲诉幽怀无处排。
牢骚是因曾有志，惑明始叹竟无才。

（三）桃花依旧落

二篇收在桃花落，识惑原来竟胜魔。
夜雨浇开心块垒，坦言久病不沉疴。

（四）桃花依稀

三篇莫道韵依稀，风雨林间凄且迷。
渐懂平生何最贵，茅檐杯酒话相知。

（五）桃花又发

此花发在年逢八，青鬓当时已见华。
感慨早随风远去，书斋听雨自煮茶。

绝　　句

《明朝那些事儿》第一部之“不得不反了！”

（一）张信的决断

慌慌迷未觉，信母道天机。王乃江山主，堂皇不可欺。

（二）齐泰的后手

百密不足书，一疏前略孤。擒王非小事，岂可令含糊？

（三）决裂

置酒备三巡，围城控九门。图存先掠地，固本再求尊。

（四）造反的理由

靖难清君侧，勤王为国安。史书三万册，正义道来艰。

（五）不祥的预感

灾祥指谶燕，落瓦喻飞天。起步心无悔，纵然前路艰。

（六）唯一的人选

遍视武和文，平藩唯一人。扬汤难止沸，灭火手持薪。

（七）张玉的狂言

快刀先砍松，伏草后围忠。一箭双雕落，燕王试引弓。

（八）战机

雄才藐战机，高略释群疑。十万敌太寡，充饥难灭饥。

（九）真定溃败

料敌早三程，分兵围聚兵。登高旗一指，十万大军崩。

（十）前生

褐衣瓦钵渡江诗，云海崖天自往之。

八十吾身无恶疾，维摩岩下笑谈痴。

绝　句

（一）登衡山印象

石径旋山盘似肠，人如粒米步中央。
遥瞻远树浓于发，近赏幽芳淡胜妆。

（二）

曾记成都访旧庐，浣花溪畔落花无。
白云似故何似汝？桥侧栏杆墙上书。

（三）

四十微嫌不惑迟，心于仲夏整秋思。
鹰翔高处瞄低处，岁遇丰时想歉时。

2009.7.13 晨 4:00

（四）

2009 年 7 月 12 日，与旧同事约谈新事，席间新识人。

新朋高论术精明，细辨人间重与轻。
难得糊涂真境界，身于事外小收成。

绝　句

《明朝那些事儿》第一部之“你死我活的战争”。

（一）黄子澄的第二次谈判

朝廷换将匆，如士罢良弓。战忌轻易帅，悲夫危变凶。

（二）耿炳文退守镇定

善守不善攻，残城三面空。墙头高卧马，不共敌匆匆。

（三）朱棣借兵

审势险借兵，留儿督北平。前途凶与吉，全拜此番行。

（四）宁王

重利贿朵颜，三军旗向燕。饯行成靖难，从此不曾安。

（五）北平的防御

残身羞辱命，劣势不交城。高炽生高智，坚冰固北平。

（六）郑村坝战役

转势借强援，燕王旗盖天。郑村抬望远，兵败似崩山。

（七）第二次机会

整军逾百万，选将用平安。欲借今番战，消除天下烟。

（八）大战的序幕

冲锋不借由，睹势鬼生愁。罕见燕王惨，迷途伏辨流。

（九）可怕的平安

棋胜一招先，兵危四面烟。孤军逢苦战，似鹿陷围栏。

（十）朱棣的危局

插翅已难逃，登高作势招。势如平地虎，节若待屠羔。

（十一）转机

妖风起折旗，疑是泄天机。借此翻颓势，慌慌荡寇疲。

绝　句

后海浮生半日闲，泛船乏后憩时眠。
醒来已是黄昏后，灯火人流却胜前。

2009.7.25

绝　句

《明朝那些事儿》第一部之“朱棣的对手”。

（一）铁铉

南邓一书生，功名与战成。卑心牵国事，夜夜不眠灯。

（二）坚守济南

王师十万崩，困守济南城。书剑当年梦，刀光今日灯。

（三）久战不下

铁血染红英，残军不让城。燕藩帝王梦，夜夜荡空营。

（四）善守者潜于九地之下

善守御善攻，残军飘未零。王威高利器，破木退坚兵。

（五）燕王中计

粮官不一般，妙策诱王藩。门降千斤铁，王冠砸落鞍。

（六）善守者之策

弱旅困危城，御强奇策生。城头悬大字，字字胜于兵。

（七）朱棣败走济南

济南王略酬，趁势复德州。铁铉书生梦，从今高胜侯。

（八）朱棣的自信

善防难善攻，过海必蛟龙。身是王侯种，焉能战战庸？

（九）盛庸其人

明史掷言真，盛庸何许人？历来谋者胜，从不论卑尊。

（十）盛庸其识

智者见识真，燕王非战神。围城三面紧，破阵两头昏。

（十一）东昌决战

胜负两难知，东昌决战时。破攻封两翼，陷敌只围追。

（十二）朱棣的防弹衣

因是皇家种，刀锋不敢欺。想知逃难日，叹否悔来迟。

（十三）张玉葬礼

谋循将士凄，当众火烧衣。此举功难计，思来王略奇。

（十四）毫无退路

靖难途难返，前程无限山。登天非易事，歇马不休鞍。

（十五）再战盛庸

居中明辨势，一击斩潭渊。阵脚虽微乱，云浓难蔽天。

（十六）朱棣的战争动员

雄心释众艰，激语两军前。吾本刘光武，庸庸胜不难。

（十七）恐惧

我固高刘秀，奈何寻弱庸。起兵三载后，始感夜难终。

（十八）

天子乃真龙，当然可御风。劝言豪杰忍，莫再恨无穷。

绝　句

《明朝那些事儿》第一部之“离胜利只差一步”。

（一）并不轻松

虽有多番胜，仍难罢纷争。京城遥不及，山水望连程。

（二）

虽获连番胜，仍然居北平。江南天下本，何日可调烹？

（三）思维

北平南下功，何必过山东？奇胜从来是，行空难觅踪。

（四）消息

北上雁传书，京畿防务虚。王如乘势起，南面可称孤。

（五）徐州

入室抛开锁，登堂一脚门。徐州南下略，隐隐透纷纷。

（六）建文三年十二月

文武又重征，今行非旧行。心中盘算事，一战了纷争。

（七）最后的冲击

悠其守德州，军急袭徐州。回笑追兵乱，徐州转宿州。

（八）睢水之战

谋消后顾烦，睢水战平安。黄雀螳螂后，尝羞撤不甘。

（九）灵璧之战

百战已成空，功名随逝风。回眸三载梦，有始竟无终。

（十）谈判

坐收灵璧后，不战下扬州。白日当年梦，今朝帐下求。

（十一）建文帝的最后感慨

江山将易主，四顾意何如？败寇成王律，身经胜读书。

（十二）方孝孺

书生不辱名，弱骨抗刀兵。取义平生志，成仁百世英。

（十三）

劲旅四围成，厚门于内崩。江山今易主，事任后人评。

绝　句

《明朝那些事儿》第一部之“殉国、疑团、残暴、软弱”。

（一）黄观其人

黄观知势残，冠带践前言。遥拜君王后，飞身逐浪巅。

又

气节万年刚，英名百代芳。志随王事灭，缓步自沉江。

又

遍寻明史篇，唯一中三元。虽得燕王恨，其名勾未残。

（二）黄岩、王叔英

生虽济事难，赴死不徒然。此乃忠良事，信奸闻汗颜。

（三）疑团

让位何烧殿？自裁难觅冠。郑和七出海，是为解疑团。

（四）方孝孺

铁笔刻竹书，当年灭十族。谁如方孝孺，昂首笑屠夫。

（五）软弱

软弱不容刚，心虚最恨强。冷风吹大殿，无处不苍凉。

（六）

当年殿下臣，今朝座上尊。皇天三载乱，乱后换乾坤。

绝句·絮

（一）

飘飘直若醺，落落亦如嗔。耿耿留春意，随风追逝云。

（二）

落落意如尘，飘飘形像云。记春春不记，好似梦和人。

绝　句

《明朝那些事儿》第二部第一章“帝王的烦恼”。

（一）朱棣自己开的身份证明

尊身非庶出，敕令可称孤。因为奸人故，登天变险途。

（二）封藩制之弊

藩王乃祖颁，后继用之难。相忍能无事，若削必起烟。

又

王藩初为安，待削起烽烟。若探其中故，从来王爱权。

（三）道衍

问其何执着，怕负平生学。松下孤眠鹤，单飞复独踱。

（四）兄弟

何处置宁王，后封先设防。平分天下诺，不过眼中粮。

（五）母子不相认

庶出子无尊，分封赏作臣。月光全靠借，食日乃欺君。

（六）

靖难得称尊，尊身未有根。逆行问何故，权欲不容亲。

绝　句

春日立江村，沙堤罩翠云。絮飘疑是雪，燕王梦如醺。

绝　句

《明朝那些事儿》第二部第二章“帝王的荣耀”。

（一）功大于过

纵是恨其刁，其功仍至高。利民无数事，鼎盛大明朝。

（二）修书

自古论修书，何朝能胜朱？一篇融百卷，半册智千夫。

（三）命运之解缙

冰天令屈尊，囚众议纷纷。敬酒欣然受，临行大梦昏。

（四）解缙起点

高才出吉安，殿上掷真言。历练轻狂士，归家等十年。

（五）解缙再仕

行伪能消祸，言真遭罢官。潜心七余载，再仕并忠奸。

（六）吉安三士，解缙、胡广、王艮。

胡广闻诏至，艮身忠殉君。投机缙驰谒，三士面容真。

（七）王艮

君以貌取人，士因国殉身。忠心何必诺，掷诺或无真。

（八）胡广

胡广因文宠，死追文穆公。拍棺能定论，文实穆则空。

（九）李贯结局

汝既食君俸，何由危不言？孤今如用汝，信必不如前。

（十）永乐大典

千经皆入典，万学俱排篇。永乐修书事，汪洋纳百川。

（十一）解缙编书

卷海夜挥毫，江风万里涛。书生成大事，墨笔胜金刀。

（十二）解缙的投机人生

缙以直扬名，终因曲害生。纵天怜大志，亦要自珍清。

（十三）

柔肠结百思，铁笔刻千痴。席上杯穷酒，廊前泪化诗。

（十四）解缙之悲

惜才能济邦，命丧雪茫茫。应记前人训，休为不擅长。

（十五）解缙之投机

天心竟敢欺，济世欲投机。立储皇家事，书生劫后知。

（十六）

宦海觅营营，徒劳攀上层。赌求长富贵，赢得短浮生。

（十七）

权名不在争，猎后犬享烹。纵得生前贵，难谋死后荣。

（十八）立储

为谋传世久，立储看贤孙。殿上一席话，他年成祸根。

（十九）

虽然是宠臣，亦忌逆君欣。龙爱滔天雨，心烦蔽日云。

（二十）识太浅

才深自诩狂，识浅乱皇纲。借主三分色，愚臣开染坊。

（二十一）解缙返京

失势返京华，归逢四载花。沿街寻故迹，无处不嗟呀。

（二十二）解缙

尘世往来空，匆匆如阵风。回眸曾遇事，事事不由衷。

（二十三）

得失不由衷，多年盘算空。缙今还在否？一问命成终。

绝　句

《明朝那些事儿》第二部第三章“帝王的抉择”。

（一）

迁都首在粮，粮运控于航。南北三千里，疏通靠宋郎。

（二）

京都向北迁，帝国可长安。不舍春时米，焉来秋后餐。

绝　句

《明朝那些事儿》第二部第四章“郑和之后，再无郑和”。

（一）

壮举世无双，浩威王外王。扬帆船入海，七次下西洋。

（二）郑和

少即为战俘，长则为战夫。功高王赐姓，千载似其无。

（三）出航

浪涌千年事，风高万里船。层云浮远日，出海我扬帆。

（四）古里

古里落帆桅，诏完人欲归。刻碑留后世，万古颂王威。

（五）

争空崖上雕，御浪水中蛟。俱逊王滋味，平台万国朝。

（六）

十一即从军，功成百战身。生擒陈祖义，道来岂无因。

（七）朝圣

抚石问残年，余生共几天。回眸朝圣路，沧海与桑田。

绝　句

抱枕平身侧耳听，鸟于枝上唱分明。

昨宵雨去真无义，今早风来倍有情。

2009.7.21　晨3:50

绝　句

《明朝那些事儿》第二部第五章“纵横天下”。

（一）元朝中期的蒙古地位

纸上幅员辽，毡房空挂刀。威名难胜祖，藩众不来朝。

（二）明之初

国势日增强，威名能固疆。众藩朝贡紧，殿宴四方忙。

（三）

威名震四方，疆域已追唐。阔海船破浪，繁经殿上藏。

（四）

浩漠立空丘，唐诗害骨柔。无情金络脑，有恨玉搔头。

（五）安南之阴谋

交趾暗流生，逆臣谋骗封。若容胡氏叛，国号枉称明。

（六）安南之战

筹兵三月功，为灭乱藩雄。号众八十万，旗遮滇桂峰。

（七）

未战逝朱能，谁提百万兵？将门真虎子，张辅逞其名。

（八）

胡氏固其城，阴谋用象兵。略深生上策，马面罩狮睛。

（九）

置郡定西南，边关虑北烦。困明百年梦，辗转不能酣。

绝 句

《明朝那些事儿》第二部第六章“天子守国门！”

（一）永乐时期的蒙古

高明策固邦，计间草原狼。剿抚安平敕，怀柔并戮刚。

（二）一次性解决问题

良言惜不听，固执向前行。无势兼无计，悲夫十万兵。

（三）

萧萧风马鸣，御驾起亲征。碧血腔中沸，宫声暂罢听。

（四）

浩漠立长戈，埋尸饮马河。高丘王掷语，指日汝求和。

（五）

无语斡难河，风云见证多。群雄帝王梦，过眼似烟波。

（六）

悲夫阿鲁台，运背苦难挨。势紧存无计，输光始变乖。

绝　句

（一）

昨日途经十年前（1998年）工作的地方，感慨顿生，草草记之。

当年今日此门中，正叹平生际遇空。
十载重来疑是梦，梦中人觅旧行踪。

绝　句

《明朝那些事儿》第二部第七章“逆命者必剪除之！”

（一）雄鸡马哈木之傲

食足仰观鹏，骄心三尺翎。争空曾展翅，试罢不如鹰。

又

明军不若羊，我士猛如狼。敌乃囊中物，擒如闭口张。

（二）忽兰忽失温

苍鹰旋众山，狡兔术难玄。三窟连环计，残于一扑间。

（三）朱棣踏察战场

不由抽气寒，环险四多山。密隐三军易，坚持一刻难。

（四）

先品铅丸热，后尝刀剑寒。忽兰一次胜，换得十年安。

（五）胜之道

谋胜先谋术，兵分三大营。术优再谋器，火铳响弓鸣。

（六）

磨砺剑能鸣，越冬兰可青。辉煌非侥幸，百炼好钢生。

（七）马哈木之终

败后卧薪甘，余生不犯边。高才留教子，业上两重山。

绝　句

《明朝那些事儿》第二部第八章“帝王的财产”。

（一）

内阁设初衷，无非廷事工。岂知百年后，势大竟妨龙。

（二）东厂

疑人东设厂，宦构势堂皇。害自油盐事，危乎到裂疆。

（三）巡抚的诞生

治政三官蹇，调纷巡抚专。官增事难减，税重万民烦。

（四）杨士奇

离渊近储龙，得势不腾空。求稳明抛利，除雕密引弓。

（五）

坎坷志难移，高风杨士奇。身穷偏重义，无报亦争施。

（六）杨荣

宜缓御门登，先应谒祖陵。若无惊世略，岂敢马前横？

又

才略得王倾，随军侍远征。关防和印信，俱让子来擎。

（七）杨溥

为赌异时天，牢中等十年。东宫迎驾案，入室叩门砖。

（八）

裹剑三层绢，囚龙十丈渊。量才子非器，无事不需闲。

绝　句

《明朝那些事儿》第二部第九章“生死相搏”。

（一）

储事问群臣，群臣各自云。文言长当立，武断次该尊。

（二）缙之诗

当君作虎诗，借以喻王知。储乃皇家事，真情定夺师。

（三）朱高煦之叹

叹与储无缘，心煎祸不单。何由形势惨，皇敕守云南。

（四）朱高煦之请

寻隙屡抒怀，乘欣数献乖。云南山太险，儿请另谋差。

（五）

求情得住京，夺储计连生。贬缙诛通后，势如霜再冰。

（六）杨士奇之官场城府

得势面如衰，提靴默上阶。虽离龙首近，不敢住豪宅。

（七）杨士奇之奏对

奇怀真宦心，奏对字如金。太子官风好，穿林不覆林。

（八）杨士奇赞

虽然同住林，奇乃逆风禽。势险人心变，沙无始见金。

（九）东宫迎驾案之杨士奇奏对

经年复问之，何故驾迎迟？此罪不在储，穷追全在奇。

又

闻词帝释然，降旨不牵连。颓势因之挽，急流缓过滩。

（十）失误

高煦自评身，当如李世民。惜乎未评者，汝父类何人。

（十一）朱高煦之叹

道来形势差，不愿住青州。剪羽难丰志，秋成落叶愁。

又

凉风过不柔，晚怅落荒丘。只恨排行次，青州藩似囚。

（十二）杨士奇的另一次奏对

承封不就藩，两次逆王宣。若问其何意，当然不一般。

又

转势借良谋，进言窥主忧。握机身暴起，一剑刺封喉。

绝句·读书间隙

搔首即知华发稀，观书久觉眼光迷。
敲窗风告秋来矣，再赋春情需借诗。

绝　　句

《明朝那些事儿》第二部第十章“最后的秘密”。

（一）

功名过与全，相论似评禅。遂尽心中想，输光身外缘。

（二）

谁如姚广孝，显后寺中韬。封赏俱不要，隐如尘上飘。

（三）王宾

有墨不挥毫，绝言门外抛。功名和尚误，徒为世间劳。

（四）姚广孝最后的请求

良谋尽后憔，身已不堪劳。临死唯一愿，求消溥洽牢。

（五）

建文之业消，溥洽助其逃。守密二十载，牙关如狱牢。

（六）姚广孝之心

直言难表事，尺曲不知深。形是宽于治，实则赎在心。

（七）永乐二十一年七月

御驾又亲征，因由道不清。规则强者定，弱莫恨难平。

（八）

征无新斩获，反解旧谜团。为至今番得，艰寻二十年。

（九）

谒消深夜眠，罕见帝心甘。行在三更对，换来明日酣。

（十）

胡氏义忠君，千难面建文。史言疑始释，推论信其真。

（十一）推理建文帝的话

因缘聚有分，无主不称宾。君我各安命，息争谁是尊。

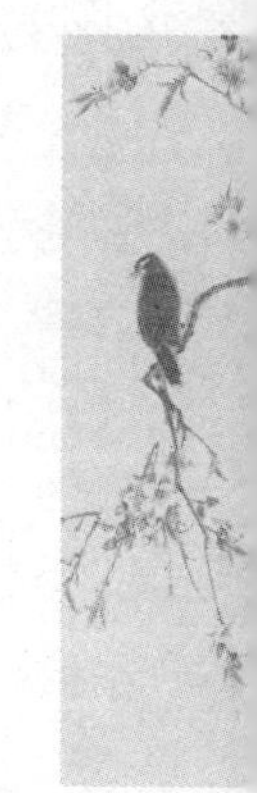

（十二）

莫道事难乖，云阴毕竟开。恩仇三十载，解后葬形骸。

（十三）朱棣与杨荣的最后一次谈话

剑经多载砺，信可断繁难。吾意凭栏晚，徜徉夕照山。

（十四）朱棣临终心境

龙疲思浩渊，虎倦念深山。马踏征途久，停辕问卸鞍。

（十五）

狼烟消戍垛，战士死征途。似水东归海，如沙化蚌珠。

（十六）

风过舞千禾，冰融一路波。传奇今落幕，相问示君何。

（十七）深夜的密谋

为度劲霜秋，防寒三士谋。煦温不如炽，体热胜穿裘。

绝　句

《明朝那些事儿》第二部第十一章“朱高炽的勇气和疑团”。

（一）

洪熙正气昌，过半赖三杨。夺位十年短，更张一载长。

（二）

子能更父过，是懂孝之深。后浪不后进，方能淘见金。

（三）朱高炽评价方孝孺

论事不当除，道来皆为朱。新君更旧判，虽晚胜于无。

（四）

储未经年位又空，瑶台走马过匆匆。
相疑莫盖功和过，争论从来始不终。

绝　句

《明朝那些事儿》第二部第十二章“朱瞻基是个好同志”。

（一）朱瞻基了解民情

三更听雨声，四季负藤荆。非为江山计，锄停口即停。

（二）

王淡口中食，可疗天下疾。治国真上策，与民养生息。

（三）朱高煦之志

武略弱关张，文谋逊子房。偏突颅后骨，志要乱皇纲。

（四）朱高煦其人

有翅不能翔，无鳍偏过江。生非梁上兽，其骨弱于糠。

（五）

盛世有仁宣，匆匆十一年。德何能致此，铁马放南山。

（六）

形势不容慵，君权谋变通。奏章需票拟，留白供批红。

（七）

明宫多内官，徒众逾数千。衙设二十四，其巅权盖天。

（八）

为抑外臣权，批红用太监。忠奸因此乱，以致祸江山。

（九）致政

审是赖明瞳，辨非依厚聪。裁衣疏具体，起舞不由衷。

（十）皇帝的痛苦

亲躬非不能，只是太劳形。日日皆如此，圣君输圣僧。

（十一）

朝政太监听，无非为制衡。饮鸩谋止渴，死信虑时轻。

绝　句

（一）

2009 年 7 月 27 日，北大庄酷先生在湖畔签售其书，我买了两本。

客昼如织暮后疏，燕园七月未名湖。
归来记得三宗事，落日鸣蝉庄酷书。

（二）

六月初八泰山崩，急别京师向北行。
盘点平生牵挂事，首推大梦醒匆匆。

2009.7.29

绝　句

《明朝那些事儿》第二部第十三章“祸根”。

（一）

武姓东方者，文名王振人。为求其业俊，自愿净尘身。

（二）

老年杨士奇，眼力不容欺。振自身前过，察心目透衣。

又

迷迷宦海尘，磨砺四朝身。年老名偏重，君前顾命臣。

（三）

无耻狐朋党，首推王侍郎。敢言人未想，须短效高堂。

（四）

王振移走朱元璋手书“内臣不得干预政事”之碑。

敢为君不为，干政且移碑。秉国人如此，何言有是非。

（五）有“抱负”的坏人王振

权已满朝倾，奈何心不平。骨无三两重，偏要动盘星。

（六）

满朝皆不言，唯独烈于谦。敢指奸人首，锵锵骂凛然。

（七）

哈木育脱欢，脱欢生也先。也先梁上种，有志欲吞天。

绝　句

寂寞难言午后衷，书房墨迹浅还浓。
风心雨意思描得，落笔才知惑不庸。

绝　句

《明朝那些事儿》第二部第十四章“土木堡”。

（一）刘球正统八年之奏

增使不增金，必然藏祸心。隔山听虎啸，阵阵势催林。

（二）

烽火起边城，边城乞用兵。晴天响霹雳，御驾欲亲征。

（三）

宦振欲图功，身微借主隆。兴兵二十万，五日赴征戎。

（四）真正的指挥家

昼伏夜孤行，从来宠不惊。三军十万士，赴死若趋生。

（五）

百死一夫生，群殴岂战争。古来真上将，唯惧多带兵。

（六）

生恨册评荣，死羞石记名。将军真境界，十万士无争。

（七）钱皇后

位显欲无贪，深宫一朵莲。繁花云过眼，霜重我清闲。

（八）

十万大军从，关庯笑将庯。大同兵马溃，不日战擒龙。

（九）暴发户王振

志已展龙廷，锦衣何夜行。三军需绕远，蔚县视民情。

（十）鹞儿岭之战

勇之五万兵，中伏死无荣。将弱三军险，君昏一国倾。

（十一）未进怀来

庯振因千乘，三军不入城。平岗支野帐，月夜待人烹。

（十二）土木堡之变

无边刀火明，土木一时崩。臣死君临难，腰身四野横。

绝　句

何事人生易白头，老年寂寞少年愁。
劝君得意休言久，快乐时光一转眸。

绝　句

《明朝那些事儿》第二部第十五章“力挽狂澜”。

（一）

兵无能再招，剑折可重烧。君若生难考，撑天岂拜曹。

（二）

势危猢众散，节险乱军奔。唯独王盘坐，安然不辱尊。

（三）权衡利弊

致死益如何，生因好处多。尊身当万璧，能易彼山河。

（四）魅力

祁镇真君子，谦谦如玉温。其柔能钝刃，其忍可融分。

（五）太监喜宁向也先献计

京畿防务虚，守卒老还疾。王若乘机取，能收网外鱼。

（六）

群臣料胜难，庭上议南迁。虽失京畿地，犹持半壁山。

（七）投降派论调

战则玉石焚，逃能南壁存。青山十年后，幼木可参云。

（八）

庭前谁拒迁，兵部烈于谦。报国身当裂，忠君义必全。

（九）于谦

磨砺肝和胆，中原十九年。身轻民事重，贪苦不尝甘。

又

英雄天大胆，沧海挽狂澜。自古谁无惧，英雄惧义残。

又

负手登高站，清风两袖圆。左襟天下苦，右袖万民艰。

又

满朝皆惧贵，唯我不容奸。义正肩腰阔，词严肝胆圆。

绝句·题赠大学同学

时迁十五春，旧惑早无痕。昨日华南雨，今朝塞北云。

绝　　句

《明朝那些事儿》第二部第十六章“决断！”

（一）决断

局危应虑固，岂可议迁都。史训君知否？欲追南宋乎？

（二）

一语众皆醒，柱梁焉可倾？临危肩重任，挂帅守京城。

（三）

此刻传奇始，问君君不知。唯知天下担，予已不推辞。

（四）

出殿仰观空，雄心一瞬浓。家国如此任，皆付一书生。

（五）

战争关键人，智勇不能贫。略正军心稳，谋奇将气真。

（六）

固城先解忧，兵马过通州。军令粮自取，来京不再筹。

（七）

不计身名荣与枯，敢将碧血洒穷途。
挽狂澜者真国士，顾小局人才匹夫。

（八）秋后算账

闻奏朝堂起骂声，主因宦策陷胡营。
焚尸不足平民恨，灭族方能止世憎。

（九）朱祁钰初衷

闻奏钰心惊，陈言与众听。事当容再议，今且罢庭争。

（十）马顺之死

汝智不足评，潮流身敢迎。赚来堂上死，现世报相应。

（十一）群殴

柔久不如刚，朝堂演武行。斯文全放下，袍袖挽相帮。

（十二）

廷战有谁帮，尚书加侍郎。积仇一舒展，文弱变金刚。

（十三）又是于谦

纷纷国事乱难缰，拳雨萧萧下庙堂。
冷眼旁观真儒士，铿锵一语济危亡。

（十四）

忧身总是济危先，关键时分排众前。
功过一分是非定，满朝文士得周全。

（十五）

二十三日风波定，积怨多年一刻平。
朝野今番无别事，唯集众志固京城。

（十六）

大智于谦真栋梁，为消敌欲立新皇。
江山因此疗忧怆，胡首也先盘算荒。

（十七）

皇权因乱更，斯是为苍生。鼎定人心定，机谋最上乘。

（十八）

攒沙谁固虚，兵部尚书于。再世徐天德，当年伍子胥。

风　筝

为上青天翅染朱，白云邀共阅蓝图。

浮身最恨绳约束，耻被高低任起伏。

绝　句

《明朝那些事儿》第二部第十七章“信念”。

（一）也先的苦恼

叹势不由衷，到头盘算空。龙囚三日后，其价逊于虫。

（二）也先之计

缚龙城下叫城门，刀下之人汝父君。
今令不从他日论，君身何故视如尘。

（三）

不是吾君令不遵，实因社稷重于君。
卑身此举非关己，是为城中百万民。

（四）紫荆关之战

安危此刻系于肩，守将孙祥血染关。
退敌不能唯战死，烦劳城草诉忠奸。

（五）兵临城下

战争首要帅当先，城固焉如意志坚。
十月帝都王气盛，拥兵百万待周旋。

（六）起用石亨

锈剑弃荒城，蓬蒿掩旧缨。问其何所盼，磨利再出征。

（七）

堂上所言真，危关当济民。剑经多载砺，出鞘欲杀人。

（八）

一语罢群纷，分兵出九门。盼生皆立斩，落败共成仁。

绝　句

短信回复张老弟。

迟回短信甚心慌，只怪尘身近日忙。
聊寄破书搏一笑，拙诗岂敢为华章。

绝　句

《明朝那些事儿》第二部第十八章“北京保卫战”。

（一）刘聚的西直门之战

率众守西门，西门勇不贫。刀光吞血气，剑影动红尘。

（二）赵荣与王复

有运宠敲门，无功禄上身。官虽从七品，顷刻许忧君。

（三）于谦在德胜门外

抽刀迎也先，跃马大军前。报国书生志，今朝义可全。

（四）神机营

用计不平庸，伏兵空舍中。合围枪四起，一役定初衷。

（五）

烟灭灰飞血气寒，某年某月某时间。
城头立望风追马，负手吟诗一百篇。

（六）也先的愤怒

为报失亲恨，疯狂攻九门。奈何门太固，众志欲成仁。

（七）

何者迅如雕，分明竟石彪。猛夫怀大勇，短斧战长刀。

（八）

武夫言者邻，言者武监军。危急城头句，思来皆为君。

（九）第二方案

料下北京难，转攻居庸关。居庸关太冷，冰雪覆城砖。

（十）居庸关守将罗通

奉命守居庸，名通关不通。殷勤迎请剑，好客送行弓。

（十一）

危局何人统弱兵？散沙十月固京城。
书生因此名标史，册借书生照后生。

（十二）于谦的北京保卫战

强谋统弱兵，勇气固危城。十月三番战，书生百世名。

（十三）

全力苦支撑，非求一世名。忠肝温碧血，国事岂经营。

绝　句

2009 年 10 月 9 日，“校友录”中看见金铃，遂题诗致意。

飘发揽飞英，桃林提剑行。长风含笑问，何者是金铃？

绝　句

《明朝那些事儿》第二部第十九章“朱祁镇的奋斗”。

（一）也先之叹

铁马当年并踏关，男儿三万起燕然。
辉煌回首真如梦，月夜抽刀驱酒寒。

（二）朱祁镇的孤独抗争

论名尊上尊，论势不如民。手足虽同出，荣华离间人。

（三）危难中的朱祁镇

身危礼不贫，势险更斯文。胡首因之化，宽仁亦间亲。

（四）

宴上胡酋起杀心，密伏死士帐听音。
平常之夜风雷作，毙马方知天意阴。

（五）袁彬

谁如袁某用心真，患与其君如一人。
排难敢拿头作注，御寒能用腹当薪。

（六）

也先欲将其妹嫁朱祁镇，朱的回复：

北狩得联姻，孤心倍觉温。仪缺容后聘，礼具再迎亲。

（七）除掉喜宁

谋划计除宁，荐之出使明。江福城外宴，宝剑得尝腥。

（八）朱祁镇的思归之心

路遥归梦不曾残，日日登高眺望南。
若问此身何所倚，心中女子重江山。

（九）钱皇后

泪泉哭尽未求怜，唯盼夫君万里还。
磨难经多人始懂，千金不若一平安。

（十）朱祁钰的认识

莫叹人间变化繁，历来名利得来贪。
君临天下心才懂，王道亲情两不兼。

绝　句

（一）

2010 年 2 月 3 日，谨以此预祝我徐老弟以潇洒的外交风范、高明的政治手段胜利解决目前的经济问题。

危机不过海中鲜，暂困权当餐后甜。
敢断登高何入眼，滇池之水碧于天。

（二）

兄于马上道玄机，弟与佳人战约期。
谨祝此番行顺利，大枪指处乱军疲。

2009.9.30

绝　句

《明朝那些事儿》第二部第二十章“回家”。

（一）

敢言其志洁于莲，敢断其心赤比丹。
问世谁如于少保，拒名远利不曾谦。

（二）

初闻诋毁意难安，经久于之已泰然。
功过一如云过眼，江山雨后更光鲜。

（三）帝王心术

清泉归冷涧，密雨落幽渊。潜久龙心动，潭光偶照天。

（四）遣使蒙古

太上久蒙尘，朝臣议论纷。谦谙帝王术，一语定乾坤。

（五）李实

出使五天前，头还七品衔。匆匆担大任，深意道全难。

（六）传奇的对话

千里南来只问安，不言国事不言还。
孤飞北燕归无计，太上荒原任等闲。

（七）李实的出使

职微撑世面，语重愧天颜。快意心中想，说完打马还。

（八）朱祁钰的想法和做法

龙床为久盘，手足任其寒。诸策皆称善，独行不纳言。

（九）杨善

学问于人少半车，官声与势更堪折。

皆言人老难当事，不识口中三寸舌。

（十）牛皮

宴上狂言讲伏戎，边关昼牧夜弹弓。
三千甲士来无影，窥赏诸君帐烛红。

（十一）善辩的杨善

帐前善辩胜于歌，听罢胡酋无奈何。
古往今来千说客，几人数语解干戈。

（十二）

先前众使枉穿梭，未若杨郎舌剑磨。
闻罢也先心大喜，汝君不日即归何？

（十三）伯颜帖木儿为朱祁镇送行

餐沙饮雪数年华，回首交情起杀伐。
入眼青山连不绝，蓦然伤感此时别。

（十四）

身经百难得归家，昨日亲情今日枷。
不愿庭前谈物是，风干泪眼忆繁华。

（十五）

繁华如梦亦如花，醒在清晨落在崖。
心下江山涂满纸，浓浓淡淡掩嗟呀。

绝　句

为大兄弟长春之行赋诗。

亲乘大鸟赴长春，旧梦新情幻与真。
十载心思今兑现，坐拥白雪赏红唇。

2009.11.21

绝　句

《明朝那些事儿》第二部第二十一章“囚徒朱祁镇”。

（一）

有道皇权能间亲，弟于盛夏斩庭荫。
囚兄坐叹凉无计，暑气招摇杀气森。

（二）

因怕天光养又韬，罪及绣袋与金刀。
阮王二士忠心浩，血染刑堂骨不娇。

（三）绝妙计划

为得皇权能代传，君臣交易买江山。
天家自古留余策，可笑此番王略渊。

（四）徐珵的遭遇

盛世应该民是王，匹夫岂可论朝纲。
战和皆是忠君策，无奈珵因一计伤。

（五）

因议南迁运履霜，理愁世态过炎凉。
腹谋妙策期来日，得势黄花十里香。

（六）疯狂的朱祁钰

运消心态倍凄惶，妙策全无抛锦囊。
复储再言廷必杖，遮天权力使人狂。

绝　句

（一）

痴微当在去年时，庭院深冬立读诗。
雪上爪痕墙上字，应该一样费心思。

2009.8.10

（二）

亲人有去鬼门关，我魄相随二十天。
所费皆需花府币，灰衣纸马过冥川。

2009.8.10

绝　句

《明朝那些事儿》第二部第二十二章“夺门”。

（一）石亨之谋

飘萍水上浮，沉石暗中幽。郊祀诏天下，三人已密谋。

(二)

臣子计谋皇，非嫌命太长。待飞时日久，机智岂容荒。

(三)

初瞧此计似荒唐，细辨才知士太狂。
满月当头心不满，叫门不应撞宫墙。

(四) 朱祁钰之终

七年何日得心安，噩梦长宵萦不残。
临死方知真道理，借人之物总需还。

(五) 朱祁镇归来

上九焉当初九藏，七年之困使人狂。
东华门外沉声吼，吾乃当今太上皇。

绝　句

2009 年 10 月 3 日，八月中秋。徐老弟在昆明滇池与我同祝中秋快乐。时余在哈。

皓月当空杯可空？酒浓时候谊浓浓。
滇池之月松江照，告我遥朋一样衷。

五　律

诗赠徐老弟，祝中秋快乐，并祝昆明项目顺利！

八月花香淡，中秋诗意浓。仰头观皓色，起舞对长空。
今夜离离者，明朝落落翁。莫言皆过客，应道古来同。

感慨虽无限，才华毕竟庸。溪流临照影，相映几层衷？
厚谊期高士，轻霜欲隐虫。乘醺邀旧友，联袂饮蟾宫。
宫见嫦娥舞，徐来阵阵风。耳盈仙子乐，竟是始无终。
因羡与君谊，吴刚提斧从。殷勤斟桂酿，指点浩苍穹。
东北云天淡，西南福运隆。追求人可得，俊业一丛丛。
世事棋般乱，尘生来去匆。当享真苦短，季季获收丰。
起卦今番业，爻爻示运通。三秋真桂子，四海俊蛟龙。
斩晦悄然事，升腾一跃中。慰心云叠手，惬意月重瞳。
易断三年准，难描一笔工。其玄烟漫漫，其涩雨蒙蒙。
醉后随心占，全凭廿载功。此番三十句，聊以备从容。

2009.10.3　23:50

七　律

（一）

夜叹凌空梦已遥，少年意气早全消。
懒于世上争三国，仅在书中觅六朝。
春草秋荒人事陌，寒烟暑散宦情凋。
盈亏谁似云中月，高孤不怜江上潮。

（二）岳阳游记

半生得失忆来空，心渐平时气渐通。
万里江天云四面，一轮烟月雾当中。
消愁今日无须酒，遣闷他年不借风。
独自薄衫仙岛去，碧波羡我意浓浓。

（三）

静夜吟诗试遣怀，半生得失坏形骸。
旧交一一随缘去，往事千千乘愿来。

感慨年年花易败，伤心岁岁运难猜。
周遭相问谁知我，今我茫然故我哀。

2009.11.11 晚 11:00

绝　句

（一）

聂诗疏格律，思是懒翻书。民若皆如此，愚公故事无。

（二）

懒汉长诗心，吟时不认真。兴来琴煮鹤，驴叫代知音。

（三）

大连机场网中游，喜见唐诗吟上头，
九月新橘红透否？心思一瞬赣南秋。

（四）

2009 年 8 月 24 日下午 3 时，大连机场。网上读唐老师新诗，遂乘兴追韵。

书身剑骨阔于秋，少志今番或可酬。
云梦霞心原上鹤，伴君一曲赋风流。

（五）

廿载浮身倦是非，交游懒计赚和亏。
诗心怕近江湖事，细雨花间不自私。

2009.8.25

绝 句

（一）手机网览校友录

墨笔三生趣，红笺两地秋。眸前身影乱，往事忆从头。

2009.8.27

（二）记杜甫草堂观梅

赏新白雪衬花容，阅木孤高尺寸中。
乐在严冬骄瘦骨，懒于时节变穷通。

（三）

读陆游诗“万里关河孤枕梦，五更风雨四山秋”。

关河余梦真，村酒老常醺。野趣无兼济，草堂独善身。

2009.8.28

（四）

消烦坐读陆诗篇，随卷吾心到沈园。
破壁早残当日句，故池依旧碧于天。

2008.8.31

绝 句

（一）

2008 年 8 月 31 日，11 时 31 分。周一。

鱼锅已断无人请，独自遥闻煮沸羹。
许是前番喉未愈，馋腥不敢再尝腥。

（二）

时隔一周又至连，金州海岸望崖天。
龙王庙外寻佳处，成与不成皆任缘。

2009.9.1

（三）

2009 年 9 月 2 日，读《陆游集》。

楼外清传无尽哀，托书鸿雁落琴台。
不堪桥下伤心碧，后悔匆匆到此来。

（四）

2009 年 9 月 3 日，读放翁诗而有感于己。

不叹光阴春复冬，微才无意仰攀龙。
衰心岂敢忧国事，一任尘身如梦空。

绝　句

（一）

2009 年 9 月 3 日，读陆诗“叹息老来交旧尽，睡来谁共午瓯茶？”

览胜湖山陆放翁，初吟似与别人同。
高明最是收官笔，赋尽幽情暗恨生。

（二）答厚薄之言

厚土当然最养根，薄云信必喜高尘。
瑶林不计疏和密，野草无丁自有茵。

（三）

2009 年 9 月 29 日，感于晨八时。

鼓喧旗正侍威严，首长徐行队列前。
民若磐石官若水，浮沉俱在两周旋。

（四）

2009 年 9 月 29 日，回复张清慧之短信。

弟誉兄心不敢当，拙识浅智属平常。
厚颜仰盼高人笑，伴饮诸君酒一觞。

绝　句

（一）

2009 年 10 月 17 日晨，手机刚开一秒，即接到我政驰老弟电话，言已请其同事龚先生捎来大兴安岭木耳、蘑菇等特产。物非贵重，然情谊真切。昨日早我打电话问其相关保健知识（因已近日血压高，血糖也高），弟言慎饮食重运动，多食木耳等素餐。雨若当时，可比甘露，昨日言及，今日即赠。若非厚谊，焉能如此？仅于此记之，备供他年回忆。此举若埋酒于园，待日后启饮。

未言此谊重于山，不道关心得后甘。
仅诉高风源末节，海江浩瀚起微泉。

（二）

2009 年 10 月 8 日，读《随园诗话》时，与春忠老弟互发信息，知明日是农历八月二十一。遂赋绝于此，竟不知何意，恰如庄酷在其文集《热爱》的前言中提到的尼采的话：一本书的目的就是要人百思不得其解！

息舵当于江直处，收帆宜在顺风时。
又逢八月二十一，自问幽怀私不私？

绝　句

（一）

感旧思今后念身，当年趣事早无痕。
遥心怕作伤秋句，指忆窗前昨日春。
去日青衣厚染尘，今朝飘雨戏飘魂。
衰身早倦愁滋味，独对苔痕诗旧春。

2009.8.20

（二）

读陆诗之《忆昔》。

情过千年读更真，诗襟马上带胡尘。
逡巡似被功名累，百代谁知失意人。

2009.9.4

（三）

网上相逢不算逢，欲言皆在不言中。
家中近事君知否？泰山已于前月崩。

2009.9.4

（四）赠书题言

四载两车诗，由来不自知。赠兄权作礼，笑侃莫推辞。

绝　句

（一）

2009 年 8 月西藏聂荣县色确村记忆。

色确山头石晒佛，草风遥送转经歌。
恍惚不识今朝我，十拜长身沿路多。

（二）

不是今年音信稀，原因尘事锁还催。
高楼明月知心累，十二栏杆日日陪。

2009.9.9

（三）

2009 年 9 月 9 日，建堂行之一。

书欠三余载，今番始带来。拼桌聊旧事，杯酒尽开怀。

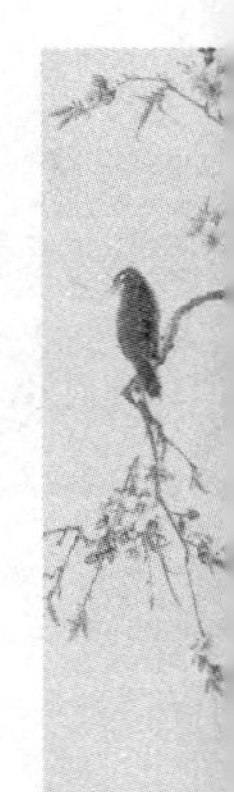

（四）

2009 年 9 月 14 日傍晚，智月禅院。

山门不与众沉吟，独向禅林问径深。
欲怪凡痴求未解，反怜晚照树生金。

（五）

网上擦肩苗国林，寒暄一语意沉沉。
洛阳九月秋何样？绿在家山已变金。

2009.9.16

绝　句

（一）

虽然远寄不如金，君子之交耐俗侵。
且作小诗聊逸趣，疏忽此墨淡于阴。

（二）

莫笑今年两寄书，华山试剑不独孤。
此番若问书中事，细雨春风桃又朱。

（三）题赠长波老弟

原本今该早寄书，奈何记性不如猪。
转身即忘当年事，笑叹兄真一老夫。

（四）

相违鸡血盟，酒肆换杯倾。可晓盘中义，颗颗衡上星。

（五）

2009年9月29日，大庆某宾馆。

一年一度秋如梦，晨立阳台掠望空。
读遍半生人不懂，今朝可否去朝同？

（六）

旗飘狮舞市东边，草色湖光斑且蓝。
手捧蓝图听指点，北国梦幻在明天。

2009.9.29

五　律

（一）

一夜无声雪，悄悄到晓停。满城寒渐紧，万户火初生。
窗叩东风信，书藏倦客情。新衫难遮掩，心戚意茕茕。

2009.3.12

（二）

想起金太祖陵停车场边上的丁香。

岁逢新乙丑，余忆旧丁香。其色三分俏，其芳一点狂。
当窗难品鉴，隔夜易参详。历雨凉初认，经风不晓霜。

跋
桃花永不飘零

当年为长风书序后，不问尘事，四海云游。

忽一日，江湖中盛传：

桃花系列是一个奇迹。

长风是一个传说。

一笑置之。

是日，梦遇长风求跋。奇之。

遂翻当年之序，再品长风之诗词，不禁连惊连叹。

嗟乎！长风居然从笑闹之桃花辞中一路走来，于不可能中，于众人的眼花缭乱应接不暇中，以年产几百首的速度填词作赋——完成桃花系列，从而创造了一个奇迹，留下了一个传说。

诗者，志之所在也。在心为志，发言为诗，情动于中而形于言也。长风之诗词，或叹古咏今抒怀寄傲，或登山临水乐隐怡闲，或评书品人淡然明志，或偎红倚绿情致绵绵，无不意蕴含蓄，余味悠长。字里行间中，洋洋洒洒中，层出不穷中，无不崇尚自然返朴，推崇净心明性。

诗性即人性。品诗即品人。

品长风之诗词，众人得之不一。或重闻鼓角争鸣的历史涛声，或重温红襟翠袖的旖旎情怀，或重拾辉煌灿烂的千年文化，或重悟名来利往的滚滚红尘……总有那么一种情结在若隐若无的状态中氤氲，在时光的尘埃中逐渐浮现、清晰、被铭记。

而长风其人，难以一言概之。时而傲岸不羁，豪放自负；

时而虚怀若谷，大智若愚；时而稚若顽童，率性任为；时而安闲自得，尘虑皆空。无论是大宴友朋，还是千里求序；无论是对下属不怒自威，还是和同学嬉笑怒骂；无论是夜捧诗书喜欲狂，还是对路虎的不甘心；无论是车装美酒访江湖，抑或是万里追寻只为搏红颜一笑，总有一种看不见的无形的力量吸引你走近他，再走近些。

故其友人无数，粉丝无数。

长风诗不可不读。

长风诗不可不藏。

即便不读、不藏长风诗，你却不能不与长风成为朋友。因为，那是一种心灵的慰藉。

无长风之诗坛，枯燥也。

无长风之酒局，寂寥也。

无长风之人生，落寞也。

余不问世事本久矣，皆因受人之托，终人之事，故笔随心动，墨随笔落。

是夜，心念长风之桃花系列，无法成眠。披衣而起，但见孤星数点，满月有缺。忽悟凡事不可过盈，盈余易亏。桃花系列，已成珠玑，桃花岂可飘零？桃花不可飘零。桃花飘零一书万不可出，如出，必有劫数。是故，桃花永不飘零。

透参世故忘痴情，剑弃荒丘披发行。若问此心何所愿，桃花永远不飘零。

一倚青松尘事忘，一观云海气绵长。此诗一掷乘风去，猎猎青衣隐暮苍。

桃花永不飘零，是为跋。

韩志军

二〇一〇年四月四日

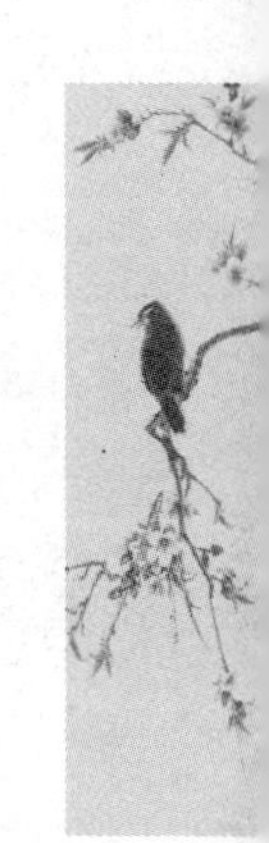

2010 桃花飘零，解铃风

序
长风飘飘欲何之

唐先生耀舜者，余旧友也。近年每以长风诗词见赠，余悠然神往，乃促林口之行。故地重游，诗酒谈欢，得窥长风“桃花系列”全豹，不胜唏嘘。

唐先生年齿日增，酒量日蹙，而酒兴愈豪，三日二醉，每醉二日，故艰于文墨。会长风秘书索序，遂嘱我庖代。所谓“不敢请耳，固所愿者”，得附庸风雅，幸何如之！

古人之诗，皆为心曲之畅；唐人之诗，或为科举之行。以游戏而为之，百鲜一二矣。而“风铃”以游戏始，皇皇六集，盖出一诺。重一诺而轻千金，虽成王摘叶而封，尾生抱柱而溺，亦不能过之也。

余问疑于唐先生，“校友网缘，或如昙花之一现，或如午阳之渐西，少年旧绪，一泻无余，或三叙而竟，儿戏耳。何数载关注如是？”

答曰：“五四之摧，文革之毁，国粹飘零；譬如甲骨，虽一片而足珍。”

又曰：“夫游戏者，兴趣之源也；兴趣者，成功之先导也。既为师道之所重，况我之童心未泯乎！”

诚哉斯言！长风之诗词愈显凝重，虽仍不乏戏谑之作。其忧患、烦扰、彷徨、飘逸之词已渐入正统，手法亦渐趋成熟。待到山花烂漫之时，定鼎词宗之日，则袒右举事之徒，推波助澜之辈，功皆莫大焉。

韩大师者，高士也，桃花爻辞一组，既非周公手创，亦非孔圣十翼，然精华内敛，玄机暗伏，且文辞灼灼其华，美不胜收，进而循名责实，但觉回味无穷。

及至“桃花飘零”，则心忌谶语，代之以“小园香径”，可谓别有洞天。晏殊老先生之清雅、悠闲，少许温馨、多方感喟寄寓其中矣。“一曲新词酒一杯”，虽不能挽世风、新天地，然清风一缕，洗心涤虑，超然物外矣。

六集既成，长风何去？小园香径徘徊之余，能翩然飞舞，于柳梢头，向云帆上，长风破浪，摘星揽月乎？

毛润之先生词作大家矣！马上台前，指点江山；心中笔底，激扬文字。其席卷天下、囊括四海之意，包举宇内、并吞八荒之心，令李杜同舟操楫，苏辛共车促驾。固志向、行为乃诗文之本也。且毛公传世之作不过数百，得非写之慎，选之精欤！可鉴之乎？

既感诗词之雅，亦觉众序非俗。郑博士思深，于记者文捷，张律师狡巧，张老师谨慎，“日月之行，若出其中；星汉灿烂，若出其里”，文海浮槎，感慨良深；驽马附骥，望尘心愧也已。

陶斯雨

二〇一〇年十二月一日

绝　句

入梦今宵为见秋，逢山遇水不停留。
剑兰今夜还香否？可解君心夜夜幽？

戚　氏

词记 8 月 29 日晚。

欲归乎？
敲窗秋雨夜询吾。
世事难读，且当雾雨俱虚无。
江湖，
入难赎。
风刀雨剑浸孤独。
回眸半世如梦，梦里何物似当初？
娇娇依旧，青青未老，且均鬓紫唇朱。
恰圆荷聚露，长袖阔舞，其妙难书。
吾意问有谁如？
尘缘叹误，逝岁若沉乌。
青春梦，几人如故？
夜雨稀疏，
动秋芦。
八月渐了，青光欲老，草木将枯。
此何以对？纵酒吟诗，以祭昨日之逐。
莫与光阴赌，楚腰众慕，白璧难图。

设若青春再顾，问何人举袖不踌躇？
昼来幕卷云舒，倚窗望远，雾白田间树。
逐叹兮，无尽江湖路。
纷与争，知在前途。
患与忧，乱发难梳。
弃与从，酷暑染寒毒。
欲凶如虎。
心贪似蛊，大业悲夫！

绝句·读禅

欲过禅关又不能，当窗隔望第三生。
悲欢还是人间事，风雨飘飘倍有情。

2010.7.28

戚　氏

问何由？
三千往事忆从头。
苇碧湖蓝，惑夫独自坐红楼。
如愁，
亦如悠。
微风起处浪柔柔。
离家百日回首，断烟林表染空眸。
游鱼翻浪，飞禽动草，似乎俱为追求。
望疏林向晚，浓苇飘暮，霞淡如收。
谁趁朗夜寻幽？
石堤信步，步久忘来忧。
长天净，晚云如垢。

夜钓空投，
任沉浮。
满月似水，浮光若梦，细浪如绸。
慨何以对？夜景无边，意借此境神游。
检点心头惑，由来已久，欲罢无谋。
入夏袭来更甚，竟绵绵不绝似结仇。
又兼旧病难医，夜深意乱，数尽杯中酒。
镜视身，似为相思瘦。
感岁华，春鬓将秋。
觉事迷，废渡横舟。
道所愿，碧水莫空流。
惑何如旧？
猜因我梦，十载难酬。

2010.7.30

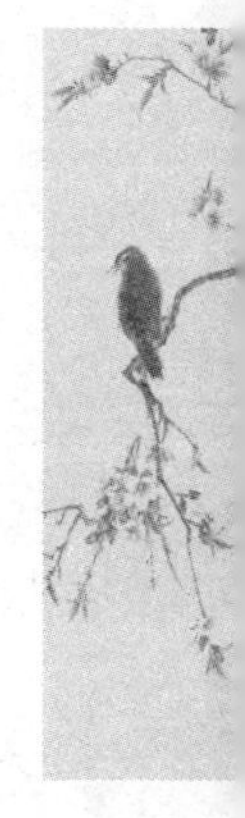

戚　　氏

意微醺。
惑来身又立黄昏。
客叹依然，暮风祈雨弄飞尘。
薄云，
淡如痕。
群萤身侧乱纷纷。
孤楼北侧残苇，纵横凌乱若浮薪。
长路东指，斜曛西下，客心此际难陈。
更时临八月，春远秋近，少聚多分。
如许怎不销魂？
忧浓酒淡，惑似水难焚。
孤楼静，众皆睡稳。

独我愁勤。
问何因。
碧血紫梦，兰笺彩赋，玉指红唇。
瞬时耳侧，霎又眸前，触且乍冷还温。
若个谁知省？柔情两寸，枉待三春。
此问无怜也罢，待明朝醒后任由颦。
尔来四月光阴，似长又短，真个难消忍。
遇闷时，独赋相思恨。
酒酣时，醉倒楼门。
意乱时，共影谈身。
畅快时，朗笑远能闻。
此身难晋。
悲欢拒禁，早忘彬彬。

2010.7.31

戚　氏

意难图。
闷来无事乱翻书。
目定神移，一如榻上坐禅徒。
形枯，
且神孤。
犹如断苇荡平湖。
今朝去日之我，俱携薄运在穷途。
病骨无傲，苍颜不俊，倦观水碧霞朱。
羡豪情丈许，迎风冒雨，岭上高呼。
曾问肆意何如？
清风朗月，江上钓虚无。
心情愿，百年不悟，

一世凡夫。
愿归乎？
数次问己，究求俱是，乐在田庐。
隐能塑骨，显易伤身，龙最解此升伏。
旧日游禅寺，烟霞草树，白碧金乌。
惑我尘心顿悟，道空空物色诱人逐。
试询落日西沉，大江东去，何物能拦阻？
命若花，开谢七十度。
花若梦，终不如初。
梦若酒，醒再难复。
酒若何？百味大熔炉。
妙颜难驻。
红花易谢，满不如虚。

2010.7.24

七　律

夜读《前赤壁赋》，并听计算机朗诵，遍十余而不止。心痴于“白露横江”，红酒一杯，绝赋一篇，斗室只身，浮想无边。

随赋吾心赴大江，痴然举酒对流光。
流光幻幻天边荡，似告天人各一方。
欲觅旷苏之桂桨，横流独自过苍苍。
高崖千载犹孤立，岸草春秋碧又黄。
仰问今痴谁似我？扁舟一叶访周郎。
江东六郡今谁治？笑否当年竞短长？
时逝白驹之过隙，岁流青鬓遇飞霜。
倚歌而和今何在？会否怡怡又转伤。
旧梦如云来又往，心思似鸟落还翔。

罢求遇事才无惧，了惑逢津再不慌。
苏子舟谈恒与变，究之不过孔和庄。
飞仙月夜吹遗响，浊世惊闻叹不双。
弃用山川无尽藏，只怜案上一华章。
未惜今夏谋三易，仅占明秋雁几行。
举酒临江真放旷，因痴弃志不轻狂。
江山一瞬神游遍，所获今宵让梦香。

2010.7.13

七律·感怀

客地迎来六月初，夜深人静坐翻书。
卑身一日无杂事，瘦骨三更远宦途。
碧水今宵何处去？青山此刻似东逐。
顺流谁与飘舟共？弹唱江湖笑傲孤。
厚利高名真小道，清风明月大糊涂。
西山落日孰追得？夸父三年一病夫。
日在中天需静卧，月来东渡可持壶。
丹青不绘朝中士，长赋羞吟党内徒。
衣上木棉如旧日，页边评注盖前朱。
郊游不与凡夫共，会酒无须堂下厨。
在意阳关心自在，疏忽山路倍崎岖。
丛林深睡酣如虎，跳踏薄冰不问狐。
杯酒虽干情未已，言身纵贱不容租。
丹心夜与红楼静，碧水约同绿苇伏。
不道人生何谓有，坦言得失算时无。
明宗莫做难为事，自古成功几特殊。

2010.7.12

戚　　氏

罢思量，
不让杯酒唤愁肠。
夜宴难搪，志因乱事现凄凉。
心乡，
意青黄。
魂邀旧梦立西窗。
西窗月色如往，白芦三面舞轻狂。
我今何者？空谈归去，似经瀚海迷航。
笑尘身已老，眉鬓俱染，还恋庭堂。
归去早晚无妨。
琴音鹤趣，重在心中藏。
逢人道：别来无恙！
午夜清凉，
韵含香。
纵我故念，飞山越水，访谢寻庄。
智经堑长，草遇春荣，我道此是寻常。
忆读三国志，夜来有梦，立马横枪。
面对强敌百万，竟神情自若似关张。
至今再视尘心，计休略忘，懒道瑜和亮。
利与名，曾是当年想。
失与得，如露如霜。
病与痛，笑作羹尝。
逝与别，看作雁飞忙。
逝今无往。
今心往梦，蕴秀含芳。

五　律

谨祝孙老弟生日快乐。

江湖多载后，青鬓已微秋。感慨青春逝，唏嘘岁月流。何时乘旧愿？择日启归舟。生日无新语，唯期谊永留。

卜　算　子

心事叹难言，没个安排处。伫立西窗独自怜，漫漫风吹雨。往事几经春，历久仍如故。最盼新春会旧人，又怕尘光妒。

戚　氏

8月23日晚，酒后步行回家。

夜风凉，
吹我思绪入无疆。
独自徜徉，暗嫌街火倍昏黄。
心乡，
在何方？
车流滚滚似春江。
人生际遇难讲，半生赢得满头霜。
当年痴妄，今成过往，此身十载空忙。
想秋江又涨，云天又旷，意甚慌慌。
何事又费思量？
登船放缆，意欲过重洋。
滔天浪，爱其无让。
水色天光，
望苍苍。

顺势易上，迎风愈爽，借弱乘刚。
此心似荡，此意如翔，浩海我过留香。
又是秋无恙，抚心自问，何谓茫茫？
所见皆称不是，是追求不得梦还伤。
少年白发无妨，此身最怕，未老雄心丧。
夜梦荒，独自蟾光赏。
臂微凉，风过厅堂。
蓦仰首，云在西窗。
瞬心寒，浊泪又成行。
问何惆怅？
斯才似璧，璧白无双。

戚　　氏

孙老弟近日将另有任用，与谈底事，其志半知，其趣尽识。值此迁升，别无可赠，趁酒赋词，聊表贺心。

立松峰，
群山因势揽怀中。
意瞬空蒙，纵飞南北忘西东。
何衷？
意无穷。
无非众识异难同。
遥观谷雾飞涌，润木滋草不匆匆。
聚散随念，往来凭唤，一收一漫乘风。
问从今住此，斯心愿否？老不求封。
曾梦臂引长弓。
寒川射月，散发啸长空。
当年志，问谁能懂。
惑灭心聪，

逸如松。
显隐任意，蜷伸适愿，势若苍龙。
或藏九地，或现九天，用世气若长虹。
不道松山梦，其间可种，翠紫兰红。
只道良朋若访，率三山一水与相拥。
望中草茂林风，翠兰俱动，欲与君谈梦。
道此身，早似云归洞。
诉旧愿，匣剑藏锋。
论所修，无派无宗。
问所弃，背剑上崆峒。
乱山如垄。
霞飞似纵，宿恋浓浓。

2010. 8. 20

七 夕 诗

今夜观天不望涯，天涯今夜各归家。
一年一夕年年是，夕夕年年无复加。
聚散本来常见事，何由此夜倍嗟呀。
牛郎今夜银河梦，织女明朝布上花。
此夜浮身孤醉酒，酒酣取水又烹茶。
青丝今已成华发，不忍吟诗忆年华。
少梦今宵休道旧，心痴谁又问何由。
浮身多载江湖倦，欲避青山独赋秋。
红豆曾经青又瘦，待红不觉已藏愁。
莫言十八男儿秀，玉女当年不胜柔。
不惑今宵谁似我？酣然提笔赋无忧。
长篇不计言何志，唯愿青春楼上楼。
碧水年年流似梦，何人何载阻其休。

转眸谁见云归岫，俯首寻思昨夜舟。
江上清风吹水皱，岸边叠影忘言羞。
长宵谁与言忧病，拾韵飘飘赋平生。
半生悄悄难记省，独孤一剑任飘零。
所求最是难如意，得意时分泪欲倾。
倾也不能修旧好，只能七夕忆娇娇。
娇娇切莫只身老，我欲随君共逐涛。
吟罢长诗心意懒，清茶早已上浮残。
长风今夜孤持韵，也赋幽心也赋醺。
来日寻谁同醉酒，千杯之后解迷津。
迷津只是红尘垢，切莫仙潭试问深。
我志娇娇难有恨，长宵写意不留痕。
窃知醒是今宵后，不道昏昏不道嗔。
仙聚银河求并枕，我诗今夜不言分。
吟于此际且收笔，留待明年再赋心。

忆江南·七夕

（一）

秋风好，吹我忘遥川。
昨夜江南观北岸，万千灯火胜从前。谁与共飘然？

（二）

朝思暮，风雨奈何天。
船似游龙逢是梦，夜江潮水弄波澜。谁与立栏杆？

（三）

悄悄雨，滴湿漫垂衫。
笑语飘风行渐快，别时还道莫伤寒。休道再逢难。

戚氏

2010年8月14日晚9时，孙老弟冒雨来访，二人就三袋榨菜、两瓶茅台，外加一点牛肉干，相谈甚欢。想东坡之赋有言，“有客无酒，有酒无肴，月白风清，如此良夜何！”今夜我有美酒嘉宾，相聊雅事，其乐无及。酒至凌晨两点半方止。今赋词以记之。

意飞扬，
席地盘坐饮琼浆。
论赋酬觞，恍然白露又横江。
微凉，
半开窗。
倾谈底事不思量。
相询老欲何往，笑答乡土种榆桑。
早晚无事，徘徊村首，杖观昼短云长。
更牌桌问计，棋局献策，以度余光。
酣畅又论文章。
桃花六卷，卷卷有轻狂。
开篇序，阔谈妄想。
不赋寻常，
赋无双。
序有所避，跋无可让，写尽荒唐。
半生失得，尽在其中，自道此是心乡。
午夜心思荡，又谈过往，尽诉衷肠。
少梦当年别样，爱苍山顶上望茫茫。
患经几度青黄，惑消智长，渐忘愁何状。
慰此生，曾闯千层浪。
惜此心，无痛无伤。

恋此志，舍玉含章。
爱此身，百炼渐成钢。
大收如放。
鸿儒似莽，大隐如彰。

戚氏

记昨日之诗。

夜无眠，
撩人思绪漫无边。
紫陌兰关，我携尘念下云端。
群山，
望连绵。
间夹浩水造平川。
眉间点染逾半，恰嗔如喜又如闲。
奔流无碍，孤帆在远，约谁舟上清谈。
道英雄筑梦，佳人迭恨，皆是因缘。
天道不在云间。
心存善念，处处即西天。
追求苦，释然可免。
半世修参，
悟难言。
祸福贵贱，安迁晋贬，似露垂莲。
此身是幻，彼岸无烦，切莫得后还贪。
雨罢云天淡，光阴似水，一去无还。
俱道回眸有梦，又何人梦醒再红颜？
别愁剪去还生，暮山怅晚，醉了相思念。
索与求，真个谁无倦？
爱与恨，谁为谁癫？
聚与散，谁在谁前？

寂与凄，试问有谁怜？
载多难返。
丝微易乱，守缺成全。

2010.8.14

戚　氏

《赤壁赋》中有言，“歌曰：‘桂棹兮兰桨，击空明兮溯流光。渺渺兮余怀，望美人兮天一方。’”感斯言也，览照题词以赠故人。

是何秋？
不可方物艳难求。
覆紫披兰，倚红立雪转明眸。
微羞，
媚幽投。
青丝褐染展如绸。
貂蝉不过如此，浣纱西子望生愁。
含笑如诱，眉颦似守，问谁有此风流。
更娇躯凤卧，香肩玉裸，十世难修。
猜是私下琼楼。
仙山住久，入世欲抛球。
今谁把，此福消受？
问以何由，
拔头筹。
此貌一睹，江山俱贱，懒再相谋。
以何下酒？米肉皆荒，唯有好梦来酬。
莫道无情好，多情可让，岁月停留。
遇有相思叩梦，必长宵举首望牵牛。
仰思浩宇繁星，古来即有，万载仍如旧。

欲问兮，怎把光阴扣？
自答之，无可寻究。
立叹兮，岁月神偷。
遂无言，负手欲悠悠。
铁石能锈。
檐阶可透，故恋无休。

2010.8.12

戚　氏

碧连绵，
秋之八月雾如烟。
密苇如插，水禽林鸟戏其间。
芦田，
望无边。
青青似倦又如闲。
身前雾散还聚，幻中人觉地如天。
循径深探，湖天又转，碧波水气相怜。
恰霞光万射，斯身瞬感，何逊于仙。
移刻天地皆宽。
实近幻远，家国两忧全。
年逾半，业迷难断。
弱体无安，
事还繁。
取舍并虑，盈亏两计，少有迁延。
聚贤以德，用术因时，唯有得失随缘。
甚喜秋光好，物华俱妙，景诱人贪。
十日三番变化，令长风意绪倍超然。
意期大业能成，略谋得兑，功德修圆满。

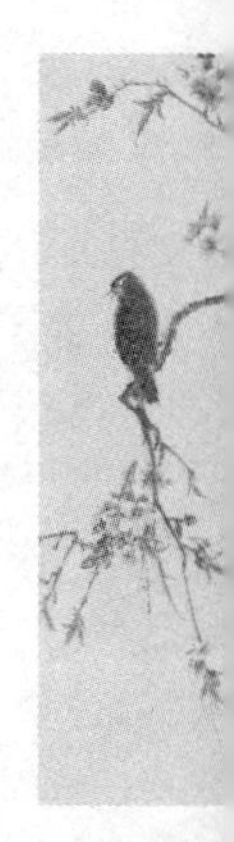

展所学，月下挥长剑。
吟所爱，十万诗篇。
赋所恋，如此江山。
得所期，惑灭悟常参。
大勤如懒。
全真似幻，莫陷悲欢。

2010.8.12

戚　氏

自问赌若败，当如何？遂自我解答。

败如何？
易水南侧问荆轲。
八尺身躯，耻于北岸钓披蓑。
长河，
泛长波。
滔滔东去一如昨。
人生处世何惧？岁当流水被蹉跎。
腔血常热，河风不冷，此心唯系干戈。
纵前尘漫漫，征途坎坎，厚义难薄。
何把两鬓消磨？
江山远望，入眼尽沉疴。
曾因志，久居剑阁。
日夜参学，
技求博。
此去绝绝，燕山易水，俱放悲歌。
一腔碧血，愿洒秦阶，唯怕斩获无多。
敬佩荆轲事，为王赴火，状若飞蛾。
壮士青锋指处，看群山百代示巍峨。

瞬悲岁逝如梭，此身是客，又负前生我。
业与功，今世求参破。
为了惑，南海寻佛。
到彼岸，废渡难泊。
瞬有悟，使命乃降魔。
大慈消恶。
真求是舍，体裂仁和。

2010.8.9

戚　氏

记2010年8月6日之感。

梦青青，
隔帘观影倍分明。
玉露飘风，薄衫虽透觉寒轻。
曾经，
觅婷婷。
无边人海叹多情。
多年往事今梦，醒时还觉梦难成。
青丝虽旧，家山纵远，少年底事犹凭。
纵周遭取笑，同年调侃，我浊孤擎。
何至梦不飘零？
清浊兼备，黑白共平衡。
秋之美，落红如杏。
意供云乘，
幻千形。
卧虎立鹤，飞龙跃骥，俱是茕茕。
爱成过往，恨也无踪，沧海一笑龙惊。
我志何人懂？众识俱浅，睹雾猜晴。

浩海云天问命，驾长风一世得何荣？
岸天浪起无边，涌沙拍石，欲洗多年病。
一瞬间，沧海横流劲。
似慰我，如此生平。
又似劝，宦海息争。
问可见，四月泣残樱？
梦如山景。
因风换季，季季如盟。

绝　句

谁人夜梦娇，曲马并田高。沧海一声笑，风霜岁月刀。

又

身是潮头客，当然志趣殊。迎风心自道，能不恋江湖？

2010. 8. 7

五　律

妙语透机锋，三生来去匆。禅心难有迹，尘念易留踪。
宇望群山小，冥思一切空。瑶台千丈树，悟我掌中松。
十世修来聚，宜当醒后逢。尘心浮虑动，四海浪涛凶。
镜里眉间印，西天一抹红。微躯真宇宙，切莫任由衷。

2010. 8. 4

青 玉 案

孤楼卧久心憔悴。此间味，谁知会？窗上残尘风里坠。

一时东向，一时北溃，入眼调成泪。

春来策马绸衫易。缘为他年欲归耳。七月又成追忆里。

一身豪气，一腔热血，一阵高歌起。

2010.7.31

绝　句

鉴事休参惑与忧，宜凭风雨断春秋。

孤军深入非良策，且望且行真智谋。

2010.7.29

绝　句

2010 年 7 月 27 日写心。

搜寻破木塑船骸，病骨疏忽痛与哀。

日立高崖观浩海，枕帆彻夜待潮来。

绝　句

平生重义倍轻财，无视周遭花色乖。

坎坷经多心最爱，横流沧海浪花白。

绝　句

八百劫中无善根，弗能断为是真贫。

遍寻八万劫之外，或有如来种正因。

七律

晚来无事，斟酒自饮，不觉渐多，待至醉时，意已不遂心，信笔胡言，草草记之。

感慨江流日夜东，斯心似与古人同。
从来择木良禽事，自拟翻飞寻落梧。
久抱湿材期烈火，夜深背剑上崆峒。
殿前横笛迎长铁，阶下倾身敌短铜。
短链袭来如墨雨，长枪点若万花筒。
坦言自是搭舟客，无意江边做钓童。
莫道巾帼丹凤眼，古来豪杰几重瞳。
少曾读遍酬王策，百略千谋一望通。
学罢江湖寻买主，十年身似一飘蓬。
曾因故里无颜返，弹曲江流放孤篷。
两岸风光皆旷野，一江景色倍空蒙。
滔滔流响昭程险，滚滚雷声示运隆。
去日立观云舒卷，归来卧赏玉玲珑。
更深又梦江湖事，箭阵轰轰震耳聋。
涧壁滑猜经鬼斧，岸石峻必受神工。
欲归需备三天悟，若去当积十载功。
杯酒入喉空腹火，感如万箭掠还攻。
此来我略非谋私，腔血腾腾是为公。
偶有闲暇杯尽酒，酒酣又自望蟾宫。
坦言娥后何如此，仰笑当时羿引弓。
尝药应寻仙带汝，祭情当要汝亲躬。
谈心洒泪迎飞雨，论志低眉对落红。
感我此言休叹息，莫嘲收笔太匆匆。
实因底事繁如雨，更怨幽怀飘若风。

待醒与君重探讨，此诗是否与人重。

2010.7.25

绝　句

百八儿女品前艰，夜枕江流昼踏川。
新足追寻旧踪迹，丈量无尽好河山。

绝　句

人间何日是佳期？七月二十四日时。
得意平生何者最？买舟三次下兰溪。

2010. 7. 24

绝　句

转眼匆匆二十年，青青今已鬓眉斑。
莫谈何故君如此，风雨江湖不败难。

2010. 7. 23

又

诗非信手乱拈来，实是真情涌入怀。
遥想当年人感慨，安排何样是应该。

故　事

2010年6月23日，好友给我讲其故事，听完为其感慨，故赋诗以记之。

光阴十载逝如梭，回首前尘犹似昨。
旧错当年因智浅，情仇栽下一时间。
好花悦目观应远，目浅之人赏却前。
赏忘此间花易落，落花时节叹风波。
花飞花谢花知我，飞去飞回奈若何？
痛把此心深院锁，学诗弃志欲蹉跎。
蜉蝣一日难为错，病树三年翠逊禾。
事事平生求磊落，可笑多年磊落变沉疴。
高才邀我高台坐，诗酒蟾光与论博。
皓月如霜天际挂，其辉如浸且如磨。
浮生若幻又如客，何计干戈解更多。
鼠辈安能知我志？群僚谁又解禅诗？
临江立忘非和是，登阁疏忽病与痴。
羞借江亭谈素志，不同逝水论归期。
厌听俗客忧欢事，久望江流湍绕石。
月月年年流不止，无声无息且无凄。
归来不道悲和喜，久坐书台独叹息。
苦短人生何切切？得失竟让忘朝夕。
当年我意非如此，何故情丝变恨丝？
丝丝日久如长发，遮耳遮心遮旧疾。
诸般皆付桃花笔，赋里桃花幽不迷。
花信频频来不往，一如溪水注长江。
长江之水天边往，逝若秋娘旧梦荒。
山若当年流不若，此心耿耿复苍苍。
相询旧事还痴否？十载时光几许愁？
水若平滩流必瘦，人消往怨可无忧。
与君席上无言酒，俯仰之间一笑柔。
精彩最是风雨后，江山一担隐归舟。
登程不畏前途迥，风景车窗观不穷。

驻足两江分水岭，兰衫慧眼望茕茕。
豪杰千载今何在？故家苍苍不诉荣。
百载人生何与共？一曰失得一曰情。
情多易教佳人老，得少难平壮士豪。
睡晚推窗观皓月，秋云春梦两遥遥。
归来莫叹娇娇老，应道娇娇今更娇。
芳草无涯人不老，年年人面共桃夭。

悼念大师吴冠中

诗祭以悲风，哀乎吴冠中。其情高业内，其技并西东。
磨剑一甲子，登高临万峰。业精羞为利，技显爱途穷。
宁愿图于炬，羞遗后世庸。坊间真雅士，天地一飞鸿。
不负丹青志，超然白发翁。任人逐利紧，唯汝倍从容。
岩下生花笔，痴描壁上松。长江流万里，浩浩入心胸。
最喜形容瘦，无怜收获丰。人鬓真赤子，画海畅游龙。
神俊依天赐，才情与地融。清贫怡陋室，煮酒唱飘蓬。
雅号茶中觅，真情画外浓。不屑朝堂赏，专心野外荣。
伤君仙界去，喜作另相逢。高风遗后世，莫道此匆匆。

2010.6.29

戚氏·长沙

纪念到长沙。

恋长沙，
长沙风物俱难夸。
岳麓山头，立观湘水落飞霞。
殊佳，
复难加。

犹如仙子浣吴纱。
渔舟唱晚江下，水映楼阁竞豪奢。
一桥如拱，二桥如扇，卧波各逞横斜。
更衡山煞尾，如龙匿水，其迹幽遐。
横望两岸人家。
霓虹若火，窄巷似游蛇。
流光里，水天如借。
湿雾如麻，
漫天遮。
似梦似幻，如眠如倦，诱忘年华。
贾谊在否？汝梦安乎？是否仍惑忠邪？
旧梦千般好，回眸逝岁，状若飞花。
同学当年在此，竟朝夕磨璧为无暇。
夜来趁酒微醺，与谈室友，贾屈谁高下？
论赋文，名俱扬华夏。
论胸怀，狭似宫娃。
论梦想，俱散天涯。
论所憾，上不赐新茶。
貌高难嫁。
才高际寡，后世嗟呀。

七律·端午寄语

三碗雄黄酒入肠，飞身起跳汨罗江。
扬波忘问谁惆怅，卷浪还怜粽子香。
尘事万般皆过往，美人君子恨无妨。
端阳今日诗何意，草自青青君自芳。

2010.6.16

五月代作端阳信

塞北来三月，时光转似眸。昼思乡野俊，夜梦汉江流。
闲下思难遣，忙来假不休。逢节思爱女，往事忆从头。
六岁纤姿展，腰身绕指柔。次年眸色染，环顾已含羞。
八岁学莲摆，风闲一刻幽。经年才艺绝，如瀑下飞舟。
未鼓身先动，闻琴指欲勾。清音才入耳，雅韵已平喉。
皓齿羞珠色，纤眉胜月钩。同年不同技，身处最高楼。
转眼身生翅，迎风越汉丘。大唐风最雅，长发引长绸。
万目争先睹，得观人忘忧。短诗遥寄语，母爱绿荒州。

2010.6.14

五月端阳

受人之托赋诗。

五月端阳思汉江，汉江今日可如常？
江中白鸟如昔否？柳上金丝可渐长？
岁在半年人在北，身游天际梦游乡。
此心此刻无别意，唯借清诗祝运昌。

2010.6.12

代作端阳信

旅念焦如五月阳，风光客地逊于乡。
新茶今日如诗淡，旧谊当年胜酒香。
雨过青畴原更俊，风回白莽绿还苍。
端阳何愿遥相寄，隆运昌昌似汉江。

绝　句

身在通途意在歧，半生失得两迷离。
三番欲避无良计，闷把幽怀吟作诗。

五　律

浮心三载定，笑纳得来空。既事槽中水，悄悄独向东。
闷消尘世外，赏慧五行中。往醉今回味，娇娇意不穷。

2010.6.11

绝　句

还记立长桥，兰衫望白涛。娇娇身侧过，香味久不消。

2010.6.11

绝　句

醉后狂吟非有意，醒来提笔更无心。
寄言八月诗情好，今我之辞不负今。

2010.7.31

绝　句

莫笑他人命不强，无非年少欠思量。
光阴真若能重度，敢断青青别样芳。

2010.8.6

绝　句

武略排行次，文思不算才。区区诗与赋，浩漠一尘埃。

2010.6.11

绝　句

一目四行书，孤楼百亩芦。夜深人自语，此惑怎消除。

2010.6.11

绝　句

一目十行书，高楼万亩芦。心豪人自语，何事可孤独。

七　律

2010 年 6 月 18 日，农历五月初七。

早与红卫老弟通话，互聊手头事，时余在大庆，红卫在昆明。所在项目有相近之处，言及做事，感觉第一，求财其次，且认为朋友间精神上的支持尤为重要。早 5 点起床，开车 7 点到大庆。午间小睡，醒后思及早晨电话，信手赋诗，题在桃花入酒之书上，以寄赠红卫老弟，并遥祝其昆明项目进展顺利。

五月初七午睡终，小楼独坐闷吹风。
遥思兄弟昆明事，不觉忧心与境融。
好在真金无畏火，经多磨难更从容。
入滇缘为雄心盛，炼志疏忽秋复冬。
燕雀焉知云上事，大鹏安肯落花丛。
抽刀敢断萦心梦，罢盏交绝座上庸。

布雨西山非有意，扬波东海为由衷。
前生若问兄何物，海底云端追梦龙。
回首相交十余载，谊融岁月与无穷。
情如海上云和月，谊若峰巅石与松。
未计世人何样羡，只惜兄我此相逢。
人生纵有财千万，难换交情一两宗。

绝　　句

白首为成功，丹心落日红。江湖缺后辈，切莫等闲中。

绝　　句

日落千山莽，春来草自芳。剑磨三载利，人过半生狂。

绝　　句

题诗李政驰，高谊共云齐。酒窨多年贵，羊囤三月肥。

绝　　句

孔雀东南飞，一飞难再回。家山思有梦，欲酒几人陪。

七　　古

还记同行风雪烈，青梅岭上望云迭。
平生十个佳时节，其一与君途遇雪。

绝　句

冬夏复春秋，循环永不休。人生如四季，万事可从头。

绝　句

一年又到寄诗时，诗里悲欢谁尽知。
楼上白云飘不语，堤边绿柳晃如思。

绝　句

莫与狂风费口舌，风狂五日又如何。
风停青翠还依旧，吹散杨花聚更多。

绝　句

书值两三文，交情价万金。柴门君子谊，信可比高云。

绝　句

莫道飘风求不得，飘风过耳有如歌。
白云过岭因谁动，黑发萦眸起借何。

绝　句

今诗仍诉心，却异旧时吟。若问缘何故，瑶琴已罢寻。

绝句·读《大秦帝国》

弱楚灭强秦，原因在万民。民心安可虐，弃道怎成仁？

绝句·题赠

同城却寄书，莫道此行孤。题字权当谢，感怀曾借图。

绝　　句

诗作寄同年，与聊心境迁。最痴江山梦，坐钓小舟间。

绝　　句

一载一寄书，期如相遇途。与聊童事晚，醉倒路边庐。

绝　　句

文实非隐狂，华彩必含章。此寄三千首，一一带墨香。

绝　　句

贤长多年序，拙生五部书。言微因序补，得以色如朱。

绝　　句

书赠鲁香梅，题诗选韵微。记识于塞北，写谊在檐楣。

七　律

无聊网上数华年，六载犹如一瞬间。
爱恨情愁别样远，青丝白发泪红颜。
小园香径今何况，大梦匆匆千万山。
欲酒因烦弦管促，高歌独自倚栏杆。
寥寥天月西窗际，怜我单身且薄衣，
心事万千难付纸，世人知必笑吾痴。
痴人孤抱南山志，不与幽人话别离。
澹澹谁来谁又往，且行且啸且依依。
离离我意幽还寂，寂寂吾心幽不凄。
独立山头观莽莽，萦眸尽是莽苍苍。
何人何事难相忘，浊酒轻舟数过江。
白鬓青衫与消磨，归来犹记惑还多。
横头山上松遮径，太祖陵前牧变耕。
底事如诗难记省，春来何病害青青?
青青不道斯途窘，坟草离离惑不穷。
三月只身来大庆，欲由此举慰平生。
人于客地言行敛，病惑相询俱不参。
额手低眉居陋馆，不求施舍不求怜。
天天甘咽粗茶饭，刻刻欣然后与前。
辅策疏忽早和晚，执行不计险还艰。
时迁今日年将半，甘苦心中感不言。
小利吾心从未计，清名与我早无关。
心烦琐事身知倦，意恋清幽思暮山。
大略未酬形势变，展图灯下苦钻研。
商人求利官求势，时至今天各质疑。

罢鼓息声听仔细，秉心静气断迷离。
唯吾此际酣高榻，不入凄凄不入痴。
半夜网前持瘦韵，清茶半盏写长诗。
2010.6.21 23:00

春光好

春野僻，嫩芽青，画中行。人望江山意婷婷，鸟齐鸣。
密雨催红染翠，疏枝似避还屏。高唱征歌痴忘返，慰衷情。

《琵琶行》读感

2010年6月24日，在几个朋友的推荐下，第一次完整而且认真地读了一遍《琵琶行》。一遍读完又数遍，不觉物我两忘，诗我相融，一直以为自己是天下写诗最好的人，现在甘居第二了。要是再有人比江州司马写得好，那我只能位列第三了。以此类推吧，第四、第五……总不至于排在李逵后面吧？一下子认识并了解了江州司马，眼界大开。以前真的没读过《琵琶行》，记得红卫老弟酒后给我背过，孙老弟好像也背过。听过的许多名句，原来俱出于此。诗能如此，夫复何求？白居易真是高明，才可配天。现依韵而和之。

读罢我身疑是客，浔阳江上伤瑟瑟。
舍岸提衫谁上船，茫茫江水咽如弦。
司马倾身欲作别，其心瞬若伤心月。
坦言将去咽难声，有韵积心无隙发。
因曲伤神知有谁，思来切切道来迟。
长安明月今难见，举酒思迁天子宴。
吾心朝去暮归来，鬓满霜花尘满面。

归来久坐默无声，难诉心中无限情。
寻谁与论当朝势，事事由人不由志。
曲繁素手不忍弹，怕乱心中千万事。
不见勾连与轻挑，想象霓裳唱“六幺”。
清江漫漫收急雨，罗帐迷迷透呓语。
疾风过隙势难弹，密雨敲窗碎玉盘。
莫言此曲学来易，其隐其升无限难。
立听忘赞曲精绝，待觅其踪响却歇。
曲觅无踪忆半生，半生唯有叹三声。
少年因为英雄志，夜梦关山吹角鸣。
俯览江川一卷画，平观湖天半锦帛。
夜深野帐望无边，篝火辕门刀剑白。
沉吟我意醉其中，不抱琵琶不掩容。
名高曾盖倾城女，锦绣缠身云上住。
掌朝权贵邀不成，自注兵书三十部。
不屑庸才冠华服，才高无惧凡夫妒。
长绸宽袖舞高台，不道沧桑有天数。
雕龙不得击玉碎，血溅长绸盖酒污。
当年才子不当年，泣叹时光等闲度。
唯怕无成身便死，老梦缠心愁如故。
窗前几见落花稀，八尺男儿泣如妇。
人生无处不别离，别离权作赴约去。
夜来江月照空船，吟诗惬意驱酒寒。
更深渐忘萦怀事，怡然与月共栏杆。
勿闻司马长叹息，又闻其语倍唧唧。
欲问因何叹息深，无奈与其不相识。
猜其应是来帝京，秋深送客浔阳城。
闻曲江州司马泣，泣若江流呜咽声。

老泪纵横青衫透，凄凄诱我感平生。
此身因做池中物，十载渊中悲不鸣。
逢君今夜浔阳岸，一曲琵琶杯共倾。
他日琵琶如再抱，除君更有几人听。
古今谁解琵琶语，闻曲心通意更明。
千载三人应有我，清高不作四人行。
游魂归兮持卷立，意如江水向东急。
前波未息后波生，其势如凄又如泣。
长律当酒又当歌，酒罢歌残泪痕湿。

七　律

一望湖心心不平，烟波水上感平生。
平生际遇烟波里，得意何时赏月明。
月现湖天波不现，人立湖边痴不返。
运途多舛感无言，斩惑无多返时晚。
小楼近水不近尘，既望之时对月轮。
明月孤楼人寂寞，无言此刻念何人。
闷来读卷似悠悠，谁解吾心几许愁。
久废厅堂今又闹，微风回荡第三楼。
谁人楼上自徘徊，望尽飞鸿书不来。
怀里相思无处诉，飘飘醉后舞高台。
台上离歌谁与闻，相闻谁告我怀君。
池边芳草池中月，皎皎冥冥孤不群。
醉里青春如落花，此来百日几归家。
孤楼明月思无尽，为罢迷津立饮茶。
渡海东来无限路，阅尽红尘迷与雾。
人生何处不相逢，自来湖天月如故。

2010.6.27

忆瑶姬

何谓匆匆？是敲窗骤雨，过耳狂风。
缘何人不寐？是夜深又感，事不由衷。
何愁不了？何病无终？阔流不忍东。
叹不言，十载江湖路，雪阻冰封。
意不惑，借醉抒狂。道悲欢若酒，似淡还浓。
人生能几载？死后留何物？所见难同。
廉颇惧老，李广贪荣，古今惑不穷。
有道是，如梦江山一场空。

2010.6.28

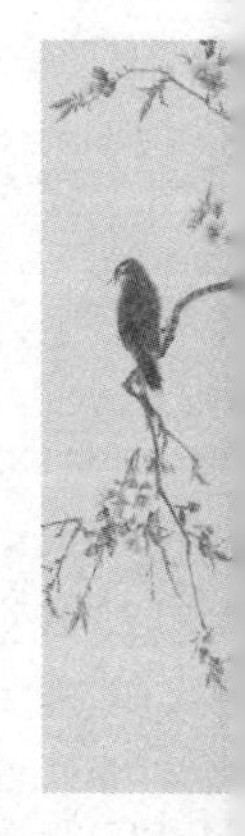

五　律

最近一段时间一直在看《三国演义》（电视剧加书），晚上9点看三国有点累了，于是在网上搜出了梅艳芳2003年绝唱版音乐会，待看完后已是时近午夜。一时间英雄美人纷至沓来。英雄如烟，美人如梦。兴尽悲来，欲饮无酒，推门欲唤，无奈厨酣。返身临窗，街火阑珊。欲睡不能，遂废眠吟诗。

故人今已远，恍又在眉边。昔是为何物？今生竟这般。
芳华绝代梦，聚散两难言。音貌随缘幻，传奇说不完。
触怀诗醉梦，对月念红颜。返作烟云字，依依道枉然。
平生遭遇幻，十里百婵娟。芳谷归游晚，归来人忘川。
窗前花色艳，香诱蝶翩翩。高仰南归雁，幽怀过万山。
佳人今记否？与我旧时欢。切切情丝乱，绵绵绪万千。
避风塘上宴，归后品犹甜。亚泰楼中梦，醒来更觉酣。
横头山上阶，回望曲还纤。太祖陵前径，独来倍觉宽。

山空秋雨暖，水浅夏风寒。聚散说来易，重逢晓倍艰。
柔心伤处软，铁血裂痕丹。回首年将半，风华俱等闲。
缘才三里半，溪已漫幽泉。万壑眸前乱，张家界上观。
凤凰城色炫，游不恋其妍。流水高山志，幽幽不语天。
红尘无数梦，何者最缠绵。痴者情无倦，高谈似有禅。
温言关远虑，与辩竟相烦。自道非关汝，吾身策早全。
非吾思虑浅，是汝视听偏。尘世相思苦，仙潭独钓甘。
缘何痴不返，猜恋谷中兰。缘乃三生物，贪多志必残。
男儿愁志短，追古泪涟涟。心醉英雄梦，提刀过五关。
长须风不卷，立马道中间。抬眼山河俊，豪情衬铁肩。
小舟高白浪，大义锁雕鞍。迎面潮风疾，濯足江水湍。
只身赴约去，会宴坐如盘。评点天下事，悠如流水潺。
桃园其事久，遥想意飞峦。煮酒谈天下，青梅不觉酸。
曹公其志壮，高眼低二袁。刘表荆襄志，寥寥岂入餐。
唯君与足下，可以逐中原。言此君休叹，非嘲虎落滩。
拥兵千百万，不过酒一坛。兴起高台站，烟云低鬓冠。
眸前楼与榭，脚下阁和轩。四美今同具，君吾恰二难。
遍观文与武，谁配并朝班。吾料七年后，一分天下三。
掌中天子印，不过一泥丸。誉谤他人事，吾谋天下安。
如关修大义，千里一骑单。片刻华雄斩，昂头傒不参。
横眉旗帜乱，听任剑声喧。举盏朝天笑，抚须面向南。
青锋寒敌胆，碧血热刀尖。赤兔峰巅立，一如霞落帆。
设谋刘占卦，布阵亮抽签。润地云遮岭，安邦龙弃渊。
携民江夏去，扶弱带蹒跚。阻敌林失火，拦军白水湍。
过江唯带扇，舌战为联权。高略量非浅，雄才度不凡。
扶摇江上梦，几度入诗篇。箭羽舟生翅，飘飘雾上还。
南阳耕薄亩，乱世不求官。茶水泉边煮，瑶琴林内弹。
群雄争天下，我自乐田园。莫道心胸窄，怀悠志不骞。
一经身事主，询略不相瞒。制策安新野，参谋守旧樊。

荆州一次借，失得两三番。六出祁山志，古今真大贤。
亮才高乐毅，叹主逊齐桓。治蜀平深堑，安边定小藩。
策调真利弊，计远不相干。王梦江山事，谋征夜废眠。
人生如朝露，攻伐岂迁延？美酒休多饮，春宵睡莫贪。
辅王真己事，再险亦拳拳。虽败人无悔，鬓斑心不惭。
忆酣谋渐进，更喜计连环。无奈时运舛，天公不假年。
禳星坛设火，日夜润油添。祈寿非修己，憔憔久坐莲。
坛香飘大帐，营火照栏杆。浩宇繁星坠，晴空一月悬。
黄泉刘纵马，冥界亮执鞭。千载空城曲，无人再入弦。
美人今已矣，豪杰亦成仙。旧事知心憾，前尘让鬓斑。
推窗人望远，街上灯火阑。胸意诗难尽，幽情吐若含。
玉砧研瘦骨，坯火铸窑砖。燃尽胸中闷，消除腹底顽。
清高留固本，圣洁用修元。大道行不返，踏踏直向前。

2010.6.29

绝　句

（一）网上和诗

更深斗室举清樽，忽略衰心与病魂。
好劝皆当风过耳，任凭老酒误终身。

2010.7.14

（二）

今冬风雪耐人寻，朝掩飞霞暮掩曛。
一待春归融作水，也滋草木也滋人。

（三）

南园宿鹊泣花魂，夜色泱泱草木深。
伫我因何心事乱，当前声色欲伤人。

绝　　句

花月偷观香汗消，风微仅可动毫毛。
遥猜夜事千般好，唯问长宵意何骄。

2010.7.25

再赠友人

许是帝王没做完？今生数次下江南。
可怜池中甲鱼笨，十载修行半日餐。

三　　赠

友人中餐吃甲鱼，餐完又做上山驴。
相询山顶峰何样，有否香风阵阵徐。

2010.7.25

戚　　氏

记2010年6月2日，回到施工驻地。

晚归迟，
人遇风月欲谈诗。
步已蹒跚，反嫌树影映参差。
难支，
又难辞。
应酬琐事俱来欺。
凭心论志何愿，智谋功利两无知。
顺风东望，湖平草斜，隐约长路迷迷。

想前途坎坷，今境多变，难料精微。
无悔陌路相随。
庭前任点，帐后任询垂。
何人解，此中滋味。
路阻无悲，
未思归。
隐忍并用，宽仁俱施，素志相违。
旧游已远，琐事堆前，此魄雨打风吹。
总为追求累，抚心自问，此是因谁？
十载寒窗若梦，更多年所欲得来非。
少曾冒雨登峰，扶石望远，入眼无边翠。
一瞬间，热血心中沸。
谈笑间，眉彩如飞。
树草间，隐透芳菲。
旷谷间，呐喊盖惊雷。
忆来神醉。
离离我意，不入凄凄。

戚　氏

兄今如愿赴兰溪，一朵红花枝压低。
满树流萤当未见，不同同去话归期。

想兰溪，
必是山水美如诗。
竹碧溪清，有舟若现荡依依。
心痴，
又神怡。
何时能去访芳篱？
清茶半盏凉透，坐观山雾与云齐。

石阶纤曲，苔衣盖地，笛声婉转如飞。
更风微雨细，花娇草嫩，碧信红疑。
心晓此访无期。
余兄二至，弟欲驾云随。
谈诗酒，夜深不寐。
玉酿银杯，
配寒炊。
叙旧论近，怀幽问远，彻夜无归。
耳萦旧曲，目视新朋，此乐无以相追。
再视当前境，抚心问志，不胜其悲。
阅检行囊数遍，仅诗文五卷伴单衣。
老来少梦犹存，浊眸斑鬓，仍守当年志。
论剑宗，不忘华山事。
论气宗，难遇宗师。
创派别，是否稍迟？
怨与恩，可否两由之？
置高如弃。
随缘论法，坐忘玄机。

2010.6.5

绝　句

《明朝那些事儿》第三部，改天换日。

北狩有如煎，归来整八年。酬恩爵先授，泄恨罢于谦。

绝　句

陈循、江渊的下场。

国事论奸忠，囚龙大罪凶。诸君何所适，发配去辽东。

绝　句

高平砍树。

砍树换砍头，难言盘算周。古来侍君者，九鬼一王侯。

绝　句

徐有贞策杀于谦。

杀谦非易事，定罪少因由。王已谙尘事，人前不点头。

绝　句

徐有贞认为不杀于谦此举无名。

不杀于谦未有名，夺门之变血难腥。
殿前议罪生高智，意欲能当天下听。

绝句·于谦

济世疏忽利与名，安危从未入权衡。
勇当天下难为事，洒尽心中血半升。

又

沧海一时间，驰名五百年。清白真写照，肝胆不虚传。

绝　句

昏天悬二日，惨淡不当寒。夺位亲兄弟，争锋指掌间。

绝　句

巡幸江南归来否？是否时光似转眸？
五月只身游乐处，春光无刻不温柔。

又

既然打马过南京，当于此间歇一程。
巡幸若由天意定，可怜冰雪枉聪明。

绝　句

邀功讲术权，争宠赖娇颜。君是身前虎，枯荣一念间。

绝　句

透研心理为咨询，欲破红尘迷上津。
小院开张谁问诊，故人愿是第一人。

绝　句

明朝两集团，宦党与文官。文者清还嫩，阉人险更奸。

哨　遍

2010 年 6 月 6 日，早读苏轼之词，心随其境，不觉与融。他人窃名吾窃意，遂步其韵，以追其境，借抒我心。

乘愿而来，因志弃家，琐事身心累。

事未济，何又欲谈归？策论昨非今又是。
略瞻晞。
事迷不知前路，高谈今视如童稚。
嗟旧柳初黄，新芦乍绿，年年物是如此。
幸小窗西向对柴扉。望可见苍鹰旷野飞。
斯景斯情，一道无心，或言有意。
噫。
去意浓兮。
卑身何苦恋尘世。
茅草林中结，饮露兮知真味。
忘世并忘忧，书心剑影，纷纷逝若东流水。
笑名利兼收，福禄俱久，所求何苦多矣。
问英雄纵世可几时？
发如雪天命且由之。
爱吾心，无谋无计。
东坡今宿何处？吾欲询高志。
去携六卷桃花劫数，与汝长谈久醉。
余生无憾复无疑。
意扬兮，既行不止。

如 梦 令

倍受此情捉弄，起道昨宵有梦。举目望春光，十里白芦齐动。
谁懂？谁懂？今日我心几重。

2010.5.4

绝 句

人遇坎坷心劲盛，事逢低谷转机来。

推窗阅尽眸前景，雨后沿街花并开。

2010.5.18

绝　句

六载吾炉火渐青，铸成一剑慰平生。

酒酣触动当年志，披发迎风岭上行。

2010.6.7

绝　句

披发迎风提剑行，浊眸老泪冷如冰。

拆招忘式何由辨，细雨迷离观不清。

2010.6.7

绝　句

所欲生所求，真身难自由。尘心浮杂事，眉宇不藏忧。

2010.4.14

戚　氏

2010年5月29日，忆记月初之寒。

厌春寒，

单衫披早为春颜。

客地行单，屈指盘算或七年。

其艰，

测难全。

应逢万壑与千滩。
卑身幸甚如此，愿对甘苦与辛酸。
海阔联翼，洋深纵目，意期我梦能圆。
看风折败苇，鹰扑野雉，意又拳拳。
琴瑟挂久思弹。
光斜陋壁，似忆舞飞天。
长宵静，为谁睡晚？
玉指翻绢，
默无言。
立泣坐叹，行痴卧转，恨梦如烟。
末名不仕，居首无贤，自古进退难安。
夜半风吹缓，云闲水幻，我忆前番。
彩鬓经年白半，似心经万水与千山。
问心倦否江湖，世身仰笑，此问何清浅？
道利名，不过云遮眼。
论功过，顷刻尘缘。
看是非，雨落流泉。
透爱恨，晨露掌中渊。
惑忧难免。
风云聚散，一任其然。

绝　句

《三国演义》第一回，邓茂、程远志瞬时被关张斩于马下，贼军大败，诗有“一试矛兮一试刀”。

贼首移时并折腰，长矛舞罢舞长刀。
大旗一指黄巾乱，立马山头胆气豪。

绝　句

《三国演义》第一回，张飞先建议招兵举事，又建议桃园结义。时刘备贩履织席，关羽逃难江湖，而飞世居涿郡，颇有庄田。举事结义之策出于翼德，招兵聚勇之资出于翼德，若非如此，何来“三分好把姓名标”。

钱财散尽散庄田，勇锐还兼胆识圆。
八尺身躯求报国，焚香聚义在桃园。

绝　句

《三国演义》第一回实是张飞赞，回末之诗亦耐人寻味。

若有张飞诛董卓，江山或许少风波。
事因多虑生犹豫，狐望浮冰不渡河。

绝　句

朱儁分兵四围宛城，贼韩忠断粮乞降，儁不许。刘备如是进言。

兵下宛城半日功，三围高妙四围庸。
好生才是真英武，王用三驱今古同。

绝　句

英雄不过少孙坚，杀贼身排众将前。
城上翻飞城下扑，功名得获不虚传。

绝　　句

平完江夏渔阳反，书荐玄德铁甲穿。
剑斩贼酋余众乱，叙功赦罪守平原。

绝句·怒鞭督邮

若无翼德缚督邮，焉有三英他处谋。
真性能成真事业，真情可换义千秋。

绝　　句

议事心明袁本初，提兵讨贼逆君孤。
为求富贵谋三进，其事相关半部书。

绝句·何进之终

血溅宫门福禄终，矫诏天下乱私公。
微躯难换三番叹，可叹无辜丧剑锋。

绝句·少帝与陈留王逃亡北邙山

露草侵身星月稀，相拥堤下忍寒饥。
结衣正叹行无路，忽见流萤千万只。

绝句·董卓护驾

万面旌旗遮上苍，千乘铁甲路扬黄。

私怀废立排公议，带剑先行不隐狂。

绝句·董卓置酒温明园

带剑席前告百官，替天谋划策周全。
司徒王允倾身谏，废立焉能酒后谈。

五律·赤兔马

身起三山矮，蹄扬九地开。毫如雷电赤，唇若露风白。
遇戟精神盛，逢刀秉性乖。背伏豪杰梦，仰首在高台。

绝　句

因言废立，袁绍与董卓筵上对敌。

与卓见左恃于庭，悬节东门提剑行。
四世三公因正气，斯情怕不辱平生。

绝句·孟德献刀

谯郡孝廉曹，谋卓相借刀。义行因镜破，匹马向东逃。

绝句·吕伯奢之死

长剑未安天下人，先成天下负心人。
野心因为忧国事，成就古今争议人。

绝　句

曹操发矫诏仅数日，即得乐进、李典、夏侯兄弟、曹氏兄弟等大将，真天助英雄。

叹道苍天眷顾高，招兵三日得英豪。
东风虽供诸公借，剪灭群雄谁胜曹。

绝句·中秋之诗

中秋之夜饮酒谈诗，一时之兴与月同高，蘸墨提笔在墙上题诗。

今夜诗遮墙上白，问询谁解我情怀。
他朝此墨猜能淡，不断痴身几再来。

后记：后来儿子来到工地，看见墙上之诗，大声念着最后一句“不断痴身 π 再来”，仔细一看“几”写得确实像3.1415926的 π。

桂枝香·中秋词

西窗挂月。问今夜之秋，情何以迭？廿载相思谁解？
苇花如雪。西风吟唱长堤外，酒如歌，幻不曾灭。
墨香愁淡，风微闷远，韵猜精绝。
忆当年，伊人惑别。想城头温酒，欲与谁歇？
叹道情皆如此。旧吟忧学。
慨昔岁月如流水，伫无言，诗有谁接？
夜柔如梦，温言胜赏，笑何以借？

五　律

十月十一日，填诗赠楚腰。别来逾数月，借此特相邀。
塞北花虽败，芦风起却娇。登高临四野，所见不憔憔。
类聚依缘分，生辰赋志高。汝途刚起始，应爱路遥遥。
昼恋青山俊，昏怜碧水夭。借风飘秀发，玉臂指滔滔。
我辈今无少，相期汝辈豪。拳消不平事，义退裂石潮。
且把人生苦，权当桌上肴。敢言天下事，胸阔俱能消。

多丽·中秋词

赋中秋，依歌而和无凄。
月如轮，风来湖底，朗朗万里清辉。
淡无痕，吾谁与伫？苇飞白，影照参差。
白露将生，夜风微凛，何年能胜此当时？
仰首望，明河暗渡，宿鸟已停飞。
身微冷，添衣为暖，楼下迟迟。
想伊人，逢秋明日，料能解我相思。
韵关情，红楼正盛。词切心，梦景难移。
愿在来宵，相思不减，问询今境又谁知。
当年想，猜能日久，不道见何期。
天行健，杯形龙影，如梦长随。

中　秋　诗

八月中秋何聚首，三层楼上笑如侯。
谈诗论赋歌当酒，念远怀忧苦逊愁。
淡墨浓情谁与共，疏星朗月我怀幽。

明年今日期如旧，一曲琵琶以裂喉。

戚　氏

季将冬，
检点收获竟然空。
叶落匆匆，不言此去有谁同。
西风，
卷飞绒。
飘忽似诉不由衷。
凝眸掠望无际，淡远霞色与心融。
秋来之举，相违素志，叹兮隐逊于虫。
想明年此际，寻何入赋，此韵才浓？
十日晚照之功。
霜露俱降，翠碧转黄红。
其中味，有谁能懂？
我剑无锋，
又无宗。
弃挂饰用，皆无怨闷，乐得从容。
一朝试羽，十载无风，朗笑此运之隆。
酒煮青梅好，屈指相数，谁是英雄？
兔有三番起落，笑鹰飞不过借绒蓬。
尔来我志无兼，汗滋苗壮，欲与随者共。
愿济时，身似云归洞。
论失得，无欠无丰。
计惑悟，有智无庸。
看是非，慧眼用重瞳。
业高缘重。
桐高落凤，智显亨通。

2010. 10. 29

凤箫吟

闷无由，心飞无际，云浓窗带寒阴。
所思均在远，叹余唯有，细数年轮。
今兮诸事患，雾重重，难断其真。
道所见，依稀似旧，恍又如新。
晨昏，长堤固步，任心驾，聚散之云。
彼时千万绪，一一皆入定，无怨无嗔。
芳园谁在种？待吾归，赏赋填文。
恍见里，红颜素手，装点青春。

2010.11.4

七　律

长剑闻腥匣内鸣，欲于沙场赚功名。
只身夜把关山望，匹马寒风带月行。
腔血腾腾如煮沸，征心耿耿似无情。
回眸不落凄然泪，弹曲高昂云上听。
不道此生何最贵，只言此剑怕无宗。
迎风岭上观流水，浩浩无怜自向东。
芳草茵茵娇两岸，小舟借浪试苍穹。
莫言寸草胸难阔，孺子从戎易建功。
试问此心谁最懂，娇娇今不与沟通。
飞龙跃壑三重雾，卧虎腾渊一阵风。
因恋夕天红一抹，昏来几度立茕茕。
所思所欲时皆忘，万里霞天一瞥中。
利禄欲别谁不舍？草堂歌罢起瑶筝。
移年若与君谈梦，郎笑今番不过空。

何羡纵横苏子印，六乘之驾势如龙。
丈夫处世名还次，唯怕才华淤在胸。
落落之言难尽兴，他朝借酒再诉衷。

2010.11.5

七　律

私问昔今何者俊？思之不过两浮云。
鬓花今已长随我，雪月昨宵独照身。
夜梦故园年少事，晨填客馆惑时吟。
自从一别逍遥榻，用舍之言难再闻。

小重山·酒后泼墨赋诗

写志长宵万重山。回眸何事憾？夜风残。
俯身提笔意三千。凭栏趣，到底不心甘。
不道有何禅。三生何不老，与谁眠？
平生多少欲难全。眉霜乱，一切不由间。

扬　州　慢

庚寅初冬，酒酣意浓之际，余兄指谱定韵，嘱予写快意人生之词。予欣然应之。

庆北新城，将来佳处，半生求慰平生。
望湖光十里，有碧草莹莹。
兴提笔，同谁写意？芦田万亩，不再青青。
夜无眠，谁与吾言，如此前程。
他年会讲，道此番，不过平平。
爱百代词工，千般样好，各具风情。

曲水流觞何在？扬州外，叶落无声。
愿青青不老，年年岁岁婷婷。

七　律

留作他年回忆。

不道何由连进酒，只言飘雪遇风柔。
情怀半载今如旧，所闻今宵慰所求。
惑梦多年难为酒，三杯两盏道来羞。
浮游难断三朝诱，千里江湖一叶舟。
所爱当推长剑瘦，锵然离鞘染惊眸。
当年风雪当年事，俱与杯红化泪流。
十里平湖飘夜雪，三层楼上自消愁。
满腔滋味倾难尽，他日同君一醉休。
坎坷今番谁记省？三千豪杰不同行。
各怀心事高谈志，似是曾经云上鸣。
风雨袭来谁拔剑？三秋我未辱平生。
平生只为当年志，热血消融三丈冰。
出剑不言求与得，且还不计枯和荣。
阳关舍弃登斜径，不理周遭胆怯朋。
独上寒川求碎玉，励身是慰少年情。
远途今仅刚开始，且自谦谦且赤诚。

2010.11.16

绝　句

滴水汇兮成大海，去来不染慰情怀。
取之何处归何处，专为人民理国财。

沁 园 春

友人指谱定命题。

好雨知春，好雪知冬，好梦知宵。
正大局定鼎，群情一并，北国铸梦，惬意陶陶。
多少豪杰，坐高论志，一瞬难酬胆气豪。
江山小，任心游宇内，意最娇娇。
他年谁与长聊？饮美酒三殇谈兴高。
问江东子弟，楚之三户，锦衣冠羽，几个登朝。
因爱江湖，贪风恋雨，岭上独行卧枕刀。
酬王策，有三千待用，好似无招。

2011~2016

桃花飘零后

戚 氏

下午三时归家，时妻从旧居处取回旧圣诞树（此前，我与儿子相商，旧树过新年，不亦悦乎?）备餐之际，接好友红卫电话，询吾何处又何为，笑答：“平安夜家中备炊”。及至餐半，接春忠大兄弟电话，亦询何处并何为，吾据实禀报。餐后无事，喝酒解闷，时儿子问道：“每过圣诞，都喝酒写诗，今何不为?”有此雅问，诗兴骤浓，遂补盏填词，并高声吟诵（时近半夜），妻止曰：“邻皆将息，汝宜微声。”吾笑曰：“斗室之兴有三：吾执雅兴，吾儿助兴，吾妻扫兴。”人各有兴，无辱此夜哉！

恨匆匆。
今宵人恨岁匆匆。
十载无成，一言难尽梦匆匆。
匆匆，
太匆匆。
观花走马过匆匆。
苍颜白发才懂，此身是客竟匆匆。
落花有梦，飞香无冢，谁与古道西风。
叹命由捉弄，心随风动，且任匆匆。
名利皆是匆匆。
功名勒石，万载亦随风。
年将尽，问谁能懂。
些个匆匆。
笑匆匆。

半世若梦，些多不懂，竟好吟风。
醒来好痛，爱恨无踪，遍问谁遇匆匆。
醉是匆匆梦。醒时易恨，此梦匆匆。
莫道禅言费解，问何人悟透此匆匆。
渭河钓叟难逢，王车百步，方有岐山家。
驷马随，涧隙匆匆纵。
意最爱，白马西风。
伫马侧，立望西风。
伏马背，涧隙过匆匆。
不询谁懂，
匆匆只道，一起随风。

2011. 12. 24

七律·2012 新年

未言漫道雪还霜，无谓征途幽且长。
一载今宵成过往，吾于幽处赋文章。
甘辛此际难通讲，总括无非谋稻粱。
龙滞浅湾心不爽，犬于阔处尾摇狂。
清高不过含珠蚌，沙底三年徒蓄光。
独驾小舟冲白浪，归于寂处忆苍苍。
旧年仍有人新丧，新载期能医旧伤。
举酒遥期来日访，缁衣已卸又红装。
青山遮望难遮唱，一曲高歌解断肠。
白浪能消信能涨，红花能谢信能芳。
此身百挫仍痴闯，此志千折别样香。
杯酒又斟愁又忘，些多酸苦不思量。
单枪夜把敌营访，匹马驰狂自放缰。
月色凉凉娇玉帐，夜风荡荡试辕墙。

刀光如浪来还往，剑气如霜幽更凉。
状若秦军集上党，形逼魏马散当阳。
群山四笼如重帐，篝火高歌夜不央。
所欲一张皆入网，一宵一剑志徜徉。
匹夫之志夺还涨，君子之身囚不僵。
岁又今朝君莫忘，江湖刀剑等人尝。

七律·2012新年

岁月匆匆又一年，个中甘苦叙难全。
坦言失得皆余事，唯感时光逝若烟。
少梦藏心犹不舍，追求刻骨渐成丹。
随身依旧书和剑，负手江天看过帆。
诗酒于心从不厌，唯于名利不擦肩。
惑身今又添新岁，有若长河又一湾。
此借小诗酬旧岁，留于来日忆今天。

七律·2012元宵节

此夜龙年新月圆，春寒告我未春天。
问天我自装新卦，浩宇遥遥观且参。
二种一收潜式起，山渊四季有龙盘。
凤飞犬伏今年势，虎啸空林猿下山。
牛立苍崖观逝水，马于厩内尾平栏。
兔愁鼠病荒原寞，慰有猪羊一圈欢。
盈缩有期天律准，窃谋无道睡难安。
春风将近谋先讲，江水未澜劝备帆。
君子宜谋君子事，愈难愈险愈心宽。
长滩抱浪来无往，泪别长亭去有还。

久坐无言心易乱，小酌片刻睡能安。
问谁困久能无怨，夜举长笛曲不残。
望月倚栏身不倦，怡然月满月还弯。
大江能去不能返，人怀赤诚永少年。
起伏休当难过事，坚贞莫作忘情丹。
风花明日能随愿，雪月今宵供乐观。

七律·2012 新年

一别不觉已经年，冷暖人间象万千。
所得今朝非所欲，所求依旧在遥川。
晓寒屡断当年梦，晚醉无关明日艰。
落寞英雄何最似，飘红流水衬西山。

2012

问询何似漂泊我，落叶追风千万个。
风华两鬓逊于昨，翻遍行囊无所获。
欲瞻前路层云锁，敲石而歌歌寂寞。
且行且卧且蹉跎，梦在云端风错过。
得失最怕都参破，冰海行船山不躲。
归来所获少当多，苦乐相煎宜执着。

绝　句

机缘不巧莫强求，且让此约春复秋。
天上白云舒可卷，人间流水不回头。

2012. 3. 28

七律·大庆北湖

湖光一望觉如昨，白苇伏波柔不折。
细浪层层来不返，白沙薄薄往来踱。
三年不辍今仍是，得失于心懒再说。
白鸟追鱼旋后点，苍鹰求雉掠如约。
叹言绝壁攀无索，长羡空泽寂寞鹤。
心绪一飞如有翼，乘风瞬掠百千泽。
近忧再望微如灭，远志眸前似可得。
入海何水无起落，远行忌怕一衫薄。
千年方得长生果，两载谁能练绝学。
掠过难当曾踏过，修心之事莫相托。
千山万水不停泊，百险千滩吟且歌。
驿站于行皆过马，长歌悲发酒盈爵。
迎风一散胸中恶，踱步归来暮云浊。
小饮至醺诗本色，长鼾破晓我如佛。

2012.5.18

戚　氏

夜风吹，
吹得檐外雨横飞。
乱苇何悲，起伏似为事难为。
心碑，
祭因谁？
如烟往事逝难追。
私询半世何悔，本色逐梦得来非。

美玉无配，飞仙独美，醉来我又思归。
对窗前犬吠，心翻百味，有叛无随。
斯夜此醉如颓，
如刺在背，辗转势皆危。
言其味，舐之如泪。
备重积微，
势难摧。
乱石不垒，潮高必溃，枉自岿岿。
历来进退，最是难持，一若绝壁无依。
莫为今宵醉，今宵若醉，醒怕无偎。
小雨今宵似泪，衬离人久坐坐垂眉。
莫询此是因谁，十年一梦，梦让心憔悴。
梦里谁，一笑千般媚。
辗转中，飘发如挥。
顾盼间，如去如回。
恍惚际，似拒又如期。
至高求止，
排忧觅避，我又如痴。

2012.6.16

蝶　恋　花

2012年6月，大庆北湖工地。

为静繁心身不伍，四下高楼，居近临波处。
晨起问心心自语，悄悄昨夜凄凉雨。
风里年华尘里误，涉久江湖，渐忘来时路。
昨夜酒酣人四顾，嘘之我又来难去。

戚　氏

在清晨，
抬眸凝望半天云。
世事如云，万千变化幻如真。
屈伸，
聚还分。
一如尘事乱纷纷。
浮云幻化无忌，在其于世本无根。
其聚无得，其分未舍，略忽所谓迷津。
悟风云幻化，人生失得，几个晨昏。
寻悟乱绪如奔，
痴嗔病苦，渐不与相闻。
多年惑，溃于一瞬。
云散无痕，
聚无因。
事不遂志，情非自已，且莫嗔嗔。
惑无本色，苦有真身，背道纵富如贫。
仰首难无问，问随失得，直抵真心。
得失如云聚散，竟来时似雨去如尘。
问何似旧如新，未来似去，答是心中忍。
若视之，其远如其近。
若尝之，如醉如醺。
若抚之，似润如温。
此所谓，众妙始之门。
忍之其俊，
红尘滚滚，所遇欣欣。

2012.6.20

七　律

二〇一二年农历七月十五，建堂。

尘世漂泊归后何，撑胸傲气逊于昨。
浊眸已惯沉浮事，斑鬓疏忽岁月梭。
流水匆匆追逝梦，青山隐隐葬沉疴。
百年老树村西默，碧草乘风独自歌。

七　律

一帘秋月一帘风，半鬓霜花半鬓空。
六卷诗书三载梦，十分感慨一杯红。
半生渐懂何最重，旧重于今懒再逢。
散尽昨宵无味酒，轻松我又倍从容。

2012.9.30

七　律

临窗怅见雪横飞，远色苍茫近色灰。
碌碌一年今又尽，萦怀事事得来非。
江湖坎坷十余载，青鬓无为白发悲。
历历沧桑成晚醉，青青旧梦问逢谁。
诗怀屡被繁忙倦，风雨斜阳数忘归。
过眼繁华如落雪，锁心寂寞去还回。
时光岁岁如流水，少梦年年不可追。
检点半生何者贵，三分功业七分诗。
纷纷白雪纷纷事，寂寂青春寂寂痴。
思绪潮来难自已，凭栏一叹又谁知。

迎新深晓新能故，辞旧明知故会歧。
早惯凡尘千万事，淡然一笑未称奇。
年终一场风吹雪，似告明年事可期。
有志男儿白发早，背风木叶落常迟。
卑身早罢江湖梦，得失超然坐忘机。
君子修身求不器，匹夫养志忌轻移。
漂泊注定终身矣，势必逢时即别时。
莫道逢时言未尽，且留别后润相知。
明朝雪静寒风止，信有霜花绽满枝。

2012.12.16

绝句·赠别之滴水

终于大海起于泉，今味千般旧味甘。
有问故园何所在，可答从此万重山。

2012.12.18

绝句·2012 圣诞寄语

匆匆年复年，历历在眸前。六载重盘点，当然不一般。

戚　氏

默无言，
仰观星宿半河天。
浩宇无边，所思随望过千关。
今番，
业虽艰，
仍知此境是当然。

乌江打马难渡，可驾舟楫下急滩。
间或能晓，风光恰事，美于似雾如烟。
可临流坐赏，凭川立望，不在其间。
何物总在眸前，
堪堪驱散，去去复还还。
江东梦，道来不敢。
点染唇铅，
画眉丹。
展袖并指，清喉浅唱，好个江山。
曲终客散，未有流连，泪问谁与凭栏。
每唱江山晚，丹心必乱，更甚无眠。
若问何能解此，道青青或有定神签。
再询怎遇青青，乱山访玉，舟泊杨柳岸。
访若何，空有归来叹。
叹只为，龙在深渊。
悟在心，其意难传。
遂提剑，绝壁刻飞仙。
刻完题撰：
青青是梦，梦在云端。

2012.12.26

七律

2012，正值臧老弟乔迁之际，先以此诗贺之。

荡迹江湖近半生，现言苦难变曾经。
淡然今已心无碍，清醒此身业有成。
笼鸟不知云上事，丈夫珍爱盛年名。
追求虽得期无怠，风雨江川再一程。

七律·2013春节快乐

回眸一载太匆匆，春未相别秋又冬。
花落花开疑是梦，春来春去了无踪。
幽怀岁岁无人懂，少梦年年总是空。
白马如飞心事重，青鬓戴雪不轻松。
单枪十载潮流弄，始信其终是向东。
追梦多年唯有梦，梦中未与梦相逢。
追求总带无由痛，历久于今未不同。
冬又将终心又动，明年会否遇成功?
岁增总是忧难忘，一若苍龙未过江。
发白依然持梦想，有如针叶不输霜。
缚身不忘磨双掌，期待风来羽翼张。
缠足还学过山蟒，身盘十八守兰香。
春潮一涌心潮荡，短剑横持当大枪。
白马如飞驰霸上，青衣猎猎鹿追狂。
秋江入汛潮流涨，老树逢春枝叶昌。
纵使曾经皆是过，将来未必不称王。
卧薪之梦多忧患，磨剑之石总不干。
枕卷忧身人睡晚，临危拔剑数争先。
劈风十载明眸暗，刺雨三秋黑发斑。
不信诸般皆是命，丹心百孔亦拳拳。
春愁可作春消遣，秋惑难当秋后餐。
流水千山终入海，人生百载一时间。
青春不与花争艳，老迈谁能坐坦然。
锈剑等闲东壁挂，夕阳何忍坠西山。
秋毫之露英雄泪，落日余晖壮士悲。
酒过三巡浓逊水，岁平四十惑如欺。

男儿宜守当年志，每遇时机不疑迟。
虎伏三宵非猎兔，龙盘十载为腾飞。
日含精赤群星拱，草盖灵芝众鹿围。
君子似金因抱志，美人如玉是怀痴。
十年历历无穷事，不诉凄凄谁又知。
百载人生何意义？浮云寸草共光辉。
远行莫惧风吹雨，大业经营怕务虚。
莫计利名来与去，休当功狗任由驱。
追求非是求名利，宜懂龙盘与虎踞。
虎啸层林山变色，龙吞四水海能枯。
艰辛历尽情难改，路绝孤峰思再来。
未得幽兰难自在，横笛绝顶待云开。
移时心忘成和败，面露欣欣不近哀。
阅尽红尘千百态，渐明失得俱安排。
隆冬将远春将近，一载盘龙屈后伸。
侧耳遥闻雷滚滚，凝眸远望雨纷纷。
迎春莫怕芳菲尽，流水飞花春更真。
小径独归君莫问，何怜春梦与秋云。
烹茶林下飞红晕，调瑟樽前启绛唇。
半透薄纱春隐隐，无瑕妙目意深深。
东风一阵桃花俊，红酒三巡碧玉温。
别后重来春是信，微风细雨夜敲门。
春来春去春无倦，人聚人分梦不安。
追梦青春去不返，花飞花谢自清闲。
冬长曾怨东风慢，春短还嫌雪化艰。
总是春风难尽意，因何又要盼春还。
十年一次春来早，又梦桃林长发飘。
拂面春风传远笑，闻声立断是娇娇。
娇娇依旧桃花面，背倚桃花分外娇。

岁月匆匆人会老，风刀何独宠娇娇？
娇娇独自花间坐，不理春风着鬓多。
似语似歌还似默，无人能解此因何。
萦思忽右还忽左，难捕其心起落波。
一睹落花瞬时悟，是伤岁月被蹉跎。
人生几次春和夏，一世能逢几落花。
际遇平生多与寡，几成未负好年华。
追求最怕凄然罢，泪眼飞花向落霞。
宜趁风微身未嫁，放飞理想去天涯。
天涯风景依然胜，皓月长风城上筝。
筝奏英雄十载痛，匣中宝剑恨无征。
红颜白发倾城梦，老迈将军大漠功。
皆是追求真境界，得之足以慰平生。
少年总为追求瘦，怕负人生有限秋。
冬尽春来梦依旧，东风无处不温柔。
临别怕折长亭柳，更怕重逢两白头。
旧梦在心人在远，追求未得志难休。
今宵遥祝新年酒，共约青春与梦留。
更愿相逢风雨后，无忧君我醉相酬。
笑询旧梦还痴否，芳草天涯可有愁。
另祝君同花并秀，追求一步一层楼。
健康事业皆长久，福禄绵绵不用求。
此卷虽长无俊手，任由遗落任沉浮。

七　律

2013 年 2 月 23 日，元宵节快乐。

一载月圆十二回，初回忌见雪横飞。
次回怕照桃花水，三次春来春又归。

四次再圆花影碎，五回江水瘦如眉。
六回山色无边翠，七次忧伤人世悲。
八次故园皆最美，再圆一次草成灰。
十回炉酒佳人醉，谈笑轮回又一杯。
百载人生千次月，相询月满最思谁。
如飞思绪千般味，味味相煎盈又亏。
且尽案前无色酒，罢谈天下一时非。
当年霸上今垓下，败寇成王虞不随。
昨日飞龙今日坠，青衣小扇坐观梅。
月圆之夜心潮沸，点染唇铅兰气吹。
误入红尘痴不悔，高楼唱晚爱无为。
今宵又是相约醉，月色清高诗不颓。

七　律

三月八日雪如灰，独立窗前微蹙眉。
形势于心千百味，所期入梦两三回。
此生处事恒无悔，不到天山不罢飞。
剑式最高无进退，舞姿最妙静如追。
醉辞似拒期能倚，长袖如招怕有随。
智困遍观皆闭户，慧来一指落花归。
长痴莫问因何事，入眼苍茫无语时。
展闷欲消行又止，敛忧自赋一行诗。

2013.3.8

七　律

浩气当胸箭不防，眉间一字两担当。
不询困境愁何状，如叶轻舟自过江。

如此江湖别样闯，单衫负手对苍苍。
十年箭雨千重浪，难尽周身百样伤。
夜放臂鹰擒巨蟒，昼温烈酒退苍凉。
诉来别梦今无忘，虽借拙诗叙不详。
月夜霜飞无数点，一一似慰旧时香。
意回耳畔歌还响，白鬓雄心夜不央。

2013.3.21

七律·端午节

艾草无心岁岁新，浮云有梦此晨阴。
汨罗当日诗心碎，谁为雄黄痴至今。
赤子持才寻报国，佳人因梦起调琴。
吴波蜀浪英雄尽，白发青山浩气森。
又是一年佳节信，所痴仍在旧迷津。
雄黄三碗诗心乱，沧海飘飘天地醺。
恍见仙山多碧草，分明绝地一痴心。
追求信是千年病，高傲今仍独自贫。
纵是独来还空去，此身亦不委浮尘。
屈原有志兮天问，法海无情兮水侵。
岁月匆匆兮一瞬，此心渺渺兮难吟。
空潭飞雾流光舞，有凤来仪为传音。
千载风情今又是，匆匆一赋过无痕。

2013.6.12

七　律

题诗记“文关公”。

胸怀大义夜观书，背立长刀傲远途。

自有桃园三歃血，英雄天下一时无。
长须不共风云乱，侧目诸侯尽匹夫。
岁月峥嵘何故故，丹心未改赤如初。

绝　句

半天红叶半天风，半世匆匆半世空。
半部经书今识半，半江迷雾一飘蓬。

2013.7.23

绝　句

车停眸一转，绿树倾如伞。熙熙攘攘中，飘发婷婷站。

2013.7.25

绝　句

十年如梦江湖，回眸未遇坦途，
星星两鬓之我，仍在此间穿梭。

2013.7.26

绝句·内蒙古根河

铁头带长缨，薄翼逆风轻。昨日伏牛屎，今朝岭上鸣。

2013.7.27

绝句·海拉尔

（一）

真正好年华，绿草覆黄花。放眼蓝天下，信此是天涯。

2013.7.28

（二）

经幡起处世心闲，踱步蓝天碧草间。
远望近听皆自在，江湖恩怨忆欣然。

2013.7.29

绝　句

盘根乱石间，举手向青天。独守寒冬翠，春来不改颜。

2013.7.30

绝　句

佛在西天还在心？机缘是等是还寻？
禅机都道参难破，我对蓝天一笑真。

2013.7.31

戚　氏

逝如骓，
回眸斯岁去如飞。
走马千川，独来独往又独归。
寻谁？

夜推杯。
相聊天际月如眉。
长河有泻无歇，罢谈相醉与相随。
君子如剑，佳人似水，莫悲剑水之期。
泣情来恨往，长别短聚，儿女何为？
羞做虎病香闺。
红倚翠卧，燕瘦并环肥。
城头月，玉门最美。
箭雨如诗，
笛如梅。
背剑立马，单衫远望，大漠孤炊。
世之冷傲，可病胭脂，幻化如许伤悲。
故国神游醉，离歌一曲，意在微微。
欲解矜持似璧，赖世之奇士铸其坯。
上题我在迢迢，汝于彼彼，沧海兮观止。
意若痴，相辩浑无是。
情若迷，聪也无知。
怨若消，路再无歧。
恨能平，寸草弃迷离。
此中含彼，
我中有你，不过禅机。

2013.8.18

禅定三境界

一念升时上云端，一念潜时卧深渊，一念平时过江川。

2013.8.19

七　律

一人之故能生喜怒哀乐，两心相乘即得爱恨情仇。多份爱恨情仇相生相克就是江湖。知天下能远江湖者鲜矣。再次听到动力火车的《当》，仍不免热泪盈眸。还是想写诗。

何由又忆旧时光，瞬又心伤两鬓霜。
旧梦于今君记否，清风明月女儿妆。
惜乎两岸山一样，难觅英姿天下双。
一笑回眸风带浪，青峰再顾鬓飞香。
心行何处收如放，梦在何时醒不伤。
月到中秋辉至满，人逾不惑少轻狂。
一闻旧唱心神旷，一念当年意脱缰。
十载江湖皆过往，寥寥数语且思量。

2013. 8. 28

七律·中秋快乐!!!

是夜清风倍醉人，此宵明月最关心。
拙诗今作天涯信，万里相传一份真。
未禁长宵思绪乱，任由旧梦数敲门。
繁艰脚注江湖险，诗酒红尘几度贫。
数载忧心今又劲，难随明月罢浮云。
少年曾为功名困，沧海一经惑不存。
浊酒数杯催白发，青山一别再无根。
乘风且对清高梦，独尽中秋酒一樽。
历尽沧桑心不改，穷杯犹为旧情怀。
浮云今或遮明月，明月明宵仍再来。

逢败此心仍自在，飘飘依旧舞高台。
剑磨十载锋才利，雪覆三冬不算埋。
眉鬓亦曾青若黛，幽怀数载被人猜。
沉沉我自心如海，耿耿卑身骨若槐。
磊落能成真气概，虚怀可塑俊形骸。
王仪不乱威出塞，月破层云天地开。
又遇中秋情又笃，不填词赋意难抒。
春愁秋梦戚离妇，游子归心罢远途。
历历艰辛仍在目，遥遥梦想一如无。
停愁无计求无助，索性还谈志若初。

2013.9.19

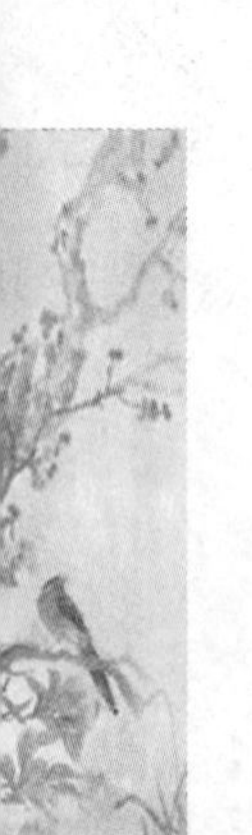

七　律

树又沙沙天又秋，晚风渐罢旧温柔。
残阳默默西山外，碧草婷婷略带羞。
百味人生皆失得，几曾爱恨演离愁。
寻常风景无由闷，相病相怜久不休。

2013.9.27

七　律

酒醒方见两君诗，信息才回似觉迟。
曾断江湖藏俊子，果然大泽有灵蜥。
臂之一展真如翅，浩水横游不换吸。
能借风云成大势，敢于飞瀑试高低。

2013.10.4

剔银灯

狼要结伴，虎要独行。雀恋群飞，鹰喜孤旋。所谓英雄，注定孤独。若要关羽嬉酒，须是黛玉停愁。

又在深秋傍晚，邂逅梦中一念。
尘事纷繁，鲜如人愿，更有光阴如箭。
问谁无叹。更此刻，风微叶乱。
都道将来太远，走过觉来太短。
何是江山？醒时世界？抑或梦中奇幻？
窥真知浅。吾与汝，前生结怨。

2013. 10. 27

如梦令

一场风花雪月，一阵鼓楼歌绝。来日梦长安，不记当时情节。如劫，如别，依恋当年错觉。

2013. 10. 28

秋夜月

别来已近三冬。怕重逢。失意人生白发衬秋容。
席间醉，耐寻味，几人同。猜是九分痛苦一轻松。

2013. 10. 29

秋夜月

人生际遇难同。势如峰。多是初时南北后西东。
奔波累，促人醉，诉难穷。冷暖也如春夏也如冬。

秋夜月

江湖十载无功，赚空空。独对寒江月夜正西风。
其中味，无人会，叹无穷。正是半生碌碌半匆匆。

喜团圆

凭栏问月，颜如赵璧，形似吴钩，
多情总为无情瘦，是何许风流？
白云苍狗，长堤茂柳，不见其忧？
长亭把酒，与君别后，自此添愁。

2013.10.31

七律

二十人当诗是痴，专属思念与别离。
历经十载风霜后，或道相思有尽时。
再历十年霜与雪，多言最美是相知。
江南小镇烟如雨，紫扇红巾青鬓伊。
弹唱隔江千万里，长宵几度梦君兮。
相牵不语风中立，并对斜阳渐渐西。
相醉红颜成记忆，相惜白发旧青衣。
三生或许一相遇，何忍逢时别太急。
诗浸灵魂求解放，梦藏躯体盼飞翔。
江逢阔处无风浪，心到中年不再伤。
看破方能真放下，情为何物不参详。
诗兮逝也非相忘，梦到逢时睡正香。

2013.11.1

浣　溪　沙

不讲平生际遇悲，不言壮志欲何为。额前乱发任风吹。
不许相思藏病骨，只怀少梦老相随。匹夫也作大夫威。

2013.11.13

浣　溪　沙

一势平兮一势危，一笛欢喜一笛悲。少年剑客暮年归。
成败早随江水逝，悲欢已共落霞飞。江湖岁月梦中回。

浣　溪　沙

落叶才飞雪又归，春来无是夏无非。无聊岁月任轮回。
多少雄心成故事，一江大雪误新炊。单衣独望暮云飞。

七　律

旧因寻梦费心机，千里单身行太急。
忘赏秋原蓝隐碧，疏忽林海密藏稀。
忙于浊酒空谈志，乐在芳丛觅紫衣。
错把功名当事业，屡因犬马误归期。
舌尝百味知无味，智断千疑心更疑。
误走歧途千万里，蓦然回首日垂西。
临流立马观潮劲，撤剑抽笛长叹息。
自问时光重倒置，周郎会否旧心思。

2013.11.14

菩 萨 蛮

最近在看《天龙八部》。

有心莫道相思坏，无情易教容颜改。聚散岂安排，何来缘不该。柔情今不在，去意归沧海。记忆是尘埃，无风何再来。

2013.11.16

七 律

2013 年 11 月 22 日，诗赠冯老弟。

登山望水自逍遥，侧目江湖风浪高。
傲骨勤修从未惰，恒心苦炼不曾骄。
卧薪塞北辽金志，饮马长安宋赵凋。
人历沉浮胸腹阔，花经风雨色更娇。
路逢君子先伸手，席遇瘪三不结交。
酒饮千杯方近好，做人一贯不轻飘。
未曾有负相托事，立场从来不向曹。
长路迢迢前更远，期于前路领风骚。

七 律

今宵斜月薄云里，雪屑微风街角迷。
灯暗楼高窗色紫，路滑车挤夜归迟。
轻随音乐哼新曲，脚点刹车品旧词。
多少人生如此路，越急越慢更无期。
匆匆迫切千般态，狭路相拥疑更欺。
百样人生一样志，哪关花脸与青衣。
青衣车技超青涩，花脸急催恨不惜。
命运一如红与绿，频频轮换不停息。

红唇此刻温柔骂，花脸相逼何太急。
狭路终究伤不起，寒酸路宝挤奔驰。
心情一换浮云散，于是无聊吟作诗。
反正整天无正事，且于拥堵悟禅机。

2013. 11. 22

长 相 思

（一）

树欲休，风不休。绿叶羞羞黄叶愁。冬来白了头。
春温柔，绿染眸。臂抱东风日夜羞。相思无尽头。

2013. 11. 23

（二）

夏无忧，更无求。欲与君消一世悠。功名懒再谋。
西风瘦，黄叶愁。隔壁阿郎今是侯。功名白发羞。

（三）

北风吼，雪遮头。过客匆匆不敢留。是风误我求。
思悠悠，恨悠悠。如树如风总不休。此劫无尽头。

绝 句

夜梦皇家女，平明斩将旗。男儿当若此，方慰少年痴。

2013. 11. 24

绝 句

少年多有志，不耻病胭脂。快意三宗事，都关刀剑诗。

2013. 11. 25

花 非 花

（一）

行天涯，忘春夏。似落花，随风嫁。
追求因不共年华，白马西风悲白发。

（二）

真英雄，系天下。真性情，当无价。
天山胡马院中花，此痛于今难作罢。

2013.11.29

南乡子·敦煌记忆

何是天边？思念停止梦不前，沧海回头行云倦。
唯叹！所见所痴皆是幻。

2013.11.30

七 律

莫言半世太匆匆，回首当年一笑浓。
散似无由别有憾。初如山雨后如风。
窗前景色年年是，梦里追求岁岁空。
怕在新年读旧赋，三春情意负三冬。

2013.12.12

七 律

谷底曾经怅望峰，峰巅今又望长空。

人生际遇轮盘赌，多在相同求不同。
流水千般终入海，妖猴百变亦非龙。
长河一去三百曲，君子三生一成功。
总为多情伤旧志，风尘瀚海叹途穷。
神农非是识仙草，大禹掀山数变熊。
固守当年一腔志，臂悬千仞不放松。
英雄若泣途穷事，纵有三生亦是虫。

2013. 12. 14

七　律

半生若是一轮回，转世之年五十时。
此世事由心做主，相询阁下做何期。
第一居在何城市，次又与谁一起居。
何事选来当事业，能当一世一须臾。
分离多久才相聚，可使相惜能胜初。
心碎如何人不泣，求之可得不相思。
衣何能约天蝉舞，何醉能消半世孤。
对月寻谁相并伫，望江何赋可消愁。
如江如月人如约，信是人生好时节。
一念天涯离不远，所求历历在眸前。
长河如赋还如故，逝岁如歌还若书。
世事万般皆可拟，长河逝岁一般兮。
长河一去难回转，逝岁一别不再回。
假设终归空假设，不如停下看电视。

2013. 12. 15

三字令·敦煌记忆

二月冷，四月寒。五月炎。
八月酒，酿缠绵。十月风，腊月雪，天地间。
长伫立，望飞仙。久无言。
涂赤壁，一千年。想当时，今沧海，是桑田。

2013.12.16

绝　句

无上佛家三宝地，禅心南海与西天。
向东一顾知因果，面北须臾识旧缘。

2013.12.16

绝　句

佛家三宝地，南海与西天。二者皆为次，禅心第一间。

踏莎行

独在高楼，怅观飞雪。顺风翻滚迎风绝。
叹身几度一如斯。纵然觉累也难歇。
旧局虽别，新题未解。关山漫漫艰如铁。
长刀昨夜斩飞花，今宵飞雪飘飘下。

2013.12.16

一　剪　梅

往事萦心是为何？岁月如歌，俱被蹉跎。
一杯烈酒换深咳。浩叹如昨，寂寞真多。
散发追风忘绝学。剑解长戈，掌化飞梭。
江湖无岸供停泊。易水新波，不识荆轲。

2013.12.16

七　　律

根河四月寒风紧，铁马苍原筹划勤。
雪覆疏林遮望远，雀旋旷野避追禽。
春于此际终归信，诗在此时仅供吟。
不测今番收与获，唯期此旅愿成真。
一十三年一转念，白发唏嘘个个新。
追求原道无穷尽，回眸今已再难寻。
遥路通天天在远，切思侵肺痛追心。

2013.12.18

七　　律

2013，有感于李宗盛音乐专辑。

何诱此心空荡荡，一如秋叶覆秋霜。
循歌又动当年想，一瞬如闻千里香。
往事如潮来又往，心思如月浸秋江。
江潮问我何难忘，我道青青青又黄。
少梦如丝丝又纺，多年罩我网中央。
欲描此味形何状，酒后墙书飘且狂。

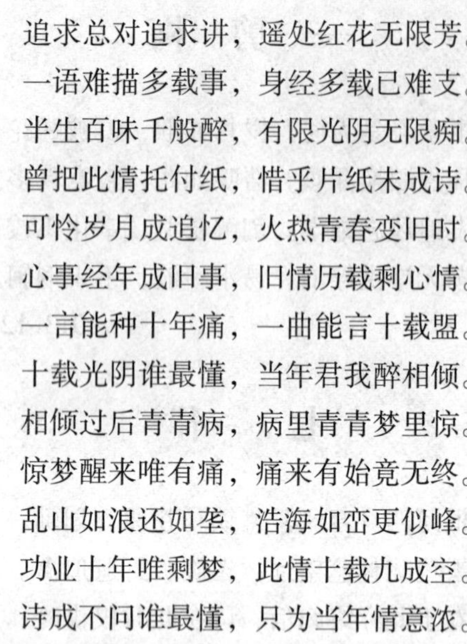

若问此情可惆怅，唯答有梦甚荒唐。
追求总对追求讲，遥处红花无限芳。
一语难描多载事，身经多载已难支。
半生百味千般醉，有限光阴无限痴。
曾把此情托付纸，惜乎片纸未成诗。
可怜岁月成追忆，火热青春变旧时。
心事经年成旧事，旧情历载剩心情。
一言能种十年痛，一曲能言十载盟。
十载光阴谁最懂，当年君我醉相倾。
相倾过后青青病，病里青青梦里惊。
惊梦醒来唯有痛，痛来有始竟无终。
乱山如浪还如垄，浩海如峦更似峰。
功业十年唯剩梦，此情十载九成空。
诗成不问谁最懂，只为当年情意浓。

七　律

昨宵又梦当年事，嫩江渡口望云痴。
抬眸一瞬忧思涨，踱步江边待渡时。
乱草迷离斜阳外，残阳落寞大江西。
尘风肆虐征衣卷，水气消沉暮燕低。
追梦多年唯有梦，兑期一算渺无期。
绵绵江水西来急，不问迷离不问凄。
东去不言何日返，无怜我惑有无依。
移年移事难移梦，黑发无添白发归。
感慨虽多心不悔，赋诗忽略是和非。
夜来憔悴谋一醉，晨起征心势不微。
不问所期何所兑，唯期不负壮年悲。

2013. 12. 19

戚　氏

夜无眠。
一一盘点旧从前。
我梦依然，奈何世界不当年。
相煎，
甚相残。
相惜今已是相传。
心心相距太远，纵是相对不相怜。
所痴无憾，伤情无怨，所求总在心间。
历千辛不改，无论万水，还是千山。
尘世爱恨纷繁。
迁演好似，滴露化飞烟。
究其幻，似痴如怨。
最美红颜，
是飞仙。
云鬓立挽，长裙雾展，玉润无边。
得之必喜，失必无欢，世有何物相般。
梦里江山暗，红颜在远，霸业维艰。
下马扶栏久望，看无边雾海没雄关。
一时剑甲皆鸣，马嘶不止，似为风云乱。
浩气浊，非是相思断。
胆气寒，非是眉斑。
剑气乱，非是锋偏。
杀气散，岂为一身安。
瞬通一念。
心中所缺，放下才圆。

2013.12.20

戚　氏

海之南。
绿风白水共蓝天。
细浪如痴，欲回又抱恋礁岩。
白帆，
正清闲。
约风逐浪在潮前。
林间细径回转，隐借花隙望南山。
茫茫南海，逍遥自满，似无天地人间。
趁椰风正暖，白沙正细，踏遍长滩。
抛却世事纷繁。
长阶久坐，与海共无眠。
风吹浪，浪如云卷。
涨似离渊，
退如盘。
后浪滚滚，前潮涌涌，似恋如贪。
恋滩恋岸，一恋千年，不寂不寞无烦。
纵是痴无倦，此间碧海，亦是桑田。
百载人生不短，问平生几次此流连。
莫如买地安居，结庐伴海，以远江湖险。
剑与书，杯酒能相换。
人与海，于此修缘。
爱与恨，不再相煎。
惑与痴，或许可相安。
海天无限。
天涯是岸。爱恋如船。

2013. 12. 22

绝　句

众生何故拜观音，尘世悲欢烦与嗔。
幻海迷航谁普度，如来一笑不关心。

2013. 12. 27

七　律

何由放马不收缰，闻讯双龙齐过江。
少壮宜书新气象，一描而过旧沧桑。
十年一剑东窗梦，半世江湖鬓染霜。
利刃追求柔绕指，纯青炉火炼金刚。
逆流虽是白帆梦，大海终归真故乡。
放眼千般名利场，古今几个胜张良。
泽潜大蟒鱼翻浪，虎在深山佛在墙。
慧眼当识真境界，青青郁郁后苍苍。
众鱼能破千层网，秋雁高飞一两行。
海纳百川方有浪，鹏飞万里谓之翔。
大潮能退还能涨，旷野孤芳别样香。
大紫当知红逊绛，坛高十丈有清凉。
三峡一过江川阔，四海环游战线长。
曹谓关张真上将，亮言西蜀仅粮仓。
武求拜将文求相，项羽终究非帝王。
会师井冈方向定，朱毛从此共文章。
兄今老迈无狂想，独靠南墙晒暖阳。
喜讯传来斟浊酒，祝君从此更辉煌。

2014. 1. 7

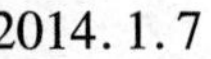

画 娥 眉

旧别今已过三春，欲语西风不忍闻，把酒吟诗更断魂。
夜沉沉，独对长宵寂寞深。

2014.1.15

花非花·时间煮雨

消长宵，问长发。送落花，别春夏。
红颜休与论年华，一任青春追白马。

七律·紫气东来

忠义一腔溃万军，
良心四两胜千斤。
事凭进退决成败，
业借传承鉴伪真。
日久珠沙能胜玉，
新春企划更如金。
月圆东窗人圆梦，
异地生财紫气深。

2014.2.10

七 律

伟业难全家与国，
宁和二字耐参学。
前人已驾前帆过，

途遇风波笑作歌。
大略能和天下事，
有心方可解干戈。
可怜最是无谋者，
为远风波不涉河。

七　　律

维系千山凭逝水，
滨江一阙望来帆。
追风岂是苍龙志，
求雨因怀天下艰。
非议历来当鞭策，
为官自古怕清闲。
自怜必是凡夫事，
我辈当然不一般。

2014.3.7

绝　　句

3 月 17 日，白天下了场雪，晚上 CCTV15 放了好久邓丽君的歌。

孤拥三月雪，自赏旧时歌。往事无来者，青丝去日多。
私询何是我，风骨与心魔。所惑从无果，今宵明又昨。

七　　律

鹰为穿云栖峻岩，士谋天下宿苍山。
苦磨十载刀锋利，良策藏怀今跃渊。

浩浩长河知我志，悠悠岁月未曾闲。
励身数绝千重岭，养气曾经透骨寒。
海为回潮吞万水，王求大略待席间。
夜习长卷人无倦，昼论宏图数废餐。
微信久藏生大道，小虫百炼可成仙。
夺关遇阻休思返，自古英雄创业艰。

2014.5.26

绝　句

窗前云色美，铺纸费丹青。点墨知我意，随心千里行。

2014.6.22

七律·题赠张老弟

世无定式供传承，
纪录皆关旧发生。
鼎定江湖凭本事，
城头立马笑峥嵘。
铸刀昨日直如梦，
造化平生程复程。
传道莫关功与利，
奇谈只讲是曾经。

2014.7.22

浣　溪　沙

给老弟的公司题的诗。

通过狭关览众山，

远程已在一望间。
方圆千里我为先，
济世之心从未堕。
天生我辈志犹坚，
下沉沧海探桑田。

2014.7.24

七　律

给张老弟的公司题的诗。

鹏因怀志始乘云，
有意磨心不吝身。
事幻如棋需看遍，
业繁似雨宜凝神。
际遇于人皆曾有，
会否抓牢只在心。
风起于萍寻有迹，
云归何处岂无因。

2014.7.26

七律·秋醉

莫问平生几次秋，莫谈秋又有何忧。
中年白发如秋草，七尺男儿笑掩愁。
一别莫询何日见，见时或已再无求。
风微雨细春如梦，秋劲天高梦更柔。
旧日豪杰今在否？床头锈剑使人羞。
断言昨日已成梦，旧梦如今汇远流。
再创辉煌需转念，旧谋葬下想新谋。

当年绝代豪杰梦，昨日英雄今是囚。
尺素难言千丈志，寸轴莫表万重丘。
街询何梦人能醉，淡饭粗茶可胜侯。
马在南山刀在鞘，坐观岭上乱云浮。
隐于闹市空白首，胜过江湖放钓舟。

2014.8.28

如 梦 令

莫叹今秋多事，风雨无人能止。且任晚来疾，叶叶摇摇欲坠。
如此，如此，落尽能需几日。

2014.9.1

如 梦 令

何者为诗——读不懂。何者为字——认不出。何者为画——看不明。

秋又依期而至，云去似风不止。往事忆来痴，雨后旧窗如洗。
敲指，敲指，风雨今夕多事。

七 律

步韵学习《长恨歌》。

莫询何物能倾国，猜是君王求不得。
绛株从不长凡间，纵使相逢亦不识。
深山遇璧拾又弃，千年才至君王侧。
雕刀十载雕不成，成时金玉皆无色。
灵石镶在华清池，共与君王见凝脂。
骊山宫柳柔无力，夜弄微风云雨时。

锦帐临风金翠摇，华清灵石见春宵。
人间一日不知短，暮暮年年复朝朝。
春来秋去日无暇，灯酒欢歌夜复夜。
落花阅尽戴花人，红尘胭脂正一身。
月朗星稀秋日夜，华清池畔石问春。
红红绿绿终为土，人间何苦妆门户。
春道石无尘世心，不懂红男和绿女。
女盘云鬓为青云，男爱功名天下闻。
石闻默默转询竹，竹正摇影看不足。
美人帘影暗处来，云鬓霓裳舞随曲。
石因竹惑问三生，心乘云魄向西行。
行见翠云行复止，欲知因由和表里。
俯见君王徒奈何，泪眼春容凝脂死。
落花如水岂能收，谁见鸳鸯皆到头。
折羽一只飞不得，徒看红绸付清流。
白云一片如白索，萦萦不去锁紫阁。
临阁多少故人行，又谁关心旧情薄。
白云一去远山青，流水湍湍不问情。
多情才有伤心色，灵石始知断肠声。
石一有情心难驭，欲待西行不能去。
踟蹰云下风雨中，不晓身心各何处。
雨似针线云似衣，东风如信去又归。
梦醒华清池依旧，灵石痴顽望宫柳。
君王今见已白眉，独对东风独泪垂。
苍颜愁饮花开日，弓背独酌叶落时。
稀疏白发如秋草，杖看残红任风扫。
华清池水日日新，奈何池荷青又老。
池水清清流悄然，池畔灵石不知眠。

十载尘世如一夜，一世君王数重天。
灵石渐懂相知重，流水飞花痴与共。
世之情意任经年，历久难移还入梦。
灵石欲做红尘客，愿以修为换魂魄。
能减君王日夜思，可教凝脂等闲觅。
长虹贯日光如电，通天灵气求之遍。
化身凝脂浴清泉，笑与君王重相见。
情穿瀚海越苍山，逢在呼息咫尺间。
浴罢盘鬓如云起，纱衣长袖清眸子。
白鬓君王嘘太真，唤询侍女何不是。
白月修竹娇玉扇，红羞绿怯痴又成。
莫笑君王魂被使，长生殿上怕人惊。
层云遮月日徘徊，不许屏山次第开。
云鬓花容新睡懒，君王又忘上朝来。
人间仙眷娇并举，翩翩又作羽衣舞。
马嵬坡下泪痕干，昭阳殿上春带雨。
凝脂含笑对君王，温言不再两茫茫。
纵使天叫恩爱绝，一起蟾宫续久长。
痴情莫陷人寰处，可越长安过迷雾。
十生难见此真情，莫被尘劫掠之去。
今将此誓书成扇，亦刻此情黄金钿。
但教日月明此坚，十世三生俱能见。
晨起君王重记词，词中书尽两心知。
今夜焚香长生殿，共舞清风月明时。
在天愿做比翼鸟，在地愿为连理枝。
天长地久有时尽，此爱绵绵无绝期。

2014.9.10

七　律

玉磨十载光华润，
才砺三生气质真。
事若有心矛破盾，
业成无意最传神。
继承才是真前进，
往复从来无创新。
开拓有如军破阵，
来如骤雨去如云。

2014.9.15

七　律

听黄霑的歌，不觉生出感慨。

莫与青山约再见，见时或许已苍颜。
莫因逝水生伤感，君去君来一念间。
昨日明天成故事，徒留甘苦在心田。
青山猜是知流水，过罢一山还一山。
别是青山逢是水，知之或可悟悲欢。
今兮白发曾黑发，昨日红颜红已残。
婉转江流流渐远，执迷岁月罢痴顽。
青春不与秋风见，落叶飘时琴罢弹。
杯酒入喉心又乱，一时感慨叙难全。
且撕片纸留痴语，以待残年忆壮年。

2014.9.19

七　律

2014 年 9 月 20 日是农历八月二十七，我生日是农历八月二十一，明天是阳历 9 月 21 日，也是我阳历生日。这都不重要，重要且高兴的是宏峰老弟今天过生日，我们三个人在我家喝酒，祝他生日快乐！别无可赠，酒是宏峰自己带来的，没办法，只好写首诗祝他生日快乐。可能文不对题，奈何酒在多时心不持。

农历八月二十七，气爽天高秋正痴。
今有知交同把盏，古时此事赋成诗。
若询此酒因何事，今日宏峰生日时。
若问人生何最重，不关名利不关私。
十年情谊如一日，日日夕夕从不疑。
敢道人生终会止，止时谁会泪沾衣。
江湖风雨何曾惧，唯道平生信不欺。
把盏高谈皆不是，风清云淡正相知。
长沙四载今如梦，回首当年泪欲垂。
四载交情从不悔，唯悲昨日唤不回。
曾悲昨日曾无志，今喜今能断是非。
白露一来秋渐冷，良朋话暖意翻飞。
莫谈此酒三杯醉，且道春休春又回。
昨日长风因志醉，今夕因酒意偏肥。
山参入酒真滋味，两盏平喉觉不亏。
无志平生曾觉愧，奈何酒后不思归。
风兮今日知何似，快意今生欲不为。
雨也今夕如昨日，纷纷之后又霏霏。
昔时来日皆难及，且把今夕作来夕。

七　律

中秋之前于鸡西一游，在老朋友的引见下认识了新朋友，玉才老弟和成林老弟极度热情地招待了我：喝到了没喝过的酒，吃到了没吃过的菜，我也在酒酣菜饱之时大言不惭地说给两位老弟题字赠诗。说过的话还是要算数的，尽管我的字和诗都跟雅字不沾边。

成材之木必经风，
林海之中望不同。
生有劲根抓厚土，
意如密叶指苍穹。
日出心志随云远，
进退从容势不穷。
斗转神回心醉晚，
金风玉露坐相拥。

2014.9.22

七　律

津涛老弟乘我拙诗之兴索字，幸不可表。念我诗结集之时厚颜求序，津涛欣更不辞，立提如花之笔赋绝世之文，感激之情无以言表，今夜以短笔赋拙诗，聊博一笑。并借此诗记津涛之高风及与我的云天之谊。

津门曾记观沧海，
涛涌波来浪又排。
索性平生八十载，
字如刀剑笔如骸。

定波唯我神针铁，
不闹天宫意不乖。
敢竖大旗遮云彩，
辞官归去任由猜。

2014.9.23

永遇乐

晨读苏轼的《永遇乐·明月如霜》，一时之间很想知道当时的苏轼岁在几何。懒得去查，信手附韵，以慰不觉之心。

世事纷繁，彻知无几，未知无限。
老爱无言，少痴雄辩，胜负谁人见。
花贪五彩，叶忠一色，是非何人能断。
忆少年，求知追梦，千山万水行遍。
天涯不远，故园亦近，何碍智心慧眼。
昨日囊空，今朝腹满，早忘梁间燕。
少时曾问，悲欢谁懂，何以平忧去怨。
忆昔年，红楼夜咏，今唯浩叹。

2014.9.24

七律

又是酒未收到诗先写。

中午一天才过半，
华灯上后是一天。
老师一世拥何有，
弟子昔年三四千。
快意平生知此味，

乐于尘世品凡烟。
幸亏孽海痴能返，
福是修行不是贪。

2014.9.25

七律·题赠郑老弟

郑国渠边高士雪，
莹莹似要与天洁。
追风几在咸阳过，
求索三曾渭水歇。
不会清流于霸上，
与其草芥更无约。
俗尘未染先知觉，
同道相惜不忍别。

七　律

丽质虽高仍打拼，
娟娟之貌业欣欣。
生来不信人由命，
意以辛勤定富贫。
红利似潮来滚滚，
如约如定更殷勤。
炉膛一热鹅香俊，
火焰红时宾客醺。

2014.9.26

七　律

昔年出差青岛，得同学都女士及弓女士夫妇热情招待。席间谈兴甚浓，往昔今日、贫富得失、悲欢离合皆在话下。数载虽过，回忆起来，似在昨日。今弓女士亲索字诗，并亲命题目“才高八斗，学富五车”。想此八个字，我才不配，弓女士估计也不是把这八个字送给自己的。且不论命题何意，诗总归是写给弓女士的，不能离题。仅把对弓女士的印象赋之成诗，并以此诗作为来日记忆。

才在君家称碧玉，
高堂在上坐垂眉。
八风扑面心犹静，
斗转之时神不移。
学为持家兼教子，
富贫一样坐织衣。
五更未到穿衣起，
车马喧时执教痴。

七律·代作征婚诗

汉江左岸汉中城，丽女杨家初长成。
少在军中习独舞，聪兼刻苦渐成名。
及长又到京城去，三载潜学艺更精。
一顾明眸江水乱，楚腰未转逝云停。
削肩一展吴纱起，秀发横盈满座惊。
艺绝更兼心彻慧，一言可化半江冰。

富豪公子三千六，欲结良缘总不能。
今以长诗人海掷，千回百转觅真情。
欲觅人世真才子，一世红尘携手行。
女重德才轻利色，无才无德不相倾。
惠风待雨婷婷立，盼有仙缘此处应。

2015.9.27

七　律

今天下午与冯老弟通了个电话，冯老弟的笑声依然那么爽朗，这让我想起了一句话："革命人永远是年轻。"今以诗记之，以备来日回忆，回忆我们当年的真挚友谊。

数年未得谋君面，偶有消息到耳边。
今因故交私下事，与君又得话寒暄。
昔时情景重浮现，慧语欢声俱眼前。
弟有大才非檐雀，为兄昔日未虚言。
才高非是君长处，气节如云高万山。
兄在江湖行廿载，弟之人品确高端。
江湖风雨随云幻，万变未迁弟之坚。
百载人生何最贵，世人各自有其观。
常人攀势还求利，君子守真不慕贪。
水在狭关翻作浪，江山一阔不回旋。
鹏飞万里怀高远，雀在檐间求自安。
莫道高行人费解，从来千里一骑单。
兄今老迈身无胆，却喜弟仍不等闲。
敢断前程花色炫，风清气正好扬帆。

2014.9.30

七　律

十月长假，前两日有朋来访，后几日出去访友。10月3日牡丹江鸡西林口一行。日日微醺天天得意，每在微醺得意之时就到处招揽生意：字诗换酒。字因为进步太快已经遭到太多的人嫉妒，诗更是因为太好，已经让更多的人泛酸。然尽管字诗总被人不齿，我却我行我素地快乐着，下附两诗，一是记秋游之事，二是践酒桌之诺，答应给人写字诗装饰客厅（时是10月5日，与几位同学回靠山，在同学家喝酒欠的雅债），因为字诗要挂于厅堂，故而要写得高大上，还请指教。

诗一：秋游

秋到家山草色非，黄浓绿隐待霜飞。
浊溪瘦水成杯水，长路难回今易回。
转眼半生如一醉，今夕秋又与谁归。
端杯暂且谈滋味，不管秋风喜或悲。
河在西川流向北，村依东野对余晖。
入门闻犬连生吠，落座厅堂品热炊。
烈酒一杯无智慧，出言又许字和诗。
字因无骨遭人笑，诗以离题得众讥。
若问何由才似此，皆因年少太顽皮。
江湖浪迹多年后，一到微醺意便驰。
瞬忘清高和市侩，心无昂首与低眉。
生来本性即如此，从来人前不隐私。
同辈同窗多笑我，多年之后我仍痴。
愿于乡野寻拙趣，不慕厅堂着紫衣。
非是不识谋与智，智谋与我早相知。
兵书曾是床边物，册页熟时倒背之。

因爱无谋和拙朴，兵书搁置诗书持。
今兮无贵还无势，几在乡村归醉迟。
一任俗尘多变故，我心自不与相随。
今夕归记秋游事，以备他年静夜思。

诗二：厅堂诗

世家一女和三子，子似蛟龙女近封。
屋后清溪流碧玉，堂前绿柳舞东风。
祥云罩宇形如盖，紫气环庭弯作虹。
座有高朋谈旷古，镜悬日月照秋冬。

2014.10.7

绝　句

收了人家的酒、许了人家的事就得及时兑现，纵是诗酒相易的生意再忙，也不能顾产量不顾质量：就是因为质量上乘才有今日之订单，吾心谨记。郑老弟的儿子及其同学，是一群正直上进的年轻人，对我还很尊敬，我有些不安。十一期间在鸡西有缘和几个年轻人喝了一次酒，当然酒钱是鸡西的同学付的。席间郑老弟嘱我与年轻人交流交流，并希望我给每个年轻人写首诗，有此雅请，何乐而不为？于是认认真真地要来小伙子们的姓名爱好追求籍贯生日，并一一记下五官长相身高肤色眼神。今日谨将此诗赠予众后生，以期能结忘年之谊。诗之为物，可比世之烈酒，有人喜亦有人厌，且作游戏，莫太认真。

“泽琦宜晓沉默是金”

泽藏大蟒镇飞蝗，
琦隐深山伴虎狼。
宜在顺时忧逆境，

晓风残月忌情伤。
沉沉一梦消痴想，
默默经风花更香。
是梦是痴终会醒，
金箔当不饰银枪。

又："佳阳此悟应守终生"

佳气朝朝出吕梁，
阳泉景色胜余杭。
此间相隔三百里，
悟出太原是汝乡。
应记学成游上党，
守约如旧似平常。
终身休让心神荡，
生就刚强忌用狂。

又："家成应记积轻能重"

家事从来关国事，
成于上进败于庸。
应声非是男儿志，
记得平平而后荣。
积怨莫如心载道，
轻松可教意乘风。
能之日久方称重，
重是千钧悬在空。

又："宏林所愿谨记用急"

宏图自幼已描成，
林壑葱葱望更青。

所谓追求非大事，
愿来愿去俱成行。
谨言宜作头宗事，
记得高明不是争。
用忍一成成败定，
急风急雨不需听。

又：“郭豪理想首在修身”

郭靖功高非借智，
豪情气概本天生。
理亏之际思生处，
想有英雄燕赵行。
首尾不逢龙是也，
在空在水忌争鸣。
修为非是三年事，
身健还需韬略精。

又：“长权追求重在变通”

长策图酬非固守，
权宜之计莫轻休。
追星应记有夸父，
求胜当知汉蜀刘。
重磅抛投非正掷，
在于阵乱意能幽。
变更方略无敌手，
通论平生无祸忧。

2014.10.9

七律

10 月 13 日沈阳一行，得与我长波老弟品茗叙旧，长波老弟事业学识与其人一样帅，此论世间早有公断，今不赘述。且说与长波之谊，忆之已忘始于何日，但敢断言没有终结之时。今作小诗，以记沈阳之行，亦作来日回忆。

际会思时似偶然，秋乘高铁到奉天。
有缘又得谋君面，市府恒隆谈笑欢。
若问席间谁共度，厅中音乐月中仙。
十年风度仍依旧，举手之间一笑谦。
事业今夕需仰止，学识更是难比肩。
古来君子猜如是，抑或与君差半山。
私幸平生缘分好，得同君子论同年。
君非空有潘安貌，腹内才华胜解元。
世事于人曰失得，君观失得是云闲。
与君情谊经多载，今日观之更胜前。
餐半与谁通电话，政驰是夜喜难眠。
相约一并修书法，他日发于微信圈。
唐楷雄浑兼厚重，政驰风度与相般。
书于秦隶成绝术，吾弟长波欲问巅。
书与为人因并列，他年成就必非凡。
今夕且以诗来记，权作他年之预言，
短聚留作长相忆，谊如流水胜飞烟。
飞烟高洁飘绝壑，流水绵长满万渊。

2014. 10. 15

定　风　波

少为功名行复行，途中景色忆无凭。
今点行囊何所剩，唯梦。似新如旧且茕茕。
莫道曾经皆是命，需醒。奈何众寐唤无应。
忍看忧心成旧病，难胜。乱滩之上望潮生。

2014.10.20

七　　律

窗外稀稀雪又飘，今朝去岁异难描。
今时白发如昔俏，旧日清眸今不娇。
记忆渐衰心渐老，清茶淡饭度无聊。
超然旧日千般好，少梦今夕权且抛。
雪覆青山山会老，火平旷野野能焦。
莫言透晓为之道，无边不解似天遥。
问雪清江谁独钓，轻舟如叶过江涛。
衰心有似岸边草，欲借秋风飘更高。

2014.10.26

戚　　氏

势如霾。
胜负如弈亦如牌。
世事纷然，命兮运兮俱难猜。
何哉？
又伤怀。
临窗独自望尘埃。

浮霾浩渺如海，恍然如觉在蓬莱。
目赤难耐，朝夕不改，此因秋火之灾。
问清风何在，谁是主宰，何许安排？
私问往事重来，
今夕会否，无怨又无哀。
心无界，往来无碍。
得到天涯，
见形骸。
骨瘦意满，心明眼亮，墨发红腮。
静如卧虎，动似飞龙，一幅道骨仙胎。
夜色千般态，五光十彩，又照阶台。
似幻如真也罢，笑人生不过是出差。
此霾总有散时，惑当似此，散后心无塞。
爱此心，早忘成和败。
惜此意，能畅能乖。
守此志，甘愿无才。
岭若峻，白雪必皑皑。
侍之如待。
一檐宿雨，十世苍苔。

2014.10.30

七　律

昨为钱粮四季忙，今伤两鬓正飞霜。
青春滋味成惆怅，杯酒穿肠意甚慌。
少羡儿郎成将相，今期老病是无妨。
人生如梦还如戏，胭脂再浓终卸妆。

2014.11.5

七律·诗赠弓老弟

宝剑匣中不住鸣，
地平线上望征程。
生来即是豪杰种，
财是轻风义不争。

2014.11.12

七　　律

惜乎窗外雪又飘，余岁今夕痴不夭。
长剑十年成断剑，蓝袍半世变灰袍。
青丝何日成衰草，慧眼今夕势不瞧。
三盏平喉身即倒，闷读诗赋慰长宵。
身兮如是君休笑，此傲今夕难再骄。
所谓曾经皆是梦，试询谁又总逍遥。
青春去也惜无返，旧梦残兮紫渐阑。
谁道落花拂还满，叹兮春半泣阶前。
宜知云势随风转，雨雪年年俱不闲。
大势似云云势幻，卑身如叶任飞旋。
青春之叶娇还嫩，暮秋之叶老更残。
一世人生如四季，知其规律可安然。
红花亦有开残日，少壮当然去不还。
何是人生真境界，且歌且酒且登攀。
人生最妙何时节，春夏秋冬四季天。
春看黄花开遍野，夏观绿鸟落秋千。
秋携红叶归来晚，冬为飞白数默言。
莫道平生无际遇，其实际遇是随缘。

随缘之境心无碍，坐见真心借内观。
闭目得观云似海，息听能觉惑如莲。
一时一刻一重境，一悟一痴两座山。
停笔才知飞雪止，且去端杯不续诗。
今日之酒今日毕，明朝另有杯待持。

2014.11.12

七　律

回忆长沙，非是无意而是特地。

匆匆一梦二十年，数次重登岳麓山。
逝水环山依旧逝，参天之树望还参。
丹枫带露吹微冷，斜径沾湿透浅寒。
旧日与谁循径上，共于峰巅望连绵。
远峰次第接遥远，并望一时皆默然。
今感鬓边青渐换，唏嘘额角并非前。
前言或已随风散，回首青春叹等闲。
一语难言千万事，且将旧绪化诗篇。
备于来日当回忆，白发飘时喉血甜。

2014.11.13

七律·咏雪

最喜严冬扑面雪，花开天上带高洁。
因何落地无人解，是赴前生之旧约。
若梦如蝶还似叶，风吹足踏总难绝。
斯聪斯慧明如月，唯叹红尘痴不歇。

2014.11.22

七　律

春风不是无情物，
忠厚温和天下知。
老树一逢枝叶盛，
弟兄每遇误归期。
真于至处行如伪，
正在极时举若痴。
君是夜谋远虑者，
子则川上叹如斯。

2014.11.24

七　律

2014 年 11 月 25 日，写诗致刚抵青春的初中同学，并祝 11 月 28 日的聚会如意！

马年亥月初七日，网上相约聚会时。
屈指光阴三十载，鬓边黑发隐白丝。
少年我辈多无志，皆怨天天下课迟。
不晓环山为逝水，只贪碗里有东西。
愚顽不解青春妙，少女当年或有痴。
闺蜜今兮情在否，哥们义气几如昔。
清纯岁月真财富，能伴终生不弃离。
曾问照中谁是你，也猜哪个旧时伊。
同桌两对明眸子，前后四双青涩眉。
故作深沉装陌路，磨平幼稚是夫妻。
少男多是心无智，少女七分有动机。
情动书中夹片纸，一行小字让心迷。

西山河水无情去，落叶追风时逝兮。
今日同窗南且北，纵通音讯聚难齐。
有言众貌今无记，只道约期倍盼之。
且把此诗当引玉，用资兴致舞青衣。

七 律

2014 年 11 月 28 日，初中的同学们在哈尔滨聚会，其乐千言难表万一。岁华虽逝，童心不泯，更有卧虎潜龙临席赋诗，击碗而歌。聚散有时，情谊无止，余乘众兴而发“虎”气，竟欣然一跃跳入津涛老弟的陷阱：要以参加聚会的所有同学的名字写一首长诗。世间有厚脸皮者，然比我厚者当不多见。诗作佳话，留作回忆，别无所指，权作调侃。

凤飞云上梦还巢，朗月当年见北漂。
津渡往来多弱女，涛涛其赋竟如潮。
占星我辈多才俊，琴瑟夭夭天地娇。
丽日曾知云上志，红花十月开不凋。
晓风每见书沾露，冬雪来时思绪飘。
明道十三实太早，信天当日更徒劳。
恒心今视娇还嫩，春雨当年竟肯浇。
国为将来挑俊子，彬彬个个领风骚。
英才五十称之少，泽波千顷是谓辽。
晓月下弯非近老，梅开十度正夭夭。
金银羞做怀中物，香客虔心非是刁。
春风春雨无边妙，霞彩西山十丈高。
晓寒每伴读书早，丹碧相交日坠涛。
卫道十年非炫耀，红尘百代重情操。
中流曾有人击水，华夏因之世界骄。
瑞雪今年分外晚，海潮数冻不应招。

陶然一醉三驱店，红火青春百遍聊。
丽质不因年月换，娟娟之气不容超。
秀之于外中藏慧，珍视青春胜小乔。
马上吟诗非是我，薇之采在马兰河。
亚军当属祁之内，秋色秋波在酒桌。
郑重提亲休道破，莹莹之玉需久磨。
丽人在右祁居左，华美之词编作歌。
允诺明年备花轿，东床之上动干戈。
凤飞岭上龙潜海，翔在云端俯万山。
宝剑匣中求俊斩，生擒驸马乐归还。
国之良将将来现，武略文韬一大观。
海是江湖家是岸，波为智慧浪为禅。
立言上述皆游戏，兵作拙诗当笑谈。

七律·长风步韵诗

注：原诗（一）（二）为同学所赋之诗。

原诗：

（一）

卅年漂泊各西东，聚首三驱百感同。
把话芸窗情不已，相提往事趣由衷。
觥筹交错凭新酒，轮廓依稀觅旧容。
但许春来华意发，扬鞭跃马展豪雄。

（二）

君叹飘零难觅踪，也欣促膝梦圆逢。
晴空霹雳撕肝肺，孤旅风霜皱花容。
回首悠悠窗下事，如闻袅袅课间钟。

同学情谊今犹在，何惧天涯水万重。

步韵诗：

（一）

江湖一入各西东，剑戟十年遇不同。
探月峰巅曾忘己，寻龙谷底任由衷。
醉时谈笑千杯酒，醒后应酬百变容。
不悔青春滋味苦，出刀我辈俱豪雄。

（二）

鬓染风霜雪掩踪，卅年未有几相逢。
曾因际遇伤心肺，也为飘零病颜容。
更晓平生遗憾事，应随意马入晨钟。
观山宜觉山仍在，自驾轻舟过万重。

（三）

少小轻狂不匿踪，数提长剑与敌逢。
三招未尽伤人肺，五式修全毁娇容。
今视当年狂妄事，衰心不敢望晨钟。
光阴设若重来过，必把千重作一重。

（四）

当年今已觅无踪，此聚匆匆忆旧逢。
酒到酣时情润肺，话及浓处动秋容。
眉间多少从前事，叙叙一一伴晚钟。
惬意飞时心自在，欢声入宇数千重。

（五）

莫因漂泊掩萍踪，宜信天涯处处逢。

孤旅虽曾伤胆肺，清风不忘动花容。
人生俱有难平事，限给悲情半刻钟。
应借此逢寻自在，留于散后忆重重。

（六）

群鱼入海迹无踪，身陷惊涛难再逢。
冷暖洋流滋胆肺，钓竿捕网练从容。
尺身亦有成龙志，寸尾翻飞试撞钟。
我辈昔年如此喻，惊涛骇浪过千重。

（七）

观影归来踏雪踪，《太平轮》里演相逢。
纷飞炮火撕心肺，碧草蓝天映瘦容。
演尽昔年离散事，风铃檐下响如钟。
意回梦断情何在，隔海隔天十万重。

2014.12.2

戚　氏

既然津涛老弟当众表扬我《戚氏》填得好，中华老弟又蛊惑我何不以聚会为题填一首。那么，若不赋词，恐负津涛之誉，如若赋之，又恐落卖弄之名。昔年受约网上对诗，对方一律，我复十律，终因一己之狂而得版主之恨，给踢出去了！以权术谈艺术，是最可悲之事，吾因艺之张扬而绝不舍之交，虽数不多，然受伤不浅。可是艺术就是艺术，不能屈于权术，纵有不舍，也得戚戚而受。聚会时曾和明信老弟谈起韵律：韵有平仄，更有阴阳。网上曾有人笑我不懂平仄，其实是他不懂韵之阴阳，平仄仅韵之一二，阴阳才是韵之三四。今且以部分入声且可作平韵的字入戚氏。以险韵赋长词，犹如狭巷舞长刀，着长衫而快跑。非是卖弄，只为好玩。或在百年之后有读此词者，或欲知我辈何人也。一如黄庭坚所言：他年或见古人，应笑我于无佛处称尊也。

岁如箔，
欲待蹉跎总无多。
聚会纷说，旧曾长路望长河。
求学，
费奔波。
昔人个个似漂泊。
粗粮破院寒舍，代数英语兼几何。
高山难越，单衫易破，夜寒旧被嫌薄。
却青春漫烂，腔血正热，秀发如禾。
何梦卅载如昨。
家山倍翠，逝水总无浊。
长堤上，望天久坐。
幻彩如荷，
且如梭。
我辈个个，息声似惰，各有琢磨。
何是寂寞，怎解蹉跎，何谓分久还合。
岁月如风过，旧约未果，此鬓斑驳。
笑看昔时对错，任清风解语去沉疴。
问谁此刻愁绝，且歌且舞，且忘今朝我。
此醉何，只为当年惑。
是唱何，因未登科。
笑为何，雨岸披蓑。
哭为何，此世未白活。
散称离索，
逢当对坐，去日如歌。

2014.12.4 凌晨 1:00

七　律

人于惑处心无智，草在秋时叶见凄。
水透磐石知境界，风吹落木解迷离。
随波今已平生半，回首仍然难自持。
纵悟千般皆一味，遍尝犹是有尘痴。

2014.12.25

清　平　乐

羞谈所愿，转眼风云乱。廿载经营今剩半，输了当年盘算。
忆昔风雨兼程，山如两鬓青青。走马归来坐叹，明眸隐隐飞萤。

2014.12.25

七律·致逝岁

唏嘘岁月不从头，更甚功名一问羞。
每在隆冬独对酒，匆匆旧事扰无休。
曾因追梦形容瘦，也为经营罢远游。
黑发不知能白首，青春八九付应酬。
江山如旧人空瘦，自古追求多病愁。
解是江湖难看透，一如红袖误红楼。
栏杆半倚抽纤手，彩鬓明眸招逝舟。
酒醒总逢风雨后，青春过后正清秋。
浮云一望成苍狗，慧眼凄凄变浊眸。
长剑长宵修断笔，长愁一叹写东流。
些多旧论今成谬，一任随风散不收。
剩把沉思修坐久，期成无智且无谋。

2014.12.30

绝　句

从知道水里有泥鳅但是就是碰得到却抓不着，到现在可以探囊可得，转换只在呼吸之间。为了这呼吸之间的距离，我却翻越了无数山。至此始知：

欲过呼吸间，需翻无数山。
及于峰上望，千里一行单！

2015.1.12

七　律

自古兵家重汉中，王为疆土将因功。
大江浩浩源于此，峻岭重重路不通。
奇卉因香留大蟒，涧云共雾锁蛟龙。
攀枝啸吼皆灵兽，望月听泉隐不庸。
慧水灵山出特产，苔边树顶俱无穷。
穿林野彘其香甚，望岭肥牛肉倍松。
采卉之蜂其蜜俊，听溪之笋味犹浓。
留侯住此再无去，诸葛一眠梦不空。
高士三餐无秽物，君王之膳产非农。
欲修福寿食何处，秦岭巴山与汉中。

2015.2.13

七　律

恭祝所有朋友春节快乐！万事如意！身体健康！

匹马单枪年复年，早安辛苦忘甘甜。
少因稚梦奔波甚，老罢功名别样闲。

过眼千般风带雨，存心数样惑和禅。
安康今是心中想，且借春风祝有缘。

2015.2.18

七　律

临窗伫望雪纷飞，节气今夕春已归。
猜以高洁迎嫩绿，或因孤傲盖死灰。
飞花融后成流水，去意决绝别是非。
不羡春光何烂漫，漠然芳草与花魁。
洁心宁在寒中病，不向炉温近半分。
愿忍浊足纷至沓，不随攘攘做飞尘。
甘于寂夜无蛩问，独自欣欣独自醺。
一瞬诗心今备份，留于他日或重温。

2015.3.9

七　律

经年白雾锁山巅，树有灵猿住不迁。
一缕清泉流磐石，四条垂瀑指苍天。
飞云一瞥忘归岫，游子回观思坐禅。
入夜风微星朗朗，平明露重水潺潺。
古今妙地唯梅岭，一脉千山势不凡。
灵药自来生福地，好茶必是长青峦。
苍苍之上出绝品，郁郁之间产绿胭。
非是神仙不得饮，凡间四两换朝冠。
今夕圣手怀天下，一道禅茶度有缘。
初品能知今世苦，再尝已晓后生甘。
三盅饮尽功名忘，散发披衣欣若癫。

益寿延年真小道，回肠一叹浩如渊。
书难尽意诗难表，何若清泉起绿烟。
一品能知三世味，一闻嗅透五重天。

2015.3.24

七律·故乡煎饼

水过县城第一湾，低平小镇现眸前。
旧街蛇绕穿南北，新路如弦纵陌阡。
未见圣贤出此地，鲜闻特色产田间。
平庸已至非常境，提笔填诗似有难。
眼见高明非智慧，耳闻绝色或平凡。
粗粮细做平常事，孰料此间有密传。
秀腕飞旋千百转，裙边炭火炼香烟。
嗅之能忆当年事，尝后唏嘘有万千。
滋味在心兼在口，乡愁藏梦亦藏眸。
云飞不忘心归岫，发白依然爱旧游。
此味十年犹不改，似与岁月共春秋。
居乡四季难离口，浪迹多年嗜不休。
乡味常随心入梦，梦中滋味解乡愁。

2015.4.7

七　律

昨天大学同学陆地介绍我认识师兄余总。余总擅长写诗填词，微信里面所发诗词与专业水天相接，水乳交融，已达可望不可即之境。用陆总的话讲，师兄正在做一件了不起的大事，值得一辈子骄傲，值得别人羡慕一辈子。陆总也讲出了我的心里话：尽管现在不做工程了，但还是向往这样宏伟浩大的工程。湖南让人骄傲，长沙交通学院让人骄傲，同门的师兄弟让人骄傲。尽管自己一事无成，但这不影响我作为一个长沙交通学院学子内心的骄傲。别的本事我没有，谨把内心的这份骄傲写一首歪诗记录下来。

何让平生不若烟？经风一散尽随缘。
江湖已混三十载，回首自身唯汗颜。
苏子平湖能筑岸，师兄阔海以龙连。
伏波可了平生愿，镇浪能消两地艰。
所学今朝遂所愿，水天阔处指苍澜。
英雄出处长交院，桃李今夕过万千。
骄傲同门多俊子，艺成带剑下天山。
修身报国皆无误，少志拳拳今胜丹。
百载人生何浸炼，少年梦想老年禅。
青年志向中年愿，四样皆如四月天。
爱晚亭前曾阅句，橘子洲头背诗篇。
湘江北去今依旧，前辈精神永不残。
学在湖南成肝胆，剑行天下不虚传。
敢于四海谈功业，乐在五湖觅隐贤。
少梦今夕仍未变，同门我辈俱争先。
待及白首回眸望，暮雪千山一醉酣。

2015.4.18

七　律

我因为写诗数遭嘲笑，有人说难懂，有人说是顺口溜。“小山重叠金明灭”除了明信老弟又有几个人读懂？诗词有其双语之境，不求众人懂，只为一人知。不怕流氓有文化，就怕无知假清高。十年前我确实不知诗为何物，十年后感言诗是万物。

长风因为无知敢于攻击李商隐，胡马因为自负说白居易的《琵琶行》不是诗，充其量是韵体的报告文学。所以说长风的诗是顺口溜其实是褒奖，《大河三千》确实不错。好在我不以文度日，我就是我，独行独坐还独卧。

莫谈彻夜不成眠，陈酿三杯对海鲜。
五月鲜花如约放，四人四地一婵娟。
吴侯南下身借翼，北上春风龙背盘。
更有颍川王赴宴，其欢岂在一时间。
春风最识桃花面，乐见桃花年复年。
春渐温柔寒渐远，花携味道复回还。
昔年旧事今回味，一遍青涩两遍甜。
长发曾随心事乱，半遮羞涩半遮颜。
痴来如病还如患，三十三年依旧癫。
或笑平生劫如幻，平生唯怕幻如烟。
忧患早是多年伴，坎坷经多更乐观。
一世如约来赴宴，宴中苦辣莫轻言。
红尘鲜有情如愿，春后芳华几不残？
此记良宵留再品，他年君我或还贪。

2015.5.4

戚　氏

惑如诗，
晦涩知后觉如欺。
少梦痴迷，数于岭上望云低。
今夕，
再无疑。
春来春去任戚戚。
流年不遇知己，落花飞尽对疏枝。

去年今日，问谁还记，夜风曾透单衣。
叹单衣未旧，年华却老，欲道无词。
时也一去无回。
思之欲醉，遂罢是和非。
昔惆怅，早无滋味。
细雨霏霏。
夜垂垂。
旧惑宿醉，飞花逝水，一并难追。
瞬时默对，故纸空杯，心下似喜还悲。
往事须无悔。至于进退，不过微微。
恰似飞云过岭，纵万千得意似无为。
莫言岁月如催，旧欢似梦，空坠飘零泪。
试问花，其艳能无坠？
再问云，何可如炊？
后问心，今我如谁？
俱不得，寂寞对余晖。
落花如溃，
飞云似退，我意难违。

2015.5.6

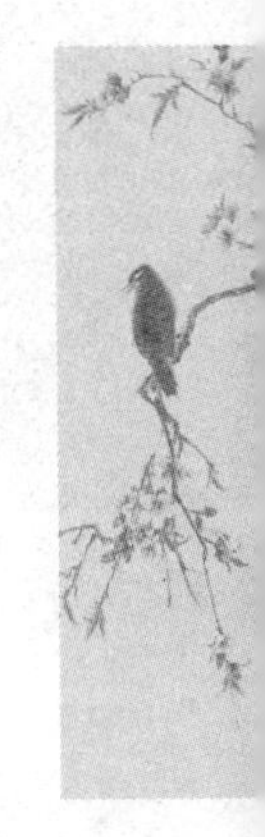

七　律

今沐浴更衣，禅定有时。用念御气，凭气推血，借血润心，以心读经。此无上妙法，岂可须臾得悟。借色悟空，凭空读色，透生死，近大觉。纵受千辛万苦，历千难万险，于千山万水之途得近大觉半步，此心足矣。佛心在觉，诗情在悦。此乐无极时或近自在。今有弟索字诗，吾诗之卑近俗语，吾字之劣似乱发，皆距厅堂万里之遥，唯吾心放浪不羁，似与诗近。弟有雅约，索字一副，期书《心经》。历有书《心经》者，皆神定心虔，多用蓝宣金笔，以秀楷精书。偶用行草者，皆高僧大德。余德薄修浅，智愚慧钝，欲以楷书，奈何功力太浅，故请以蓝宣乱草书之。字虽乱，然吾心至诚，不敢对佛法有半分不敬。欲正其书，先解其文。故有此前沐浴更衣禅定读经之举。此作拙诗用记此事，以备来日回忆。

农历五月二十八，多城风雨倍交加。
飓风南海接龙驾，暴雨千城注万家。
率性闲身空度夏，凡心未觉误年华。
黄昏有讯约拙墨，激起诗心共落霞。
红彩西天非妄见，长空一色胜斑斓。
雀因寻觅归来晚，人为功名有不甘。
世事皆言虚且幻，奈何嗔念总难残。
少年驻马江南岸，背剑临风看过帆。
心事随帆追逝水，一时万语更千言。
少年皆有英雄梦，几让红颜泪不干。
及至纠结生白发，方知世有去忧丹。
晨读妙法三千遍，可胜孤修十万年。
此记诗情留后见，禅心且任慢来参。

2015.7.13

减字木兰花

昨夜与我春忠大兄弟微信对话，春忠为方便通报讯息，邀我入一微信群。我以自己高傲为由，不屑与其中一些鼠辈同群而退出。春忠我兄弟多年好友，并将是一世至交，当然会惯着他老哥哥我这臭脾气，我也就没兜圈子，直来直去。我这个人少年卑微，青壮困惑，中年落寞。然历经坎坷愚心不觉，总怀着一颗骄傲的心抬头看星星，一点也不愿意委屈自己这颗久历沧桑却孤傲的心，实在是因为除此之外已经一无所有。想我兄弟是知道我的。

鲸行万里，冷暖洋流皆记忆。鹏览群山，透晓风云变化千。
鼠穴阡陌，祖辈见识三寸薄。虎啸层峦，是告胸怀有不凡。

2015.7.19

戚　氏

今夕2015年7月23日。

夜来无事，借酒自乐。余半生感性，活得随意，以至多遭关切与耻笑。关切者，吾之挚友，耻笑者，豪杰也。愚才粗陋，所成浅薄，然却愿在自由王国流浪徜徉，乐而忘归，不计耻笑。今高中38班同学聚会期近，承蒙38班同学看得起，先在公寓小吃热身，38班的同学屡次致谢，让我内心非常不安，在此对齐淑秀老弟提出批评：太见外。为同学做一点微不足道的准备工作，何足挂齿！切请38班的同学别太见外。记得苏东坡有句：有客无酒，有酒无肴，月白风清，如此良夜何？今夜有酒无诗，何以助聚会之兴。故填此词，预祝38班的老师同学聚会成功！（毛泽东答李淑一的《蝶恋花》在下阕出韵，绝对是大河决堤，不计故道。今填此词时有更加深刻的理解。）

卅年别，
光阴如箭问谁觉？
岁月更迭，一如长河去如昨。
思耶！
旧无邪。
离歌耳畔未曾绝。
别来若问关切，自是当日旧同学。
谊重难舍，情真无界，此行是赴前约。
借千山暮雪，长河落月，略表高洁。

斯聚必胜佳节，
行影入画，一语解千结。
眸飞也，俊眉如月。
倩影如削，
酒无歇。
半盏太浅，千杯不倦，早忘斟酌。
旧游渐远，且醉今天，莫问月满蟾缺。
聚散皆难却。浮生若梦，俱有千劫。
首在当持本色，过千山万水不思泊。
问谁未遇干戈。我观坎坷，不过逍遥索。
毕业时，君我别时泣。
重逢后，各自唏嘘。
数十载，恰似须臾。
问旧梦，是否一如昔。
遇君足矣。
同窗两载，一世珍惜。

七律·赠题

李为春光增素色，
蕊纤叶嫩望如云。
品尝春雨三分润，
质鉴红尘不二嗔。
自解韶光七色问，
成全本我一腔真。
高山之趣托流水，
格调离尘卓不群。

2015.7.29

七　律

诗歌是用来慰藉心灵的，除东坡外，少见以菜谱入诗者。诗之可见而无形，心之有形而不可见。然不可见者更易伤，心伤之良药，上选诗歌。佛家所言八苦，世皆难免。今赋拙诗，是为祈福。岁在中年，多见八苦，无以化度，唯有诗之。祝快乐之心且珍惜，悲伤之心愈坚强。

此夜天蟾渐近钩，今夕盛暑势将秋。
红花倍护依然败，岁月无声付远流。
经历一如鸡尾酒，甘醇辛辣也温柔。
回眸旧誓今休否，浩叹无言罢远求。
少为心痴曾睡晚，托腮专注弄相思。
待及得兑花前月，转眼相思变别离。
离别几经风雨后，再言侧重是相惜。
人生几历失和得，渐懂长河与劲歌。
歌在酣时黑发白，青春再唤不重来。
莫于此际谈成败，林有苍松与翠苔。
一世须臾八十载，忽如骤雨去尘霾。
生离不过一时苦，死别尝时知是哀。
十世修为生自在，能将尘惑化无猜。
落花入水知沧海，散尽形骸见尘埃。
莫为有涯悲有限，宜从无我见无常。
清风明月今夕是，再至何夕是此时。
浩瀚长河无尽止，随波一去未足奇。
莫因离别生悲泣，心在戚时宜读诗。

2015.8.1

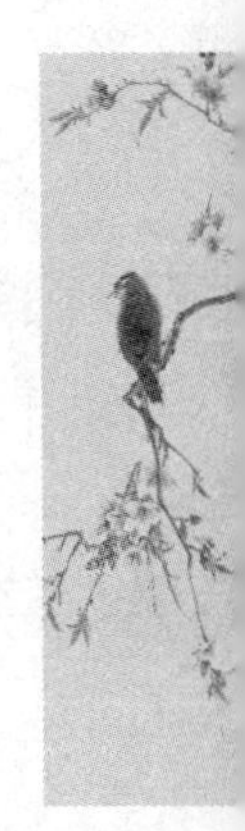

七　律

术之有三：技术对物，权术对人，艺术对心。此前有述，今不赘言。当一个人物我两忘、一切随心之时，术或不存。市井之中多技术，庙堂之上多权术，林泉之下多艺术。吴晓东今天说了一句有水平的话：你是理科的壳子，文科的瓤子。如果某天我在林泉之下用娴熟的技术烤着苞米，遇到权贵之人我却不卖给他，是否我已经把三术合一，兑成一杯鸡尾酒了呢？其实我认为诗的序不一定非要和诗的内容相符。我曾经告诉同事：一只想飞的老鼠如果敢于在黑夜的悬崖纵身一跳，它或许就能成为一只蝙蝠。忘了告诉四中的校友：我现在是文科38班的新生，尽管有人在投票时保留了意见，但是后来还是非常高兴地欢迎我加入38班，在此一并感谢同意我加入38班的同学。还有一个问题，就是五百年之后，如果有人读到此诗，或许有人会问：吴晓东何许人也？今且先回复之：诗人的侄子。

旧曾江岸望江流，落日尘衣不解求。
撩发西风吹渐冷，烦心乱绪罢无求。
江湖试剑多年后，依旧功名一问羞。
立叹青春随逝水，任由清泪涨青眸。
江风一霎吹枯草，再望孤云去若抛。
倍羡疏林收倦鸟，漂泊我意恨无招。
几曾长夜思长考，知晓浓汤须久熬。
世惑一通别样妙，明眸秋夜见秋毫。
涛兮得势潮能返，云借风兮过万山。
君子逆时须自善，剑磨利后锁轻寒。
惑通立觉单衣暖，得慧凡心乐似仙。
此忆旧时非太远，白驹载我去从前。

2015.8.3

七律·神游唐苑

喝了朋友寄来的茶，不按朋友要求写一首诗，属于来而不往。曾经有别的朋友问我："喝茶不?"我回答："喝。"朋友又问："喜欢喝什么茶?"我回答："送啥喝啥。"朋友听后神情似恍惚也似有所醒悟。我也感觉自己的回答似有不妥：好像自己不挑剔，实则有点厚脸皮。因为朋友本没打算送茶与我。

神随笛引入红亭，注目亭前花样灯。
此地分明从未至，缘何一顾忘飘零。
溪桥似我多年友，岸草婷婷如旧朋。
翠柏拦行约叙旧，孤石阶侧起相迎。
扶栏一望池中影，正与群鱼诉别情。
立惑此形无正解，茗香一嗅意分明。
周遭与我皆茶友，气味相投故有应。
我与周遭非旧识，缘和梅岭有前盟。

2015.8.6

浣溪沙·三十九班聚会

今天在朋友圈晒字"九天揽月"，李安答调侃，让我给高一39班聚会题个字。臧老弟还建议我写首诗，周总说："懂书法的人不多，题吧!"既有雅约，何负雅意?且借"九天揽月"这四个字的机缘，以"三十九班聚会"为题，填首词。预祝39班聚会成功，祝每个人都收到预期之内和预期之外的收获。也祝同学们追求永在，青春不老!

三十余年一转眸，
十方荡迹未曾休。
九天揽月夜曾谋，

斑驳今虽侵记忆。
聚凭别后刻春秋，
会心一笑慰相投。

2015.8.17

七　律

我和春忠聊过《隋唐演义》，兄弟所见相同：都喜欢李元霸和裴元庆，因为裴李都是双锤大将。两对大锤把天下英雄砸得乱七八糟。有人曾问我，你的诗中心思想是什么？我回答：我还想知道呢！旅行非要有目的地么？信马由缰不行么？但是这首诗纵使别人都不懂，春忠我大兄弟必懂！补充一句：有人说读不懂我的诗，其实我忘了告诉他：因为诗不是写给他的！我的每一首诗至少有一个人懂。大厅之下，众人之前，窃窃私语者必非磊落之人，敢于千里传音又不怕众人闻者，岂止磊落，更是高明。

红尘自古重英雄，非是英雄太重情。
实是功名依霸业，欲成大业靠精英。
为争天下豪杰起，铁臂银锤各纵横。
一笑三军肝胆裂，横锤千将了平生。
只询来将名和姓，未走三合命不成。
勤奋莫同天分比，雄鸡终不是雄鹰。
高明应是先知命，再在其中举重轻。
瑜亮一时争负胜，娇乔因此命飘零。
随波一日舟千里，借势乘风上九重。
君子知己方胜彼，莫因自负误修行。
精明总被高明败，新誓从来负旧盟。
此记一时纷乱绪，莫因悖论碍浊清。

2015.8.20

七　律

前些天和老同学新朋友一起喝酒，酒过喉咙心没数，吹嘘自己会写诗。回来之后忘得干干净净，今天忽然想起前言，为不食言，特赋拙诗，祝老弟们的事业生意一帆风顺，学校声名远播，饭店生意兴隆！（另古今大家的传世名帖都是写自己的诗文，王羲之的兰亭序，颜真卿的祭侄文稿，苏东坡的黄州寒食帖，怀素的自叙帖，毛泽东的诗词书法都是如此。如果写“白日依山尽”，字写得再好看，也不能称之为书法家，最多是字匠，终不入上流。）

日新月异未称奇，
出水芙蓉有梦兮。
东海求珠分碧浪，
方圆十丈彩霞飞。
我持丹露朝阳醉，
志在天涯不问归。
飞越关山心不悔，
扬帆万里趁朝晖。

2015. 8. 24

七　律

鸿鹄有志不低飞，
山若无名空自巍。
生是蛟龙多智慧，
意于商海问芳菲。
日积月累千般翠，
进退随心别是非。

斗转几经天地换，
金山见我亦垂眉。

七　律

喜心从未形于色，
林密当然不透风。
事在人为轻变重，
业凭勤奋惑相通。
再言旧事直如梦，
上品功名有若空。
一地芳菲满眼绿，
层峦郁郁望无穷。

七　律

2015 年 8 月 25 日，就王之涣《登鹳雀楼》，“白日依山尽，黄河入海流。欲穷千里目，更上一层楼”，以藏头诗赋之。

白璧无双已不知，
日移月换望云痴。
依稀数见前生事，
山海崩时一裂石。
尽见修行无止境，
黄金百炼有瑕疵。
河绝故道寻常事，
入骨相思有淡时。
海到天涯云水碧，
流星渐月慧痕失。
欲于止境谈无界，

穷尽言辞未见奇。
千载灵芝生绝壁，
里修外戒忍寒饥。
目期绝顶春无雪，
更待白云嫁紫衣。
上古灵芝依白壁，
一石一药两相惜。
层峦似鬓随云起，
楼阁琴衣舞不息。

七　律

回忆起2000年的内蒙古经历，当时在兴安盟修建111国道。其中甘苦我与当时的同事各有评论。事过多年今回味，犹有不平。唯有一句安慰自己和旧同事：没有遗憾的青春有如没有苦味的咖啡！

有道青春滋味苦，恨言再诉泪如初。
回眸往事今虽远，历历如新难剔除。
犹记昔年内蒙古，无边衰草伴孤独。
尘衣几误江边渡，嫉妒归鸦晚睡舒。
日暮炊烟如梦幻，江流滚滚向虚无。
青春如此遭虚度，埋怨单纯太特殊。
仗剑江湖求快斩，焉知风雨满征途。
书生热血红颜泪，皆被深谋入酒壶。
浪子于今犹感慨，女儿回味泪痕朱。
好钢炼久柔绕指，好女修成胜相如。
无憾青春才最憾，少时坎坷有宏图。
轻舟万里江山阔，敢立潮头是丈夫。

2015.8.27

七　律

今天晚上和几个兄弟喝酒闲聊，张老弟和他执行层同事都是一群有理想有追求肯奉献的年轻人。宋总为此聚喝多是非常正常的事。我知道张老弟的企业在筹划上市事宜，在此经济下滑天下迷茫之际有如此业绩非为天时，实是人为。在优秀的企业家面前我就得说我是艺术家了，不然无以面对。结果酒过五巡，张老弟提起一桩陈年旧事，说在2006年冬天，宋总树山还有我四个人在阿城喝酒，也是酒在酣时，我对张老弟说要给他写首诗（这是我的臭毛病），而且自拟题目，以“莫非树山是我知己”这八个字藏头写一首不消极的诗。时过境迁，我忘得干干净净，今天在酒桌上被人追旧债，实在汗颜。于是答应无论如何今天交差。（其实这帮小子都是理工男，根本不懂诗，让他们竖着念成句，他们就以为我非常了不起。以此为资本，能换至少十年的酒。他们还会到处宣扬我如何如何厉害，就算跟他们合作的央企，他们也敢拿我的诗去吹。无知者无畏，你不能怪他们，得向他们的进取精神和无畏精神致敬。）

莫道人生难尽意，
非和是也有玄机。
树人百载终身计，
山水一时难尽知。
是是非非皆过往，
我何一醉又谈诗。
知音不重林泉事，
己在深宵舞剑兮。

2015.8.31

绝　　句

相信至少有一人能懂此诗。

并望金陵无限山，浮光似幻雾如烟。
流连身侧一夕梦，弱水三千六月兰。

2015.9.7

七律·藏头诗

藏头诗又称埋首，吴用的一首“卢俊义反”，把卢俊义整上了梁山。

卢花滩上有扁舟，
俊杰黄昏独自游，
义到尽头原是命，
反躬逃难必无忧。

2015.9.9

诗话之中对藏头诗评价不高，认为其虽另藏别意，终因约束太多，难成上品。是论不假，然这并不影响藏头诗的独特魅力，毕竟殿堂高处不胜寒。古今几人入殿堂，殿堂上品又几多。凡事不能追求极致与完美，否则就是自己为难自己。白墨也是在不计残腿之后才如此完美。苏东坡如此洒脱豁达之人也不免有情绪低落、心情黯淡之时。他的《黄州寒食诗帖》里的两首诗就是东坡少见的写心情低落的诗。下附苏轼《黄州寒食诗》二首：

自我来黄州，已过三寒食。年年欲惜春，春去不容惜。
今年又苦雨，两月秋萧瑟。卧闻海棠花，泥污燕支雪。

暗中偷负去，夜半真有力。何殊病少年，病起头已白。

春江欲入户，雨势来不已。小屋如渔舟，蒙蒙水云里。
空庖煮寒菜，破灶烧湿苇。那知是寒食，但见乌衔纸。
君门深九重，坟墓在万里。也拟哭途穷，死灰吹不起。

写藏头诗有如脚戴镣铐于梅花桩上跳舞，我就喜欢干这种莫名其妙的事。最近我才知道鲁迅有好多笔名，就像富豪要有好多名车一样。于是同学们送我名字我都照单全收：于老弟送“隐士”二字，吴老弟把它英译后送我“何米陀”。张老弟送我“滚滚红尘”。周总送我“岳不群”（岳不群我认为是剑宗和气宗并修的实践者）。张老弟调侃送我“男神”（于是我重新理解了男神这个词：浓眉大眼可以是，臭不要脸也可以是。于老弟说我和杨老弟在人家 4 瓶啤酒喝 8 个小时能当半年经典，杨老弟要么太有心，要么太没心）。

《红楼梦》在问世一两百年之后研究它的人成立了一个组织——红学会。如果五百年之后有人研究李长风，那么我先替他们的组织起个名字：疯人院。在读到“桃花潭水深千尺，不及汪伦送我情”这两句诗的时候，我很想知道李白和汪伦什么关系，或许像菩提老祖对至尊宝说的那样：那个紫霞仙子一定欠你很多钱。李白的诗是仙人之作，有如鹏鸟高飞，只可仰观。杜甫之诗又如力士背山，难至近前。陆游之诗无非报国无门娶妻不能，我也不太愿意看。东坡之诗也天下无双：最是放旷豁达，黄州诗虽悲戚低落，却更让人觉东坡可亲。谨以《黄州寒食诗》藏头，向东坡致敬。

自提锡杖上峨眉，
我自逍遥山自巍。
来见飘风吹雾雨，

黄童白叟乐相随。
州村早去昔时样，

已罢遗风不再回。
过岭依然山色翠，
三峨肩上带余晖。
寒门因在空门外，
食与心随不共炊。

年代虽非观念固，
年华俱不愿空飞。
欲于春日同花艳，
惜为光阴做嫁衣。
春未残时心事盛，

春及残后恨别离。
去留总不遂人意，
不管丹心喜或悲。
容貌纵随春去远，
惜春之意不曾衰。

今读诗句思前事，
年少光阴重又及。
又在花前谈月影，
苦虽知有未尝之。
雨微风细皆诗意，

两岸琴弹一样痴。
月影移时花影乱，

秋于春后触相思。
萧萧风里闻凉意，
瑟瑟一时绪乱兮。

卧看秋红飘满径，
闻笛一刻泪垂垂。
海因月满潮声壮，
棠在香浓色不支。
花若知人香会淡，

泥如解意避芳菲。
污虽无意沾洁色，
燕在衔时乱是非。
支脉终究成汇水，
雪融之后瘦溪肥。

暗流不惜花颜色，
中有污浊任意为。
偷得其香追浪去，
负心已不假言辞。
去随流水花香散，

夜泊江湾独自凄。
半晌神回心倍乱，
真情恨被负心持。
有言自古金无赤，
力在穷时其势微。

何又倍期香永远，

殊途再遇笑无违。
病因诗句多清泪，
少为相思晨起迟。
年或不输三百日，

病中对镜睹容姿。
起居未废青春废，
头纵无白梦却灰。
已惯眉悲无色舞，
白云一任过香闺。

春阶几度芳菲乱，
江水年年涨又亏。
欲把真情描入画，
入神之后意难归。
户前风雨飘摇起，

雨箭连连箭箭危。
势若惊涛无意断，
来如沧海更无疲。
不期心事糟如此，
已忘周遭坐不移。

小调缠绵乏志趣，
屋前碧草尽低迷。
如烟似雾生眸底，
渔火连绵状若围。
舟桨飘摇无进退，

蒙蒙望似鼓旗催。
蒙蒙又若其形溃，
水势无边一望颓。
云水相接生暗碧，
里藏机语外难窥。

空蒙一笔难描尽，
庖若无鱼味难提。
煮豆之才千古爱，
寒蝉之作世无追。
菜融滋味心容事，

破惑当推首破题。
灶火斯文汤也沸，
烧完诗稿掩柴扉。
湿衣孤挂东床侧，
苇借宵风摇不齐。

那管人情薄与厚，
知风知雨不知息。
是谁向晚临高赋，
寒与凄凉俱不批。
食在深山心质朴，

但同琴泉两相依。
见之于野超然笑，
乌鹊云集轰又集。
衔得林鲜求并醉，
纸灰诗屑任成泥。

君如恰巧门前过，
门下苍苔脚莫欺。
深夜如闲思造访，
九秋之叶有相陪。
重温陈酿谈山色，

坟上灵狐闻忘嘶。
墓志之诗何切切，
在天在地永相携。
万年或若一夕梦，
里有青衣骑逝骓。

也许推杯求默对，
拟陪夜露把心滋。
哭谈未必穷心事，
途悟玄机或许怡。
穷守真心求独善，

死谁能避又何啼。
灰心当怨胸无志，
吹手三千有上师。
不是平生皆尽意，
起伏权作铸窑坯。

七　律

给郭老弟题的诗。

顺势而为真智慧，

应酬只为望霞飞。
秋山之美红如醉，
意会之微显在眉。
秋有醉红拥晚翠，
韵如白露抱晨炊。
更携素手观云海，
浓若相知淡若痴。

2015.9.13

七　律

昨天晚上和好朋友聊天，朋友一直关心我的工作和生活是否如意，我很感谢！我也简单地汇报了自己目前的所思与所欲。他说自己在构思一副对联，一联要有田园风光清幽之静，另一联要有车水马龙都市之闹。下午闲来无事，抛砖引玉，替他扔块砖头：

荧光千点琴瑟相和山野静，
灯火万家觥筹交错都市喧。

对联写完感觉有点怪怪的，却说不出所以然。突然想起《鹿鼎记》中天地会有副对联：

地振高岗，一派溪山千古秀。
门朝大海，三河合水万年流。

处世宜惜平静心，修行且爱自由身。
微风可入千重障，细雨能伏万里尘。
少为凌波游浩海，艺成利剑葬昆仑。
江湖恩怨今无问，坐望白云聚又分。

2015.9.22

七　律

君子一言，有约不负。北国虽寒冷，其人却热情。在此请各位台湾朋友冬季到东北来看雪，同时让我多一次学习的机会。期盼窗外飘雪，届时郭兄等台湾兄弟一行将随寒而至，今夜专赋一诗，以定飘雪之约！

忆曾共到天涯外，得见高棉鱼肚白。
庙卧苍林十万载，何曾微笑染尘埃。
前生造化今何在，心本无约身却来。
痴站高台西望海，无边妙境任由猜。
白沙蓝水千般态，满岸婀娜疑是栽。
港外仙山留再去，行程随性淡安排。
斯行重获非风景，得见高人缘自台。
一笑一谈皆自在，于歌于酒甚开怀。
今夕窗外秋风紧，倍盼绒花早盛开。
旷野白时约得兑，高朋结伴访寒宅。
北风虽冷心头热，锅滚肥羊斧劈柴。
此信欢情浓胜酒，共谈窗外雪皑皑。

2015. 9. 26

七　律

前几天臧老弟在同学群里说："哥哥，快到中秋了，你不打算发点什么或者发表点什么？"元老弟接道："这个可以有！"春中用"双发"刺激我，我就用双刃剑写首诗回复他！伟大的诗人从来都敢于迎接挑战！

双发诗有如佛祖的灯芯，合之亦可，自己和自己，分之亦可，分可见紫霞、青霞。又如周伯通左右互搏。

青春一顾千般远，两鬓悄然数点斑。
酷暑回眸今已远，高天云朵望如斑。
久别新聚千般劝，及至酣时对不言。
有恨倾时君莫劝，君今一默抵千言。
抚心对月谁无憾，因憾谁曾不废眠。
月以其缺知有憾，又持其满照无眠。
古今抱憾谁无怨，因憾何人志不残。
君子怀仁终不怨，如兰似桂不曾残。
月缺君子孤磨剑，月满时节舞剑酣。
守气如兰人似剑，志醇胜酒嗅能酣。
圆亏如聚还如散，得失如潮去又还。
漂泊人生多聚散，散之称去聚称还。
高天之月从无倦，待露之兰不受怜。
少为绝学求不倦，奔波耻受贵人怜。
夜谈风雨烛光乱，图指江山望不完。
屋漏任凭风雨乱，腹有长歌唱不完。
大潮一去何时返，自驾轻舟独在前。
黑发此去知不返，惰心一固再难前。
莫于今夜痴圆满，宜晓明朝景渐阑。
意定怀虚才是满，矜持守固质难阑。

2015.9.27

七　律

天下何茶称上品，当然欧亚共推之。
早春一号出梅岭，一若云天透晚霓。
三月春风生绿蚁，清明处子换红衣。
遮山白雾飘眸底，彻夜情歌唱不息。
慧水历来滋润物，深山总是育绝胚。

嫩芽羞似邻家女，衔露之仪一望痴。
丝路今夕成咫尺，高鼻蓝眼入秦兮。
捧杯立忘家何在，贪嗅茗香坐不移。
多少新闻成故事，独唯此绿总当时。
读诗如欲求佳饮，唐苑长安一问知。

2015. 9. 29

七　律

亚与冠争非在技，
彬彬二字有玄机。
生逢逆境求独善，
意气达时兼济之。
日月之行皆有迹，
进兮退也且由时。
斗移物换无须虑，
金玉从来不染疾。

2015. 9. 29

七　律

献给李老弟，不知深浅地写一首潇湘夜雨莫大的诗。理解能力有限，另外，关键我是华山派的！

夜雨凄凄似有情，衡山一剑总无声。
江湖同辈谁知我，寂寞平生独自行。
剑解琴心琴解意，如戚如泣似无应。
正邪一线心能见，高下之别必有凭。
五岳之盟功与利，潇湘夜曲厌刀兵。
功名不过江湖事，何苦熬心用血耕。

雾伴衡山成圣境，琴陪剑客共飘零。
潜行能绝千重岭，放胆之搏命若萍。
火若经风吹更旺，灯对呼吸摇不停。
痴于胜负终将负，看淡功名或有名。

2015.9.27

七　律

福聚八风心不浮，
瑞华缭绕散如收。
茶香诠释禅滋味，
韵致三千皆入流。
与日共修真境界，
众星追月为头筹。
不因小胜生高傲，
同对东风不仰头。

2015.10.10

七　律

大潮扑岸三千练，
智惑相煎难叙全。
能为飘风追去意，
断然不悔越千山。
大成虽远终能至，
勇略撑胸不胜观。
敢立苍崖谈浩海，
决绝不与贵人攀。

2015.10.15

七　律

恒心可让石心裂，
瑞气能携喜气来。
事在人为谋可定，
业凭心守惑能开。
永携锐志游商海，
不让初心染尘埃。
止在高峰心不怠，
步于云谷为虚怀。

2015. 10. 16

七　律

今天是 2015 年 10 月 21 日，节在重阳，表哥微信约诗。表哥岁近七旬，仍精神抖擞。其从东北到广东，半个世纪的职场纵横虽从未身处下风，却未有半分高傲，一直是我们家族的骄傲，也是我人生的榜样！今作字诗以记。

菊在重阳分外香，诗逢九九倍张扬。
少年曾为追求劲，有若成行桃李芳。
不惑之舟江上放，虽经风雨不迷茫。
大江入海心神旷，满月悬空照若霜。
职场纵横逾半世，回眸坎坷道无妨。
追求皆未成空想，论到修为不见狂。
少若春风吹绿浪，壮如林海见白杨。
老如战舰刚出港，斩浪劈风势正强。
自道人生能百载，古稀之翼恰飞翔。
乐于沧海观白浪，喜借高风俯太行。

壮志在胸人不老，他年我再赋重阳。

七　律

金过千年难有锈，
花经一夏韵能休。
同窗已是当年事，
学业今夕让众羞。
非是生来心好胜，
比肩之士早难求。
寻章虽已天涯外，
常对浮云不转眸。

2015.10.26

七　律

近期酒局太密，无暇校诗。更兼自知不足，还到处承诺“题诗写字”。于是乎，单越接越多，活也越积越多。博士同学微信推荐一个少年，少年希望我写首感慨时光逝去的诗。前几天看电影《既然青春留不住》，里面的年轻人感慨：白驹过隙忽然而已。我现在想知道，一斤35度的白酒和半斤53度的白酒有何异同。荆轲之志渐离或知，他们的白驹更加忽然！少年说也可以用过去写的诗，但与其翻找旧诗，还不如新写一首简单。我倒是建议少年不需感慨时光之逝去，更宜让酒的度数更高。

莫叹白驹之过隙，渐离之泣几人知。
抚琴一笑君非我，击掌高歌时逝兮。
匣剑藏锋悲白发，少年热血染尘衣。
西风落叶潇潇去，立望苍山久不移。

2015.10.30

七　律

弓老弟是个深沉厚重之人，与其交往断续之间十载有余，今赋拙诗以记君子之谊。

宝刀一世不求安，
辉映长忧夜废眠。
老练当从心历练，
弟兄私见忌周全。
深谙大道修能远，
沉淀心胸梦可圆。
厚望前途休惧险，
重头大戏不争先。

2015. 11. 1

七　律

昨天38班同学微信群中共谈往事，让班长交代问题，同时冯老弟写诗点化大家，我不明因由跟着起哄，跟着背《春江花月夜》，还与冯宇泽对诗，什么“春天大海波连波，鱼肚白时难杜绝”。我是个没文化的人，还以为《春江花月夜》是杜甫的诗。郑博士建议我把只开了头的诗续完，既有雅约，何负雅意！再说了出书的事还得求博士指点和帮助呢！张若虚的《春江花月夜》好像被闻一多点评为全唐诗里“孤篇横绝”。且借《春江花月夜》的韵和诗一首，赠给于海波，诗写得不好，将就看吧！文章写得也不好，使劲批吧！有不满就使劲发泄吧！无论来自海内的还是海外的，谁让咱心里没数来着！先附古人之诗以示敬意，向真正伟大的诗人致敬！我也希望一百年后有人向我致敬！

《春江花月夜》原诗（唐代·张若虚）：

春江潮水连海平，海上明月共潮生。
滟滟随波千万里，何处春江无月明！
江流宛转绕芳甸，月照花林皆似霰；
空里流霜不觉飞，汀上白沙看不见。
江天一色无纤尘，皎皎空中孤月轮。
江畔何人初见月？江月何年初照人？
人生代代无穷已，江月年年望相似。
（“望相似”一作“只相似”）
不知江月待何人，但见长江送流水。
白云一片去悠悠，青枫浦上不胜愁。
谁家今夜扁舟子？何处相思明月楼？
可怜楼上月徘徊，应照离人妆镜台。
玉户帘中卷不去，捣衣砧上拂还来。
此时相望不相闻，愿逐月华流照君。
鸿雁长飞光不度，鱼龙潜跃水成文。
昨夜闲潭梦落花，可怜春半不还家。
江水流春去欲尽，江潭落月复西斜。
斜月沉沉藏海雾，碣石潇湘无限路。
不知乘月几人归，落月摇情满江树。

和诗（现代·李长风）：

立望秋波意不平，当年明月照前生。
秋波浩瀚千余里，不尽心思何处明。
微风缓缓人清甸，月照流光光似霰。
一瞬心思独自飞，飞越时空谁又见。
长裙素色似绝尘，有笑微微罢年轮。
带笑眉弯弯胜月，信是古今第一人。

生平一望休难已，再觅千千皆不似。
江山处处有佳人，一任落花空付水。
飞花一去任悠悠，独对西风不诉愁。
带剑曾经学浪子，吟风醉在望江楼。
醒来不去且徘徊，数误归程立月台。
仰望飞鸿来又去，托书之雁去无来。
波声隔海不相闻，片纸当年唯记君。
月照空窗人几度，万千思绪欲成文。
昨夜闲谈梦落花，伊人前日又归家。
莲花湖水波无尽，面带春风月不斜。
有道机缘迷似雾，难在雾中寻心路。
笑谈犹盼故人归，归时并赏一江树。

2015.11.2

七　律

于班长非让我以林蛙的大腿为题写首诗，因为他把林蛙的大腿递给隔座的同学献殷勤，非让我七步成诗。七步之才我没有，但是林蛙的大腿还是难不住我。

为修吐纳宿深山，风雪来前抱梦眠。
孰料红男追绿女，莲花宴上摆杯盘。
高谈阔论推杯劝，“大腿”殷勤续旧缘。
三载红尘空历练，到头尽做盘中餐。

2015.11.2

七　律

看到元老弟的爱女写的诗，惜才羡慕之心难已。有诗才的心是玲珑心，祝豪豪的爱女前途无可限量。谨赋拙诗以慰机缘。

有女才华抵尚书，诗文一睹愧难如。
高才自古皆生楚，俊手一时或在吴。
君有明珠修莫误，千家一户觅难图。
修为高度依天赋，莫让初心渐渐无。

2015.11.7

七律·有才修身有志报国

有才老弟是我同乡也是高中校友，还是一个年轻有为的高级军官。交流中知道有才老弟少年时的梦想就是成为一名军人。人在年少时皆有理想，及至年长却多未实现。能实现理想的人都是非常幸运也是非常执着的人！特赋此诗以记君子之交。

有价之身非是贵，
才华耀眼众才尊。
修为当是平生事，
身外之尊宜作尘。
有限人生当养志，
志高之酿品才醇。
报春必是知春鸟，
国有良才春更新。

2015.11.10

七　律

前几日哈尔滨大雪，大雪之后又重度雾霾，在此天气恶劣之际孟大哥辗转飞机高铁来到哈尔滨，其敬业精神可见一斑。孟兄是金融行业的资深人士，短暂的停留带给我很多的知识，交谈之中相投甚多，此赋拙诗相赠孟兄。

旭日之光红万里，

洲际洋流绿千川。
修身早至无如境，
为首多年仍倍谦。
业界风云精指点，
内中经络细推研。
精深已至无形处，
英气依然如少年。

2015.11.13

七　律

耀目之才非偶得，
斌斌之举乃勤修。
前程注定花如绣，
途遇风云莫转眸。
当政怀忧真志士，
在朝虑远是深谋。
不因小扰修长策，
言为民求始上流。

2015.11.14

绝　句

梅花茶，起名“梅香伴雪”。

梅有芳心故有痴，
香魂何在问茶师。
伴随春梦游无止，
雪月风花一品知。

2015.11.16

七　律

前段时间我说过书法再好，只写“白日依山尽”，也难成书法家。说完没几日，就看见有文章也如此说，看来“无独有偶”这个词是对的！或许也有人会说，你是看了人家的文章，信了人家的观点，自己才这样说的。如在过去，我或许要找出证据来证明自己。今天我会淡然一笑告诉你：或许是他看了我的文章才写了他自己的文章！当时为了抨击只写“白日依山尽”的假书法家，我特地用“白日依山尽”藏头写了一首诗。今天我突发奇想：反正我只记得有这件事，当时的诗一句都不记得，何不再用“白日依山尽”藏头写一首诗，看看今日之我较昨日之我有何分别，看看高下。于是我一瞬间懂得周伯通的左右互搏的意义。在懂得左右互搏意义的下一瞬间我分别出何是孤独与寂寞。孤独是敌人，寂寞是朋友。孤独层次太低，寂寞又有点曲高和寡。周伯通的左右互搏，风清扬不问剑气之争的隐居，独孤求败的葬剑，东方不败的闭门绣，相信不是孤独是寂寞。那天有人对我说，伟大的诗人都是别人或者后人封的，没有自己封的！我回答：孙悟空的齐天大圣不就是自己封的么?！后人不也跟着叫么?！国家现在提倡创新，诗歌是绝对应该创新的事物。也没有伟大的诗人自封自己，我何不响应国家号召，使劲地创新：既要写诗还要封自己是伟大的诗人！毛主席说：一万年太久，只争朝夕！

白发抽新莫问因，
日暮风雨覆飞尘。
依依不舍青春梦，
山海无情葬不存。
尽让飞心追落日，

黄昏伫久倍销魂。
河风夜半缠身紧，
入袖清凉别样勤。
海量雄心今已逝，
流经所过俱迷津。

欲同沧海谈杯水，
穷尽言辞未见真。
千辩未如一刻默，
里嗔外惑甚离分。
目无昨日今夕我，

更甚山前半片云。
上至穷通无再问，
一心一瞬不留痕。
层层未必皆叠叠，
楼阁千年几不焚。

2015.11.17

戚　　氏

小令易为难工，长调易工难为。长调犹如水下闭气潜游，欲远欲久愈难修。古往今来莫不如此。是故“戚氏”一词，填者甚少，工者更鲜。当然李长风除外，究此中原委，无非无知无畏，见险不避。

岁如飞，
飘飘白雪又萦眉。
望远临窗，去年思绪又飞回。
无凄，

亦无悲。
超然尘惑有如催。
昔年梦让心醉，任由风雨卷尘衣。
败过无悔，追求何罪，数番独对余晖。
爱江山晚翠，红颜俊美，似醉无归。
年少谁爱无为？
餐眠可废，唯有志常随。
其间泪，不求安慰。
我梦虽卑，
却难摧。
丑陋病弱，孤贫瘦窶，俱不由欺。
纵然落寞，绝不随波，权作长路无歧。
昨日今夕我，虽非落魄，早浸低迷。
锈剑悬于破壁，任悠悠岁月笑其颓。
去年月照芳菲，我持剑醉，一瞬千般味。
泪为谁，似雪如花坠。
酒为谁，频举无推。
舞为谁，独转无陪。
唱为谁，喉血恸心扉。
夜深无寐。
斯心只为，病惑相惜。

2015.11.17

七　律

前几天回林口，莹老弟带我去欣赏蚕翼绣，一见之下，非常震撼。蚕丝之细还要再分十次，以此密绣山水人物，有的还是双面景色。所成作品岂止“逼真”二字了得！所识有限，通俗地讲，就是一万像素比之一千像素的效果。欣赏结束，郑老弟建议我给写首诗，再写成字，并且说如果字和诗都好的话，他们可以绣出来，写诗写字都是简单的事，能不能写得好是另外一回事。就算我写得好，就我这饱受争议的草书估计也没有哪个绣娘愿意接这任务，估计一看就提出辞职了！

林乡有技不虚传，
口赞心服一望间。
蚕线十分织绣布，
翼之两面各奇观。
冠仪望是非常物，
绝品之高难透参。
天地独行无并驾，
下传莫忘此渊源。

2015.11.25

七律·藏头诗

再坚强的心都有疼得无法呼吸的时候，再疲倦的心也有不想停止祈祷的时候。还是借“白日依山尽”熨烫一下疼痛疲倦却不想停止祈祷的心。

白发方知何最贵，
日常幸福醉心扉。
依偎相望夕阳坠，
山色迷迷心也迷。
尽品人生千样痛，

黄昏几次泪如飞。
河山千载依然翠，
入眼风云可梦归。

海是泉流真宿处，
流经万里不思回。

欲持万贯惜光景，
穷以千金留逝骓。
千次祈求如兑现，
里修外戒再无违。
目中只见真和美，

更远江湖是与非。
上为至亲修善福，
一心一意种慈悲。
层云入眼由其散，
楼宇遮眉心不随。

2015.11.25

七 律

昨天给老弟写的“伟业至荣”，老弟认为太露锋芒，建议写首含蓄些的诗，最好是我自己的诗。既然给人写自己的诗，莫不如订制一首独一无二的才符合伟大诗人的身份。尽管我的草书一直非议不断，但是老弟说“有争议才是大家！”那我还客气什么！

伟业平生或不及，
荣光所获未如期。
之于既往平常事，
仪态从容心不迷。
有若凭栏观雾海，
如临高阁望晨霓。

春来笑对芬芳劲，
风起珍惜香满衣。

2015.12.19

七　律

于老弟吩咐我写首诗，内容不限。关于诗和字我是一直在努力，有些人有时候感觉看不懂，这不怪大家，怪我少说一件事：其实我对《易经》还是阅读比较多的！有些信息我要借助诗词传递出去！博学当然是我的错，不能怪大家！我得深刻检讨！

于己于人皆一致，
杰出已是得来迟。
止于至善先贤事，
境界常人各有期。
目见飞花惜不止，
前瞻坦荡对秋实。
未曾久滞寻常惑，
至理丹心格外持。

2015.12.20

戚　氏

友曾言，
君今一默抵千言。
仰笑无言，平伸右手指眸前。
眸前，
雾如烟，
如痴如倦又如闲。

浮生已半何憾，或关难解旧牵连。
世惑虽远，清眸纵乱，奈何旧梦纠缠。
恨除忧过慢，离贪太晚，遇阻多言。
擒纵未逊当年。
眸前背后，笑对剑刀翻。
乡愁远，旧游如见。
醉唱从前，
意绵绵。
剑影漠视，刀光不管，意醉如贪。
我何恋旧，不放从前，猜是少志依然。
旧为倾心事，餐眠可废，不得无还。
纵遇千难万险，亦千山万水去周旋。
任由好劝连连，俱当不见，尝遍江湖险。
一任天，肆意风云乱。
一任地，致我蹒跚。
又任风，吹老红颜。
更任雨，湿透旧青衫。
少年无怨。
青春热血，为梦全燃。

2015. 12. 29

七律·题赠王老弟

王道并非心下志，
平常心态胜于丹。
处身未惧江湖险，
世上艰难多看穿。
至上信条为厚道，
真情敢让海天惭。

至交半世如一日，
诚意一生抵百年。

2015.12.30

七 律

佛法的伟大在于和谐一切，世有干旱就有洪水，世有寒冷就有炎热，心有狂躁就有宁静，现在连科学家都相信有反物质或者暗物质存在了。我说这些不是谈哲学，是想说自己。初中和高中好像就认真写过两次文章，一次中考，一次高考。等到人过不惑，却嘚瑟得偶尔要写文章。（出来混早晚要还了，作文写少了也得补上。）

前几天有朋友问我看了《老炮儿》感觉怎样，我只说如果有人再问我，我会笑着说：十五年前我就买了一把电影结尾的那种军刀。（当时我有两台破车，卖了一台买了把刀，然后把刀放在另一台车的后备厢，开车回家了。）

写文章不谈哲学也不谈军刀，是要谈谈大家都知道却见解不一的现象。（或许有人说，那你前面整这么多废话干什么？演员没到先敲一会锣不行么?!）

最近有几个朋友推荐直销类的项目，有的很好，但不适合我，因为我这个人内向，不擅长交流。有的则是莫名其妙，带着隐隐的欺诈——原因是说得太美好了，比你亲爹对你都好。任何商业模式都无可厚非，但是千变万化之后都得落到产品上，一杯一碗一车一房是产品，金融或者保险或者旅行，哪怕是按脚丫子都是产品。是生意就得有产品，以产品定价格而后求利润。我告诉朋友天下最难念得经是生意经。它是本天书，念得好可以富可敌国，读不好可能沿街乞讨。佛经圣经只要诚心，念得不好可以是虔诚的信徒，念得好则有可能是个觉悟者。宗教是灵魂的去处，哲学是理想的归宿。我说过某些人有知识没

文化，知识多数可以从前人那里学来，仿佛是田地里的秧苗，可以栽下，而文化更像田里的草，需要从心里长出来。我还告诉别人，挣钱靠的是手，赚钱靠的是贝。生意不是数学，绝对不可以用公式计算预期收益。有人问我经营之道，我回答："欲成正果，到真庙，拜真佛，念真经。欲捕大鱼，需要乘大船去远海撒大网。"于是很多人认为我说话不着调，我感觉很委屈，因为自己有问必答，答必真诚。我说自己不看长剧，喜欢看动物世界，我认为动物的生存智慧是上天给的，比商道高明。食物链上有几个群体值得学习：狮群狼群羊群秃鹫群。它们各有规则各有智慧。有些传销以低劣的产品（甚至没有产品）、虚高的价格、天花乱坠的诱惑，给你讲一套繁殖理论，告诉你几代之后坐享其成。生物界有两个更高级的群体：蜂巢和蚁穴。蜂王和蚁后有如大脑和生殖器，工蜂工蚁负责劳动，还有的专门负责侦查守卫。大家分工明确配合密切，有高度纪律性和使命感以及献身精神。传销发起人是把蜂王蚁后的繁殖理论告诉给工蜂工蚁，之后他当蜂王蚁后，让下线做工蜂工蚁。如果一个蜂巢蚁穴全是王与后会如何？又或者一个蜂巢只有一只蜜蜂采蜜，一个蚁穴只有一只蚂蚁往家里扛树叶又会如何？蜂巢蚁穴是超有机体，有最高的智慧，他们懂本分、知使命、敢献身，只是没有传销者所谓的追求。上线只讲繁殖，告诉你一个公式：下线多少多少时，可以不劳而获。江河总要入海，他为什么不讲讲大海里的情况。人人都想拿杠杠撬动地球，却都回避去做支点。传销者既无真庙也无真经更难见真佛。试问谁见下线成正果？传销之族精于诡辩，见人就开胸膛掏赤心，喋喋不休，只要你搭一句话，不论你说什么，他都能跟你分辩到地老天荒。对此我只有一个办法：直接挂掉电话，一句话不说，他就消停了。

蜉蝣不晓浪波高，檐雀焉知天海遥。

莫与昙花说岁月，休同足底论毫毛。
蜂随本分摘花蕊，蚁靠基因挂树梢。
狮懂袭击伏劲草，羊因警惕不招摇。
历来诡辩皆高妙，立论出奇有若妖。
黑发无声飘暗夜，闻风谁可递长刀。
寄言处事诸君子，莫做尘埃随絮飘。

2016.1.13

十六字令

心，翻越千山寻故吟。当年月，依旧照层林。

2016.1.19

捣练子

愁易品，恨难吟。逐利追名古至今。
敢道得来滋味俊，百川入海迹难寻。

渔歌子

已罢虚名绝是非，淡然功利与相随。
年少志，似成灰，不谈欢喜不言悲。

忆江南

少年梦，问有几人成。
越岭翻山寻胜景，艰辛历尽未成名。坐叹暮云平。

忆王孙

曾于沧海悟沧桑。悟透归来两鬓苍。夕阳西下几度忙。
夜风凉，对月吟霜泪两行。

调笑令

沧海，沧海，渡过年华不再。设如岁月重来，何物做我骨骸。
骸骨，骸骨，配与先贤共舞。

如梦令

不怕老来多病，自古高才由命。岭上望云停，不理草平风定，
心境，心境，不问几人能省。

长相思

思来羞，道来羞。沧海横游觉是囚。匆匆已白头。
名罢求，利罢求。月夜抽刀舞不休。长风不叙由。

相见欢

夜来绪乱无由，更无休。独自翻书选韵试从头。
多年后，仍病酒，意如囚。感慨半生如马过沙丘。

昭君怨

意醉浑然未觉，一任心飞神掠。似为少年求，罢无休。

又把眉铅半染，举盏离歌唱遍。好似在天涯，唱年华。

生　查　子

仰首望浮云，心向浮云近。尘事恰如尘，缘分无须论。
短聚怕离分，甚爱多成恨。莫为太斯文，落得相思甚。

2016.1.20

酒　泉　子

岁去不归，一若东流之水。彼时谁，南岸醉，泪垂垂。
当年一语今回味，少年缺智慧。骨如梅，才似翠，又何为？

女　冠　子

去年今日，已忘闷因何事。或沉思，过往如烟惑，一一去又回。
长宵曾舞剑，意欲斩凡痴。无奈尘缘重，太难辞。

点　绛　唇

长路多歧，几曾长伫思何去。十年辛苦，赚得青山暮。
酒罢歌残，扶栏寻栖处。眸前雾，纠缠似阻，遮断来时路。

浣　溪　沙

廿载归来两鬓霜，期间失得算难详。一如碧野变苍苍。
酒在浓时心易乱，意于阔处志难伤。修为今或近无双。

霜天晓角

旧因追梦，落得身心恸。造化于人三弄，心与梦，依然懂。
重情心就痛，轻名难受宠。失得历难兼顾，风雨后，兰花种。

菩　萨　蛮

问谁不惑仍持梦，算来落落难成众。鬓发少迎风，浓浓情不庸。
少怀人不懂，何祭兰花冢。老罢壮年功，埋刀痴务农。

诉　衷　情

晨因白雪乱浊眸，思绪理还稠。催人岁月依旧，嘲笑少年求。
沉睡久，弃前忧，爱无谋。甘于人后，乐在窗前，宅在高楼。

卜　算　子

大雪掩行踪，回首山如垄。俯望江河罢向东，斯境无人懂。
独在万山中，唯与寒风共。透彻心中寂寞庸，不为凡痴动。

采　桑　子

忆昔曾立江南岸，心与来帆，去会青山，欲诉心中有不凡。
也曾立久归来晚，日落江天，霞幻如烟，参悟于心笑不言。

减字木兰花

斯文似酷，临海诗人衣短裤。背对天涯，脚下沙成彼岸花。

何为风度，当是心中诗万簇。岁月虽加，腹内才华依旧佳。

好事近

久病系沉疴，抑或当年因果。莫为昔时失得，怪今朝之我。
长河从不恋前波，猜是俱观破。老剩一腔绝学，爱独酬独坐。

2016.1.21

谒金门

平生半，回首似虚如幻。曾为功名千百转，心酸仍不返。
立望浮云去远，欲与难消牵绊。杯酒倾时心又乱，长宵独舞剑。

清平乐

惑痴如旧，难断昔年诱。半纸荒唐一盏酒，已是今夕所有。
问何可慰平生，半诗半酒虚名。潦倒羞谈胜负，将来我是曾经。

忆秦娥

痴绝学，十年一瞬何曾觉。
何曾觉，西风似虐，鬓斑如掠。
半生数个佳时节，皆因追梦空相约。
空相约，花开花落，此夕非昨。

七律·题赠郭老弟

固步焉能达海外，
若虫岂可梦飞天。

金龙有志叠高宇，
汤水十温味可全。
底定江山成大业，
气冲霄汉不一般。
十年一剑今朝利，
足赤之心不忘缘。

2016.1.22

更 漏 子

昨日诗，今夜酒，俱把闲情消受。
风雪后，意温柔，长宵人弃忧。
逍遥久，心无守，渐忘昔时所有。
身已瘦，欲无求，长宵人罢谋。

2016.1.22

一 络 索

雪夜读诗真好，心回年少，眸前又现许多娇。
此中妙，谁知晓。
不问明朝多少，逍遥趁早，莫于老迈叹悄悄。
当年俏，心难了。

阮 郎 归

无言飞雪似无聊，长宵寂寞飘。斯心约与共逍遥，奈何不受招。
年将了，岁如刀，昔时业已凋。鬓眉昨夜白悄悄，相别胆气豪。

画　堂　春

北风凛冽夜绵长，心随诗酒徜徉。
我才唯我赞无双，执意轻狂。
一指夕阳西上，再弹碧野成霜。
手拿短笔作长枪，写尽荒唐。

摊破浣溪沙

手卷诗书乱绪飘，心与飞雪不相聊。
雪自无言心自恼，夜悄悄。
少捧诗书读破晓，今持老酒夜消耗。
此样年华今又了，恨无招。

眼　儿　媚

白苇当年太无情，放任我飘零。
长堤西侧，小楼东首，一事无成。
人生负后心思冷，一举毁前程。
斯年又过，前因未果，欲诉无凭。

桃源忆故人

长堤谁记徘徊处，绿苇白禽不语。痛彻当时无助，四出皆逢阻。
倍思能有桃源住，得与飞花共舞。忘我人生低谷，只爱风和雨。

七 律

给刘海峰老弟的诗。

海纳百川因是阔，
峰绝万岭是因高。
所为循善平生好，
求福随缘不必挑。
必是宅心生厚禄，
有如岁久至桃夭。
洄游鱼为当年愿，
报得清流起碧涛。

朝 中 措

昔曾遣梦到天涯，期以慰年华。
怎奈良宵太短，平明枉自嗟呀。
现实太冷，追求太远，枉抱琵琶。
夜静闲时独坐，忆来泪落如花。

2016. 1. 23

武 陵 春

年少吾心多素志，日夜俱追兮。
无奈尘缘捉弄急，数让心凄凄。
待渡隔江人望远，暮草尽迷离。
扑面滴滴风雨疾，乱绪满尘衣。

人　月　圆

暮云欲雨西山暗，岸草乱船烟。
浊流不倦，倦鸦已返，待渡无言。
往痴宿恋，旧求新念，聚在眸前。
驱之不散，怀之又远，难道悲烦。

五　律

往事随风散，昔人各自安。或如檐下雀，翼满各飞天。
也似池中物，凭缘展或盘。临寒开数朵，恋北或痴南。
各有成龙志，乘云互不攀。鲸群行万里，阔海不相谈。
啸虎孤眠雪，独行览万山。威仪不容犯，王我自斑斓。

2016.1.24

七　律

勤之一物不寻常，
劳有芬芳苦有偿。
坚韧曾如石隙草，
忍时更似顶堂梁。
善心修得儿孙孝，
良策教来家业昌。
理智一生今更劲，
性格兼融柔与刚。

柳梢青

旧绪又回，嫩江渡口，人伫思归。
草暗天灰，流疾风紧，半寸余晖。
身心此际皆悲。重来处，又逢是非。
少梦相违，心因事悴，倦问何随。

太常引

问谁廿载梦无违，渐淡是和非。
眉鬓俱相催，眸前雪，稀稀在飞。
梦无好忆，剑书俱远，寂寞我如梅。
身老事难为，旧琴瑟，凄凄似悲。

贺圣朝

归来除却三番叹，剩半间残卷。
行前春色满眸前，且李白桃艳。
春归人去，此心都恋，爱桃花人面。
平生再遇旧当时，必朝夕相伴。

荷叶杯

远望秋原如梦，谁懂。病惑忌谈空。
秋来春去俱匆匆。衰草舞白风。
病树一株谁种，心恸。秋夏雾霜浓，
闻风今岁必严冬，唯怕不重逢。

西　江　月

行遍千山万水，心中最爱余晖。
多年陪我百多回，再品依然神醉。
往事忆来无悔，纵然风雨相随。
余晖三日有霞飞，我解其中滋味。

惜　分　飞

数赋秋江人待渡，众未能知其苦。
往事难重诉，已随江水东流去。
病惑十年依旧固，多少朝朝暮暮。
无尽江湖路，谁怜衰草英雄醉。

少　年　游

嫩江之渡，于心是蛊，多载惑难除。
歧路无助，积淤难吐，切恨此孤独。
大江日暮，浊流东注，白草遮前途。
昔心太苦，一笔更难书。

2016. 1. 25

南　歌　子

一别十余载，斯身未再来。
嫩江渡口旧尘埃，或许依然等我诉情怀。
往梦依稀在，情怀不用猜。
浊流能认我形骸，只是当年黑发已斑白。

醉花阴

若问何痴留渡口，一语难言透。
昔是为追求，不舍春秋，以致形容瘦。
怀忧自赏江流久，任雨稠风骤。
白草乱清眸，欲泪还羞，耻问人知否。

浪淘沙

绪乱太难梳，难拟何如。当年渡口意踟蹰。
项目一年三易主，翻碎蓝图。
解我岸边芦，倒拒搀扶，任由江水洗孤独。
既战强秦何惧楚，我意如初。

鹧鸪天·内蒙古扎赉特旗新林镇

旧迹今夕难再寻，驱车半刻过新林。
草衰羞对西天韵，伏首沉吟嫩碧心。
风瞬紧，带寒侵。晚云寂寞伴飞禽。
此心此刻遐思甚，沉浸当年已忘今。

河传

片纸，只字。记当时，多少眉间意思，夜来自猜自断兮。
珍惜，旧之情似迷。
悟久当然能破壁。当日醉，留作今回味。
汝为诗，我是痴。不疑，一生还不欺。

七　律

今天和宋总还有张老弟一起喝酒，酒是好久的好酒，好像是 1881 年的拉菲。喝完拉菲喝咖啡，我跟两位说，咖啡喝到最后的时候，那朵白花如果还在，就算看到花开花落。张老弟也是深沉厚重的人，是优秀有为的企业家。树山老弟几次问我现在忙什么，我告诉他：啥也不干，就虚度光阴。张老弟为我忧虑，希望我干点正经事，于是我又认真地告诉他：我在为后人写一本书，我要做一个伟大的诗人和书法家。其实我应该告诉他，我现在已经是伟大的艺术家了。树山对于自己的事业非常有想法有抱负，而且正沿着正确的方向稳步前进。分别之际，老弟把从迪拜选的礼物送给我，我搂着老弟肩膀说："好吃好喝的还送我礼物，我都无以为报，还谈一些乱七八糟的观点，我真没想到你这么喜欢我的文化知识。"张老弟笑得咳嗽了半天。我很羡慕他有个哥哥是伟大的诗人，我却没有。

滴水汇兮成大海，鸿毛聚也重高山。
浮云四笼青天暗，寸草绵延大漠残。
陶瓦千年能胜玉，腾蛇百载必如仙。
尘埃十世成白璧，宇宙终究化紫烟。
笑指眸前来去者，谁经沧海变桑田。
莫因小道生高傲，宜懂卑微成大观。
见惯匹夫装巨贾，淡然龙马卧寒泉。
修行非是一夕事，大业当然有万难。

2016.1.26

七律・权当建议

年及半百应无惑，自古功名累赘多。

求禄听宣难自我，为酬王事费奔波。
人生谁见浮云落，纵爱朝靴终必脱。
利若熏心难免错，情如近性远折磨。
寄言处世诸君子，野草身心必胜禾。

玉 楼 春

为师兄建设的港珠澳大桥骄傲。

长桥连港接珠澳，镇浪平波穿浩渺。
一如彩带半空飘，也似乾坤飞大鸟。
多年游子归怀抱，三地直通绝再绕。
欣然我辈业多骄，俱展所学成大道。

2016.1.28

鹊 桥 仙

云何不老，是因高傲。百世未知其妙，
乱持俗笔错来描。枉费了痴心多少。
言高不绕，行高不效。所遇皆如所料。
江湖到处盾和矛，遍尝后微微一笑。

南 乡 子

回首忆来骄，过尽千山意不凋。风雨纵然吹我老，
难消，心内激情百丈高。
岁岁爱桃夭，作赋填诗魂不销。已惯凡夫轻蔑笑，
长宵，今我逍遥笔又飘。

虞美人

春风词笔当年少，多叹人空老。
昔时万事不由心，唯借春秋之笔赋雄吟。
凡身老迈无须叹，天下谁能免。
逍遥可让意飞天，俯望千帆风满过江山。

夜行船

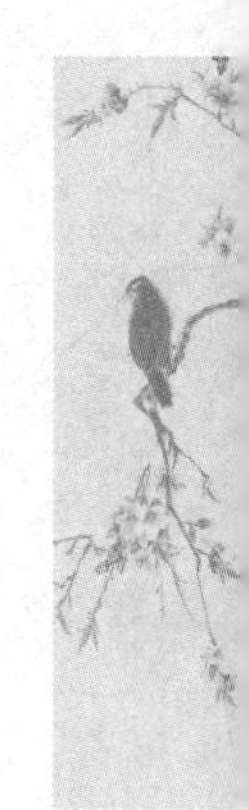

注目窗前飞雪舞，似告我，岁将归去。
我意虚无，淡然其语，不虑不评斯举。
自古英雄多自负，纵遇阻，意仍如故。
背剑单衣，只身匹马，深夜乱山伏虎。

七律·向周星驰、莫文蔚致敬

算来一别十余载，此聚今番众欲猜。
俗世凡尘情费解，佳人才子自安排。
心随旧曲游沧海，慨叹千年绝世材。
领袖华人高世界，只身白发伫高台。
才高几度遭人嫉，雨剑风刀一并来。
笑或由衷情不改，默然独对众尘埃。
紫霞至死心无悔，白骨十生情不埋，
必是前身痴孽重，轮回今又是凡胎。

2016. 1. 29

夜 游 宫

俗众芸芸是戏，来与去，俱求名利。
絮借风兮至千里，问其心，解玄机，唯怕雨。
雨过天如洗，絮再觅，众皆铺地。
所谓功名俱成忆。叹无知，恋当时，愁不已。

七律·赠张老弟

与汝相识三十载，且听我抖旧尘埃。
翻山越岭求学日，不过米八一小孩。
三年之后学问长，分桌依旧坐前排。
偷瞧美女头需仰，美女回眸笑汝乖。
身矮才高休小觑，四中小道称大仙。
白天埋首思去远，夜晚通宵不问眠。
曾问长宵何样戏，答曰情义在其间。
豁然此子成熟早，久读诗书不耐烦。
偶在课间谋锻炼，欲修一鹤试飞天。
光阴似箭修行懒，可叹良才天意偏。
凤落红尘俗不染，屈尊仍爱望云端。
汝才本是三生攒，际遇今朝众不甘。
宝剑出匣逢盛世，英雄无甲马无鞍。
汝身前世追风马，曾立高山望晚霞。
今世才高难下嫁，众惜际遇替嗟呀。
唯兄知汝心潇洒，乐在天涯咏落花。
尘世万般皆是假，诗书剑酒度年华。

2016.1.29

七　律

2016年1月31日，为朋友孩子起名字“繁铸”。何解：烈火熔金，极尽繁复之后始成国之大器。

金火同缺命至阴，两寒之际草难寻。
命逢一贵兼华盖，运转阴阳造化深。
烈火熔金浇大器，王持九鼎不容侵。
阴阳悟透繁华近，铸就江山草木森。

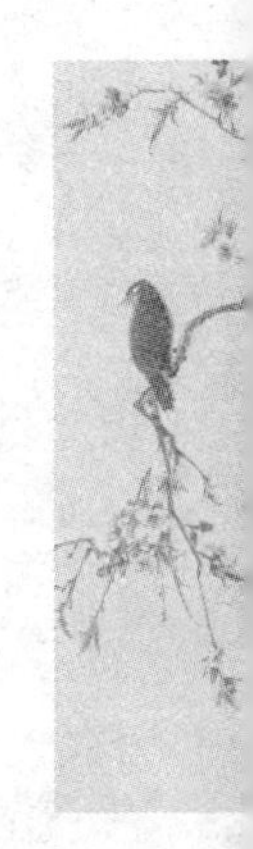

醉落拓

世身梦觉，今生痴误前生约。
曾于泽上观飞鹤，臂展心驰，忘尽当年学。
酒醒歌绝千山陌，平川立望归心掠。
凄然欲罢当年略，剑马皆鸣，似诉旧时诺。

小重山

长剑长宵舞不停，眸前皆是梦，唤无应。
单衫湿透汗如蒸，风不冷，唯是意茕茕。
所欲已难成，凄凄心不静，叹飘零。
恍惚江上又调筝，乘此兴，舞剑至天明。

踏莎行

梦破无痕，瑕疵有迹。罢求易让雄心泣。
桃花四月不当时，逢之莫问春消息。
少恨多痴，老嫌缺志。一谈进退皆无计。

山花烂漫众人迷，芳菲一老谁憔悴。

绝　句

人生得隙莫迟延，约酒不必待新年。
挚友三请心未动，一提红颜点头欢。

2016. 2. 3

七　律

目睹清泉浮绿烟，心随嫩叶度禅缘。
闻香仙误千年素，嗅俊龙腾十丈渊。
舌品温凉知世界，手持杯盏望江山。
迎眸尽是花如染，扑面春风不一般。

2016. 2. 5

临　江　仙

憔悴当年楼上醉，湖天一掠心惊。三千甲士我独行。
长宵孤对月，磨剑到天明。
往事至今难罢省，昔招尽毁前程。剑楼诗酒度残生。
昨宵梦白苇，旧意起难平。

唐　多　令

往事忆从头，一一皆罢求。旧风流，葬在荒丘。
落叶西风人立久，满眼是，乱云浮。
日暮大江流，风尘势掩眸。众心思，滚滚无休。
旧日诗书今日酒，销锐气，纵温柔。

一剪梅

风雨当年别样娇，燕不归巢，花更夭夭。
青春眉鬓许多骄。歌爱通宵，舞更逍遥。
今叹年华随鬓凋，纵上兰桥，也拒相邀。
清茶半盏会浮交，只醉飘飘，不醉迢迢。

七律

你是你、我是我是一种暂时，你中有我、我中有你才是真正的永恒。正如《大话西游》中的青霞和紫霞。羊没有被狼吃掉之前，羊就是羊，狼就是狼。羊被吃掉后，羊的一部分成了狼身体的一部分，成了狼中有羊。当狼死去化为尘土就会成为草的一部分，而草终究又会成为羊身体的一部分，于是此时就是羊中有狼。两个不共戴天的敌人如果死后埋在同一株树下，他们迟早会成为同一棵树的两片叶子，甚至是一片叶子的正面和背面。那个时候的他们就不是不共戴天，而是血脉相连。于是我们知道，你是你、我是我只是此生的暂时，如同静止相对于运动一样，是相对的暂时。我是你、你是我才是真正的永恒。知此理可解纷争，可一分歧，可生爱与慈悲。生命其实没有终结，生命是永恒的，只是表现形式发生一点变化而已。当我们化为尘土之后，这尘土的千分之一或者万分之一就会成为一草一木一花一叶，进而成为一羊一马或者一虎一狼。如此我们知道此生的终结实则连接着无数来世的开始。我们眼前的草原森林沙漠都是有生命的，因为我们的来世是他们的一部分。我们看见的飞鸟游鱼爬虫也是来世或者来世的自己。所谓此生不过是无数前世的因缘际会。此生你求之不得的必是来世你挥之不去的。今生求之不得的功名利禄酒色财气或许就是你前世挥之不去的烦恼疾病幻化而来，如果我们爱惜今生的烦恼疾病，又何尝不是珍惜来世的福禄安康。如此我们知道一花如何一世界，一沙如何一因缘。所有的分歧都是自己为难自己，所有的分别都是下一次聚会的开始。你非你，我非我；你即我，我即你。缘非逝，斯为始。至此我想起自己的一句诗：人生无处不别离，别离且当赴约去。

不必佛前修自己，今身早有众生慈。
眸含沧海一滴水，须长桑田万种痴。
心乃灵山顽固石，腹中浊气有尘炊。
耳毫或是仙池草，十指莲花开不息。
百世修行积智慧，一生造化悟玄机。
此生不遇来生遇，及到逢时觉不迷。
我本当年桥上客，汝身待度比丘尼。
共于舟上观风景，坐指江山论不疲。
有为功名求不止，有因爱重恨别离。
焉知所见皆虚幻，所重一一是暂时。
生命无须皆负重，鹏因空骨入云兮。
宜惜今世之际遇，放下执迷才不亏。

2016.2.10

七　律

中外俱知君事业，
宁和谦让厚勤搏。
晓通当世回春术，
红锦遮墙志淡泊。
珠玉德才修并得，
联姻福善贵还多。
璧兮之美瑕无染，

合璧其绝妙在磨。

2016.2.12

七　律

下面六首诗是于老弟的大学同学读了我的诗之后写的诗。

其一，咏天

天外有天几万重？何人因何启鸿蒙？
六合八荒无穷尽，三千世界各玲珑。

其二，咏世

紫陌红尘迷眼瞳，声色犬马惑心胸。
可怜众生留恋处，原是三界一幽孔。

其三，咏人

无中生有堕此中，诸行无常古今同。
七分苦厄三分喜，半是真觉半是梦。

其四，咏惑

缘劫纠缠困情衷，得失计较执事功。
千种滋味最是苦，万般无奈终成空。

其五，咏悟

心在形中蝶在蛹，目未启明耳未聪。
轮回不灭债难偿，贝叶菩提悟穷通。

其六，咏善

前世因缘今世逢，彼岸莲花此岸种。

心存善念结善果，性有春光沐春风。

2016.2.16

昨天在微信中，我说用于同学的诗藏头写一首长诗。写诗没有别的目的，就是为了好玩。请大家先竖着读别人的诗，再横着读我的诗。

天未分明提剑行，
外披银甲自登程。
有心能逆当年负，
天下谁陪我纵横。
几次重山独揽胜，
万千思绪欲飘零。
重峦如障层层阻，

何故相询俱不应。
人在江湖心在岸，
因由不叙总难清。
何年能与君相对，
启齿轻言往事轻。
鸿雁在天人在远，
蒙蒙可见不闻鸣。

六千甲士能成阵，
合璧虽瑕有玉荣。
八佾庭前谁领舞，
荒丘彼岸我茕茕。
无谋莫盼千番胜，
穷困休求百万兵。

尽见诸侯曾问鼎，

三军城外窥王庭。
千金难罢一时乱，
世外桃源莫论耕。
界石焉能隔汉楚，
各安王命是虚盟。
玲珑是玉之相醉，
珑玲乃翠之共倾。

紫蟒旧长今日短，
陌生前惑已知形。
红颜泣叹当年病，
尘绪一时倍莫名。
迷雾眸前遮峻岭，
眼前一切俱难凭。
瞳中所现非留恋，

声欲相闻响却停。
色乱吾心三寸定，
犬于阡陌吠空灵。
马于身侧嘶鸣乱，
惑悟相欺不共生。
心绪一时难尽掌，
胸中万念驾云腾。

可鄙妄念今如愿，
怜爱之心反被憎。
众惑千年沉不醒，

生生世世醉功名。
留恋猜是凡痴重，
恋在红尘斯为情。
处子青春情不定，

原由皆是爱曾经。
是愁似怨还如病，
三种缠绵恍若萍。
界限俱由心制定，
一倾一恨总难评。
幽冥有若风穿壁，
孔隙纤纤阻似迎。

无上尊师非在智，
中庸岂是两行诗，
生如滴水思沧海，
有似桑田尽长痴。
堕在红尘愁不止，
此中妄念有谁知，
中庭立望天无际，

诸念一时如絮飞。
行至仙山逢大士，
无由瞬我竟无悲。
常年乱绪一时静，
古刹闻钟大觉归。
今是昨非皆是幻，
同行不再问同谁。

七宝琉璃八分色，
分在红尘解众迷。
苦海无涯觉是岸，
厄逢悲喜不谈凄。
三山五界游无避，
分与别兮俱不思。
喜是悲来悲是喜，

半山半雾半玄机。
是兮非也纷如雨，
真定如风吹褐衣。
觉在真心无彼此，
半天悲喜若芳菲。
是谁逢我还谈志，
梦遇依稀泣别离。

缘是逢兮还是别，
劫如风雨卷晨炊。
纠结因是心生刺，
缠在局中觉悟低。
困惑千年犹不老，
情痴百载不曾微。
衷肠十寸皆嫌短，

得似如来失若回。
失败谁能言不悔，
计谋纵溃爱无为。
较场当日西风烈，
执旗心焦战鼓催。

事在人为愁进退，
功于罚赏恨盈亏。

千山暮雪逢之醉，
种下相思意便颓。
滋养心田需慧水，
味中甘苦坏凡胚。
最终最爱成离恨，
是与非兮各质疑。
苦有真身痴有幻，

万千变化各参差。
般若能识真形象，
无慧无缘逢上师。
奈何弱溪难自渡，
终年盘坐对余晖。
成兮败也随流水，
空对余晖眉自垂。

心是前生之善果，
在痴在悟总折磨。
形容乃是今生孽，
中有新痴与旧疴。
蝶是三修之境界，
在花在叶觅头陀。
蛹于茧内修因果，

目闭心通不问昨。
未必流光皆是客，

启明星宿不穿梭。
明修暗度关山陌，
耳慧心聪天地合。
未卜能知来世我，
聪兼厚重不奔波。

轮回不过凡间课，
回望苍山独自歌。
不到天边休下马，
灭参了惑对飞花。
债之再顾原来假，
难道繁华与绝佳。
偿是归还何是嫁，

贝雕白马踏飞沙。
叶之经脉知春夏，
菩萨真身是晚霞。
提问上师需自信，
悟通道理宜出神。
穷通壁惑修精进，
通过狭关卓不群。

前路逢歧君莫恨，
世之困惑解时欣。
因缘莫道难相忍，
缘聚缘分自古勤。
今夜昙花明日絮，
世之一切挽留难。
逢君旧日江边渡，

彼此寒暄深未谈，
岸柳初黄人咋去，
莲旁独自醉春天。
花开花谢春如染，
此景斯情两不言。
岸立伊人愁去远，
种下相思费缠绵。

心期流水传思念，
存储真情天地间。
善是机缘修更满，
念如磐石最难残。
结是旧日痴和怨，
善始诚终休负缘。
果腹无非荤和素，

性情最忌满还贪。
有如滴水痴幻彩，
春去秋来日炼丹。
光照云合霞色幻，
沐于痴恋忌飞烟。
春能残也人能老，
风雨人生宜透参。

七　律

按照郑老弟的要求，给孙老弟赋诗题字。

厚博本非天注定，

海容万水起涛声。
高风能过千重岭，
天下熔金唯赤诚。
首重德行才是次，
在渊待跃不空鸣。
修行宜作平生课，
身在征程莫辱名。

2016. 2. 17

七律·题赠孙老弟

心是灵魂变化之，
若求足赤宜加持。
随风可至无如境，
缘在天边等上师。
天下知谁能度己，
随缘心会长灵芝。
人消病惑能生智，
愿是莲花开碧池。

2016. 2. 18

七　律

吴侯马上望群山，
静默一时绪万千。
前有雄关留待闯，
途经万水再无还。
必修之事须磨志，
有志方能过急滩。

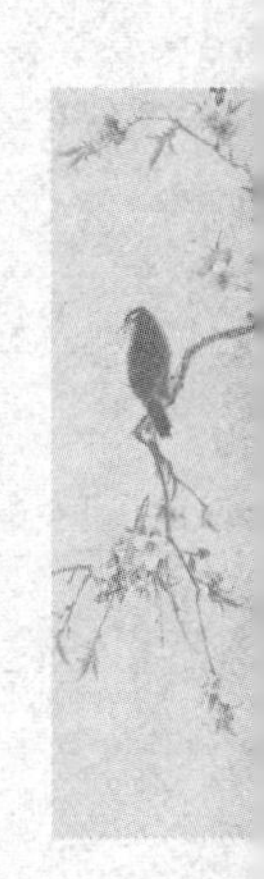

可断前方花似锦，
为期只在转眸间。

七　律

王是君侯兼众首，
颖为慧顶与毫端。
一颦一笑羞千媚，
生若夏花暗众颜。
丰韵从来无造作，
富集万目自悠闲。
多愁曾是青春事，
彩色人生为总观。

七律·朋友

一直想为它写篇文章，以表达对它尊重、理解和想念。我相信它把我当朋友，我非常尊重和珍惜这份友谊，尽管它只活在这个世界两年，但它会一直活在我的心里，我相信我很懂它。说到生命之间彼此的懂，其实不一定是懂很多，懂各个方面，如果有一点真正的懂了，就弥足珍贵，值得终生珍惜。我在每个工地都喜欢养狗，但都限于简单的喜欢。第一次见到它（其实它没有名字，因为工地同时养了十几条狗，只有它是藏獒，其他的狗是竖着耳朵的狼狗，就有名字，只有它是唯一，也就没名字，大家就都叫它藏獒。）我认识它的时候它已经长大了，一岁多，右后腿残疾，一拖一拖地走，就是使劲跑都追不上人，毛色草黄兼有黑毫和芦苇似的白毫，舌头上有块硬币大小的胎记。它虽然从小在工地长大，之前我却没见过它，我问过别人它腿怎么瘸了，他们告诉我，要来的时候是小狗，它常欺负其他小狗，被大狼狗把腿咬断了，之后到宠物医院接上了，但实在是因为工地太忙，就忘记去拆腿里的钢钉，等想起来的时候已经晚了，于是它就这样长大了。它一直被铁链拴着，很凶狠，只给一两个喂它的人面子，其他人，只要靠近它能够到的范围，它都想扑倒。大家说多亏是个瘸子，不然得惹老多祸了，就这样还咬了好几次人。见到人它就狂吠，凶狠地扑，拽得铁链子笔直且咔咔直响，没有因为腿瘸而不威严。有缘的是，它第一次见到我却没扑没吠，只是腹部里的吼声通过喉咙低沉轰鸣，仿佛跑车猛踏油门没松离合的状态，过一会就若无其事了。旁边人说它好像知道你是主人，所以没咬你。尽管如此，我当然不敢站在它的势力范围之内。或是因为它唯独给了我面子，或者是因为它虽然残疾却有威严，总之，一股相惜之情从心里涌出。它趴在那儿吐着舌头，偶尔转过头轻蔑地看我一眼，之后似有所思看着遥远的地方。尽管是蔑视，却是它给出的最高礼遇，对其他站在我这个距离的人它都是人立猛扑，狂吠不止。由于相惜加之礼遇，我第二天特地给它买回来带肉的牛腿骨，在安全的距离外，讨好地把骨肉扔到它身边，出乎我意料的是，它像蔑视我一样地蔑视了一眼骨头，就把头转到原来的方向，继续望着远方，除了头转了一下之外，身子动都没动，继续趴在地上。它这个骄傲的举动一瞬间击透了我的心，我感觉就在这点上我是懂它的！仅仅是这唯一的懂却让我有鱼刺扎喉的感觉。看了它一会儿，我回到临时办公的活动板房里，隔着窗子偷偷看它。它依旧一动不动，沉默地看着远方，我朝着它看的方向看去，并没看出有什么特殊的，在这点上我一直没懂它。又看了一会儿，依然如此，我便失去了继续观察它的兴趣。忘记了时间过去多久，再看它的时候，它双手按着骨头，张着大嘴歪着头在啃骨头，我便出去看它吃骨头。它吃得非常认真，视我如无物，其他的狗吃骨头都是费尽力气啃尽骨头上的肉，然后趴在那儿啃玩骨头。它则不是，骨肉一起吃，就仿佛我们

用牙齿咬冰块一样吃着骨头，声音清脆，一块骨肉没多久便吃得一点不剩。我惊讶于它嘴巴的力量：这要是咬人，一口就可以咬断骨头。后来我就住在活动板房里，出门就是它的窝，离我很近，每天我都给它骨头。渐渐地，看见我它粗大的尾巴就微微摇动几下，算是打招呼，并没有更多的讨好。它依旧那么骄傲地吃骨头：总是轻蔑地看一眼，动都不动继续趴在那儿望远方，吃的时候非常认真，一点不剩，第二天的粪便跟狼的粪便一样，白色的。我们的友谊就这样开始了，从第一次的喉咙里的低吼慢慢地到象征性地摇几下尾巴。就是摇尾巴，也不是站起来，依旧趴着。我逐渐敢走进它的势力范围，我们彼此对视，我不敢过分靠近，它坐起来看着我，但尾巴不摇，似乎很警惕。渐渐我们的距离缩短到一扑之内，我心里一直怀着恐惧，怕它翻脸，它真是谁都不惯着。直到有一天我伸手摸它的头，它吐着舌头半眯着双眼坐着仰视着我，温暖的眼光和阳光让我们彼此感觉很温暖。再以后我们友谊逐渐加深，我喜欢摸它的头，它也很享受，我帮它拔掉夏天还没褪尽的旧毛。再后来它喜欢围着我转，张着满是口水的大嘴完全含住我小腿，还用牙齿轻轻地咬着，我则胆战心惊地一动不动地站着，怕它翻脸。有人说狗能闻出恐惧的味道，我相信它能闻出我的恐惧，它也仿佛恶作剧似的，一边含着一边轻轻咬着。那段时间我仿佛一个受虐狂，每天不胆战心惊让它叼一会儿，仿佛没体会到它的友谊，每次我两腿都沾满它黏糊糊的口水，它不像其他的狗，与人亲近是站起来扑在主人身上。其实它心胸狭窄非常记仇，曾经有人对它吼过，后来为了缓和与它的关系，总去喂它，也给骨头，它礼物是收下了，但是只要再看见那人还是狂吠不止，猛扑不止。完全不弃旧恶。我认为它智商不高，甚至有点傻，你如果换了衣服，需要吹声口哨，让它辨认一下，否则它会狂扑过来。有一次我换了衣服，突然从板房里走出来，它差点把我扑倒，我大喊一声：“连我都不认识?!”衣服没认出来，它听

出了我的声音，立刻止步转身低头往回一瘸一拐地跑了几步，我能看出它的尴尬和自责，心里很歉然，走过去摸了摸它肥大的脑袋。当时我可以拽着它的舌头看胎记了，也可以用力晃它的脑袋，它都半闭着眼睛吐着舌头享受着。为了它更舒服还可以避雨，我特地给它搭了个舒服的窝，在我的窝和它的窝之间距离有三十多米，铁线一端拴在它的窝上，一端拴在我的门边，它可以在其间自由活动，如果我不在家，它就趴在自己的窝里，如果我在，它一定坐在或者趴在我门口，不论白天黑夜刮风下雨。有几次晚上下雨，我把它牵到它的窝里，等我再出来的时候发现它还是在我门口，仰着头吐着舌头享受地看着我，身上的毛湿淋淋的！我每次都摸摸它的头。后来我就把车停在板房门口，这样它就可以趴在车底下，下雨的时候可以避雨。有时候一个晚上我要出去几次上厕所，就是一个晚上你出去一万次，它都一次不差地从车底跑出来抬着头看你。在我极其艰难无助的那段日子，我能感受到它带给我的温暖与真诚，它让我在板房里隔窗听风雨的时候不再寂寞，心里还有温暖。秋天的一段时间，因为其他工作的原因，我没在工地，回来的时候才知道它被偷东西的人给毒死了。它太认真了，耽误人家的“生意”。我之后再没在那个工地住过，因为没有它的陪伴感觉太孤独。后来刷车的时候，洗车的工人说：“你这车前面让谁给划成这样？得罪人了吧？”我一看，非常多的完全没规律的而且比较深的划痕，我想不出是在什么时候或者因什么原因造成的。后来有一天，老婆说：“是你那条大狗！”我恍然大悟：是它无数次地从车底钻进钻出，使脖子上的铁链子把车划出了痕迹。第一次看见它时的鱼刺又在我的喉咙里动了起来。它留给我两个痕迹：一个是嗓子里的鱼刺，一个是车前面的划痕。历久如新，谨以此诗表达我对它的思念、尊重和懂。

少因争斗致身残，与众难合孤且单。
坐卧皆思流浪去，奈何铁锁辱威严。

周遭同类皆狼眼，独我玄黄有虎斑。
最喜孤丘独望远，更欣卧雪品奇寒。
不求有解迎风志，鄙视卑微乞饱餐。
白苇秋毫知我俊，伏摇夜与我长谈。
此身已具肝和胆，无奈平滩卧等闲。
浩叹今生缘分浅，所逢际遇太平凡。

2016. 2. 22

七　律

渐融冬雪势将波，唐序今夕进展何。
器或雕成留待赏，或藏腹玉正斟酌。
吾师名盛应酬密，有问相询言莫多，
雅事从来求俊笔，我池浊浅更期荷。

2016. 2. 23

七　律

今日长刀锋已利，
日和月也俱称佳。
铂金足以骄天下，
金色之光岂有涯。
问道十年惜太少，
鼎能百载述荣华。
苍龙云上盘广厦，
穹顶莲花开胜霞。

2016. 2. 27

七　律

数记曾经过嫩江，所凄非是志怀邦。
无非年少心思闯，欲以风霜洗面庞。
半腹微才难透讲，有如草屑浮茶缸。
一怀素志知何样，烛火微微半浸缸。
磨剑十年犹不利，羞于岭上唱高腔。
身卑势弱多年闯，有败无荣唯不降。
所惑其形千百样，难通壁悟一桩桩。
心随风过千重岭，树影摇摇映在窗。
多少青春成过往，此才如璧叹无双。
璧分其半邀江月，余璧精磨陪落阳。
病对三春惆怅柳，醉扶初夏倍骄杨。
心思瞬若瑶台马，转眼还如待戮羊。
小径徘徊难自在，秋风落叶共徜徉。
寒泉日夜思沧海，欲过千山入五洋。
寂寞曾愁天不晓，孤独又恨夜央央。
闷翻册页心神旷，渐忘周遭不设防。
似浪秋痴来荡荡，慌慌载我去茫茫。
我愁何样难形状，少惑迷茫避远芳。
今夜无聊诗旧绪，一时片纸写荒唐。
寻常惆怅今多忘，唯剩清高孤且狂。

2016. 2. 28

七律·权作交流

滴水最多眸内转，响泉不过跃石巅。
长河只在山中转，沧海无言藏万山。

所遇江湖谈笑事，最多止在谈笑间。
已然风度趋完善，更宜峰巅更淡然。
沧海之咸源是淡，风云之幻起于闲。
事兮若是源于善，大可回旋水过滩。
百尺竿头今百尺，三千风度已三千。
飞花落叶白云外，信见修为青胜蓝。

2016. 3. 1

七 律

羽劲高飞不借风，
翎柔所遇俱由衷。
止于峰顶心能懂，
境界原来各不同。
目见飞鸿追远梦，
前程已在望之中。
未来莫把功名重，
至境高明有若空。

2016. 3. 1

钗 头 凤

春时雪，飘如屑。萦眸似欲言分别。斯寂寞，谁曾觉。
欲与天洁，奈何漂泊。落，落，落。
凡间物，补天缺。此身无寄空悲切。昔时错，销魂魄。
一身高绝，俱遭轻薄。虐，虐，虐。

2016. 3. 5

渔家傲

昔练剑兮求俊绝，迎风快斩纷飞叶。
曾恨剑歌多不解。斯心切，梦中黑发白如雪。
为解心中千种结，几于峰顶观残月。
数咽盈喉之热血。关山越，眸中沧海阔无缺。

七　律

大风能卷滔天浪，
志若含章柔胜刚。
填海始知精卫赤，
胸怀长策不轻狂。
造福治下萦心事，
化雨春风分外香。
不与横流争彼岸，
同声才应璧求双。

2016.3.6

苏幕遮

雪虽残，春未现。寂寞难阑，心至天涯远。
旧日天涯风满眼，碧草极柔，似醉红尘恋。
望天边，霞色幻。谁是伊人，解我心中憾。
造化于人皆不免，所欲眸前，求却千百转。

2016.3.6

破阵子

不道千般皆命，我怜万种风情。
云借高风绝万岭，所见红花俱有盟，相倾许纵横。
大道虽然不懂，众生仍醉前程。
欲以平生搏久胜，寸铁长石永刻名。又谁知重轻。

戚氏

问吴娃，
何饮能让忘归家。
浅笑无答，侧身屈指弄琵琶。
何耶？
误芳华。
当年秋月与春花。
英雄自古多少，一时功业变飞沙。
岁如白马，匆匆如驾，剑琴散落天涯。
叹光阴无价，红颜是假，枉浣吴纱。
白发夜恸胡笳。
城头立马，往事自嗟呀。
归心乱，此身倦也。
少醉无邪。
夜清茶。
煮墨剪笔，铺宣作赋，雅兴无加。
赋今再睹，感慨无边，略其所谓疵瑕。
旧叹须臾罢，隆冬可夏，晚照能霞。
且把娇痴放下，让江流滚滚泻残渣。
莫羞我辈无为，问心不愧，才是他年霸。

算计终，何是多与寡。
旧宏图，多系浮夸。
似这曲，红口白牙。
唱尽那，老树落昏鸦。
未来如画。
轻描淡写，斯是才佳。

七　律

昨天晚上收到表哥的微信，希望我作首诗并写出来。缘由是他多年挚友崔先生三月份在北京国家美术馆举办书画展，表哥和朋友于俊生、姜明顺准备一起参加崔先生书展开幕式，去的时候准备把我写的诗和字送给崔先生作为祝贺。有此雅约，当不负雅意。表哥把崔先生的简介发了链接给我，去年夏天表哥来哈尔滨的时候跟我提起过崔先生，我有印象但不深刻，因为要写诗，诗要切题，于是认真地阅读了资料。读了之后才知崔老先生学识渊博，著作丰厚，技艺非凡，声名远扬。

有人说我的诗序越来越长，非常啰唆。有什么办法呢，佛法分大乘与小乘，小乘修自身，大乘要度人。我是“小乘”了，诗书俱佳，可是没有“大乘”之心，以至于让真无知假清高的某些人读了我去年的厅堂诗而信口雌黄口水飞扬。究其原因，是我没有写诗序解释祥云紫气蛟龙世家等词语，所以才被“贻笑大方”，以至于在厅堂诗发表之后，我又特别地补了几篇诗注。后来我反躬自省：错误在我。诗序在前，诗注在后，我的注解如果放在序里面，就能帮助别人避免犯无知的错误，注解放在诗注里面，虽然弥补了人家的无知，可是没能避免他犯假清高的错误。同样的注解放在不同的位置，就有不同的效果。放在前面可以“大乘”度人，放在后面只可以“小乘”自满。人家以宁可自己犯假清高真无知这样的错误来告诉我如何弃

"小乘"而入"大乘"，才是真正的"大乘"啊！于是乎，后来我开始在某些诗的前面啰啰唆唆写序，因为我"大乘"了。我给崔老先生写的这首诗是一首藏头诗。我是写藏头诗出身的，尽管正统学问不屑如此，我却非常愿意这么干，这好像武林中练地躺刀的选手经常被人瞧不起一样：比武刚开始你就满地打滚，名门正派的掌门谁愿意这么干?！一身定做的杰尼亚西装滚满了树叶马粪，纵是比武胜了脸上也没有光彩。但是满地打滚的我心中却有另外一种意境：一个绝世高手，蒙着双眼，戴着手铐脚镣站在两米高的梅花桩阵上，手里提着长刀，跳跃在梅花桩上，例无虚发地劈斩随风而来的梅花，靠的是听风闻香。

解释了写序的必要性，也吹嘘了写藏头诗的意境，还剩下要为这首藏头诗的内容说几句。估计看官读后心里会泛起一种感觉，认为我又在奉承别人。在下在这里想告诉看官，我如此地"学富五车才高八斗"，又是闲云野鹤，向来信守不卑不亢、不紧不慢、不急不躁的信条：对人不卑不亢，对事不紧不慢，于己不急不躁。所以我是不会违心说奉承话的，实在是所写之人名实相符。

另外大家可能担心我这种"地躺刀"式的诗，加上龙虾方便面体的草书，赠送给著名的书法家是不是太不自量力了，那么我要问大家，我什么时候干过量力而行的事呢？对于一只猴子而言，最好的地方是花果山，最好的宝贝是如意金箍棒，最高的职称是齐天大圣，最好的姑娘是紫霞青霞白晶晶春三十娘铁扇公主牛魔王的妹妹等等。我现在都是伟大的诗人、伟大的书法家了，过几年还要去领诺贝尔文学奖，当伟大的文学家，当然，得等我把长篇小说《桃花飘零后》写完之后。有这么多的职称我还需要满嘴假话么？的确是崔老先生的造诣非常之高。

藏头诗的题目是《学路先生业界柱石，玄一书道见心见性》。

另外大家帮我拿个主意：前几天我检索了一下世界文豪的

名字，发现好多文豪都是诗人。那么将来后人称我为文豪，我应不应该接受？请大家帮我定夺。

学海笔掀千尺浪，
路遥甲骨指芬芳。
先于同道达金顶，
生性尊高配殿堂。
业俊群英才俱赏，
界连今古不寻常。
柱擎广厦君托掌，
石刻功名我栋梁。
玄铁铸刀称利器，
一阳妙指贯金刚。
书山有路通沧海，
道在无隅解大方。
见智虚怀空若谷，
心胸辽阔长华章。
见微已让学识广，
性近无如守至香。

2016.3.7

定 风 波

追梦多年总是空，一提感慨有无穷。
不问此心谁最懂，唯痛，长刀寂寞对残红。
刀与残红皆有梦，谁种，一壶老酒误英雄。
岭上苍苍风又弄，云涌，万千变幻不由衷。

2016.3.8

解佩令

我身无伴，我心无岸，少年游，天涯行遍。
南海之南，整日观，浪回云卷。少年心，更思去远。
一衫一剑，一书一伞，伴随我，透参痴恋。
醉在峰巅，仰望天，星河灿烂，俯层峦，似虚如幻。

五律

连续读了两天关于李白、杜甫的文章，李杜才华累世有公论。然花分五色，霓含七彩。萝卜咸菜各有所爱，我如果席遇李白必会阔高谈阔论，诗酒通宵；席遇杜甫，必是深躬入地，杯酒沾唇，礼成恭退。泰山之高不若白云之飘。仅就性情而言，喜欢李白，不喜欢杜甫。谨以此诗献给李白，以表达对李白的崇敬与喜欢。如果让我给杜甫写首诗，我就一定写不出来，太压抑。最后声明：最基本的现实是，谈李论杜，我根本不配。但是我就谈了。你用什么词赞美杜甫我都没有意见，唯独用“潇洒”两个字，我会保留意见。

云上风鹏李，招摇独自飞。高山卑大羽，落日逊霞衣。
俯望三千壑，长河瘦若溪。白云惜羽翼，邀共与天齐。
沧海怜君意，分身入酿兮。是山皆俯首，途遇避君骑。
是艳皆裙舞，期求君顾之。千金难入目，犬马岂如诗。
辞做朝堂客，孤舟带剑游，携风访五岳，会酒在高楼。
不为江山瘦，挥毫万古愁。我才谁可配，环顾众皆羞。
青袖披白发，扬州有去留。长亭诗酒后，上马不回眸。
诗赋千年后，高风仍不柔。唯仙堪与配，千载第一流。

2016. 3. 10

五　律

父病近仙游，千金难挽留。世之延寿药，无处可寻求。
大别夕夕近，今兮无善谋。侍前佯笑伪，独自泪珠稠。
大梦皆须醒，虽知难罢忧。如烟之往事，历历又萦眸。
一世须臾尽，临别万种愁。人生多憾事，苦海泛孤舟。

2016.3.10

玉　楼　春

云兮展后当然卷，缘也届时终是散。
人生最憾是离别，愿祈别舟达彼岸。
我佛彼岸弥天愿，已为来生留至善。
悲欣交际宜随缘，莫为大别方寸乱。

2016.3.12

谢　池　春

未老身闲，一问追求心乱。忆当年，登高望远。
长河似练，绕青山无倦。立峰巅，顺风呼喊。
天山且待，不日我携长剑。会高朋，峰巅把盏。
谈幽论显，必通宵达旦。为寻求，少年无憾。

2016.3.14

七律·草书赞

草书见形如见性，在悟不在临。晨观张旭书帖，豁然怀素《自叙帖》中的一句话：豁然心胸，略无疑滞。曾有人故作高深地对我说：写字你得临帖。高深之状仿佛在对世人说：吃饭你得用嘴。我习技艺，必遍观所及，更求出一家之言，不屑庸俗尽食他人之盘余。我总结自己学习草书的感悟，无非十法：人立，心空，肩展，臂斜，肘悬，腕圆，掌虚，指拈，笔傲，锋狂。

世人观草多晕厥，一望连绵舞不歇。
有似腾蛇游紫雾，又如红叶遇风折。
密如穴蚁难详辨，阔若高峰挂紫烟。
似箭入眸忽去远，如猿挂树荡秋千。
执毫需要心无我，舞剑当然狂若仙。
笔蘸浮云书巨浪，勾连挑引似腾渊。
浓云欲雨微风淡，彩凤离巢见大观。
自古书生参不透，皆因韬略太平凡。
指拈翠叶闻花笑，臂展如猿崖上攀。
身立当如临绝壑，心空若谷只藏兰。
肘悬似路随峰转，圆腕如荷拖露盘。
傲笔持之如仗剑，掌虚有若握朝权。
今来古往皆无见，独自逍遥独自酣。
积淤去胸心自在，书成毁誉俱随缘。

2016.3.15

五　律

元稹的“曾经沧海难为水，除却巫山不是云”两句诗，不能尽显其高明。他的《思归乐》也满浸才华，“金埋无土色，玉坠无瓦声。剑折有寸利，镜破有片明”。见才亦见心。吾才不配，然忍之不能，遂步韵和诗。

欲归归不得，一任马嘶鸣。廿载江湖客，凄凄未有名。
关山如陌路，辱我旧时征。伫望千山暮，无荣润此生。
少虽英气俊，高傲辱才情。长剑飘长发，出招满座惊。
攻袭皆俊手，劈刺近无形。白马红衫客，招摇逛帝京。
宽衫楼上坐，酒后述生平。肤浅如檐雀，焉知有寿彭。
骨无三两重，业比羽还轻。更甚荒唐事，言交逾半城。
宵宵约会酒，醉后拢肩行。不晓谦和逊，争锋谁负荆。
妄言时济我，建业必公卿。一策八方定，三韬天下宁。
一夕抬眼望，浩宇满天星。紫气长空乱，蓝光天外萦。
冥思穷玉宇，傲气败云程。以至孤高坠，难分浊与清。
离京独负剑，匹马过长亭。不赏潮头景，孤身独木并。
夜深独舞剑，宵酒早还醒。身似离群雁。随行无弟兄。
沉思昔过往，整理旧曾经。所欲何肤浅，相期宜罢营。
朝心应远惑，暮志贵惜荣。莫为一时得，身心格外倾。
微功求不赏，小过自相刑。积善施全力，随缘养性灵。
逢权无悦色，遇贵不低声。耻为囊中利，相污心内明。
求名心有惑，逐利将如兵。天地无卑贱，江山有赤诚。
细流生大势，至慧讲元亨。尘虑无须虑，凡听莫惯听。

2016.3.19

七　律

青山从不负清泉，总在清明长绿烟。
一任白云舒又卷，蓝衣素手爱青峦。
青峦之上青芽嫩，素手摘香万里闻。
梅岭之高猿不问，纤毫之晕最离尘。
沾唇之润无其俊，怡口之津有至纯。
雾锁梅山青似染，霞飞秦岭绛如醺。
山南已为其香醉，岭北争传此味真。

妙品当然天下品，青春滋味解青春。

2016.3.20

七　律

春节期间，汪老弟从牡丹江回昆明，在哈尔滨经停。晓东约我们理科43班的在哈同学小聚。席间乘酒兴说改天写诗记录当日之聚。年纪大忘性强，今天晓东微信提醒才记起，于是趁热打铁，赶紧搞定。因为诗稿收官，得赶在截稿之前。

匆匆过往直如梦，二十余年白发生。
回首四中求学日，珍惜三载旧情形。
江湖真是孵龙场，育得同窗业俱成。
展翅西南仍有梦，深耕东北也如鹏。
根植农垦追求劲，报业资深怀赤诚。
铁院当年栽秀志，登峰今日有宏峰。
且持杯酒期来日，又在峰巅论纵横。
也借相逢道珍重，他年再会更年轻。

2016.3.20

七　律

张副组长请我作诗助兴，承诺之后却忘了，今天得微信提醒，怕再忘了，赶紧完成。请别介意，实在是年纪大了记性差。

草何因岁换青黄，猜是根身俱不强。
松在严冬摇碧翠，是因筋骨有阳刚。
世人求利千般样，君子如兰守至香。
兰气相投空谷满，十八兄弟效关张。
世俗或有三番议，我笑凡俗卑且脏。

总有凡夫谈妄想，势如恶犬吠苍狼。
已然兰气如云旷，何不乘风过太行。
若问世之何者重，首推义气不容商。
欣闻挚友金兰事，且赋拙诗记兰芳。

2016.3.24

七律·兰赋

遥赏空山寂寞兰，矜持独自对春天。
干涸今又成肤浅，日夜欢歌乐向前。
早忘前身原是雪，高洁孤傲在山巅。
兰身自负尘难染，不屑浊流浅又湍。
仰望白云舒后卷，珍惜兰韵远尘烦。
任由蝶舞蜂还乱，我自逍遥不与谈。
至语之高唯沉默，至行之最乃通禅。
溪浅蝶浪游人赏，谁见寒川我不眠。
我自如仙居僻远，不追喧闹只随缘。
日来独作空山赋，入夜遥观半月弯。
不赏临流之倒影，只惜远涧卧龙酣。
年年不为春施展，月月朝朝我自怜。

2016.3.25

绝　句

为“刘震”命名，诗云：

春分三月桃花汛，雨雪相交水不贫。
猿在山巅遮望远，夕阳铺水一层金。

2016.3.26

七律·寂寞的山巅

相拥白雪问白云，见过人间几度春。
云与高风谈笑过，今宵有约赴红尘。
山巅抬首询明月，明月高高似未闻。
除此周遭无别物，千年寂寞自独尊。
曾闻红是凡间色，每在春时别样纷。
身处孤高从未见，不知岁月与迷津。
千年所见如一日，一日唯知晨与昏。
见识虚空无记忆，难言尘世惑和嗔。
山腰白雾真如意，隐绿藏红势不贫。
山脚之岩识更广，身刻大楚与强秦。
曾听风雨能传信，待至山巅变雪痕。
寂寞如斯将永远，千年一梦守单纯。

2016.3.27

七律·转世

吾身转世菩提梦，不借凡痴与世知。
曾在青春游万水，又于不惑悟玄机。
待及天命生高智，花甲之时成上师。
乐在古稀宣妙法，岁逾耄耋不生疾。
身及鲐背犹贪酒，豁达期颐还论诗。
虽惯繁华皆是梦，不因是梦负菩提。
红尘痴惑能生智，不满修行不别离。
待到归时乘愿去，只留骸骨化春泥。

2016.3.30

七　　律

鹤城四月不装修，家居联盟样板求。
裸价酬宾出上品，连环折扣让无休。
最佳设计非谋利，只为宣传不创收。
精品空间期鉴赏，高端大气第一流。

2016.3.30

绝　　句

命名“云威”，诗云：

秋分之际草昏黄，户户收粮不牧羊。
若得大风乘势起，风云海内或飞扬。

2016.3.31

绝　　句

前在山腰观雾岭，并肩与众指冥冥。
今于峰顶独观雾，众不知心谓势穷。

2016.4.1

七　　律

道家三件事：闭关、下山和炼丹。闭关是以心神游天下，下山是以身云游天下，炼丹是既知天下后追求天人合一。有人说修身学道家，入世则儒家，出世则佛家。于我而言，一切不如放下。上士忘名，谈价值；下士窃名，谈利益。凡士皆穷其所知竭尽其能追求价值与利益。所谓精于此必疏于彼，得于利必陷于害。追求功利或结病或结仇或结怨，待到病仇怨恨可见之时，又用求到的功利去一一化解。于是得出结论：功利不求如何体现价值，麻烦不解如何体现利益。所以有赤壁周郎的酒后狂吟："大丈夫处世兮立功名，立功名兮慰平生，慰平生兮吾将醉，吾将醉兮发狂吟。"周郎功利催心，最后英年早逝。有的人在追求每个两块钱的时候不惜结下病恨仇怨，最后再用累计起来的两千块钱去解决这些麻烦，然后下结论，认为自己有能力得到利益，同时又认为自己有本事解决问题。我则坦率地回答：我没有追求利益的能力，我更加没有解决问题的智慧，同时我也没有创造麻烦的本事。所以我不会选择自己戴上脚镣，丢失钥匙，再想方设法解开它。我认为那是自己难为自己。

虎立高崖观浩渊，狮期原野望无边。
待临东岳微天下，才懂昆仑小泰山。
满世苍生求圆满，鲸行万里为波澜。
顾檐之雀修行浅，嘲笑苍鹰独自旋。
剑不尝腥难算利，龙因筋骨始飞天。
清泉到海心才懂，何是甘甜何是咸。
道士求仙丹宜赤，修身君子宜如兰。
经多变幻怡然笑，一纵一横非陌阡。

2016.4.1

绝句·看透

目经炉火倍高明，是道还妖一望清。
可笑仙胎皆肉眼，当年猴子已成精。

读李白诗步韵

《宣州谢朓楼饯别校书叔云》原诗：

弃我去者，昨日之日不可留；
乱我心者，今日之日多烦忧。
长风万里送秋雁，对此可以酣高楼。
蓬莱文章建安骨，中间小谢又清发。
俱怀逸兴壮思飞，欲上青天揽明月。
抽刀断水水更流，举杯销愁愁更愁。
人生在世不称意，明朝散发弄扁舟。

步韵诗：

何为去者，纵有千金不可留。
何为来者，欲避难避使人忧。
卧闻长空又过雁，身何宿醉在高楼。
宜遣诗心携傲骨，乘风今日即出发。
并同云鹤万里飞，翅覆青山抱明月。
俯见沧海汇远流，不闻世间万种愁。
所见所闻皆如意，遨游太虚胜泛舟。

2016.4.1

七　　律

春来唐苑水奇清，鱼在其中似在空。
擎盏扶栏身探望，恍听红尾诉前情。
去年贪恋茗香久，忘到龙门与众争。
近日桃花如约放，心知岭上嫩芽青。
此身又忘成龙志，欲趁清明再品茗。
梅岭之香唐苑甚，香飘至海到龙庭。

蓬莱岛主凡心动，南海观音羡众生。
梅岭真香如不品，大千世界枉穿行。

2016.4.3.

七律·野草

风舞连绵我覆尘，雨横四野任纷纷。
卑身未有参天志，寸绿唯持自在荫。
见惯白云高峻岭，欣然垂瀑裂山根。
从容老去无遗憾，装饰春光有子孙。

2016.4.5

五　律

我总认为陈家洛会到天山寻找霍青桐。

大雪满天山，星稀明月闲。北风吹白马，人静剑微喧。
有道江湖险，焉能胜此间。云从山下走，冰在半天悬。
寒气吹绝响，峰高鸟不迁。未惜白马瘦，千里为红颜。
当日回眸笑，如刀刻在岩。今兮独踏雪，为证有飞仙。
不信凡间种，芳能胜雪莲。早知归会晚，特备半年餐。
渴饮囊中酒，倦来卧雪眠。誓言寻不遇，住此不回还。

2016.4.6

七　律

深海长鲸独自凭，冰凉暗夜匮光明。
偶浮水面呼吸换，得借机缘见众生。
云上苍鹰知寂寞，闲梳俊羽对空暝。
忆曾岩下擒白蟒，得让苍生尽知名。

鲸与苍鹰皆隐士，天高海阔各修行。
人间富贵知无定，世上繁华宜不争。
峰纵高兮天是顶，谷何深也海能平。
光行宇宙知无际，性近慈悲是有情。

2016.4.7

诗注1：假清高，真无知

诗词是言志抒情的，用以表达喜怒哀乐悲欢离合。书法是用来修身养性的。自己写小说是用来记录自己的人生阅历与感悟的。如果写诗为了让人看懂，写小说为了让别人关注，写字为了让别人珍藏，这样的价值观只能是自己活在别人的眼睛里，而我追求的是活在自己的心中。一个不能活在自己心中的人很难在别人的眼睛里有分量。每个人都有自己的物质世界，同样也都有自己的精神世界，精神世界决定了人的人生观价值观世界观，精神世界里最重要的是不能没有自我，关注内心才能关注世界。如果太在意别人能不能看懂你的诗、珍藏你的字、关注你的小说，那是精神贪婪的一种表现。雍正有句话说得好：贪名比贪利更可怕。所谓上士忘名即是说此。吾非上士却喜无名，从不贪莫名之名，仅以诗词文章自娱自乐，奈何世间总有假清高真无知之流阻高风于狭巷，圈野鹤于鸡舍，以檐雀之见揣鸷鸟之心，用浮游之喜测长鲸之好，余甚悲之。

2014. 11. 20

诗注2：卑诗微信引微词

甲午之秋，节在寒露，时凉风渐紧，寒潮将至。长风以微才拙笔书厅堂之诗晒于微信圈中。因诗中有用“世家”“蛟龙”“祥云”“紫气”等词而得讥讽，若命题目，可称“卑诗微信引微词”。友讥之：诗与人俱过张扬，读了生鸡皮疙瘩，你的诗无人能懂，字无人能识，停写小说，无人在意。大家恭维你，是面子上的事，你难道还想上天。

讥讽之言，字字如刀，刀刀切心。余反身自省，何以哉？苏子有句，“夫天地之间，物各有主……惟江上之清风，与山间之明月……吾与子之所共适”。既然清风明月人可共适，何以祥云紫气便不能乎？莫非祥云紫气乃帝王之专属？纵是帝王专属，君不见，陈胜有言，“王侯将相宁有种乎？”私以为：清风明月祥云紫气皆自然之物，人可共适，非帝王专属。再论世家，君不见，《史记·陈涉世家》，陈胜者，少时佣耕，后以匹夫之身揭竿而起称王，究陈涉之族，祖亦难考，孙更难觅，且可称世家。余以为家过三世即可称世家。或曰称王封侯者可称世家，然王侯将相本无种，皇帝轮流做，今天到我家，又作何解？故布衣三世可称世家。何为蛟龙？龙之一耳，际遇风云可为神龙，未逢际遇则为池鱼。孟德与玄德煮酒论英雄时，孟德有言，龙之为物，可比世之英雄。龙能大能小，能升能隐。大则兴云吐雾，小则隐介藏形。升则飞腾于宇宙之间，隐则潜伏于波涛之内。斯可断言：丈夫处世，若有屈伸之志可拟为龙。君不见，《易》之有言，显者飞龙在天，隐者潜龙勿用。何以蛟龙之词不可用于寻常人者？又岂知今日寻常者不是来日不凡者？由是观也，世家蛟龙祥云紫气皆寻常词耳，并非帝王专属，常人与帝王皆是世人，凡是世人皆有追求福禄寿考之心，既挂于厅堂必选花好月圆人寿年丰紫气东来等吉利之言。以寻常之词赋吉利之诗，何来张扬？吾不解也。谨以此文权作诗之注解，若仍断吾张扬，猜是必因吾才高八斗学富五车惹人嫉恨耳。我安答政驰有句座右铭，“能受天磨真铁汉，不遭人嫉是庸才”。他建议我享受这句话，吾信之。

诗注3：炮轰“李商隐”

以己之卑劣之才粗浅之见，用纤薄之德赋此无耻之文，诚可笑也。奈何瘀血在胸，不吐不快。且当村野之夫咆哮殿堂，犬吠夹于虎啸耳。若能仰博诸君轻蔑一笑，余心足矣。此纯属自己对诗词的一点见解，别无其他含义，请莫联想后对号入座。

诗之为物可比世之美酒，或辛辣或醇厚或清香或苦涩，五味俱全。诗与酒各据一山且在其巅，一山为物质之山，另一山为精神之山。人之情感无论喜怒哀乐悲欢离合，皆在两山之中，若出离两山，则入无忧之境。何谓无忧之境，或可借东坡之句“挟飞仙以遨游，抱明月而长终”试想之。太白极尽诗酒之妙，诗酒之间才华之高，性情之傲，累世无双。一句“天子呼来不上船，自称臣是酒中仙”足以见也，诗酒因太白而至巅峰。（写到这儿我也倒了一杯酒。）诗品之高下取决于诗人的才华与性情。性情有三：首为深沉厚重，次为磊落豪放，三则聪明才辩。从杜甫之诗可知杜工部乃深沉厚重之人，一句“无边落木萧萧下，不尽长江滚滚来”足见精髓。太白与东坡则是磊落豪放之人，有如《天龙八部》里的乔峰，一坛烈酒一套太祖长拳，尽让天下习武之人高山仰止，心灰意冷。何者乃聪明才辩之流，晚唐李商隐是也。其虽有不世之才，奈何性情乃三流品质，故其一世不得志，饮篱下之酒，吸夹缝之气，做堂下之宾，赋隐晦之诗。（私以为李白是极其得志之人，或准确地说是极度不委屈自己的人，不见力士脱靴贵妃捧砚乎?）李商隐的爱情诗虽然凄绝优美，终不知其所爱者谁。余视之为“宦才”，如缠绵之藤，若无树依，必作伏地之状。其以高才低品卑游于权贵之间，息声俯首只为求功名利禄锦衣玉食，全无“天子呼来不上船”的太白之风。诗之高下取决于其人之忧，无忧与忧国忧民俱是上品，如范仲淹的“先天下之忧而忧”。次则是忧身之作。辛弃

疾与陆游皆怀报国之心，何以辛词谓之一流而陆诗终是二流？在于辛词有出忧之句“一丘一壑也风流”，遍观陆诗，除报国无门外，就是求爱不得，少见出忧之句，年及“此身行作稽山土”之时，还想着那点儿女私情。陆游因其诗词终生不离悲苦愁恨而稳居二流之位。清高不因才高，然现今世人却反其道而行，因有微才而故作清高。所谓清高者，峰巅之云是真清高，其不知有功名利禄。次是故作清高，此若坚守，亦可倡也。下者是假清高，假清高者实真势利，李商隐近乎此：其不怀君子之忧，也无出忧之句。其人媚于权贵，陷于党争，纵有不世之才，其诗也不过石上青苔——纵是离土，终难以参天。李商隐的一句“未抵青袍送玉珂”足见其卑下屈忍之心，遍观太白之诗，何时见其如此？以李商隐之诗来看，如果屈辱难忍，何不解甲登船，散发起舞，顺流而歌？君不见颜回虽陋巷简居仍不改其乐乎，君子之风何其高也！连孔子都不得不点赞。东坡悲时，尽可直言“十年生死两茫茫”，张扬时可以“左牵黄，右擎苍”，愁苦时可以“死灰吹不起”，出忧时可以“不知东方之既白”。李商隐却作闺中怨妇状，吟“蜡炬成灰泪始干”。诗之境界有三：律、韵、飞。今人有不通韵律而为诗且故作清高者，李商隐与姜夔皆精通韵律，只是其诗如檐下之雀难以高飞。不高飞何以越关山，不越关山何以见沧海？事与时逝，雨带风归，且让一切随风！

诗注4：长风论诗

昨夜一梦，甚是逼真，今且草记，以慰诗心。

身如菩提之梦，日在红尘，夜在神游。读诗日久，渐通古今，遂对故之诗人多有神交。

一日兴致忽来，欲览泰山之高天下之小。待至山脚，兴致却消：何为眼界而耗腿脚？瞬问诗心，登或不登。诗心笑曰：

"汝熟读诗词典籍，不该有问!"恍惚之际，见一人身侧未停，拾级而上。余欲相随，又听诗心再道："汝仰观泰山，其重如何?"余答："若杜甫之诗。"诗心再问："汝仰视白云，其高若何?"余答："如太白之诗。"诗心再道："汝转眸观黄河入海，其长若何?"余答："白居易之诗。"诗心欲再问，余烦道："吾欲登高览胜，何如此多问?"诗心一指，见刚才身侧不停拾级而上之人已顺阶而下，余探身恭问："山顶若何?"答曰："未见!"余再问："君至何处?"答曰："不知!"余又道："山顶未见，到处不知，此行何获也?"答曰："吾乘兴而来尽兴而归，目不见顶，身不至半，心若空杯一盏，所见无非横看成岭侧成峰耳!"余顿悟，此人东坡先生也！遂避立路旁，敬送先生远去。路侧一人微笑不语，似有深意，余试问："汝观泰山如何?"答曰："一丘。"又问："汝观白云若何?"答曰："一风。"再问："黄河入海何解?"答曰："一流。"吾试问："阁下稼轩?"对方笑而不语。余怅然远望，见一轻舟顺流缓进，舟头一超绝之女独立，歌声缓缓传来："此情无计可消除，才下眉头，却上心头。"余更愁甚，收目转头，见一老者扶杖远望。东坡先生不知何时立在身侧，言道："此叟，隔壁吴老二表弟陆老二，一辈子报国无门娶妻不能，怀忧不释，有如破碗满水，久捧不放!"余接道："比之'此情可待成追忆，只是当时已惘然'如何?"东坡笑答："你我煮酒谈诗，走后买单打包之人即是吟'未抵青袍送玉珂'者，皆不入流，未若谈酒。"酒到杯干之际，东坡又言："杯水常空可试沧海，池塘自满不过一碗。"余头痛欲裂，朦胧而醒，原来宿醉一梦。

诗注5：试谈诗词创作的"避""犯""就"

昨天写的同学聚会诗，诗里有一句"登峰今日有宏峰"。有好朋友微信我，建议把"登峰"改成"登顶"。我回复："不的”。他再刺一剑：“昔有吕不韦千金改字，始有《吕氏春秋》传世，为何我诗一个字都不许动？”我仍然回答：“不的。”之后他回复几个笑脸。此番会话纯属朋友之间的调侃，只关风雅，无关是非。但是这一字之议，却涉及几个有意思的小话题，使我忍不住做个诗注。“登顶”与“登峰”的调侃属于学术与艺术的范畴，二者不能混同，这跟去年的“厅堂诗”的诗注有本质区别。那个诗注是檄文，这个是散文。

所谓“犯”“避”“就”，全由诗中的两个“峰”引出。“登峰今日有宏峰”。建议把“登峰”改成“登顶”，是“避”，是诗词创作中的“避同”：尽量避免一句诗或者一首诗中出现相同的字或者词。但是有“尽量”两个字作前缀，言外之意是，非是绝对不可。一首诗中反复出现同一个词的名诗是让李白交白卷的《黄鹤楼》，一句诗里未“避”而“犯”的名句更多：不爱红装爱武装、欲把西湖比西子、山外青山楼外楼、一丘一壑也风流等，数不尽数。仅就七言而论，有按重复的位置，分四七、三七、一三等等。其实总结起来就是一句话：文不害意。诗之三味，律韵飞。诗若能飞，当不在意韵与律。我在以前的诗序里提到过，大河决堤，不计故道。黄河决堤之水是不可能按照原有的河道奔流的！这就是所谓的“诗之若飞，可不计韵律”。各位到此会想：重复也不怕，出律出韵也不怕，那就是可以随便瞎写了？当然不是，所谓不破不立，没有对格律的深究是不能谈对格律的突破的。

回到“登峰”与“登顶”，现在我们知道一句之中可重复，至于还有文章谈到“修辞性重复与非修辞性重复”的区分，在此不做细论，纵是细论，“宏峰”两个字在此诗中其实是专有名词。专用名词的使用在“避同”这个规则之下更是自由。

再谈“登顶”，“顶”字是仄声，在此“犯律”，此处必须平声，所谓二四六分明，能不犯尽量不要犯。不能因为“避同”而“犯律”。

“避同”和“犯律”是诗词的基本理论，属于学术范畴，再深究也翻不出金子。

现在谈第三个字“就”，古人对人名地名是非常认真的，怕“犯”，愿意“就”，意思是“高就”。犯就的例子很多：庞统因为凤雏二字犯在落凤坡，刘备因为刘邦斩白蛇而举事死在白帝城，戴笠字雨浓而雨天坠机戴山，如此等等。更有洛川洛阳镇江等推解，其实山归其川，水归其脉，人归其穴是有一定道理的。用土话讲就是井里死河里死不了。

事有一阴必有一阳，人名与地名能“犯”就能“就”，历朝历代的定都镇边守关，皆是含有“高就”之意。

既然诗中“宏峰”二字是专有名词，名字“高就”地名，何谓“登峰”，除了攀登高峰之外，“登峰”对应的地名是“登封”。

由此可见，如此“登峰”逊于“登顶”乎？